钱理群 著

岁月沧桑

中国出版集团　东方出版中心

图书在版编目（CIP）数据

岁月沧桑 / 钱理群著 . -- 2 版 . -- 上海 ： 东方出版中心，2025. 4. -- ISBN 978 - 7 - 5473 - 2586 - 5

I. I206.6

中国国家版本馆 CIP 数据核字第 2024K4A204 号

岁月沧桑

著　　者　钱理群
丛书策划　陈义望
责任编辑　刘　军　韦晨晔
封面设计　钟　颖

出 版 人　陈义望
出版发行　东方出版中心
地　　址　上海市仙霞路345号
邮政编码　200336
电　　话　021-62417400
印 刷 者　上海盛通时代印刷有限公司

开　　本　710mm×1000mm　1/16
印　　张　26.5
字　　数　295千字
版　　次　2025年4月第2版
印　　次　2025年4月第1次印刷
定　　价　98.00元

"知识分子精神史"三部曲总序

"知识分子精神史"三部曲终于完稿，送到读者手中，我特别欣慰，并有如释重负之感。从 1996 年写出第一部《1948：天地玄黄》，到 2007 年完成第三部《我的精神自传》，第二部《岁月沧桑》又于 2015 年的此刻收笔，前后将近二十年。在这二十年间，外部世界相当喧闹，中国乃至全球都发生了不少预料不到的事情，而我自己的生命与学术，却逐渐沉潜下来，沉到历史与现实的深处，自我心灵的深处，写出了我最想写的东西。

我多次说过，我的学术研究带有强烈的自救自赎的性质，"所有的学术探讨，对外部世界历史与现实的追问，最后都归结为对自我内心的逼问，对自我存在的历史性分析和本体性追问：我是谁？我何以存在与言说？"在二十世纪八十年代，终于走上学者之路的时候，我最想追问的，也就是构成了从事学术研究的内在动力的，就是我想弄清楚：自己作为一个知识分子，是怎样接受"改造"的？我被"改造"成了什么样子，坠入了怎样的精神深渊？我该如何自救？如何做堂堂正正的"人"，做一个真正的知识分子，活得像个样子？我到哪里去寻找精神资源？我知道，这不仅是我个人的问题，而且是整个二十世纪中国知识分子，特别是1949 年以后知识分子的问题。要真正认清楚自己，就必须对知识分子的精神历史作一番清理和总结。因此，在八十年代我和朋友一起提出"二十世纪中国文学"的概念时，我自己最为倾心的是"二十世纪中国知识分子的精神史"，我知道，这才是属于我的研究领域，我的魂之所系。

因此，从一开始，无论是研究鲁迅、周作人、曹禺，还是研究"堂吉诃德与哈姆雷特的东移"，我都是在探讨他们的精神发展史，试图从中寻找精神资源，总结历史教训。到1997年，我提出了一个"中国知识分子的心路历程系列研究设想"。预计写七本书："（一）二十年代：大学院里的知识分子——以北京为中心；（二）三十年代：文学市场中的知识分子——以上海为中心；（三）战争流亡中的知识分子——以西南联大、鲁艺（抗大）为中心；（四）一个特殊的年代（1948年）：历史转折中的知识分子——从南京到北京的中心转移；（五）五六十年代：国家体制下的知识分子；（六）七十年代：'无产阶级专政下继续革命'时代的知识分子；（七）八九十年代：处于历史交汇点的知识分子——中心失落以后的无序状态。"

这个计划显然过于庞大，也过于完整了，具体操作起来，有相当的难度，就需要作一些调整。最后，就决定将研究的中心集中到共和国历史时期，即书写当代中国知识分子的精神史。这自然与我的"共和国情结"直接相关。可以说"当代中国"才是我真正的兴趣所在。我做历史研究也是指向当代的，我的鲁迅研究的自我定位，就是把鲁迅资源转化为当代思想文化教育资源，充当联接"鲁迅"与"当代中国"的桥梁。研究当代知识分子精神史也更能体现我的自我反省、反思的意图。于是，就有了"知识分子精神史"三部曲的写作。这同时是我的当代历史研究的重要部分。此书一出，我的当代历史研究也就基本画上句号了。

　　这三部曲是自有一个"起承转合"的结构的。《1948：天地玄黄》，写新中国建立前玄黄未定之时，知识分子对新中国的想象与选择，是其"起"，未来中国的许多基本命题（观念、体制、心理、话语方式等等），都已孕育其中。《岁月沧桑》写毛泽东时代知识分子的命运，是一个"承转"即展开的过程，其中的核心是知识分子的"改造"与"坚守"。而以《我的精神自传》作"合"，则是煞费苦心的。不仅有操作层面的考虑：要写毛泽东时代之后知识分子的命运与选择，会涉及许多还健在的知识分子，不如就写自己；还有更内在的原因：其实，我在讲知识分子的故事时，自己已经隐含其间，我是以自己的历史与现实的感受和生命体验去观察、描写的，就需要最后现身，用自己的反省、反思，来为整个知识分子群体的精神史作一个"总合"，即历史经验教训的总结，以便"守望"住知识分子的本分。因此，我十分看重在书中所提出的六大问题："知识分子自我独立性与主体性问题"，"知识分子和民众的关系问题"，"关于启蒙主义的反思"，"关于理想主义的反思"，"关于思想与行动关系问题"，"自然人性论与个人主义问题"，这都是我从知识分子精神史的考察、研究里，提炼出的知识分子基本思想、精神命题，这里既有我们当年落入的陷阱，更有历经沧桑又必须坚守的东西。这背后可能还有相当大的理论提升的空间。我只能提出初步的思考，借此对自己的一生作个交代，即"多少明白了一点以后再去见上帝"。同时，这也是我最想留给年轻一代和后人的思想结晶：我们只能"守望"，而他们更应该有新的开拓。这就是我近年不断说的话："在做完了可以、可能做的一切之后，将我的祝福送给年轻的朋友。"

2015 年 4 月 20 日

目　录

1

2

1949—1980：沈从文的坚守

经过 1948 年的大决战，蒋介石的国民党政权败局已定。1949 年初世人或满怀期待和喜悦，或充满疑虑乃至疑惧，准备面对新中国诞生的时候，文坛爆出一桩自杀事件：3 月 28 日，在三四十年代拥有广泛影响的作家沈从文用剃刀划破了颈部及两腕的脉管，又喝了一些煤油，试图结束自己的生命。这在当时立即引起强烈的反响，以后就成为新中国知识分子精神史的一个"谜"。它以极其尖锐的形式，提出了一个易代之际知识分子的选择问题。由此引发了人们对沈从文在 1949 年以后的命运的关注：他一身兼具"乡下人"和"自由主义知识分子"的双重立场与身份，自然是别有一种典型意义的。本文将就此讨论五个问题。

一、沈从文为何自杀？

文人自杀是易代之际的典型现象。1948 年 11 月出版的沈从文的朋友朱光潜主编的《文学杂志》曾发表文章，讨论当年王国维的自杀，以及 1948 年词人、镌刻家乔大壮[1]的自杀，指出："今日已

1　乔大壮，曾任职北洋政府教育部，和鲁迅同事，他应鲁迅之请书写的《离骚》集句，至今仍悬挂于鲁迅故居。1948 年初许寿裳惨遭暗杀以后，曾任台湾大学中文系主任，后被解聘。自感无力救国救己，于 1948 年 7 月 3 日自沉于苏州梅村桥下。

不是朝代的更易，而是两个时代，两种文化在那里竞争。旧的必灭亡，新的必成长。孕育于旧文化里的人，流连过去，怀疑未来，或对于新者固无所爱，而对于旧者已有所怀疑、憎恨，无法解决这种矛盾，这种死结，隐逸之途已绝，在今日已无所逃于天地之间，无可奈何，只好毁灭自己，则死结不解而脱。像王静安、乔大壮两位先生都是生活严肃认真、行止甚谨的人，在这年头儿，偏偏就是生活严肃认真的人，难以活下去。所以我们对于王、乔两先生之死，既敬其志，复悲其遇，所谓生不逢辰之谓也。"

沈从文从他的"常"与"变"的历史观出发，早在1948年即已认定："一切终得变。从大处看发展，中国行将进入一个崭新时代，则无可怀疑。"在这个意义上，"变"即"常（态）"（"道"）。"凡事将近乎自然。这里若有个人的灭亡，也十分自然。"[1]

"旧的社会实在已不济事了，得一切重作安排。"这就意味着要"一切价值重估"。问题是这样的"易代"，由"旧时代"将转入怎样的"新时代"，将发生怎样的价值变化？沈从文也有一个明确的判断："二十年三十年统统由一个'思'字出发，此后却必须用'信'字起步。"[2]十三年后的1961年，沈从文又如是谈到自己这样的知识分子："他又幸又不幸，是恰恰生在这个人类历史变动最大的时代，而又恰恰生在这一个点上，是个需要信仰单纯，行为一致的时代。"[3]以后的历史发展证明了，沈从文的判断，是有它的道理的：至少说毛泽东时代确实是一个"需要信仰单纯，行为一致的时代"。

1 《致吉六》（1948），《沈从文全集》18卷，第519页，北岳文艺出版社，2002年出版；《一个人的自白》（1949），《沈从文全集》27卷，第4页。
2 《致吉六》（1948），《沈从文全集》18卷，第521页，第519页。
3 《抽象的抒情》（1961），《沈从文全集》16卷，第534页。

于是，就产生了一个问题：像沈从文这样的知识分子能适应这个由"思"向"信"的历史大变动吗？

沈从文发现了自己的三大困境：

一、作为一个"文法部门"的知识分子（即今天所谓人文知识分子），能够放弃"思想"吗？"我思，我在"，[1]"思"对沈从文具有存在论的意义，岂能轻言放弃？而且思想是"有根深蒂固连续性，顽固排他性"的，是无法"忘我，无我"的，"我持"越强越难做到。[2]

二、作为一个"内向型"的知识分子，自己天生地"能由疑而深思，不能由信而勇往"，"永远有'不承认现实'的因子"，有"永远不承认强权的结子"，"总觉得现实并不合理"。这样的怀疑主义的、永远不满足现状的知识分子，能够和需要"单纯信仰"的"时代要求"相适应吗？[3]——由此人们很容易联想起鲁迅在《文艺与政治的歧途》里对"不满意于现状"的"感觉灵敏"的"文艺家"的命运的思考。

三、作为一个固执的"乡下人"，"乡村简单生活和自然景物"，以及反映这样的生活理想的"旧小说"，是自己多年来抗拒现实黑暗，避免自我屈服、堕落的三大救手，安身立命之处，这样的"生命经验的连续性和不可分割性"是能够轻易割断的吗？[4]这背后似乎还隐含着对"乡土中国"的消亡的疑惧。

这已经涉及新时代如何看待自己，如何看待自己视为生命的文学上的成绩的问题。本来，沈从文对于在"一切价值重估"的

---

1 《从悲多汶乐曲所得》（1949），《沈从文全集》15卷，第216页。
2 《一个人的自白》（1949），《沈从文全集》27卷，第6页，7页。
3 《一个人的自白》（1949），《沈从文全集》27卷，第9页，8页。
4 《一个人的自白》（1949），《沈从文全集》27卷，第10页，11页。

时代，自己"许多努力得来的成就"，"自不免都若毫无意义可言"是有思想准备的，[1]但却没有想到，他所面临的却是"大批判"的革命风暴：郭沫若《斥反动文艺》，北大学生"打倒新月派、现代评论派、第三条路线的沈从文"的大标语。而郭沫若的批判其实是大有来头的。据《毛泽东年谱（1893—1949）》记载，1948年1月14日毛泽东曾为中共中央起草致香港分局、上海局及各中央分局电，内称："要在报纸上刊物上对于对美帝及国民党反动派存有幻想、反对人民民主革命、反对共产党的某些中产阶级右翼分子的公开的严重的反动倾向加以公开的批评与揭露。"[2]这对沈从文的打击是严重的，如他在给朋友的信中所说，"迫害感与失败感，愧与惧，纠纷成一团，思索复思索，便自以为必成一悲剧结论"。[3]沈从文在给丁玲的信中则说是"怕政治上的术谋作成个人倾覆毁灭"。[4]总之，"我却行将被拒绝于群外，阳光不再属于我了"，[5]让人们很容易联想起曹禺笔下的陈白露的"太阳升起来了，……太阳不是我们的"那句著名台词。担忧"革命胜利了，知识分子却毁灭了"是从海涅开始的世界知识分子历史所共有的命题。[6]

这样，沈从文的困惑乃至恐惧实际上已经上升为存在论的层面："绳子断碎了，任何结子都无从……"，"你是谁？你存在——是肉体还是生命？"，[7]"我思，我在，一切均相互存在。我

1　《致吉六》（1948），《沈从文全集》18卷，第521页。

2　中共中央文献研究室编：《毛泽东年谱（1893—1949）》下卷，人民出版社、中央文献出版社，1993年出版，第266页。

3　《致刘子衡》（1949），《沈从文全集》19卷，第45页。

4　《致丁玲》（1949），《沈从文全集》19卷，第49页。

5　《四月六日》（1949），《沈从文全集》19卷，第29页。

6　参看钱理群：《丰富的痛苦——堂吉诃德和哈姆雷特的东移》，北京大学出版社，2007年出版。

7　《第二乐章——第三乐章》（1949），《沈从文全集》15卷，第214页，213页。

沉默，我消失，一切依旧存在"，[1] "革命来临以后"，我将"如何自处"？[2] "我（的）'意志'是什么？""'我'在什么地方？寻觅，也无处可以找到"，[3] "我始终不明白我应搁在什么位置上为合宜。我似乎已失去这个选择力"，"我究竟是在什么位置上？"[4]

其实，早在四十年代沈从文就有了"陷溺"在由"统治者"，"被它所囚缚的知识分子和普通群众"共同构成的"无边无际的海洋"（这很有点类似鲁迅所说的有形之阵与"无物之阵"）里，"把方向完全迷失"的恐惧。[5] 他说"由于外来现象的困缚，与一己信心的固持，我无一时不在战争中，无一时不在抽象与实际的战争中，推挽撑拒"，[6] 以至"心智神经失去灵明与弹性，只想休息"，"我的休息便是多数人说的死"。[7] 因此，确如论者所说，沈从文的"疯狂"与自杀都是有"自身思想发展的内在缘由"的。[8] 如果说 1940 年前后，沈从文的疯狂与自杀倾向，是由理想（即他所说的存在于"抽象"里的"生命一种最完整的形式"）和现实人事之间的巨大冲突所引发，[9] 他尚能够在其间"推挽撑拒"；而到了 1949年，沈从文却面临着这样一个社会：只要被体制拒绝了，就要陷入"凡是大门都关得严严的，没有一处可以进去。全个社会都若对于陌生客人表示拒绝"的根本性的存在困境。[10]

---

1 《从悲多汶乐曲所得》（1949），《沈从文全集》15 卷，第 216 页。

2 《一个人的自白》（1949），《沈从文全集》27 卷，第 4 页。

3 《张兆和致沈从文暨沈从文批语·复张兆和》（1949），《沈从文全集》19卷，第 9 页，8 页。

4 《四月六日》（1949），《沈从文全集》19 卷，第 24 页，30 页。

5 《黑魇》（1943），《沈从文全集》12 卷，第 171 页。

6 《长庚》（1940），《沈从文全集》12 卷，第 39 页。

7 《潜渊》（1940），《沈从文全集》12 卷，第 34 页。

8 张新颖：《沈从文精读》，复旦大学出版社，2005 年出版，第 183 页。

9 《生命》（1940），《沈从文全集》12 卷，第 43 页。

10 《一个人的自白》（1949），《沈从文全集》27 卷，第 17 页。

于是，沈从文就深深地陷入了两大精神、心理病态的折磨之中，无以自拔，也无法自救。

首先是被时代、历史、社会抛弃的"游离感"："生命不过如此。一切和我都已游离"。[1]沈从文想起自己一生都是"完全游离于生活以外，作一个旁观者"，这难道就是一种宿命？[2]他觉得自己像"失去方向的风筝"漂浮在天空，"不辨来处归处"；在刹那间，他甚至产生了自己的生命（肉体的与精神的）"游离四散"而"破碎"的幻觉。[3]在幻觉消失以后，他又如此冷静分析这样的游离状态给自己造成的生存困境："如果工作和时代游离，并且于文字间还多抵牾，我这种'工作至死不殆'强执处，自然即容易成为'顽固'，为作茧自缚困难。即有些些长处，也不免游离于人群的进步理想以外，孤寂而荒凉"[4]:意识到这一点，他感到了刻骨铭心的痛苦。

更让他感到恐怖的是，自己"完全在孤立中。孤立而绝望，我本不具生存的幻望。我应当那么休息了！"[5]这样的孤立感对沈从文是致命的。

于是，就有了这样的幻觉："向每一个熟人鞠躬，说明不是一道。／向你们微笑，因为互相十分生疏，／而奇怪会在一起如此下去。／向你们招呼，因为可以增加生疏。／一切都不可解，却始终得这样继续下去"。[6]这样的在"熟人"（知识分子群）中的生疏

1 《张兆和致沈从文暨沈从文批语·复张兆和》（1949），《沈从文全集》19卷，第10页。

2 《一个人的自白》（1949），《沈从文全集》27卷，第16页。

3 《从悲多汶乐曲所得》（1949），《沈从文全集》15卷，第222页。

4 《致张以瑛》（1949），《沈从文全集》19卷，第19页。

5 《张兆和致沈从文暨沈从文批语·复张兆和》（1949），《沈从文全集》19卷，第10—11页。

6 《第二乐章——第三乐章》（1949），《沈从文全集》15卷，第215页。

感、异己感，其实是早已存在于沈从文心灵深处的：他无法摆脱自己的"乡下人"的身份与情结。他在这一时期写给张兆和的信中就提醒说："莫再提不把我们当朋友的人，我们应当明白城市中人的规矩，这有规矩的，由于不懂，才如此的。"[1] 而对那些把自己当作朋友的自由主义知识分子，沈从文的心中也是自有一条线的：他后来就谈到自己和胡适不讨论政治，因为"他们谈英美民权，和我的空想社会相隔实远"，也不和梁实秋谈文学，"因为那全是从美国学校拿回来的讲义，和我的写作实践完全不合"。[2] 而现在，在这历史转折关头，沈从文更是感到了和这些朋友的隔膜。梁思成、林徽因曾在给张兆和的信中这样描述他们这些留在大陆，聚集在清华园里的自由主义知识分子的生活与心境："生活极为安定愉快，一群老朋友仍然照样的打发日子，……而且人人都是乐观的,怀着希望的照样工作。"[3] 沈从文对老朋友的乐观作出了强烈的反应："若勉强附和……，这么乐观有什么用？让人乐观去，我也不悲观。"[4] 在沈从文看来，这样的"附和"潮流而求"苟安"是以放弃知识分子的独立性为代价的，不过是他早已看惯的"城里人"的"世故"，[5] 是自己这样的固执的"乡下人"无论如何也学不来的，自己只有孤身坚守了。但却因为坚守而被朋友"当了疯子"，这是沈从文最感惊心的："没有一个朋友肯明白敢明白我并不疯"，"我看许多人都在参预谋害，有热闹看"。[6] 这

1　《复张兆和》(1949)，《沈从文全集》19 卷，第 16 页。

2　《总结·思想部分》(1950)，《沈从文全集》27 卷，第 104 页。

3　《梁思成、林徽因复张兆和》(1949)，《沈从文全集》19 卷，第 12 页。

4　《张兆和致沈从文暨沈从文批语·复张兆和》(1949)，《沈从文全集》19 卷，第 10 页。

5　《一个人的自白》(1949)，《沈从文全集》27 卷，第 11 页。

6　《张兆和致沈从文暨沈从文批语·复张兆和》(1949)，《沈从文全集》19 卷，第 9 页。

样的亲密朋友成了"看客"，都"参预谋害"的幻觉，是足以使沈从文崩溃的。——这很容易让人们联想起鲁迅笔下的"狂人"。

沈从文在给丁玲的信中又这样写道："在一切暗示控制支配中，永远陷入迫害疯狂回复里，只觉得家庭破灭，生存了无意义。"[1]这样的"家庭破灭"几乎把沈从文的恐惧与疯狂推到了顶端。关于家庭危机，沈从文有两点暗示，很值得注意。一是谈到自己这个"只知空想胡写，生活也不严肃的人"，"目下既然还只在破碎中粘合自己，唯一能帮助我站得住，不至于忽然圮坍的，即工作归来还能看到三姐"。[2]这里谈到"生活不严肃"，所暗示的自然是沈从文的家庭感情危机。过去已有学者考证、研究过沈从文和诗人高青子、九妹的婚外恋，[3]2009年《十月》2期发表了新发现的沈从文四十年代小说《摘星录》和《梦与现实》的初刊稿，所写的正是沈从文的另一段婚外恋情，《摘星录》即是这样的爱欲经验和幻想的产物，也就是这篇小说被许杰等作家批评为"色情作品"，郭沫若直斥沈从文的作品为"粉红色的反动文艺"，其主要依据大概也是这篇作品。而在 1940 年前后，沈从文的这些婚外恋是引发了家庭危机的，在这一时期的作品里，沈从文频频谈到精神的疯狂与自杀欲念，其中一个重要触因就是"主妇"的态度"陷我到完全孤立无助情境中"。[4]在感情与家庭危机过去以后，沈从文在 1945 年为纪念结婚十三年写了一篇题为《主妇》的小说，坦承自己"生命最脆弱一部分，即乡下人不见世面处，

1　《致丁玲》（1949），《沈从文全集》19 卷，第 48 页。

2　《致丁玲》（1949），《沈从文全集》19 卷，第 51 页。

3　金介甫：《沈从文传》（符家钦译），国际文化出版公司，2005 年 10 月出版；刘洪涛：《沈从文与张兆和》，文载《新文学史料》2003 年第 4 期；刘洪涛：《沈从文与九妹》，文收《报刊荟萃》1993 年第 5 期。

4　《绿魇》（1944），《沈从文全集》12 卷，第 155 页。

极容易为一切造形中完美艺术品而感动倾心"，并无法摆脱"长久持家生活折磨所引起的疲乏"，这都造成了"情感泛滥"而给家庭带来"危险"，他说自己为此"战争了十年"，并表示"我得从公民意识上，凡事和主妇合作，来应付那个真正战争所加给一家人的危险"。值得注意的是，这篇小说的最后，"我"又被"平衡"理性与情感矛盾的"幻念"带到了"疯狂"，在"无边际的思索"所产生的幻觉中走向滇池，在往前一步即陷入死亡的深渊的那一瞬间清醒了："我得回家了"，"我"又回到"主妇"身边，但还是"遥闻一种呼唤招邀声"。[1]可以看到，这样的一个"无边际思索—疯狂幻觉—自杀欲念—回家欲念"的心理模式，在我们所讨论的"1949 年沈从文自杀事件"中再一次出现了，或者说被延续，发展了。这一次并没有"感情泛滥"造成的家庭危机，但郭沫若"反动黄色文艺"的指责，则显然会引发本已趋于平静的感情的痛苦记忆，将沈从文置于道德审判台前，而这样的道德审判又显然铺垫了政治审判：在郭沫若的声讨中，"黄色"是为加强"反动"的罪责的。这样的家庭情感危机与政治的纠缠，对沈从文是最具杀伤力的：既使他有口难辩，更让他感到恐惧。

于是，就有了在给丁玲信中沈从文的另一方面的暗示："欲致我疯狂到毁灭，方法简单，鼓励她离开我"，"对我的处理，如第一步就是家庭破裂，我想我神经崩溃恐将无可补救，任何工作意义也没有了！"[2]现在没有材料证实组织在鼓励主妇离开沈从文，他的这一暗示或许有幻觉的成分。但有一个事实，连沈从文也很快就觉察到了：在这个历史、时代的大转折时期，每个人都必然要

1　此段分析采用了刘洪涛《沈从文与张兆和》一文的观点，请参看。
2　《致丁玲》（1949），《沈从文全集》19 卷，第 52 页。

卷入政治中，作出自己的选择。沈从文因此写了一篇文章，题目就叫《政治无所不在》，这可以说是沈从文对新社会的第一个观察，而他的第一个发现，就是"政治浸入了孩子的生命已更深"。这对沈从文来说，是至关重要的，因为他在 1948 年决心留在大陆，就是因为"放弃了对于一只沉舟的希望，将爱给予下一代"，"为孩子在新环境中受教育，自己决心作牺牲"。[1] 现在，孩子（当然更重要的还有"主妇"）都并不困难地接受了新政治，新社会，而自己却因为"乡下人"的固执多所疑虑，这就必然要引起新的家庭冲突。《政治无所不在》一文里，就写到"我们共同演了一幕《父与子》，孩子们凡事由'信'出发，所理解的国家，自然和我由'思'出发明白的国家大不相同。谈下去，两人都落了泪"。[2] 这落泪是动人的，也是最具震撼力的，沈从文终于明白，他如不改变自己，不"向人民投降"，[3] 不仅为社会所不容，"即在家庭方面，也不免如同孤立了。平时这孤立，神经支持下去已极勉强，时代一变，必然完全摧毁。这也就是目下情形。我的存在即近于完全孤立（按，沈从文信中此句本已删去，但仍能识别）"。[4] 家庭是沈从文，也是所有的人，在大时代的飘摇中，最后一块安身之处，立足之地，现在也发生了被拒斥的危机。沈从文的游离感、孤立感都发展到了极致，已是他极度敏感的心灵所难以承受，而他的丰富的想象力，又极度地强化了他的恐惧感，他终于到了"疯狂"的绝地，在"投降"之前，只有借"彻底休息"保留一个完整的自我来作最后的挣扎了。

---

1 《复张兆和》（1949），《沈从文全集》19 卷，第 17 页。

2 《政治无所不在》（1949），《沈从文全集》27 卷，第 41 页。

3 《致丁玲》（1949），《沈从文全集》19 卷，第 51 页。

4 《致张以瑛》（1949），《沈从文全集》19 卷，第 20 页。

以上的讨论，说明 1949 年沈从文自杀是多种因素合力作用的结果：既有政治的压力，也有家庭的危机，更是易代之际知识分子游离于时代，被社会拒斥孤立，找不到自己位置的精神危机，这都是具有极大典型性的。沈从文个人与家庭的情感危机或许有一定的特殊性，但家庭情感危机和政治的纠缠，在 1949 年以后的历次政治运动中都一再发生，这也够得上是一个典型现象。

但问题的另一面却是置之绝地而后生，在沈从文的疯狂与自绝中也孕育着新生。正像前文所分析的十年前的那次情感的、家庭的、精神的危机止步于自杀的边缘，最后"回家"了；这一次，在自杀被救以后，他也是"回到家里"，"终于还被大力所吸引，所征服"，"被迫离群复默然归队"了。[1]——这样的"默然归队"，在 1949 年以后的大陆知识分子中也是具有典型性的。

这里需要强调的是，沈从文的"归队"，并不完全出于外在的压力，也不完全被动。我们首先注意到，沈从文是一个具有极强的承担意识和使命感的知识分子，这是沈从文一切思想与行为选择的一个基本出发点，也是我们观察、研究他必须牢牢把握的基本点。他是不能想象自己永远被游离于社会、人群之外的，他觉得这样的游离状态，是"极离奇"的："那么爱这个国家，爱熟与不熟的人，爱事业，爱知识，爱一切抽象原则，爱真理，爱年青一代，毫不自私的工作了那么久，怎么会在这个时代过程中，竟把脑子毁去？把和社会应有关系与自己应有地位毁去？"[2] 对沈从文来说，这些"爱"，这些"关系"，这些"地位"，都是一种责任；不管外在力量怎样拒斥、孤立，他依然要"归队"，

---

1 《黄昏和午夜》（1949），《沈从文全集》15 卷，第 230 页，234 页，235 页。

2 《日记四则》（1949），《沈从文全集》19 卷，第 59 页。

回到时代、历史潮流中，尽到自己的一份公民的职责，即使社会不给他机会，他也要"等待"。他在从自毁的迷误中清醒过来以后说："我明白了'等待'二字具有什么意义"，"等待"成了他此后主要的生命词。[1]

更重要的是，沈从文的"归队"，也是有内在依据与可能的。这就是本文所要讨论的第二个问题——

二、沈从文怎样找到自己的生命和"新社会"的契合点，作为联结的通道？也就是说，他如何"适应"新的社会，又"坚守"自己的基本立场，从而形成了他的"新思想"？

"文革"期间的 1968 年，沈从文写了一个申述材料，回顾1949 年以来的人生之路，说到"有三个原因稳住了我，支持了我"："一，我的生活是党为抢救回来的，我没有自己，余生除了为党做事，什么都不重要。二，我总想念着在政治学院学习经年。每天在一起的那个老炊事员，我觉得向他学习，不声不响干下去，完全对。三，我觉得学习用《实践论》《矛盾论》、辩证唯物论搞文物工作，一切从发展和联系去看问题，许多疑难问题都可望迎刃而解。"[2]1983 年他在一篇文章里，也说自己"卅年学习，前后只像认识十一个字，即'实践'、'为人民服务'，和'古为今用'，影响到我工作，十分具体"。[3]——这两段话，特别是"文革"期

1 《四月六日》（1949），《沈从文全集》19 卷，第 29 页。
2 《我为什么始终不离开历史博物馆》（1968），《沈从文全集》27 卷，第 247 页。
3 《无从驯服的斑马》（1983），《沈从文全集》27 卷，第 380 页。

间的申述，自会有那个时代的特殊烙印，但沈从文的态度是认真的，大体上是反映了他的真实想法的，并且对他的基本思想作了一个概括，因此，可以作为我们讨论的依据。结合他各个时期的言论、文字，我以为1949年以后沈从文的"新思想"大概包括三个方面的内容。

（一）沈从文的"新爱国主义"思想

在1968年的申述中，沈从文说到党对他的"挽救"，以及"余生为党做事"的意念。这或许有时代印记，但他在1949年那次自杀以后，就接受了中国共产党的领导，确是事实。而这样的接受又是从他的爱国主义思想出发的。1951年沈从文在给朋友的通信里，提出了一个原则："凡事从理解和爱出发"；而他的"爱"，首先是对国家的爱："我爱国家，因为明白国家是从如何困难挣扎中建立起来的"，"我是个中国人……怎么能不爱？"[1]这是沈从文以及他那一代和国家、民族一起饱经历史沧桑的知识分子的一个基本立场，是他们的思考与行为选择的出发点与归宿，也是我们观察和研究沈从文那一代老知识分子必须牢牢把握的另一个要点。他们正是从对国家、民族的刻骨铭心的爱出发，对他们并不习惯，甚至有所抵牾的新中国、新社会，采取了努力理解的态度，这就是他们最终接受共产党领导的思想基础。

其实，早在新中国成立以前的1948年，沈从文就已经说过："重要处还是从远景来认识这个国家，爱这个国家。国家明日必进步，可以使青年得到更多方面机会的发展，事无可疑。只不过进展方式，或稍稍与过去书生所拟想的蓝图不甚相合罢了。一切历

---

1 《凡事从理解和爱出发》（1951），《沈从文全集》19卷，第107页，111页。

史的成因，本来就是由一些抽象观念和时间中的人事发展相互修正而成。书生易于把握抽象，却常常忽略现实。然在一切发展中，有远见深思知识分子，却能于正视现实过程上，得到修正现实的种种经验。"[1]——这里谈到了"书生（按，在另一封信里，沈从文称为'自由主义书呆子'[2]）所拟想的蓝图"，是对他自己的建国设想的一个反省。沈从文说自己的思想与创作倾向是"自由主义偏左"的，[3]并自称"空想的社会主义者，文学中的观念革命家"。[4]这大概是符合实际的：沈从文曾把他的"人类社会理想"概括为"使人乐生而各遂其生"，并认为是和"人类大同的愿望"相"一致"的，这或许有"空想社会主义"的成分，又显然有中国传统的道家思想的影响；[5]而他的实现理想的建国之道，又是"专家治国"，"以为是可以从社会上各部门专家抬头，而代替了政客官僚军阀，知识能代替武力和武器，应用到处理国内问题上时，就可以达到的"，[6]而沈从文更看重的是文学艺术的作用，以为"如把文学艺术作工具，进行广泛而持久的教育和启迪，形成多数人对于国家进步一种新态度，新观念，由矛盾对立到和平团结，是势所必然。既深信文字的效果，且认为凡事能用文字自由讨论，就可望有个逐渐合理的明天，带来些新空气，新理解，足以将这个乱糟糟的统治现实加以改造"[7]：这就更是书生空谈了。而且"专家

1　《致吉六》（1948），《沈从文全集》18卷，第521页。

2　《致季陆》（1948），《沈从文全集》18卷，第516页。

3　《总结·思想部分》（1950），《沈从文全集》27卷，第104页。

4　《我的分析兼检讨》（1950），《沈从文全集》27卷，第70页。

5　《解放一年——学习一年》（1950），《沈从文全集》27卷，第51页；在《我的分析兼检讨》里，沈从文也谈到自己受"佛道杂书"的影响（《沈从文全集》27卷，第73页）。

6　《解放一年——学习一年》（1950），《沈从文全集》27卷，第54页。

7　《政治无所不在》（1949），《沈从文全集》27卷，第38—39页。

治国"的理念（这是沈从文和胡适为代表的自由主义知识分子的
共同点）又是和我们在下文将要讨论的沈从文对知识分子，特别
是专家根深蒂固的不信任感多少有些矛盾。更重要的是，新中国
的成立，是人民武装革命胜利的结果这一现实，使沈从文，以及
和他有类似想法的知识分子，不得不"老实承认在革命现实发展
中，文学艺术已落于军事政治发展之后"，[1] 就像鲁迅在 1927 年大
革命时所说的那样，"一首诗吓不走孙传芳，一炮就把孙传芳轰走
了"。[2] 正是这种"罗亭式的空想空论，和现实接触后的破灭"，[3] 成
为沈从文这样的知识分子接受共产党领导的内在逻辑起点。

　　沈从文在 1956 年回顾自己思想发展的道路时，特地谈到与
"年过七十，在本世纪初期，和帝国主义者办过交涉极久的叶公
绰先生"的一次谈话："他说，有两次关于国家重要消息使他流
泪：一回是孙中山先生宣布辛亥革命成功，另一次就是毛主席
在人民政府成立时，说的'中国已经站起来'。因为都和反帝有
关，和对于国家新的转机有关。"沈从文表示："我想凡是年在
六十上下的知识分子，和叶老先生具有同感的一定不在少数！"[4]
在此之前写的一篇文章里，他更是强调一点："一切帝国主义
在中国百年特权，一下铲除，这是中国历史上空前大事，是史
无前例的。"[5]——这是一个重要的信息：沈从文和他那一代有着
民族屈辱记忆的知识分子，对中国共产党所领导的新社会的接
受，其最初的因缘，最重要的理由，就是中国共产党领导的革

1 《政治无所不在》（1949），《沈从文全集》27 卷，第 47 页。
2 鲁迅：《革命时代的文学》，《鲁迅全集》3 卷，人民文学出版社，2005 年出版，第 442 页。
3 《解放一年——学习一年》（1950），《沈从文全集》27 卷，第 56 页。
4 《一个知识分子的发展》（1956），《沈从文全集》27 卷，第 362 页，363 页。
5 《〈武训传〉讨论给我的教育》（1951），《沈从文全集》27 卷，第 353 页。

命，结束了中国备受帝国主义侵略、掠夺的半殖民地的历史，民族得到解放，国家得到独立。这样的感受，在沈从文这里是刻骨铭心的，在他以后的著作、书信里，不断地谈到中国必须"成为世界上一个大强国"，以防止"任何帝国主义者"的"侵犯"，[1] 这绝不是偶然的。可以说，这样的独立、强国梦，对帝国主义侵犯的警惕，成了这一代知识分子的一个基本情结，也是他们对中国共产党的一个基本认同点，一个精神联系的纽带。沈从文在谈到"知识分子和新社会的关系"时，谈到三种可能的选择：一是"自外"于中国共产党所制定的国家独立、富强这样的"共同进步目标"，像自己当年那样，"另有企图期望"，则"容易转成空想"，实所不能；二是"寄托依附于其他国家势力下"，"即容易成为民族罪人"，实所不取；剩下的只有一条路，就是"放弃旧立场，抛掉旧观点"，认同中国共产党领导的国家，至少可以在国家建设上发挥自己的作用。[2]

因此，就有了对中国共产党的另一个认同理由："一个多变易的时代，必有个集团并善于运用集团方能成事"。[3] 于是，人们很容易就发现，在沈从文的文章、书信里，出现了四个他过去著述里从未有过的新词语："组织""动员""计划"和"领导"。这都是他反复强调的："格外重要"的是"个人和国家在有组织有计划中的发展"，"这种种，无不得通过中国共产党的领导"，

---

1 《致沈虎雏》(1951)，《沈从文全集》19 卷，第 241 页；《致张兆和》(1956)："中国人在共产党教育下真是站了起来，谁也压不下去"(《沈从文全集》20 卷，第 62 页)；《致沈云麓》(1959)："帝国主义者最怕中国进步，对公社只希望失败，我们就必须搞好它，而且也一定会慢慢搞得很好的"(《沈从文全集》20 卷，第 284 页)，等等。

2 《政治无所不在》(1949)，《沈从文全集》27 卷，第 43 页。

3 《自传》(1950)，《沈从文全集》27 卷，第 61 页。

"才有可能来实现一个伟大美丽的新中国"；[1] "只有在中国共产党领导下的人民政权"，"才能把蕴藏在中国人民内部无限丰富的智慧和创造热情，全部解放出来，纳入国家计划中，运用到科学研究和工业建设上去，实现国家发展的远景"；[2] "人在组织中动员起来时，实在是不可想象"，"人力的动员如此伟大，个人处身其间，不免越来越感觉渺小"；[3] "这次下乡四月，深深明白'集体主义'和组织领导的重要性"；[4] 等等。——这里显然存在一个逻辑：国家必须在"有组织有计划中"发展，特别是东方落后国家要赶上西方发达国家，就必须把人民"组织起来"，实现人力资源的最大限度的动员，并最大限度地发挥人的智慧与力量；而要做到这样的全民族、全国范围的"组织""动员"和"计划"，就必须有中国共产党这样的有着统一的意识形态、高度集中的集团来领导。这就意味着，沈从文这样的知识分子对中国共产党领导的接受，是建立在通过组织、动员与计划的力量，实现后发国家跨越性发展的现代化发展道路的认同基础上的。这同时也意味着，沈从文现在认同的"国家"是一个"有组织有计划有领导的国家"，对于一个有着鲜明的个人主义和自由主义倾向的知识分子来说，这不能不说是一种全新的经验，一个根本性的转变。

沈从文也就因此解决了长期困扰着他的两大问题。首先是和"政治"的关系。沈从文并不讳言："'政治'二字给我的印象，向来就只代表'权力'，与知识结合即成为'政术'，在心理上历来

---

1 《我的学习》（1951），《沈从文全集》12 卷，第 370 页。

2 《沈从文的发言》（1956），《沈从文全集》14 卷，第 406 页。

3 《致张兆和》（1951），《沈从文全集》19 卷，第 186 页，185 页。

4 《致张兆和》（1952），《沈从文全集》19 卷，第 352 页。

便取个否定态度。只以为是一个压迫异己膨胀自我的法定名词。"
但是，他现在终于认识到，"政治无所不在"，"人不能离开政治"，
自己过去那样逃避政治不仅是自欺欺人，更是"对社会进步要求
的责任规避"。尤其重要的是，现在，他在"官僚政治"之外，还
发现了"新民主主义政治"。前者是他深恶痛绝，避之唯恐不及
的；后者他即使并不完全理解，却是可以接受，愿意适应的。因
为"新民主主义政治"，在他看来，是用权力来为国家利益、人民
利益服务的，并不追求一己私利，也不会压迫异己者。因此，他
尽管也知道"一个普通人，实不容易如政治家那么理解政治，适
应政治"，但他依然愿意努力"改造"自己，以融入这样的新政治
中。[1] 他大概认为，这是实现他在 1948 年提出的一个理想的契机：
"国家社会能在一个合理管制领导下向上向前。万千人必忘去过去
仇恨，转而为爱与合作，一致将热忱和精力为新社会而服务"，[2] 他
是愿意为这样的国家、社会理想献身的。

在《政治无所不在》里，沈从文还谈到了他的第二个新认识：
"人不能离群"，并且是"离群必病"。[3] 这大概是他这一次"疯狂"
而自闭的一个最重要的教训。他在病后所写的诗里写道："一个人
被离群方产生思索"，而思索的一个中心问题就是如何"处理这个
人群的新法则"。他终于"重新发现了自己"："我原只是人中一个
十分脆弱的小点 / 却依旧在发展中继续存在 / 被迫离群复默然归
队, / 第一觉悟是皈依了'人'"；"终于还被大力所吸引"，"为完
成人类向上向前的理想, / 使多数存在合理而幸福, / 如何将个别

1 《政治无所不在》(1949)，《沈从文全集》27 卷，第 38 页，46 页，44 页，42 页，46 页，47 页。
2 《致吉六》(1948)，《沈从文全集》18 卷，第 520 页。
3 《政治无所不在》(1949)，《沈从文全集》27 卷，第 46 页。

生命学习渗入这个历史大实验，/ 还是要各燃起生命之火，无小无大，/ 在风雨里驰骤，百年长勤！"[1]——这里，既有人性的"皈依"，在充分认识人性的群体性的基础上，自觉将个体生命回归群体之中；同时，也还包含有被时代的"大力"所吸引，融入"历史大实验"中，为"理想"，为"多数存在合理而幸福"，而无条件牺牲个人的生命欲求，而后者是接近已经成为主流意识形态的"集体主义"观念，即诗里所说的"人群新法则"的；前文提到沈从文在经过土改实践，"深深明白"了"集体主义"的"重要"，是真实反映了他的新思想的。

因此，沈从文有充分理由宣布，他获得了"新的理性"。[2]这大概包括了前文所提到的国家独立、富强梦，"有组织有计划"的国家观念，党的领导，"人不能离开政治"，"人不能离群"的理念。沈从文在另一篇文章里，还提出了一个"新的爱国主义"的概念，[3]其内涵应该也包括这几个方面。

这样的"新的爱国主义""新的理性"，显然是对新社会的一个"适应"，对其原有思想的一个调整，以至转变；但也有"坚守"，因为他对于中国共产党领导下的新中国、新社会的接受与认同，是以这样的新领导方式、新国家、新社会的发展方式，将有利于他的"使人乐生而各遂其生""万千人忘去过去仇恨，转向求爱与合作"的理想的实现为前提的。因此，当以后的发展，越来越走向"阶级斗争为纲"的道路，距离他的理想越来越远时，沈从文想适应也适应不了，就陷入了深刻的矛盾与痛苦之中，并且完全无能为力，这都是可以想见的。

---

1 《黄昏和午夜》（1949），《沈从文全集》15卷，第235页，234页，236页。
2 《政治无所不在》（1949），《沈从文全集》27卷，第48页。
3 《时事学习总结》（1950），《沈从文全集》27卷，第67页。

更重要的是，起初，沈从文对党的领导的接受，尽管也存在外在压力，但仍然可以说是他的一个自觉选择，是自有逻辑的。但随着组织规约的加强，就越来越显得被动了。特别是在1957年反右运动以后，他不能不重新考虑自己在新中国、新社会的实际处境。在给大哥的信中他这样写道："做了'右派'真可怕！我们不会是右派，可是做人、对事、行为、看法，都还得改得好一些，才不至于出毛病"，"我毛病实在更多，今年就下定决心更改。几年来我记住丁玲告我两句话，很得益，她说：'凡对党有好处的，就做，对党不利的，不干。'我很得到这话的好处。盼望你也记住它"。[1] 这样的接受，是以政治上的不安全感为背景的，显示的是反右运动的威慑力。对沈从文这样的知识分子而言，就意味着一个实质性的变化。因此，沈从文在1960年写给大哥的信里，说出这样的话，就不是偶然的："大处全有党在一盘棋下掌握，不用担心了。惟小处总还是就地要人肯热心做事"。[2] 那个一直在关心、思考民族的未来，具有强烈的使命感、承担意识的沈从文，就这样发生了"转变"。当然，沈从文还在挣扎，这是我们在下文要讨论的。重要的是，这样的"转变"是二十世纪五六十年代中国知识分子所共有的；我在一篇文章里，有过这样的描述："他们半是被迫，半是自动地放弃了探索真理的权利，放弃了独立思考的权利"，这不仅从根本上背离了现代知识分子的历史传统，而且"也是知识分子历史品格的丧失"。[3]

---

1 《致沈云麓》（1958），《沈从文全集》20卷，第234—235页。沈从文在整风和反右运动中的表现及反应，十分复杂，将另作文讨论，这里只谈其中一个方面。

2 《致沈云麓》（1960），《沈从文全集》20卷，第377页。

3 钱理群：《后记》,《心灵的探寻》，北京大学出版社，1999年出版，第307页。

（二）沈从文的"新人民"观

沈从文一直是以"乡下人"自居的，这是他最看重的自我身份，某种程度上也构成了他的一个情结，其中夹杂着自傲与自卑。这也是我们观察、研究沈从文必须把握的另一个要点。

沈从文曾一再说他"和人民中的船夫、农民、兵士、小手工业者，情感易相通"，[1]因此，他总有"回到这些人身边去，这才是生命！"的冲动。[2]在他的精神迷乱中，不断出现翠翠的形象，他说他在"搜寻丧失了的我"，那么，那个本真的"我"是应该在翠翠们中间的。[3]因此，他在择路的困惑中首先想到的，就是到这些普通人民中寻找出路与支撑："只想想，另外一片土地上，正有万千朴质农民，本来也只习惯于照料土地，播种收获，然由觉醒到为追求进步原则，而沉默死亡，前仆后继，永远不闻什么声音，这点单纯的向前，我们无论如何能把自己封闭于旧观念与成见中，终不能不对于这个发展，需要怀着一种极端严肃的认识与注意！"[4]——值得注意的，是这里沈从文所关注的"农民"，是"觉醒"的，为建立新中国而"前仆后继"地牺牲的新农民，沈从文说为了要打破自己"封闭"于"旧观念与成见"的状态，就必须把握这样的"发展"，显然是要通过对这些觉醒的农民的关注，来寻找和即将到来的新社会的沟通之路。因此，当他的老朋友杨刚代表时在军事管制委员会担任要职的沙可夫、吴晗等人表示："我和许多朋友都相信你最终是属于人民的"时，[5]应该是使陷入绝望

1 《总结·思想部分》（1950），《沈从文全集》27卷，第99页。

2 《题于〈柏子〉文末》（1948—1949），《沈从文全集》14卷，第464页。

3 《五月卅下十点北平宿舍》（1949），《沈从文全集》19卷，第43页。

4 《致吉六》（1948），《沈从文全集》18卷，第520页。

5 《杨刚致沈从文》（1949），《沈从文全集》19卷，第34页。

中的沈从文看到了希望的微光的。

这是颇耐人寻味的：沈从文于1950年初，到华北大学学习，这是他和革命与新政权的第一次接触；但真正触动他的，却不是那些抽象的革命理论，他说"在此半年唯一感到爱和友谊，相契于无言，倒是大厨房中八位炊事员"。[1]可以毫不夸张地说，正是这些普通的劳动者深刻地影响了沈从文的人生选择和他此后的一生。因此，如前文所引述，直到"文化大革命"时（那已经是十八年以后）他还是说是"那个老炊事员""稳住了我，支持了我"。[2]这样，这位老炊事员在沈从文这里就具有了象征的意义。那么，沈从文在"老炊事员"身上发现了什么呢？沈从文在谈到他在土改中所接触的农民时，曾经说过："好些方面，这些人的本质都和我写的三三、萧萧、翠翠相似，在土地变化中却有了些新的内容。"[3]沈从文对"老炊事员"也应该是既熟悉又陌生的，而他最看重的，却是那些"新的内容"。他看到的是新的觉醒："明白的意识到自己作了主人"，"明白国家是老百姓自己的，自己事情自己做，齐力合心好好的做"，"明白爱国家为人民做事，大小都是一样"；新的道德："一切为人而无我"，"全心全意为人民服务"；新的作风："素朴而忠诚"，"话虽说得极少，事情总做得极多"，"在沉默里工作，把时代推进"。[4]沈从文说他发现了"一种新的人民典型"。[5]他也因此懂得并接受了历史唯物主义的基本观点：劳动人民"创造了历史文化"，却"在阶级社会里，历来被统治阶级所忽视轻视"，"从不曾在历史文化中得到应有位置"，新

1 《复萧离》（1950），《沈从文全集》19卷，第71页。

2 《我为什么始终不离开历史博物馆》（1968），《沈从文全集》27卷，第247页。

3 《致张兆和》（1951），《沈从文全集》19卷，第175页。

4 《老同志》（1950—1952），《沈从文全集》27卷，第478页，474页，473页。

5 《凡事从理解和爱出发》（1951），《沈从文全集》19卷，第113页。

社会的历史使命就是要使劳动人民成为"主人"。这样的"新人民观"也是沈从文的"新理性"，无疑是对他的"乡下人"情结的一个理论提升。沈从文也因此找到了自己的位置："和万万人民来共同创造一个崭新的既属于民族也属于世界的文化"。[1]他更是从炊事员"老同志"的"在沉默里工作，把时代推进"里，找到了自己的生命存在方式。——这些问题，我们将在下文详作讨论。

这里要强调的是，沈从文因此找到了他和共产党领导的革命、和新社会最基本的契合点，一个最重要的认同基础。在他的新理解里，共产党领导的中国革命是一个"让老百姓翻身"的历史变革；[2]共产党及其领袖"都代表的是万万劳苦人民／共同的愿望、共同的声音"；[3]毛泽东思想是"人类向前向上进步思想，在中国和万万觉醒农民单纯素朴人生观的结合，也即是马列主义在中国土地上生长的式样"。[4]原本充满疑惧的革命、新社会、新意识形态，经过这样的转换，就几乎是顺理成章地被"乡下人"沈从文接受了。

有意思的是，沈从文还在对城市里的知识分子的鄙夷与批判里，找到了他和新意识形态的认同点。这几乎是他在1950年前后，也即他的思想转变、归队时期最喜欢谈论的话题："这才是新时代的新人，和都市中知识分子比起来，真如毛泽东说的，城里人实在无用！乡下人远比单纯和健康"；[5]"这些人（按，指土改中的农民）真如毛文所说，不仅身体干净，思想行为都比我们干

1 《老同志》（1950—1952），《沈从文全集》27卷，第477—478页。
2 《老同志》（1950—1952），《沈从文全集》27卷，第474页。
3 《黄昏和午夜》（1949），《沈从文全集》15卷，第226页。
4 《政治无所不在》（1949），《沈从文全集》27卷，第44页。
5 《四月六日》（1949），《沈从文全集》19卷，第25页。

净得多"；[1]"我们来自城市中的知识分子，不中用之至，渺小之至，甚至于可狗屁之至"；[2]"到农村中看看，才明白在城市中的知识分子所过的生活，实在还是剥削国内工人和农民劳动果实，不大合理。如有人民良心，要靠拢人民"。[3]"乡下人"的自尊，在新的意识形态中找到了依据；沈从文也因此比较容易地接受了"知识分子必须改造"的思想。而这样的改造是包括他自己在内的，因为真正到了农村和乡下人接触，沈从文却发现，"我似他们可不是他们。爱他们可不知如何去更深入一点接近他们"，"某一点极理解，某一点却如隔着一层东西"，[4]于是，他明白了，自己"虽来自民间，却因为到都市一久，如同迷失了方向，再也回不到原来的乡下"，[5]这给他带来了真实的痛苦和负疚，他真诚地检讨着自己，愿意接受改造。即使在"文革"中受到迫害，他也这样忏悔："想想五六亿人民都是长年贴身土地，为生产而劳作，我只有惭愧，别无可说。"[6]

但就是这"别无可说"，暴露出了引起沈从文共鸣的，将农民理想化，以此贬抑知识分子的民粹主义思想的负面。对当时的意识形态而言，这是对知识分子实行改造的理论依据；而在沈从文这里，就成了他接受改造的心理抚慰。

而沈从文将他们视为乡下人天然的，永远的"代表"，也是一个问题。比如当沈从文真诚地宣布要将"一切从大多数人民长远

1 《致张兆和》（1951），《沈从文全集》19卷，第180页。
2 《致金野》（1951），《沈从文全集》19卷，第195页。
3 《致张兆和》（1952），《沈从文全集》19卷，第345页。
4 《致张兆和》（1951），《沈从文全集》19卷，第187页。
5 《我》（1958），《沈从文全集》27卷，第163页。
6 《劳动感想》（1966），《沈从文全集》27卷，第198页。

利益出发"作为自己的一个"不变"的"根本原则",[1] 他就面临着一个问题：这样的"大多数"、"人民"、"长远"的利益，是由谁来确定的？在实际生活里，这个问题就变成了一个十分简单、明快的逻辑：既然革命者"代表"了人民，那么，"一切从大多数人民长远利益出发"就是一切从革命的长远利益出发，沈从文很可能没有想过这样的问题，也没有意识到这样的实际生活的逻辑，但他确实因此接受与服从了现实的领导意志。其实，还有一个问题也是沈从文和许多知识分子所没有想过的：强调"一切从大多数人民长远利益出发"，那么，"大多数"之外的"少数"，"人民"之外的"非人民"，"长远利益"之外的"眼前利益"怎么办？本来这些问题是曾经的自由主义者的沈从文应该关注、追问的，但他现在却根本不去想了，这大概就是"改造"了的结果；这"改造"的代价，是不能不引发人们的许多感慨和深思的。

（三）沈从文的"新唯物论"

这也是沈从文一再强调的："由于不曾受过正式中等教育，思想方法、工作方法，和一般出身于大学文史系搞创作、搞研究的人多不相同。可能大不相同。所得进展和结果，因此也显著不同。在任何环境中都不免有孤独感。"[2]——这里所透露出的信息对我们理解沈从文是十分重要的：和"乡下人"一样，"不曾受过正式中等教育"也是梦魇般压在沈从文心上的一个"情结"。他因此时时感到自己和受正规教育的学院知识分子之间的深刻距离和隔膜。也就是说，他不仅感受着政治的压力，而且也感受着学院体

---

1 《时事学习总结》（1950），《沈从文全集》27 卷，第 63 页。
2 《自剖提纲》（1967），《沈从文全集》27 卷，第 384 页。

制、文学体制的压力。这就给我们观察 1949 年以后的中国知识分子精英的处境、生存状态提供了一个新的视角：人们通常把新中国成立后二十七年间的知识分子精英视为一个受压抑的整体，而忽略了或遮蔽了其中的复杂性。在沈从文的感受里，他和他的许多老朋友的处境就是大不相同的。他甚至说："近来看老舍巴金，如在地面仰望天空"，[1] 那些被体制所接纳的老朋友，虽然仍不被信任，受着不同程度的压抑，但无论生活待遇，还是社会地位都是被排斥在体制之外的沈从文这样的知识分子所不能望其项背的。更重要的是，一些不同程度掌握了学术权力、文学权力的学院里的"专家"，文苑里的"权威"，在对上承受着权力的管制的同时，对下却也会对"小人物"（沈从文在他后来从事的文物工作中就是这样的"小人物"）形成某种压制关系，这正是沈从文感受得更为具体，而且是他要抵制和反抗的。

沈从文自称自己是有"严重'经验主义'毛病"的人，[2] 说是"毛病"，但背后却有一种自信与坚守，即是要和那些一切从书本出发的专家、权威划清界限。1949 年以后，沈从文读过许多马列主义的著作，但他读得最有兴趣，最有心得，而且付诸实践的，就是毛泽东的《实践论》与《矛盾论》，这大概不是偶然的。沈从文说，他读毛泽东的两大论，懂得并牢牢"记住"了四条："不调查研究无发言权"，"研究中国文化史的重要性"，"一切学术研究工作，善于用实践论求知识，反复求证的方法去进行，必可得到新的进展"，"一切不孤立，一切事有联系和发展"。[3] 在另一篇文

1 《复沈云麓》（1957），《沈从文全集》20 卷，第 218 页。
2 《我》（1958），《沈从文全集》27 卷，第 166 页。
3 《我为什么始终不离开历史博物馆》（1968），《沈从文全集》27 卷，第 243 页。

章里他又补充了一条："一切是从具体出发，不从抽象出发"。[1]沈从文将他在《实践论》和《矛盾论》启发下形成的这样的新认识论与方法论，称为"唯物的'常识'"[2]和"实事求是的研究工作方法"[3]。——这对1949年以后的沈从文显然具有重要意义：这是他和新政权、新意识形态又一个重要的认同点，而且因为是在认识论、方法论层面上的，因而能够渗透到他的业务工作中，就是更加内在的一种精神纽带了。

当沈从文自觉地将"唯物的'常识'"运用于他的文物研究时，不仅确立了他的"研究劳动人民成就的'劳动文化史'、'物质文化史'，及以劳动人民成就为主的'新美术史'"的研究方向，[4]而且形成了一套"把文物和文献广泛结合起来搞问题、搞制度的方法"。[5]沈从文对他的这一研究新思路是颇为自信自得的，他断定"这么工作是一条崭新的路"，因为它"不受洋框框考古学影响，不受本国玩古董字画旧影响，而完全用一种新方法、新态度，来进行文物研究工作"，"做得好，是可望把做学问的方法，带入一个完全新的发展上去"，他甚至认为这是"具有学术革命意义的"。[6]

沈从文如此强调他的新方法新思路的"革命"意义，就是意识到他是在向传统的"重文献轻文物"的研究道路挑战，向文史研究的权威挑战，而这些传统与权威是有学术权力支持的，如沈

---

1 《我为什么搞文物制度》（1966），《沈从文全集》27卷，第194页。

2 《用常识破传统迷信》（1968），《沈从文全集》27卷，第229页。

3 《我为什么强调资料工作》（1966），《沈从文全集》27卷，第184页。

4 《我为什么始终不离开历史博物馆》（1968），《沈从文全集》27卷，第245页。

5 《复沈云麓》（1961），《沈从文全集》21卷，第61页。

6 《我为什么始终不离开历史博物馆》（1968），《沈从文全集》27卷，第245—246页。

从文所说，那些"所谓正统派"是不会"承认这种实践学问是新通史知识来源一部门，或新基础"的。[1] 这样的不被承认，和前面所说的"不曾受过正式中等教育"的沈从文情结联系在一起，就形成了沈从文和学院知识分子之间在学术思想、观念、方法、情感和心理上的冲突。沈从文在私人通信中不断谈到他对学院知识分子的不满："以北大而言，许多历史系教授，还不习惯搞文物，忽视文物提供的新问题，国文系的同志们，更不注意，甚至于还有人把它看成是'玩古董'，以不懂而自傲"；[2] "不要再学过去教授的孤立方法搞文史。如依旧停顿到以书注书辗转抄袭方法上，真对不起时代！""许多教文史的还满足于这几年的方法，以称引几句马列词句附和旧材料哄学生，就算是历史科学，真令人代为着急之至！"[3] "艺术和文物部门，研究工作极薄弱，还有抱虚无主义态度老一套搞他自己的东西，却又拿那个来教人的"，"教授之无识，有出人意外的"；[4] 等等。面对和学院知识分子的这种隔膜，沈从文唯一的支撑就是毛泽东的《实践论》和《矛盾论》了，沈从文因此多次强调自己在实践毛泽东的《实践论》。但他所在的博物馆的领导者却并不理解这一点，反而一再指责沈从文的文物研究是"不务正业"。

因此，我们就完全可以理解，当毛泽东发动"文化大革命"，提出要批判"反动学术权威"时，沈从文的复杂反应。当

1 《我为什么研究杂文物》（1966），《沈从文全集》27卷，第191页。

2 《复孙作云》（1956），《沈从文全集》19卷，第438页。沈从文是1949年以后从北大中文系出来的，因此，他对北大中文系的关注是很自然的。但他离开以后，北大中文系的门始终对他是关着的，这对他心灵的创伤也是难言的。

3 《复程应镠》（1956），《沈从文全集》19卷，第476页。

4 《致张兆和》（1957），《沈从文全集》20卷，第207页。

然，从总体来说，沈从文对"文化大革命"，开始是不理解，[1]后来就越来越反感了，而他自己从一开始就被排入"假专家"之列，"成了黑牌子人物"。[2]但"文革"中提出的"破除专家权威迷信"，还是引起了他的共鸣的。他因此写了《用常识破除迷信》等申辩材料，除强调自己一直不被承认，"根本不是什么专家'权威'"，"一切努力，都是在对专家'权威'有所'破'、有所否定的"外，[3]重点却在肯定"文革"中的批判，是文物工作中的唯物主义和唯心主义的"两条路线斗争"，表示"深信唯物的'常识'必将战胜传统的'权威'"，要"用土方法""破除上千年来所谓皇帝名流和现代专家'权威'的传统鉴定，还他一个本来面目"，[4]并且提出对这些专家，仅"从资产阶级思想行为私生活"方面进行批判，并不能动摇其权威性，还必须"用一种历史科学新方法，破除对于这些东西的盲目迷信"才有可能，并毛遂自荐说自己的工作在这方面"或多或少还能起点作用"[5]——尽管我们完全可以理解沈从文的用意无非是争取一个工作的机会，而且他对自己的新方法是深信不疑的；但他却不理解"文革"中的批判，是一个政治的斗争，他这样发言，自然显得书生气十足了。

1　他在《我的检查》里说自己在"文革"中"由于冲击大，头脑形成精神崩溃状态。只明白一件事：工作又搞错了"（《沈从文全集》27卷，第205页）。

2　参看《表态之一》（1966），《沈从文全集》27卷，第172页；《我的检查》（1966），《沈从文全集》27卷，第204页。

3　《我为什么始终不离开历史博物馆》（1968），《沈从文全集》27卷，第253页。

4　《用常识破传统迷信》（1968），《沈从文全集》27卷，第229页，240页；《我为什么始终不离开历史博物馆》（1968），《沈从文全集》27卷，第252页。

5　《我为什么始终不离开历史博物馆》（1968），《沈从文全集》27卷，第264页，254页。

于是，就有了我们所要讨论的第三个问题——

三、努力适应后的沈从文又遭遇到了
怎样的生存困境与精神苦闷？

沈从文更无法理解的是，尽管他已经作出了最大的努力，来适应新时代，他也确实找到了自己和新社会的某些契合点，深信自己的生命对新的国家还有用，他不仅是心甘情愿，甚至是满腔热情地愿意为之服务，贡献力量；但新的体制依然没有对他敞开大门。1965 年，六十四岁的沈从文在给他的一位老朋友的信中这样说到自己的处境与心境："照理到了这个年纪，应活得稍稍从容点，却经常在'斗争'呼声来复中如临深履薄，深怀忧惧，不知如何是好。想把点剩余生命用到国家最需要上去，也总像配不上去。"[1] 1957 年在给大哥的信中，他也这样写道："我完全如一个在戏院外的观众，只遥遥的听着戏院中的欢笑喝彩声音，觉得也满有意思。这一切都像和我已隔得远远的，正如同大学校和我隔得远远的一样。"[2] 这其实正是沈从文在 1949 年以后的真实处境，他依然处于游离与孤立的状态。他说自己"永远如飘飘荡荡似的，不生根，不落实"，[3] "更离奇处也许还是现在又像是一种孤独中存在。并家中人也似乎不怎么相熟。由于工作，接触面虽相当广，可像是没有一个真正知道我在为什么努力的人"，[4] 他甚至再一次产生这样的疑问："我是谁？""我难道又在起始疯狂，他人却（十）

1 《复程应镠》(1965)，《沈从文全集》21 卷，第 490 页。
2 《复沈云麓》(1957)，《沈从文全集》20 卷，第 140 页。
3 《致沈云麓》(1959)，《沈从文全集》20 卷，第 297 页。
4 《致沈云麓》(1959)，《沈从文全集》20 卷，第 285 页。

分正常健康？"[1]——这真是："此身虽在堪惊"，[2]沈从文始终没有摆脱 1949 年自杀时的生命存在的精神的困境。

问题是，经过那一次死里重生，沈从文已经放弃了用"休息"来结束困境的选择，如他所说，他还在"努力"中。沈从文说他自己"真像永远不老，特别是脑子中保留的青春幻想，永远有一种动力，一种不可遏止的热情"，总想"为国家多做几年事情"，做一个"模范公民"。[3] 这就是前文所说的，那样一种对国家、社会的承担意识和使命感，没有因为体制对他的排斥而有任何收缩，甚至是更加强烈而迫切了。这就形成了主观追求和客观环境的巨大反差，使沈从文深深陷入了爱国家、社会却不相容的痛苦，随时要被卷入"斗争"旋涡的"忧惧"，以及"总像配不上去"的焦虑，"不知如何是好"的尴尬与无奈的困惑之中，而且永远无以摆脱。

这一切是怎么发生的？这是为什么？

我们就从几乎是给沈从文致命一击的"焚书"事件说起。1953 年沈从文得到开明书店的正式通知：由于作品已经过时，他在该店已出版和待集印的各书及其纸型，已全部销毁。沈从文在事发后于 1954 年 1 月写给大哥的信中写道："小说完全失败了，可以说毫无意义，在家中的也望一切烧掉，免得误人子弟。先还以为那么爱国家，对工作也认真，且从不和人争名利得失，只在工作上努力，受限制于旧社会，是应当的，必然的。……"[4]这封信写到这里就戛然而止，他完全绝望了，写不下去了。

---

1 《题〈八骏图〉自存本》（1956），《沈从文全集》14 卷，第 465 页。
2 《致沈云麓》（1959），《沈从文全集》20 卷，第 285 页。
3 《致沈云麓》（1959），《沈从文全集》20 卷，第 277 页。
4 《复沈云麓》（1954），《沈从文全集》19 卷，第 376 页。

到 1 月底，一位不相识的朋友来信，又触动了他，于是再次谈到焚书："和'人民'脱离，对'人民'无益，结果就这样。人民如需要，《西厢记》、《白蛇传》、《空城计》……即再荒唐些，都依然可以存在，普遍流行。不需要，当然还是烧掉合理。你说的'作品对时代有一定进步作用'，不免有些阿其所私，不大合乎实际。如实际这样，是不会烧的！"——"人民"是那个时代最响亮的词语，在"'人民'不需要"的"理由"面前，沈从文几乎是无言以对的，但他未必信服。于是，就必须找出另外的"理由"来说服自己："国家是在党的严肃正确领导中向前发展的，千万人的生命，都为了追求一个进步原则，一种为多数人生活幸福合理的共同目标而牺牲了，而且直到解放。为抵抗美帝，就还有数以万计的善良生命牺牲。我胡里胡涂写的几本书，算个什么？"——这里出现了为"多数人生活幸福"和长远的"共同目标""进步原则"而牺牲个人的逻辑，这是那一代知识分子面临个人委屈不幸时通常用来说服自己的理由，而且似乎是有效的，至少可以从牺牲个人的"崇高"感中获得某种心理的慰藉。而"千万"革命烈士的"牺牲"，更是沈从文这样的当年未曾参加革命，甚至对革命有所非议的知识分子，在革命胜利以后，一直心存内疚的隐痛，因此，在烈士的"牺牲"生命面前，个人的"牺牲"（不过是烧掉几本书）就微不足道了，甚至还可以获得某种赎罪感。如此勉为其难、煞费苦心地来说服自己，这背后是有一种说不出的辛酸的。而且沈从文依然无法回避这样的事实："我的对于工作的认识和希望，完全错了"，幻想破灭了。于是，又有了这样的沉痛之语："在床上躺着听悲多汶（按，我们不禁又要想起沈从文 1949 年自杀时所写的《从悲多汶乐曲所得》，他总是从音乐中去思考生命问题，获取力量），很觉为生命悲悯。可惜得很，那么好的精力，那么爱生命的爱人生的心，那么得用的笔，在不可想象中完了。不要难过。生命总是这样的。我已尽了我能爱这个国家的一切力量。好好的作事！"¹这封信依然没有寄出。

这是沈从文永远的痛。三年以后，在写给大哥的信中，他又谈道："我实在是个过了时的人，目下三十多岁的中学教员，或四十岁以上的大学教授，还略略知道沈从文是什么人，作过些什么东西，至于三十岁以下的年轻人，就完全不知道了"，"过去写的东西，即家中龙虎都不爱看，也不觉得有什么好处"，"我能写出的都是大家一时用不着的，到大家需要时，我可能已不存在了"。²又两年过去了，还是在给大哥的信中，沈从文这样写道："这时正九点钟，住处院子十分静，我看着桌前一大堆旧作，觉得除了你，怕再也不会有人明白这些作品是用多大努力才出现存在。"³如此语多悲凉，实在是伤心伤身的。沈从文越来越虚弱了。但直到九年后的"文化大革命"期间，他还在执拗地问这是为什么："我前后写了六十本小说，总不可能全部是毒草。而事实上在'一·二八'时，即有两部短篇不能出版。抗战后，在广西又有三部小说稿被扣，不许印行。其中一部《长河》，被删改了许多才发还，后来才印行。二短篇集被毁去，解放后，得书店通知，全部作品并纸版皆毁去。时《福尔摩斯侦探案》、《封神演义》、《啼笑因缘》还大量印行。老舍、巴金、茅盾等作品更不必说了。我的遭遇不能不算离奇。"⁴

---

1 《复道愚》（1954），《沈从文全集》19卷，第379页，381页。

2 《致沈云麓》（1957），《沈从文全集》20卷，第138页，139页。

3 《致沈云麓》（1959），《沈从文全集》20卷，第278页。

4 《我为什么始终不离开历史博物馆》（1968），《沈从文全集》27卷，第249页。在改革开放以后，沈从文才知道，1949年以后，海峡另一边的台湾也将其作品列入"禁书"，他更有啼笑皆非的感觉。参看《复苏同志》（1979），《沈从文全集》25卷，第381页。

这是沈从文所想不通的：如果说《长河》等书被扣被删，那是在旧社会；那么，为什么在新社会，他的书甚至要被烧掉呢？这正是沈从文所不能理解的。激进主义思维是把知识分子列为资产阶级范围，视为社会主义革命的对象的，因此要对知识分子实行不间断的批判与斗争：从1950年的思想改造运动，1951年批《武训传》，1954年批胡适，1955年反胡风，1957年反右派，1958年"拔白旗"，1964年大批判，直到1966年宣布"资产阶级知识分子统治学校的状况再也不能继续下去了"，发动"文化大革命"，把"资产阶级反动学术权威"列为革命对象，对"臭老九"实行"全面专政"。这个"底"，就连时时"紧跟"的郭沫若也直到"文化大革命"箭在弦上时才明白过来，宣布要自己来"焚书"，后来焚书就果然成了"文化大革命"的一个"盛大节日"。如此看来，沈从文在1953年被焚书，是必然发生的，是一个预告。

至于对沈从文要提早焚书，也是有理由的：就是因为他属于在本文一开头就提到的1948年毛泽东那份电报里说到的"反对人民民主革命，反对共产党的某些中产阶级右翼分子"——沈从文在1948年前后对共产党所领导的"解放战争"持有疑虑，主张"中国应当要个第四党"。[1]他之所以和老舍、巴金这样的"进步知识分子"有不同的待遇，以致他有一种"看老舍巴金，如在地面仰望天空"的感觉[2]（而沈从文又觉得自己是"比老舍巴金更宜写作"的[3]，这是他始终心意难平的），其原因即在于此。

因此，在新社会里，无论沈从文怎样努力适应，无论他怎样

1 参看《沈从文自传》（1956），《沈从文全集》27卷，第149页。
2 《复沈云麓》（1957），《沈从文全集》20卷，第218页。
3 《致沈云麓》（1960），《沈从文全集》20卷，第471页。

乐于服务，始终难以得到信任，尽管他很愿意进入共产主义天堂，但始终得不到入门券。这是"始终保留一种婴儿状态。对人从不设防，无机心"的沈从文[1]，似乎一直没有弄明白的。

使沈从文困惑不解的，还有一个问题：和自己"想把点剩余生命用到国家最需要上去，也总像配不上去"相对比，"一些老朋友，过去在国民党时代作官满得意的，现在也还是坐在黑色大汽车中，在什么集会散场时，从我身边风驰而过。我很觉得奇怪，是我始终不明白原因。这些人凭什么法术，总是不倒翁？我为什么老是不善于自处？也可说直正是'不学无术'！"[2]其实这也是他在 1949 年自杀以后所感到的困惑："唉，可惜这么一个新的国家，新的时代，我竟无从参预。多少比我坏过十分的人，还可以从种种情形下得到新生，我却出于环境上性格上的客观的限制，终必牺牲于时代过程中。"[3]——那么，这个问题，是在"1949 年以后"一直纠缠着沈从文的：莫非这也是一种宿命？

直到经历了"文化大革命"以后，他才似乎有了觉悟。在给儿子的信中，他这样写道——

　　新社会争出路，必须具两种基本特长：一是善于适应当前需要，要你干什么就干什么，且作成十分柔顺诚恳的，装成无保留的对"顶头上级"的忠诚可靠；其次则长于十分巧妙的阿谀逢迎，且勇于当面奉承，把报纸上文件上随处可以见到的表态式款式，记得个烂熟，一有机会即用上。同样一个人，这两事学不到家，一切倒霉你活该。你懂到了，又能

1 《无从驯服的斑马》（1983），《沈从文全集》27 卷，第 379 页。
2 《复程应镠》（1965），《沈从文全集》21 卷，第 490 页。
3 《四月六日》（1949），《沈从文全集》19 卷，第 25 页。

在各种公开场合中胆大脸厚，运用得恰如其分，便叫做思想通了。即凡事好办。熟人中在军阀时代、老蒋时代吃得开，在新社会仍吃得开，都由于有这项本领。内中有不倒翁，也有不倒婆，本质实相同，都可入《弄臣传》。我到大都市虽将近六十年，表面上像个城里人，事实上却永远是个乡下土佬佬。搞工作还像样，应对新社会一种变相封建习气，可不中用。即或其中有比较熟悉我长处的人，极力推之向前，也还是如不堪抬举，终于倒退落后。这是必然情形。聪明人说来叫做"不识时务"，一切困难只能用"活该"、"自讨的"五字概括，这也反映一种教育。我缺少的正是在社会上层必须受的"世故哲学"教育，许多人似乎稍学即通，一即百事皆通，无往而不宜。我则越学越觉得它的虚伪，转而成为半白痴低能状态，亦无可奈何之事。只能接受现实，到死为止，生活中难望什么真正转机也。[1]

沈从文终于明白：他所面对的社会中的最大弊端就是官僚主义。很多官僚"最害怕最担心的，就是这方面的真正民主"，它所要求的，就是绝对的服从。[2]这是沈从文有切身体会的。早在1953年他刚进入历史博物馆，成为馆里的一名讲解员的时候，他就面对这样的官僚体制："在本馆中上面有馆长，有本部主任，有组长，都可算得是我上司。每天我按时签到，一离办公桌必禀告一下主任，印个二寸大照片作资料，必呈请主任批准，再请另一部主任批准，才进行。凡事必禀承英明全面馆长指导下进行，馆

<hr />

1 《致沈虎雏、张之佩》（1979），《沈从文全集》25卷，第316—317页。

2 《复杨克毅》（1979），《致沈虎雏、张之佩》（1979），《沈从文全集》25卷，第338页，339页，320页。

长又禀承社管局一个处长，处长又禀承局长，局长郑西谛算来是我五级上司了"。[1]更要命的是，这样的官僚体制要求人成为"凡事秉承馆中首长——馆长，主任，组长……要作什么即作什么"，"见各级首长就鞠一躬，凡事在专家指导、首长指示下进行"的"小职员"。[2]这正是沈从文所绝对不能适应的：作为一个对民族、国家、事业有着使命感和自觉的承担意识的知识分子，他虽然身为博物馆的小职员，却在关心和思考"馆中明天任务，国家在发展中一个国家博物馆必然的任务"，而且还要发言，提建议。[3]这就被看作是"僭越"，想了"本不是我应想"的事，就"近于多事"。对体制的"一切无知"，还要坚持自己的理想主义"而要说话"，"不是说的不中肯，即是废话"，甚至"一开口"就"错"，[4]结局就只能是这样："过于热心肯做事的"却"不能放手做事"。[5]沈从文终于明白："对人对事永远的热情"，已经成为"古典的东西"，自己早已是过时的人，[6]为时潮所不容乃至淘汰，是必然的。[7]

---

1 《致高植》(1953)，《沈从文全集》19卷，第365页。

2 《日记六则》(1953)，《复潜明》(1954)，《沈从文全集》19卷，第362页，389页。

3 沈从文所关心的，不仅有博物馆的"大事"，还有国家建设的"大事"。比如他在《革命大学日记一束》里，就提出"中国工业化"不应只是"大都市工业集中生产"，还应该同时发展"中等城市半手工业"和"家庭手工业"，今天来看，都是极有远见的，见《沈从文全集》19卷，第79页。

4 《日记六则》(1953)，《沈从文全集》19卷，第362页，363页。

5 《复道愚》(1954)，《沈从文全集》19卷，第381页。

6 《致沈云麓》(1955)，《沈从文全集》19卷，第432页。

7 沈从文对此还有许多深刻的批判。比如他提出了"生命经济学"的概念，提出国家建设，"工业基础，必奠基于这个人力解放和人力有效使用的发展上"；并从这样的"生命经济学"出发，对时间、生命的浪费提出了尖锐的批判："不知有效管理自己，使生命更有效率的用到国家需要方面去"，而是"浮浮泛泛的把一部分生命交给老牛拉车式的办公，完全教条的学习，过多的睡眠（一般的懒惰更十分可怕），无益的空谈，以及纯粹的浪费，怎么能爱国？"见《革命大学日记一束》，《沈从文全集》19卷，第78页，77页。

但真正让沈从文感到不安和愤愤不平的，是"弄臣"的出现和受重用。"这个社会正给人以各种'向上爬'的机会"，"客观环境重在'务虚'，能言会说的总占上风，善于弄虚作假的日子都混得很好"。沈从文说：当"社会变成以'世故哲学'为主要本领，以'阿谀逢迎'为所谓'红'的表现时，我觉得一切工作都无多意义了"。[1]——沈从文在这里对"新社会"对知识分子的改造，所倡导的时潮，作了一个属于他自己的独特判断。问题是，1949年以后，经过苦心经营也确实培育出了这样的知识分子群体。在"文革"中，沈从文在一篇未完稿里，将其命名为"特权阶级的新型知识分子"。应该说，沈从文这篇未完稿是一篇奇文：从表面上看，他写的似乎是"旧社会"的文人，但又使人处处感到这是在写现实中的知识分子。沈从文将这样的"新型知识分子"概括、分类为"新式奸商"、"骗子文学教授"、"左得可爱"的"投机分子"、"变相西崽"、"名流贤达"、"新式弄臣"、"候补弄臣"，最后说："事实上真正可怕的，还是目前正在出现的这一道逆行浊流，行将有大量以为有学问的知识分子，胡胡涂涂，行不由己的逐一淹没在这个污泥浊流中，没顶之前，先就死去了那个万物之灵的辨别是非爱憎的心！"沈从文进一步指出，之所以出现这样的"污泥浊流"，要为"具有小聪明和世故，善于为己的教育文化中人"构建这样的"向上爬"的"梯子"，原因就在社会正在日益左化。

值得注意的是，沈从文在这篇文章里，提出了"新式书呆子"的类型，和"特权阶级的新型知识分子"相对立："说的不好听，便是为人拘迁、顽固、保守，不通达世务；加重些

---

1 《致王亚蓉》（1977），《沈从文全集》25卷，第166页，167页。

些，就是'思想反动'了"。[1]这自然有"夫子自道"的意思：沈从文当时就背着"思想反动"的罪名，而"思想没有改造好"的恶评也一直追随着他。但沈从文是坦然的，他其实是以自己不通"世故哲学"为荣的，这就是我们前面所引述的他写给儿子的信中所说的"永远是乡下土佬佬"的自尊、自信与自傲，他的信条是：宁愿被视为"半白痴低能"，也不来城里人"虚伪"那一套！

有意思的是，沈从文并不认为这仅仅是个人的不幸，他说他倒反为国家，甚至为体制"着急"。这其实是有深意在的：当"劣币驱逐良币"的时候，当体制不能容纳沈从文这样的独立思考，愿意献身，能够实干，真正应成为国家支柱的"新式书呆子"，而吸纳、提拔、重用、依靠那些无信仰，无操守，又无真才实学（或是"才子"却同时又是"流氓"）的，实际上是国家蛀虫的"弄臣"式的知识分子时，就是在"自毁长城"。因此，沈从文说他的命运的"悲剧性"[2]，实际说的是国家、社会的悲剧；而形成悲剧的原因，也绝不是他个人的性格使然，实实在在是那个时代的体制造成的。[3]

而沈从文的"悲剧"，还有更深层面。这就是我们要讨论的第四个问题——

---

1 以上引文见《新稿之一》（1974），《沈从文全集》27卷，第571页，572页，575页，576页，577页，578页，577页，572页。

2 《致王亚蓉》（1977），《沈从文全集》25卷，第167页。

3 其实，沈从文对官僚主义在中国社会的"发展性，传染性"与"繁殖"力是有深刻认识和高度警惕的；"文化大革命"刚结束，他就提出警告："'四人帮'已倒了，无形的'帮四人'势力，却正以史无前例的方式扩大其权势。阿谀逢迎的市场，远比真实的能力见解吃得开。"参看《致沈虎雏、张之佩》（1979），《复杨克毅》（1979），《沈从文全集》25卷，第320页，339页。

四、沈从文遭遇到了怎样的文学困境？

之所以将文学困境视为沈从文的更深层面的悲剧，是因为对沈从文而言，文学是他的生命存在方式，是他的生命意义的根本，文学对他具有存在论的意义。

这是沈从文永远也不愿放弃的一个文学理想："要为新文学运动中小说部门奠个基础，使它成为社会重造一种动力"，[1]并与世界短篇小说的大师比肩，"把记录突过契诃夫"。[2]沈从文对他自己这方面的才能，他的这支笔，是充满信心的。他说自己的短篇小说集《八骏图》"这个小书必永生"，"应当得到比《呐喊》成就高的评语"；[3]直到二十世纪六十年代，也还断言：自己"本来是应当写小说终生，比巴金老舍更宜写作"。[4]这就是"天将降大任于斯人也"，沈从文相信他对中国现代小说的发展是负有历史之大任的：与其说是自傲，不如说这更是一种文学的使命感和自觉承担。

在沈从文看来，"文学在某一方面能作到的，比帝王或政治家所起的好作用有时还更普遍、持久"，[5]"时代过去了，一切英雄豪杰、王侯将相、美人名士，都成尘成土，失去存在意义。另外一些生死两寂寞的人，从文字保留下的东东西西，却成了唯一联接历史沟通人我的工具。因之历史如相连续，为时空所阻隔的情感，千载之下百世之后还如相晤对"。[6]沈从文显然希望通过文学将他

1　《总结·传记部分》（1950），《沈从文全集》27卷，第84页。

2　《复沈云麓》（1957），《沈从文全集》20卷，第197页。

3　《题〈八骏图〉自存本》（1947），《沈从文全集》14卷，第465页。

4　《致沈云麓》（1960），《沈从文全集》20卷，第471页。

5　《沈从文自传》（1956），《沈从文全集》27卷，第140页。

6　《致张兆和》（1952），《沈从文全集》19卷，第312页。

自己的生命不仅和他的时代、祖国、人民相连接，而且在历史的连续里，超越时空，和千载百代之后的读者的生命"沟通"，在文字的不朽中获得自我生命的永恒的"存在意义"。因此，说文学、小说创作是沈从文生命之根，是大致不会错的。这样，我们也就不难懂得，沈从文最终不能不停止小说创作，几乎是意味着生命的中断的，文学的困境才是他在1949年以后真正的困境所在。

于是，我们又要追问：这一切是怎么发生的？这是为什么？

沈从文说："人难成而易毁，毁的原因有时由外而至，有时由内而来。"[1]这自然是沉痛的经验之谈。

谈到"由外而至"的原因，就不能回避1949年以后的文学观念和体制与沈从文个人创作经验、观念、方式的冲突。

不过，我们首先要强调的，还是沈从文和新社会的新文学并非在一切方面都格格不入，他依然找到了某些契合点：这是他适应新社会的一个重要方面。

沈从文一再申说，他是属于五四新文学阵营的，始终记住与坚守的是五四文学革命的"两个目标：一是健全纯洁新的语言文字，二是把它用来动摇旧社会观念基础"。[2]他所继承的是鲁迅"为人生"的文学传统和蔡元培"美育代替宗教"的文学传统，在他的信念里，文学能够并应该担当改造人生和社会，重建信仰，重铸民族情感，从"人"的重造开始"国家重造"的重任。[3]持这样的文学观，就不会拒绝文学的功利性；因此，新社会倡导"为政治服务"的文学，他也是可以接受的，更何况如前文所说，他

---

1 《复沈云麓》（1957），《沈从文全集》20卷，第197页。
2 《沈从文自传》（1956），《沈从文全集》27卷，第145页。
3 参看《〈七色魔（魔）〉题记》（1944），《两般现象一个问题》（1947），这是新发现的沈从文佚文，载《中国现代文学丛刊》2008年第1期。

对"政治"已经有了新的理解，已经接受了新社会的新政治。

沈从文的文学观念的另一个方面，就是他的同情"一切被践踏和侮辱的阶层"的"乡下人"的立场，[1] 他的写作的"乡土性"，他是把自己的文学列入鲁迅开创的"乡土文学"传统的。[2] 因此，他也并不困难地就接受了"为工农兵的文艺"。1952 年他在四川参加土地改革运动时，在给夫人的信中写道："一到乡下，就理解到文艺面向工农兵是必然的"，态度和感情是绝对真诚的。但他紧接着又说了一句："但如何面向？目前解释性文件似乎还不大具体"。[3] 因此，他一直在热忱地、也冷静地关注着工农兵文艺的发展。1949 年他在《人民日报》副刊上看到刘白羽"写几个女英雄的事迹"的通讯，立刻作出强烈反应："这才是新时代的新人"，"同时也看出文学必然和宣传而为一，方能具教育多数意义和效果。比起个人自由主义的用笔方式说来，白羽实有贡献"。他甚至说："把我过去对于文学观点完全摧毁了。"[4] 十一年后，他又对 1960 年出版的《红旗歌谣》作出同样热烈的反应："《红旗歌谣》用山歌体歌唱新社会新事物，文字简质，热情奔放，许多人都认为好。家乡四句头山歌好的甚多，可学的必然也多，这些学习也值得重视，一般习惯却舍近而求远，好的当面错过。其实我若写诗，还将回来好好收集三几千山歌拜老师。"[5] 在同年写给大哥的信里，他又表示："许多新诗我即不懂。偶尔看看正著名的短篇小

1　《总结·传记部分》（1950），《沈从文全集》27 卷，第 79 页。

2　沈从文将鲁迅倡导的"乡土文学"称为"乡土回复"，这未必符合鲁迅的思想与追求，但沈从文也因此将他自己的创作列入"乡土文学"的创作潮流中。见《解放一年——学习一年》（1950），《沈从文全集》27 卷，第 52 页。

3　《致张兆和》（1952），《沈从文全集》19 卷，第 282 页。

4　《四月六日》（1949），《沈从文全集》19 卷，第 25 页。

5　《复杨正中》（1960），《沈从文全集》20 卷，第 416—417 页。

说，也不大懂好处。倒是看《红旗飘飘》上面有些文章，可以增加不少知识。如程世才作的《悲壮历程》，看来极感人，可是却少有人称道，情形不易明白。"[1] 他对六十年代提倡的工厂史，培养工人作家也很感兴趣，[2] 对当时贵州出版的《挡不住的洪流》给以很高的评价："贵州革命种种故事，拿笔的多是部队转业的廿来岁干部，平时还从不曾执笔从事写作的，可是一出手，即得到极大成功！"他认为这样的"群众集体写作"的"训练写作方法，是前人不可及的"。[3] ——可以看出，沈从文对 1949 年以后的文学的观察，是有他特殊的角度的，他对直接来自社会底层的文学表现了更大的热情，这和他同时期对"劳动人民的文化史"的关注（下文有详尽分析）是有内在联系的，也确实抓住了 1949 年以后的文学的一个重要方面。

值得注意的是，1951 年沈从文还提出"新时代应当有一种完全新型短篇小说出现"。他设想，这样的"新型短篇小说"应该写"新的典型，变化，活动，与发展"，并且是"对于'人'的理解""有深度"的，"善于综合与表现"的，"真正有思想"，"诗意充盈"的，而且要有"真正向下看不是向上看的作家"。[4] 这里包含着他对新社会的新文学的理解和想象，又是可以和他自己的创作经验与追求相连接的。

或许正因为如此，沈从文在他自杀之后又"沉默归队"时，对自己能够在新社会重新获得写作的新生，是充满信心的。但他又确实怀有隐忧，在一封写给老朋友的信中，他这样写道："政治

1　《致沈麒云》（1960），《沈从文全集》20 卷，第 422 页。
2　《致张兆和》（1960），《沈从文全集》20 卷，第 425 页。
3　《致沈云麓》（1960），《沈从文全集》20 卷，第 444 页。
4　《凡事从理解和爱出发》（1951），《沈从文全集》19 卷，第 106 页，107 页，108 页。

上民主集中领导有好处，文学写作如过度使用这个集中，即不免成为名流制，只能点缀政治，不易推进政治。"他接着又说："但这些话说来似毫无用处，因为许许多多事，都难□□（按，下面两字不清），我已失去了说话的意义。"这封信最后似乎没有发出，留存的是一封残稿，而且以上这段话也被删去了[1]：他心上显然蒙有阴影。

那时随着中国社会和文学的日趋"左"倾化，这样的阴影越来越大，沈从文也越来越用怀疑的眼光来观照新社会新文学的观念与体制。在1961年他写下了《抽象的抒情》一文，比较全面地提出了他的批判性审视。由于此文的重要性，我们在这里要多说几句。

他首先重申自己对文学终极性的不朽价值的理解与追求："惟转化为文字，为形象，为音符，为节奏，可望将生命某一种形式，某一种状态，凝固下来，形成生命另外一种存在和延续，通过长长的时间，通过遥遥的空间，让另外一时另一地生存的人，彼此生命流注，无有阻隔。文学艺术的可贵在此"。有意思的是，沈从文正是从这样的文学的终极价值出发，肯定了"社会主义制度下对文学艺术的要求"的合理性："文学艺术既然能够对社会对人发生如此长远巨大影响，有意识把它拿来、争夺来，为新的社会观念服务。新的文学艺术，于是必然在新的社会——或政治目的制约要求中发展，且不断变化。必须完全肯定承认新的社会早晚不同的要求，才可望得到正常发展"。他认为，文学艺术必须在"政治目的制约要求中发展"，"任何一时代都是这么要求的"，不同处是社会主义制度下的"更新的要求却十分鲜

---

1 《致程应镠》（1950），《沈从文全集》19卷，第93页。

明"。——可以看出，沈从文依然坚持我们在前文已有分析的他对文学艺术为政治服务的基本肯定态度，并以此作为他讨论的前提的。

因此，他是如此提出问题的："问题不在这里。不在承认或否认。否认是无意义的，不可能的。否认情绪绝不能产生什么伟大作品。问题在承认以后，如何创造作品"，如何"解放出"真正的创造"力量"，因此，"我们实需要视野更广阔一点的理论，需要更具体一些安排措施"。沈从文正是从这样一个"解放"还是"束缚"文学创造力的基点出发，对五十年代开启而在六十年代发展到极端的，不是更广阔，而是更狭窄的理论，和制度性的安排措施的失误，提出了击中要害的批评。主要有四个方面。

首先，"在文学作品中却过分加重他的社会影响、教育责任，而忽略他的娱乐效果（特别是对于小说作家的这种要求）。过分加重他的道德观念责任，而忽略产生创造一个文学作品的必不可少的情感动力。因之每一个作家写他的作品时，首先想到的是政治效果，教育效果，道德效果。更重要有时还是某种少数特权人物或多数人'能懂爱听'的阿谀效果"。——这里，沈从文对文学艺术的特点，例如它的娱乐效果、情感动力的强调，都是极为中肯的。但确实"更重要的"，是他尖锐地指明，这样的狭窄的文艺功能观，并不是真正看重文学的社会、道德、教育作用，其实质是要求文学艺术服从于"少数特权人物"的意志：这是沈从文的又一个诛心之论，而且早在 1961 年就已提出，这是能显示沈从文思想的敏锐与远见的。而他同时批评的"多数人'能懂爱听'"的价值观，也抓住了"少数特权人物"总是把自己扮演成"多数人"的要求的"代言人"的要害，而且也是对以"大众化"作为文学艺术的最高要求的质疑。这都让我们想起了鲁迅当年对文学艺术和作家不能沦为"官的帮忙,帮闲"和"大众的帮忙,帮闲"的警告。现在,沈从文在新社会、新文学里,又发现了这样的危险,这自然是具有重要意义的。[1]

其二,沈从文指出:"在某一时历史情况下,有个奇特现象:有权力的十分畏惧'不同于己'的思想。因为这种种不同于己的思想,都能影响到他的权力的继续占有,或用来得到权力的另一思想发展。有思想的却必须服从于一定权力之下,或妥协于权力,或甚至于放弃思想,才可望存在。"——这里所提出的是"思想"与"权力"的关系,权力对异己思想的规控,以及"有思想"的知识分子、作家对思想的放弃,由此提出的思想独立与自由的问题,当然都抓住了极"左"时代思想、文化、文学体制的要害。

其三,沈从文忧虑的,还有"如把一切本来属于情感,可用种种不同方式吸收转化的方法去尽,一例都归纳到政治意识上去,结果必然问题就相当麻烦,因为必不可免将人简化成为敌与友。有时候甚至于会发展到和我相熟即友,和我陌生即敌。这和社会事实是不符合的。人与人的关系简单化了,必然会形成一种不健康的隔阂,猜忌,消耗"。——沈从文大概不会意识到,他这里质疑的,是极"左"意识形态的核心。他所指出的"和我相熟即友,和我陌生即敌",也是点破了所谓"区分敌我",所谓"阶级斗争"的实质。而对沈从文这样的作家而言,动辄"区分敌我",就意味着随时会因为一部作品而变成"敌人",这样的不安全感,应该是沈从文几次欲写又止的外在的社会环境原因。

其四,沈从文对所谓"思想改造"也提出了质疑。在他看

---

1 在"文革"中沈从文的这篇《抽象的抒情》被查出,专案人员在审查时,特地在"少数特权人物或多数人"这句话下打了红线:他们也注意到沈从文这一观点的异端性和重要性。

来，把作家、知识分子的思想改造作为发展社会主义文艺的关键（这也是当时的主流观点），是过于"简单化"的，如果进一步"不改造"就"斗争"，依然会"落空"，"许多有用力量反而从这个斗争中全浪费了"。

这样，沈从文就几乎涉及了他那个时代重要的政治、思想、文化、文学问题。他当然不是以一个理论家的自觉来进行这些思考的；他说他是一个"经验主义者"，他是从他的生活与写作实践的感受，以他自己的方式，进行他的追问的。而他这样的追问，有一个直接的动机，就是要弄清自己的实际处境。因此，文章中的许多话，都可以视为他的自我审视，内心独白。比如，"他的存在太渺小了，一切必须服从于一个大的存在，发展"，"他乐意这么做，他完了。他不乐意，也完了。前者他实在不容易写出有独创性独创艺术风格的作品，后者他写不下去，同样，他消失了，或把生命消失于一般化，或什么也写不出"，"在他真正希望终身从事的业务上，他把生命浪费了"，"不怪外在环境，只怪自己，因为内外种种制约，他只有完事。他挣扎，却无济于事。他着急，除了自己无可奈何，不会影响任何一方面"。在面对或者听从指令"胡写"或者"不写"二者必居其一的选择时，他选择了"不写"。[1]

应该进一步琢磨的是沈从文这句话："不怪外在环境，只怪自己"。沈从文在给大哥的信中，也谈过类似的话："由外而来，还可望外面环境好转而得恢复一部分。由内工作失败感而形成的一种看不见，摸不着，但是却存在的事物，腐蚀着自己的对工作信

1　以上引文见《抽象的抒情》（1961），《沈从文全集》16卷，第527页，530页，532页，533页，534页，532页，533页，534页，531页。

心和热情时，却不易挽救。"[1]——这里说到了自己的"失败感"而且"不易挽救"，大概是触动了沈从文内心深处最大的隐痛：这是一个"看不见，摸不着，但是却存在"的深层次的文学困境。

这是最终无法回避的："事实（上）全人民抗日斗争起来时，我的笔，由于和社会隔绝，停顿了。"[2]更准确的说，沈从文的创作困境早在四十年代就已经出现了。我们知道，沈从文的创作，在三十年代达到了高峰。1949 年沈从文在回顾自己的人生和创作道路时，有一个非常重要的概括性的总结："一面是生活屈辱，一面是环境可怕。唯一能救助我的，仅有一点旧小说，和乡村简单生活和自然景物"，"这就是在我作品中对平静乡村人民生命的理解基础"。这是他避免自我屈服、堕落，从生存困境中挣扎而出的生命救赎。"作品中的乡土情感，混合了真实和幻念，而把现实生活痛苦印象一部分加以掩饰，使之保留童话的美和静，也即由之而来。"因此，在沈从文心目中的《边城》《丈夫》这些他的创作的巅峰之作，"里面自然浸润有悲哀，痛苦，在困难中的微笑，到处还有'我'！但是一切都用和平掩盖了，因为这也还有伤处。心身多方面的困苦与屈辱烙印，是去不掉的。如无从变为仇恨，必然是将伤痕包裹起来，用文字包裹起来，不许外露"。[3]如果读不出沈从文用"和平"的文字包裹下的心灵的"伤处"，是读不懂沈从文的这些乡村"牧歌"的：这是他的流浪于现代都市，受伤的充满危机的生命和着意幻化的"平静乡村人民生命"、大自然的生命的一个融合。这是沈从文创作的特殊魅力所在：当年以及以后的许多因种种原因陷入困境的读者，也都从他的作品中得到了生

1 《复沈云麓》（1957），《沈从文全集》20 卷，第 197 页。
2 《我的学习》（1951），《沈从文全集》12 卷，第 368 页。
3 《一个人的自白》（1949），《沈从文全集》27 卷，第 10 页，14 页，10—11 页。

命的"救赎"。这是他的优势所在，也是他的限制：一旦脱离了这样的"平静乡村人民生命"，或者乡村生命的平静瓦解、消失，都会带来他创作的危机。

四十年代的沈从文所面临的恰恰是这两方面的问题。一方面，抗日战争带来社会大动荡，乡村的平静已经无法维持。沈从文在《长河》里写到的那位老水手对"新生活运动"可能带来的乡村变动充满疑惧，这自然有其深刻之处，[1]但也是内含着沈从文对乡村生命的平静被冲击的心中之忧痛的。更重要的是，四十年代的沈从文蜗居边地学院，不但和战乱中的社会隔绝，而且笔也"离开土地和人民，自然即慢慢失去了应有的健康性"。这是许多研究者都注意到的四十年代沈从文创作的变化：从写乡下人的生命形态，到写现代知识男女的爱欲与幻想，个人日常生活中的生命体验和感悟，表现出极强烈的象征化与唯美化的倾向。沈从文在五十年代初对此有一个反省："我手中的笔，用到小说方面，则越用越和现实隔离，而转成一种纯粹情绪观念的排列玩赏，早形成一种病的存在。"[2]——这样的反省，或许有那个时代的烙印，但不是没有道理的。[3]

沈从文四十年代的创作，还有很大的文体实验的性质。如前所说，沈从文的创作所要坚守的五四文学革命的目标之一就是要

1　我在《我的一个提醒》的演讲里对这样的农民的疑惧的历史与现实意义，有过一个简单的讨论，可参看。文收《致青年朋友》（长安出版社，2008 年出版）。

2　《解放一年——学习一年》（1950 年初），《沈从文全集》27 卷，第 53 页。

3　读那个时代沈从文反省、检讨的文字，可以发现，沈从文是极其认真，又极其真诚地去写检查、反省的，因此，除个别的勉强"认罪"之言，大多数的反省，或有夸大之处，但又是反映了他当时的真实认识的。有的时候，他写着写着又发起牢骚来，如他在革命大学结业时写的《总结·思想部分》里突然冒出一句："笔无从用到更合需要方面去，却来写这种永远写不对的总结。"（见《沈从文全集》27 卷，第 107 页）这都是很有意思的。

创建"健全、纯洁、新的语言文字",因此,语言文字和文体的实验本是他的创作的另一个重要动力。他说他在三十年代的一部分作品就是"为示范而完成。为(学习文学的)同学叙事习作作参考而成"。但也正如他后来的反省所说:"因之长处中也即同时有了弱点,即在设计上的过分注意,慢慢失去了本来的健康、素朴,和时代的变动必然日益游离。"[1]到了四十年代,这样的游离于社会和时代的纯粹的文体实验,就更加显露了弱点,如沈从文自己说的,"越写越晦涩,抽象。一直到意思如此如彼,读者从无相似印象。这么下去当然不免误人兼误己。误人犹不会太多,因为至多看不懂,搁下不看。误己则恰像是资本主义国家的机器,本来是由人制造它,控制它,生产必需品,到后机器日精,奢侈品的生产倒支配了人"[2]:应该说,这样的反省也是点到了要害的。当然,我们也不必因此全盘否定沈从文四十年代文体实验的意义和价值。但一个事实也是必须正视的:到四十年代,沈从文创作的高峰期已经过去。

这是有着更加深刻的原因的。沈从文对此也有清醒的认识。他在 1951 年所写的《我的学习》一文里,谈到了他自己这样的作家的内在矛盾与根本问题:"虽活到二十世纪波澜壮阔斗争激烈的中国社会,思想意识不免停顿在十九世纪末的文学作家写作意识领域中。"[3]这不仅是因为沈从文这样的作家是十九世纪末文学滋养出来的,更是指他的"写作意识",观察、感受、思考、把握、表现人生和社会的方式,都是更接近十九世纪的作家的。前文说到的,也是他自己最为看重的对"乡村简单生活和自然景物"的迷

---

1 《总结·传记部分》(1950),《沈从文全集》27 卷,第 86 页。

2 《解放一年——学习一年》(1950 年初),《沈从文全集》27 卷,第 53 页。

3 《我的学习》(1951),《沈从文全集》12 卷,第 368 页。

恋，对"平静乡村人民生命的理解"与把握，抒情诗的写法，对文字的音乐性、绘画性的追求，刻意保留的"童话的美和静"，浪漫主义的气息……这些构成沈从文主要创作特色的文学要素，在某种意义上可以说都是"十九世纪式"的。[1]但正如沈从文所意识到的那样，二十世纪却是一个"波澜壮阔斗争激烈"的时代，于是，就产生了这样一种对乡村生活、宁静生命的把握方式，追求"美和静"的审美情趣，"无从配合这个动的社会、动的政治哲学，反映最活泼生动而有发展性的一面"的矛盾和问题。[2]

而这一"静"的文学方式和"动"的时代、社会之间的矛盾，在1949年以后的沈从文这里，又显得格外尖锐与突出。五十年代，沈从文曾有机会到四川农村参加土改，在济南、青岛、南京、上海等城市参观，他最强烈的感受，就是一切都在"动"，"全面在动，动得十分彻底"，[3]他不仅看到了"有万千种声音在嚷、在叫、在招呼"的城市，[4]更看到了一个"在计划中变动的农村"，[5]这是和他所熟悉并寄以深情的"平静乡村人民生命"完全不同的另一个农村，另一种生命形态。他在理性上完全明白："这就是历史，真正的历史。一切在孕育，酝酿，生长。现实的人和抽象的原则，都从这个动中而结合，发展，向一个目标而前"，因此，他由衷地欢迎这样的新时代、新社会的"动"，而且期待"我在其间也随之而前"。[6]但他却又深深地陷入了无法适应

1 当然，沈从文的创作更有中国传统文学、乡土文化的深刻影响，那是要另作讨论的。这里主要着眼于他和西方十九世纪文学的联系。

2 《总结·思想部分》（1950），《沈从文全集》27卷，第99—102页。

3 《复沈云麓》（1958），《沈从文全集》20卷，第231页。

4 《致张兆和》（1957），《沈从文全集》20卷，第157页。

5 《致金野》（1951），《沈从文全集》19卷，第195页。

6 《致张兆和》（1951），《沈从文全集》19卷，第175页。

的困扰之中。不仅是他对这样的"动"完全无从把握——他早说过，自己一生都是时代、生活的"旁观者"，"一切作品都缺少对人生深入，只是表面的图绘"，[1]他"想的是过去农村和未来远景"，对"当前（的农村是）完全隔膜"的。[2]他知道自己的弱点；但真正让他苦恼的是，他深以为傲的得心应手的艺术手段在表现这样的"动"的社会、人生时，却显得完全无力，甚至会弄巧成拙："小说中过度用作风景画或静物题材，和作曲子发展过程，把动的人事成为绘画和音乐安排，即不可免慢慢失去本来的素朴明朗，转而为晦涩，为倏忽，不易理解，缺少共通性，也就缺少传递性，发生不良作用，和读者对面时，一切长处反而会成为短处的。"[3]他所担心的，正是这样的长处变成短处的艺术悲剧在自己身上发生。他也设想可以"把自然景物的沉静和人事的动结合起来"，[4]把"写静"，"写家常"和"写动，写变故"，"写特别事"结合起来。[5]但我们如果读这一时期沈从文在给家人的信中对土改中的农村的描述，就可以分明感到，他笔下的"动"的阶级斗争的人事，都是抽象、理性的，偶尔写到的自然景物，却是绝妙的静物画。[6]沈从文写的唯一一篇反映土改的小说《中队部》，是用一个个电话连缀而成，大概是要营造忙碌、紧张的气氛，表达作者所感受到的生活的动态和节奏。但因为具体的描写跟不上，就给人以过度运用技巧的感觉。而"一切声音都好像出自土地，又被

1　《一个人的自白》（1949），《沈从文全集》27 卷，第 17 页。

2　《总结·传记部分》（1950），《沈从文全集》27 卷，第 80 页。

3　《总结·传记部分》（1950），《沈从文全集》27 卷，第 79 页。

4　《致金野》（1951），《沈从文全集》19 卷，第 194 页。

5　《致张兆和、沈龙朱、沈虎雏》（1951），《沈从文全集》19 卷，第 224 页。

6　参看《致张兆和、沈龙朱、沈虎雏》（1951），《沈从文全集》19 卷，第 220—221 页。

土地即刻吸收，转若十分沉静，特别是中午时的鸡鸣"这样的神来之笔却让人眼睛一亮。[1]沈从文终于明白，他那写惯了"平静乡村人民生命"的笔法，用来描绘"在计划中变动的农村"大概是要失效的。于是，他想到或许应该"稍稍回头写五四以来事，抗战时事，专为学生及中级干部看，中学教员看"，"会比较容易下笔，也比较容易成为百万读者发生兴趣的东西"。[2]——其实，在创作高潮过去以后，不再追求新的突破，而立足于自我完善，继续完成预定计划，写类似《边城》那样的乡村故事，[3]对沈从文未尝不是一个好的选择。

但沈从文似乎并不甘心于此，原因就在他念念不忘要吸引新社会里的"百万读者"：这对自觉追求在和现实与未来读者的交流中获得生命的意义和永恒的沈从文是很自然的要求。这样，他又陷入了一个矛盾的困境："目下写作方法似乎缚住了手中这只笔，不大好使用。未用它前得先考虑写的是否真，再考虑读者，自己兴趣、文字……写出来不可免会见得板板的，或者简直就写不下去。"[4]既要坚守自己的"兴趣、文字"，又要"考虑读者"，对于沈从文是一个两难的选择。因为这是沈从文并不熟悉的新社会里的新读者，他们未必接受他的文笔。这一点沈从文看得也很清楚："自然景物的爱好，实在不是农民情感。也不是工人情感，只是小资情感。将来的新兴农民小说，可能只写故事，不写背景"，"绝

---

1 《中队部——川南土改杂记一》（1952），《沈从文全集》27卷，第482页。

2 《致张兆和》（1956），《沈从文全集》20卷，第111页。

3 1951年还在农村参加土改时，沈从文就在给张兆和的信中透露过计划在三年内"把我拟写的另外几个中篇故事草稿完成"，"有三个必然可得到和《边城》相近的成功"。见《沈从文全集》19卷，第159页。

4 《致张兆和》（1958），《沈从文全集》20卷，第243页。

无风景背景的动人描写"。[1] 而风景背景的描写，在沈从文这里，却是几乎具有生命本体、文学本体的意义的，[2] 失去了风景背景，就没有了沈从文的文学，甚至没有了沈从文这个"人"。沈从文曾试图适应新农民读者的要求，写过一篇"只有故事，不写背景，没有风景"的小说《财主宋人瑞和他的儿子》，其中虽也不乏生动的细节和语言，具有一定的可读性，但无论如何，已经看不出这是"沈从文的作品"了。[3]

但顽强的沈从文仍然要坚持写他的小说：他太相信，或者说太寄希望于自己这支笔了。他不止一次地在给亲人的信中谈到，如果停止写作，就太可惜了，"只有我们自己可以说，这真是国家损失"。[4] 其实他早已经历过一次创作的失败。1950 至 1952 年间他以革大学习期间遇到的老炊事员为原型，写了一篇题为《老同志》的短篇小说，[5] 前后七易其稿，可谓用尽了心力。沈从文在写给夫人的信中说："完成后看看，我哭了"，因为这一篇"观点是人民的，歌颂新的一代"的作品，说明"我头脑和手中笔居然还得用"，大概还能够为新社会服务吧。[6] 但他没有料到，作品写出以后却无处发表，不得已写信求助于丁玲，[7] 又不得回应：新社会似乎并不接受他的新小说。更让他难堪的是，当冷静下来，重读这篇试作，就不得不承认，小说写得"过细，为不必要"，而且"事少解释多，方法不大好"，"主题也若转到知（识）分（子）改造

---

1 《致沈龙朱、沈虎雏》（1951），《沈从文全集》19 卷，第 246 页。

2 参看《关于西南漆器及其他》（1949），《解放一年——学习一年》（1950），《总结·传记部分》，《沈从文全集》27 卷，第 23 页，52 页，76 页，78—79 页。

3 小说收《沈从文全集》27 卷《忘履集》。

4 《复沈云麓》（1957），《沈从文全集》20 卷，第 197 页。

5 小说收《沈从文全集》27 卷《忘履集》。

6 《致张兆和》（1951），《沈从文全集》19 卷，第 158 页。

7 《致丁玲》（1952），《沈从文全集》19 卷，第 353 页。

去了"。[1] 对于沈从文，这无疑是一篇失水准的作品，唯一能显示他个人文笔的"那只花猫"的描写，[2] 也是和全篇描写游离，不协调的。这样的自审是令人心酸的。

但沈从文并不气馁，十年后又进行了新的冲击：他从 1960 年开始，着手写一部以夫人的堂兄张鼎和烈士为原型的描写"前仆后继的革命生涯"的"长篇传记体小说"。[3] 这回沈从文又是兴致勃勃，甚至雄心勃勃，他在写给大哥的信中就谈到他自信小说写出来，应比当红的《红旗谱》"真实有力得多"，"而且一定会比《边城》写得好得多"。[4] 但他并非不了解其中的困难，也并非没有困惑。也是在给大哥的信中，他这样诉苦："目下对写作要求又不同往年可以放手从个人认识问题写去，毫无任何抽象拘束，现在主要是用传记体写革命，实不大好写"，[5] 这就意味着他要放弃自己最熟悉，也最热衷的短篇小说写作，而他又很难适应盛行一时的长篇小说的写法，"现在人乐意要一点浪漫夸张叙述法，我就不会"，"如何写"就很"费周章"。可见，从一开始，沈从文写作的手脚就是被捆着的。从这一点看，他又确实不抱希望："绝不会是本热闹书，也有可能完全失败，只能当成一种资料看待。"[6] 这就和前面表达的雄心壮志形成巨大反差，恰恰是这样的主观追求与客观可能性的巨大反差，造成了沈从文内心的焦虑。于是，终于又有了一次自审，直逼写作的多方面的困境："如照

1　《致张兆和》（1952），《沈从文全集》19 卷，第 295 页。

2　沈从文几次提及这只花猫，足见他的看重。参看《致张兆和》的两封信，《沈从文全集》19 卷，第 158 页，285 页。

3　小说仅写出部分章节的片段初稿，现以《死者长已矣，存者且偷生！》为题，收《沈从文全集》27 卷《忘履集》，编者附记对写作经过有简要说明。

4　《复沈云麓》（1960），《沈从文全集》20 卷，第 482 页。

5　《致沈云麓》（1960），《沈从文全集》20 卷，第 374 页。

6　《复沈云麓》（1960），《沈从文全集》20 卷，第 406 页，407 页。

普通章回小说写","一般读者可能易满意，自己却又不易通过"；"（如）照实写"，却有"不甚宜于当前读者处"，还得担心"来自各方面，要求不一致，又常有变动"的"批评"，"怕错误似乎是共通心理"；"照旧方法字斟句酌，集中精力过大，怕体力支持不住"——这样，作家就处于"批评家"的意志（实质是管理者的意志），[1]"读者"的要求，与"自己"的追求以及体力的限度，这三者的挤压，乃至撕裂之间，这几乎是无法写作的。这样，前文一再提及的沈从文所面对的"由外而至"的"毁的原因"，就已经达到了极致。

而更为致命的是，沈从文又清楚地意识到，自己的"文字表现力也已经大半消失，许多事情能记忆，可再不可能通过文字组织来重现，真是无可如何"。[2]"时间一过，能力丧失，再回来找寻，找寻不着了。这种个人悲剧大致也是无可避免的。"[3]——我们注意到，后一句话，是沈从文在 1957 年写给大哥的信中说的，我们在前文所引的"失败感"云云也是在 1957 年的信中提出的；可见他早已有了这样的"能力丧失"的"失败感"，"悲剧"感，这是他绝不愿意，甚至恐惧于承认的，但他还要作最后的挣扎，于是，就有了 1960 年这一次的努力。而最终他还是正视了这样的"文字表现力已经大半消失"的现实，正像他在 1957 年就意识到的那样，"由内而来"的"工作失败感"是"不易挽救"的。

据说，1961 年冬，中国作协曾给沈从文提供了一次长住写作

1　1961 年沈从文在一封写给汪曾祺的信中谈到他"特别怕批评家"："我年纪已到六十岁，即或再憋气十足的来在写作上用力，实在成就也有限。而且再也受不住什么歼灭性打击批判"，"想到这一点，重新动笔的勇气，不免就消失一半"。《沈从文全集》21 卷，第 22 页。

2　以上引文见《致沈云麓》（1960），《沈从文全集》20 卷，第 465—466 页。

3　《复沈云麓》（1957），《沈从文全集》20 卷，第 196—197 页。

的条件，但尽管已经"充分准备了材料"，他却还是因为无法摆脱写作困境，"不知从何下手"而罢笔。[1]

沈从文的小说创作结束了，他的生命也因此落入了谷底。——他说过，他自己"整个生命都是为短篇小说所支配，写的、谈的、读的、想的全离不开它"。[2]

但如果放眼来看，在文学史上，由于创作高潮过去，或者某种创造的可能性发挥到了一定程度，难以为继或不再处于最佳状态时，放弃原有的选择，或另作选择，其实也是正常的，而且也不乏先例。鲁迅当年由小说创作转向杂文写作，闻一多、陈梦家、吴组缃等由诗人、小说家转而为学者，就多少具有这样的性质。至于另一些作家，虽未另作选择，但在以后的创作中就渐显颓势，这是用不着回避的事实，而且也属正常。在我看来，曹禺、张爱玲等一批作家在四十年代创作达到高峰以后，再难有当年的风光，不仅有时代的原因，也有作家创作自身内在的表现力丧失或削弱的问题。将沈从文的停笔，置于这样的视野下，就更容易理解了。

沈从文自己也是看到了这一点的。就在我们一再提及的1957年的那封说到"失败感"的信里，他就谈到在创作失败时，他"变成了半瓶醋的文物专家，而且有欲罢不能情形"。他说，这是"可用古人说'失之东隅，收之桑榆'自慰"的。[3]

当然，这样的转变，包括他的停止创作，都有被迫的成分；但也有他的主动选择的方面。这就是我们要讨论的最后一个问题——

1　见编者附记，《沈从文全集》27卷，第531页。
2　《复沈云麓》(1960)，《沈从文全集》20卷，第406页。
3　《复沈云麓》(1957)，《沈从文全集》20卷，第197页。

五、沈从文如何在痛苦挫败生活中，把生命
支持下来，并获得新的价值？

这几乎是沈从文的一个信念："置之死地而后生"。[1]但这绝不是一个必然的自然的过程。所谓"绝路逢生"是需要经过主观努力的，问题是如何找到"逢生"之路。沈从文面临的是三个问题：要有怎样的精神状态？到哪里去寻找新的精神力量？要选择怎样的具体途径？

于是我们注意到沈从文的两段话——

"从生命全部去看……万千人在历史中而动，或一时功名赫赫，或身边财富万千，存在的即俨然千载永保……但是，一通过时间，什么也不留下，过去了。另外又或有那么二三人，也随同历史而动，永远是在不可堪忍的艰困寂寞，痛苦挫败生活中，把生命支持下来，不巧而巧，即因此教育，使生命对一切存在，反而特具热情。"[2]

"'牺牲一己，成全一切'，因之成为我意识形态一部分。现在又轮到我一个转折点，要努力把身受的一切，转化为对时代的爱。从个人'成全一切'而沉默，转为'积极忘我'。"[3]

这里，有几个关键词："历史"——要"随历史而动"，生命在和历史的联系中获得价值，而不以"功名"和"财富"为追求；但又要有长远的历史眼光，"从生命全部去看"，不求一时一地之功利得失。这里是包含着一种深远的自信的，即所谓"天生我才

1 《复沈云麓》（1959），《沈从文全集》20卷，第328页。
2 《致张兆和》（1952），《沈从文全集》19卷，第311页。
3 《致布德》（1950），《沈从文全集》19卷，第68页。

必有用"，经过"时间"的淘洗，自己终会被历史所承认，只是需要"等待"，甚至是长久的，几乎无望中的等待。[1] 沈从文说，他是从《史记》中得到启示的；[2] 那么，他作出长久等待的选择时，或许是想到了司马迁的命运，并从中获得力量的。

"牺牲"，"成全"与"爱"——沈从文相信，历史的前进，是需要以"牺牲"一些人为代价的；既然历史选择了他来做牺牲，那么，他是甘愿"牺牲一己，成全一切"的：沈从文并不讳言，这是他和《旧约》的一点"关联"。[3] 他因此获得了"爱"，对国家、民族、人民、时代、社会的爱，对下一代、未来的爱。在沈从文的理解里，这样的"爱"，又是和《史记》、杜甫为代表的中国文学里的"对人生'有情'"的传统相连接的，这是一种"深入的体会，深至的爱，以及透过事功以上的理解与认识"。[4] 以这样的"爱"和对人生的"有情"作为推动力，做一点对国家、民族、社会、人民、青年一代有益的事情，就是很自然的选择。而一己的生命也就因此和广大的生命

1　沈从文在 1961 年写信给汪曾祺说："我怕来不及还看到对我工作或工作态度的正当估价机会了"，但"我总多少有点迷信"，"写作上的'百花齐放'"的时候终会到来。因此，他如此劝诫汪曾祺："你还年青"，"你应当在任何情形下永远不失去工作信心"，"还是写下去吧"，"后来人会感谢你的！"（《沈从文全集》21 卷，第 22 页，23 页。）后来的历史也证明了这一点。汪曾祺因此说，沈从文的一些话"常有很大的预见性"（《沈从文转业之谜》文收沈从文著：《花花朵朵坛坛罐罐》，重庆大学 2014 年出版，"代序"）。而这样的预见性其实是根源于沈从文对历史的最终公正性的基本信念。

2　沈从文在四川农村参加土改时在写给夫人和孩子的信中特意提到，他在"糖房外垃圾堆中翻出一本《史记》列传选本，就把它放老式油灯下反复来看"，得到许多启发。参看《沈从文全集》19 卷，第 317—319 页，311—312 页。

3　《致布德》（1950），《沈从文全集》19 卷，第 68 页。

4　《致张兆和、沈龙朱、沈虎雏》（1952），《沈从文全集》19 卷，第 318—319 页。在另一封信里他又谈到"这时候读杜甫，易懂得好处和切题处"，《沈从文全集》19 卷，第 226 页。

获得了有机的联系，沈从文说他进入了"自己和社会相互关系极深的一种心理状态"，心中"极慈柔"[1]：这是非常动人的。"热忱的、素朴的去生活中接受一切，会使生命真正充实坚强起来的"，[2]不仅可以"在不可堪忍的艰困寂寞，痛苦挫败生活中，把生命支持下来"，而且还会获得积极进取的力量，产生对生命的"特具热情"，这在处于逆境中的沈从文是极其难得，极其可贵，也是对后人特具启发性的。

"沉默"——这是一种"积极忘我"的生命状态，更是一种坚忍的生命力量，一种"悲剧转入谧静"的生命境界。[3]而且，我们还由此发现了沈从文和"沉默"的大地，"沉默"的人民之间的血缘性的精神联系。

这就说到了我们要讨论的第二个问题，在被拒绝、排斥以后，沈从文的精神资源与力量源泉问题。

沈从文几乎是并不费力地就找到了生命的新的支撑点。他说自己"信念基础，是奠于一个对土地人民和文化史的热爱广泛前提上"。[4]他还明确指出：要"作出点真正有创造性的新东西"，就必须"从传统和民间两方面取法"。[5]可以说，当体制将沈从文边缘化，他又从"传统"与"民间"，"土地"与"人民"那里找到了生命的归依，并因此重新回到了"历史"。这对"乡下人"沈从文是十分自然的选择：他本属于中国这块土地，属于土地上的文化与人民，既然主流社会对他关闭了大门，那么，"回到这些人

1 《四月六日》（1949），《沈从文全集》19卷，第28页。
2 《复汪曾祺》（1961），《沈从文全集》21卷，第18页。
3 《四月六日》（1949），《沈从文全集》19卷，第28页。
4 《解放一年——学习一年》（1950），《沈从文全集》27卷，第50页。
5 《致沈虎雏》（1952），《沈从文全集》19卷，第305—306页。

身边去。这才是生命！"[1]"靠拢人民"，"沉默归队"，[2]就成了一个绝对命令。正如他自己所说："古代传说凤凰到时自焚，就能得到新的生命。我生长的地方原就名叫'凤凰'县。和那小地方人去共同劳动和同享苦乐，会有凤凰重新孵化的一天！"[3]沈从文正是从回归大地与人民，重建和传统与民间的历史联系中，获得"凤凰涅槃"的历史机遇的。

问题是如何建立这种联系。沈从文开始是寄希望于他所衷爱并最有基础的小说创作来沟通，在失败以后，就转向了文物研究。这也是一个自然的转变。不仅是因为他从年轻时起，就对民间工艺、历史文物饶有兴趣，有了一定基础；更重要的是，他从一开始就对民间工艺有着非常独特的体察。他说过："认识我自己生命，是从音乐而来；认识其他生命，实由美术而起。"这里说的"美术"，主要是指民间工艺美术，而他在工艺美术背后看到的是"其他生命"，他说，自己"爱好的不仅仅是美术，还更爱那个产生动人作品的性格的心，一种真正'人'的素朴的心"，"不仅对制作过程充满兴味，对制作者一颗心，如何融会于作品中，他的勤劳，愿望，热情，以及一点切于实际的打算，全收入我的心胸"。而且他还有自己独特的考察、研究方式，他说那是一种"读那本大书的方式"，也就是说，他是把这些工艺美术、历史文物，当作一本社会、历史的"大书"来"读"的，他"看形态，看发展，并比较看它的常和变"，并由此看社会和历史的常和变。[4]这样，我们也就对沈从文的选择，

1　《题于〈柏子〉文末》（1948—1949），《沈从文全集》14卷，第464页。

2　《我的感想——我的检讨》（1950），《沈从文全集》14卷，第403页。

3　《我》（1958），《沈从文全集》27卷，第168页。

4　《关于西南漆器及其他》（1949），《沈从文全集》27卷，第22页，23页，24页。

有了一个新的理解：如果说，当年他是把通过音乐对自我生命的认识，化成了牧歌体的小说创作；那么，他现在又将通过工艺美术获得的对"其他生命"的认识，转化为对历史文物的研究。而二者在根本上是相通的：所关怀的都是"人"的生命及其背后的"社会"和"历史"。

我们还需要注意的是，沈从文是在1949年以后，开始这样的转变的，这就必然同时要受到时代的影响，这就是我们在本文的第二部分已经略作讨论的他对历史唯物主义的接受。他因此把自己的文物研究规定为"从文物出发，来研究劳动人民成就的'劳动文化史'、'物质文化史'，及以劳动人民成就为主的'新美术史'和'陶'、'瓷'、'丝'、'漆'，及金属工艺等等专题发展史"。[1]这样，就不仅和新社会、新时代达到了对接，而且也和他的"乡下人"立场契合。他在这些研究中倾注了如此真挚浓厚的情感，如汪曾祺所说，"他对这些手工艺品的赞美是对制造这些精美器物的劳动者的赞美。他在表述这些文物的文章中充满了民族自豪感"。[2]这样，他的文物研究也就获得了他的小说创作所特有的诗性特征，汪曾祺把沈从文的文物研究称作"抒情考古学"，[3]是很有见地的。

不仅如此。早在1948年沈从文就指出：文物是"全民族公共遗产，是人类心智、感情与劳动结合向上的文化指标"，他因此提出要开展"文物保卫"运动，以此作为"文艺复兴"，再造

---

1 《我为什么始终不离开历史博物馆》（1968），《沈从文全集》27卷，第245页。

2 汪曾祺：《一个爱国的作家》，文收《汪曾祺全集》（四），北京师范大学出版社，1998年出版，第250页。

3 汪曾祺：《沈从文的寂寞》，《晚翠文谈新编》，生活·读书·新知三联书店，2002年出版第191页。

民族精神的起端。[1] 在新中国成立以后，他更大声疾呼，要"从一个更博大更深远一些目标出发"，开展大规模的文物研究，这样才能和"优秀传统浸润融合"，"启发出一种新的创造心"，以真正推动"文化高潮"的到来，并表示自己因此感到"焦虑和惶恐"。[2] 这就意味着，在沈从文的心目中，文物研究是和一个大的目标联系在一起的，他是自觉地要通过自己的文物研究，使自我生命和民族文化的发展、历史的进步取得有机的联系。他一再表明，自己愿意做一名"博物馆说明员"，不过是"企图把个人有限生命，试就本业学习中经常接触到的，有待一一解决的小问题，尽力所及，来进行些常识性探索，为比我年纪还轻的同事尽点应尽责任"，"作些'接力赛'的准备"。[3] 但他同时也确信，自己的微细的工作是历史（文物研究史，以至中国文化史）长河里的一点一滴，也因此获得了一种长远的意义和价值。于是，我们发现，当年沈从文从事小说创作，期待因文字的不朽而获得和百代千载的后代"晤对"的价值，现在，他虽然转而做文物研究，但那将有限的生命存留于永恒的历史中的期望，却依然一脉相承。

通过以上几个方面的考察与分析，我们自然可以得出这样的结论：沈从文说他后半生的文物研究"和个人前半生搞的文学创作方法态度或仍有相通处"是有充分根据的。沈从文还自我评价说，他的文物研究的主要代表作《中国古代服饰研究》（1980 年出版）"给人印象，总的看来虽具有一个长篇小说的规模，内容却

---

1 《收拾残破——文物保卫一种看法》（1948），《沈从文全集》31 卷，第 293 页，298 页。

2 《敦煌文物展览感想》（1951），《沈从文全集》31 卷，第 308 页。

3 《扇子应用进展·后记》（1978），《沈从文全集》29 卷，第 313 页。

近似风格不一分章叙事的散文"。[1]

　　沈从文就这样以一种独特的方式，最终完成了他的"文学家"的形象。

2009 年 2 月 21 日—3 月 6 日

3 月 9 日—3 月 16 日

4 月 1 日—4 月 7 日

1　《中国古代服饰研究・引言》(1980)，《沈从文全集》32 卷，第 10 页。

1949：废名"上书"

1949 年 4 月 1 日，废名写完《一个中国人民读了新民主主义论后欢喜的话》，在文前郑重写上"献给中国共产党"几个字，托时为华北人民政府主席的董必武转呈最高层，因其在武汉读中学时董在当地任教，与之相熟。是为废名"上书"。这是 1949 年及其后知识分子与新政权关系之中，一个并未引起注意（无论是当时，还是以后的历史叙述）的"事件"。现在因《废名集》的出版（北京大学出版社，2009 年），编者据其手稿收入，这才引发研究的兴趣。

我们的讨论，要从五个月前，即 1948 年 11 月 7 日在北京大学召开的"今日文学的方向"座谈会说起。与会者有废名、沈从文、朱光潜、冯至等著名教授。讨论的中心，看起来是一个老问题：文学与政治、文学家与政治家的关系。此时中国共产党领导的解放军已经兵临城下，即将实现政权的更迭，问题就变得"很实际"，也很尖锐。沈从文接连发出三问："驾车者须受警察指导，他能不顾红绿灯吗？""如有人操纵红绿灯，又如何？""也许有人以为不要红绿灯，走得更好呢？"这就涉及如何面对新的政治权力对文学和知识分子的指导，即以后成为决定共和国知识分子命运的领导问题。沈从文承认"文学自然受政治的限制"，他的问题是："但是能否保留一点批评、修正的权利呢？"他如此坦承自己的矛盾："一方面有红绿灯的限制，一方面自己还想走路。"这大概就是在几个月以后的 1949 年 3 月 28 日（即废名上书的三天前）沈选择自杀的内在原因。[1]有意思的是废名的态度：他没有沈从文这样的矛盾，他似乎更有自信。他在座谈会上反复强调："一个大文学家必须具备三个条件：天才、豪杰、圣贤"，"三者合一乃为超人，不与世人妥协"；"文学家必有道，但未必为当时的社会承认"；文学家是不会服从"规矩"的，"你要把他钉上十字架，他无法反抗，但也无法使他真正服从。文学家只有心里有无光明的问题，别无其它"；"文学家都是指导别人而不受别人指导的。他指导自己同时指导了人家"。他还说："中国文学史上确实有第一流的文学家是听命于政治的。如忠君的屈原、杜甫，但仍能在忠君之余发挥他们的才能"，"文学的界限甚宽，只要自己能写，别把这些看得太严重了"。[2]或许正是这样的自信，在新政权建立以后，他依然坚持"以我为主"，用自己的立场，观念，眼光去看待与对待新政权，既主动寻找共同点，也不回避不同意见和担忧，进而产生要主动谏言，以试图影响新政权未来发展的愿望：这就是他迫不及待地"上书"的缘由。

"上书"，恐怕是中国的传统，有史以来，每朝每代，下至黎民百姓，上至士大夫（知识分子）阶层，都有人上书官府朝廷，反映社会问题，表达国策见解，"策论"于是成为特殊的文体。自科举制兴，更是以策论录取人才。新中国成立以后，也

1　参看本书第一篇：《1949—1980：沈从文的坚守》。
2　以上讨论见《今日文学的方向——"方向社"第一次座谈会记录》，收《废名集》第 6 卷，北京大学出版社，2009 年出版，第 3390 页，3391 页，3392 页，3390 页，3393 页。

不断有人（农民、干部和知识分子）"上书"。"上书"和以后我们会逐一讨论的"检讨书""汇报书""大批判文章"等，一起构成了当代前二十七年间中国知识分子特殊的言说文体：这本身就是很有意思的。

一、"得之矣"的欢欣：认同与拥戴

废名的上书是从"自述开卷有得"说起的，即他并不急于谏言，而首先大谈他阅读毛泽东的《新民主主义论》的心得；谈心得又很少涉及《新民主主义论》的文本，其实是借机谈题外话：自己的一贯追求，对新政权的观感，心情，等等。这其实是废名惯用的笔法。周作人早就总结过，说废名的文章的好处，在于"情生文，文生情。这好像是一道流水，大约总是向东去朝宗于海，他流过的地方，凡有什么汊港湾曲，总得灌注潆洄一番，有什么岩石水草，总要披拂抚弄一下子，才再往前去，这都不是他行程的主脑，但除去了这些也就别无行程了"。[1]这也是周作人的笔法，即所谓"以不切题为宗旨"，抓住一个题目，作自己的文章。

废名的这篇上书，就是如此：尽管他的"题意"或行程的"主脑"是要谏言，但他先要痛快淋漓地表达他的"生文"之"情"。什么"情"呢？文章一开头就急不可耐地说了："我读完了毛主席《新民主主义论》之后，情不自禁，同时也义不容辞，要来贡献出我的刍荛之见"，"我读了《新民主主义论》，识见上

---

[1]　周作人：《〈莫须有先生传〉序》，收《废名集》第 6 卷，第 3414 页。

得了好大的进益,心情上得了好大的欢欣"。[1] "欢欣"什么呢?他在下文有交代,就是在读了毛泽东的《新民主主义论》以后,他懂得了中国共产党,而"在我懂得了中国共产党之后,我则欢喜若狂(在另一处废名则描述为'不觉足之蹈之手之舞之'[2]),要如希腊的学者一样要喊:'得之矣!得之矣!'"。[3]

那么,他"懂得"并认为终于"得之矣"的是怎样一个中国共产党呢?也就是说,废名究竟在哪里找到了自己这样的知识分子与中国共产党之间的共同点,从而达到了心的认同呢?——其实,表达对新政权的认同与拥护,也是"上书"的题中应有之意:废名并没有走题。

废名从自己的"亡国之痛"说起。他谈到直到中国共产党领导的新中国建立之前,他都心怀疑惧,即所谓"杞天之虑":他发现"抗日战争最后胜利是假的",因为中国"胜利了日本,(又)奴隶于美国","中国政府已经屈从于美国",而"美国又在扶植日本","日本这个强敌"的威胁实际上并没有解除。而对抗日战争的失望,又导致了对作为"青年学生反抗卖国的外交"开端的五四运动的失望。对成长于五四的废名这一代人来说,这样的失望是最触动情感,刻骨铭心的,那是真正的"亡国之痛":"中国要给国民党亡了"。这恐怕是抗战胜利后,许多爱国知识分子共同的忧虑,他们也是从这一角度来看待中国共产党领导的中国革命的胜利和新中国的成立的:"打倒了日本帝国主义,同时也快要把

1　废名:《一个中国人民读了新民主主义论后欢喜的话》,《废名集》第4卷,第1941页。

2　废名:《一个中国人民读了新民主主义论后欢喜的话》,《废名集》第4卷,第1954页。

3　废名:《一个中国人民读了新民主主义论后欢喜的话》,《废名集》第4卷,第1974页。

美帝国主义赶出中国了，同时依靠美帝国主义而祸国殃民的国民党奴隶政权也快打倒了，真是一块石头打死了好几个鸟，令我不得不佩服共产党战略的巧妙。"废名说他看到这一点，"很有一个小学生的喜悦：……我现在知道五四运动有意义！抗日战争有意义！便是民族复兴的意义！都是中国共产党给的！"结论是："中国五四、抗日运动要由共产党才有意义"。[1] 这就意味着，中国共产党领导的中国革命在废名这样的知识分子的眼里，因其将帝国主义赶出中国，实现了民族独立与复兴，而成为五四运动和抗日战争的当然继承人，从而获得了执政的合法性。

他们这样的判断也是得到毛泽东的《新民主主义论》的支持的。毛泽东郑重宣布，中国共产党领导的新文化是五四新文化运动的继承与发展，是以鲁迅的方向为方向的。中国共产党的历史使命，就是要"建设一个中华民族的新社会和新国家"，"不但要把一个政治上受压迫、经济上受剥削的中国，变为一个政治上自由和经济上繁荣的中国，而且要把一个被旧文化统治因而愚昧落后的中国，变为一个被新文化统治因而文明先进的中国"。[2] 应该说，这样的号召与承诺，是最能打动废名这样的爱国者、民族主义者的；废名读了以后的强烈反应是自然的。

这就是说，废名这样的知识分子是从爱国主义与民族主义立场上认同中国共产党与新政权的。一直到1958年，废名还满怀深情地回忆道："我多年不写诗了。打一九四九年十月一日中华人民共和国成立那一天，我忍不住要写一首伟大的新诗，题目是'天

1　废名：《一个中国人民读了新民主主义论后欢喜的话》，《废名集》第4卷，第1941页，1942页，1944—1945页。
2　毛泽东：《新民主主义论》，收《毛泽东选集》第二卷，人民出版社，1991年出版，第698页，663页。

安门'。那天我在天安门广场第一次听见毛主席的声音，中国劳动人民的领袖的声音：'中国人民站起来了！'我要写一首《天安门》！"[1]废名以后始终相信中国共产党，这是一个基本的原因。可以说，爱国主义与民族主义是中国知识分子与中国共产党关系的基石，既是出发点，也是归宿，是一个起长期作用的支配性、决定性因素。

废名同时认定，中国共产党及其领袖毛泽东是"像禹稷一般的政治家，即是农民的素朴而能把帝国主义打倒"；他还说，"手足胼胝"、"八年于外三过其门而不入"的大禹是"农人当中的圣人"，他可以说是"中国共产党的好同志"。[2]废名对中国共产党和中国革命与中国农民之间的深刻的精神联系的体认，事实上把中国共产党和毛泽东视为"农民当中的圣人"，是废名这样的知识分子与中国共产党关系中的另一个关节点。

废名对中国共产党和中国革命与农民关系的认识，自然是来自《新民主主义论》。毛泽东在那里讲得很清楚：农民问题，是"中国革命的基本问题"，"农民的力量，是中国革命的主要力量"，"中国的革命实质上是农民革命，现在的抗日，实质上是农民的抗日。新民主主义的政治，实质上就是授权给农民。新三民主义，真三民主义，实质就是农民革命主义。大众文化，实质上就是提高农民文化"。[3]

这些明晰的判断和承诺，都使废名怦然心动。他在上书里也有明确的说明："抗战期间我在农村间与一般农民相处有十年之

---

1 废名：《谈谈新诗》，《废名集》第 6 卷，第 3325 页。
2 废名：《一个中国人民读了新民主主义论后欢喜的话》，《废名集》第 4 卷，第 1953 页，1952 页。
3 毛泽东：《新民主主义论》，收《毛泽东选集》第二卷，第 692 页。

久，深深知道中国的抗敌工作都是大多数农民做的，当兵的是农民，纳粮的是农民"，这和毛泽东关于抗日"实质上是农民的抗日"的说法是一致的。废名由此又得出两个结论。一是农民是民族复兴的力量与希望："中国是有希望的，因为中国的农民有最大的力量，他们向来是做民族复兴的工作的。历史上中国屡次亡于夷狄，而中国民族没有亡，便因为中国农民的力量"。其二，废名进一步提出，"中华民族复兴了，正是农民复兴"，以农民复兴为民族复兴的根本，这就把"爱国主义、民族主义"问题与"农民问题"这两个命题统一起来了。废名因此说："在我懂得中国农民之后，我更爱中国了，我知道中国前途光明了，我真像小孩过新年喜得什么似的。"[1]前文曾经提到，废名在1948年的座谈会上，强调"文学家只有心里有无光明的问题，别无其它"。到1949年新中国成立前后，他心中的"光明"就具体为"中国前途光明"的民族国家问题；而此时在他心目中，民族、国家问题不仅和农民问题联系在一起，而且与中国共产党联系在一起，这样的"民族国家—农民—中国共产党"三者密切关联构成了1949年以后废名及类似他的知识分子的一个内在的思想逻辑，这对他们以后的选择，是起了决定性、支配性作用的。

我们的讨论，还可以深入一步：废名的"农民观"的实质是什么？于是，就注意到1947年与1948年间废名陆续发表的《莫须有先生坐飞机以后》里的一段说明："莫须有先生在民国二十六年（按，即1937年抗战开始以后）以前完全不了解中国的民众，简直有点痛恨中国民众没出息，当时大家都是如此思

1　废名：《一个中国人民读了新民主主义论后欢喜的话》，《废名集》第4卷，1942页，1952页，1942页，1953页，1974页。

想，为现在青年学生所崇拜的鲁迅正是如此，莫须有先生现在深知没出息的是中国的读书人了，大多数的民众完全不负责任。"因此，《莫须有先生坐飞机以后》里，对读书人有非常尖锐的批判，甚至说："中国的事情是决弄不好的，因为中国的读书人无识，而且无耻，势非亡国不可"。[1]这样，把救国的希望寄托于农民，而把亡国之责归之于读书人，对农民的理想化和对知识分子的根本否定，就构成了废名思想的两个侧面。废名在《莫须有先生坐飞机以后》里，谈到的抗战以后社会思潮由启蒙主义转向民粹主义，这是一个很有意思的思想文化现象。其实，这样的转向在三十年代的左翼运动里，就已见端倪，到了以农民为主体的抗战时期，就更是成为潮流。应该指出，将农民理想化与否定知识分子，恰恰是当时思想的两个特征。

毛泽东《在延安文艺座谈会上的讲话》（以下简称《讲话》）中说："拿未曾改造的知识分子和工人农民比较，就觉得知识分子不干净了，最干净的还是工人农民，尽管他们手是黑的，脚上有牛屎，还是比资产阶级和小资产阶级知识分子都干净。"毛泽东也据此提出了知识分子必须进行根本的思想改造，"把自己的思想感情来一个变化"，"由一个阶级变到另一个阶级"，"把立足点移过来"，"移到工农兵这方面来"。[2]废名曾谈到1949年北平解放之后，他在读《新民主主义论》的同时，也读到了《在延安文艺座谈会上的讲话》，并成为他"仰之弥高，钻之弥坚"，"自动地学习，联系实际地学习，感到读书乐地学习"的经典。[3]废名如此痴

---

1 废名:《莫须有先生坐飞机以后》，收《废名集》第2卷，第919页，918页。

2 毛泽东:《在延安文艺座谈会上的讲话》，收《毛泽东选集》第三卷，第851页，857页。

3 废名:《仰之弥高 钻之弥坚》，收《废名集》第6卷，第3362页。

迷于《讲话》，他与毛泽东在这一方向上的共鸣，是一个重要原因；他也因此完全自觉地响应毛泽东的思想改造的号召，追求和践行思想感情的根本转变。

在上书里，废名还谈到了他对毛泽东的《新民主主义论》的一个理解："中国并不要经过工业发达变成资本主义国家再来革命的，中国是可以打倒帝国主义由新民主主义而社会主义的"；废名认为，这正是"中华民族的伟大！中国共产党的使命伟大"之处。[1]——废名的这一理解，有着丰富的历史内容，颇值得琢磨。

首先，这里表现了相当强烈的拒斥资本主义的思想与情绪。对此，废名也从来不加掩饰。在这篇"上书"里，他就明确表示，五四运动《新青年》杂志提倡的"赛恩斯"（科学）与"德谟克拉西"（民主），以及达尔文的生存竞争学说，自己都"毫无动于中"，因为"这一派的学问，同经济上的自由主义是一个母亲的双生子，结果产生了资本主义、帝国主义"。他对国民党政权的不满，除了前面讲到的"屈服于美国"之外，还因为"它培植了官僚资本"，"多数的中国人都养成了发财的变态心理。连读书人都是商贩，真是鸡鸣而起孳孳为利"，在废名看来，这都是资本主义之恶。[2] 以后在 1957 年的一篇文章里，谈到"稿费""利润""读者市场""票房价值"，废名更是义愤填膺，通通斥之为"资产阶级"的"美国的玩意儿"，必欲灭之而后快。[3]

废名如此深恶痛绝"资本主义"，原因是他心目中有一个建立

1　废名：《一个中国人民读了新民主主义论后欢喜的话》，《废名集》第 4 卷，第 1955 页。
2　废名：《一个中国人民读了新民主主义论后欢喜的话》，《废名集》第 4 卷，第 1964 页，1965 页，1941 页。
3　废名：《腐朽的资产阶级文艺思想，伟大的工农兵方向》，收《废名集》第 6 卷，第 3299 页。

在小农经济基础上的田园生活理想。他多次如此提出问题：中国真的需要现代物质文明，以工业化机械化为自己的追求吗？他的回答是："咱们中国老百姓则不在乎，不在乎这个物质文明，他们没有这需要，没有这迫切，他们有的是岁月，有的是心事"，"机械发达的国家，机械未必是幸福；在机械决不发达的中国民族而购买物质文明，几何而不等于抽鸦片烟呢？""中国民族是不必以现代文明为忧愁的"，他们自有"图强之道"，就是中国传统的"仁政"，"是可以坐而言之起而行之的"。[1]也就是说，他要追求的是拒绝工业化，超越资本主义的，建立在传统思想与小农经济基础上的中国自己的发展道路；这就是他理解的"由新民主主义而社会主义"的道路。

废名的这一理解，与毛泽东的《新民主主义论》里的主张，是有差异的。毛泽东在解释中国的新民主主义革命时，首先强调它是"新的，被无产阶级领导"的革命，因此它不是"以建立资本主义的社会和资产阶级专政的国家为目的的革命"，而是以"在第一阶段上建立新民主主义的社会和建立各革命阶级联合专政的国家为目的的革命。因此，这种革命又恰是为社会主义的发展扫清更广大的道路"——废名的解释大概就据此而来，但他却有意无意地忽略毛泽东的另一个判断：新民主主义革命的"第一步"，"按其社会性质，基本上依然还是资产阶级民主主义的，它的客观要求，是为资本主义的发展扫清道路"。[2]在1945年所作的《论联合政府》的报告里，毛泽东又更明确地宣称：中国共产党人"不但不怕资本主义，反而在一定的条件下提倡它的发展"，

1　废名：《莫须有先生坐飞机以后》，《废名集》第2卷，第810页，918页。
2　毛泽东：《新民主主义论》，《毛泽东选集》第二卷，第668页。

"现在的中国是多了一个外国的帝国主义和一个本国的封建主义，而不是多了一个本国的资本主义，相反地，我们的资本主义是太少了"。[1]

但思想与历史的复杂性正在于，废名对毛泽东新民主主义思想的表面上的误读（至少是片面理解），却恰恰是读懂了其思想的真正内核，即对资本主义的几乎本能的拒斥，以及超越资本主义的"纯净社会主义"的理想。这是废名与毛泽东在精神上更为内在的相通之处，尽管他们对此的具体理解也有不同。1953年毛宣布由新民主主义直接过渡到社会主义，开始了以"使资本主义在中国绝种"为目的的社会主义改造，接着又开展了一系列的"兴无（产阶级思想）灭资（产阶级思想）"的思想、政治运动，一直到发动以"走资本主义道路的当权派"和"资产阶级反动学术权威"为斗争对象的"无产阶级'文化大革命'"。正是这样的贯穿始终的"反资本主义"，成为废名对新社会始终持理解与支持态度的更深层次的原因。

废名在上书里，转述了毛泽东的一个意思："真理只有一个，而究竟谁是真理，不依靠主观的夸张，而依靠客观的实践。"[2]这句话的出处，就在《新民主主义论》里，下面还有一句概括："只有千百万人民的革命实践，才是检验真理的尺度。"[3]这是在新中国影响深远的一个命题。在新中国成立初期，它就是用中国革命实践的胜利，消解了一切疑虑，说服与争取了许多中国共产党昔日的批评者。废名就是其中的一个。直到前面已经提及的发表于

---

1 毛泽东：《论联合政府》，《毛泽东选集》第三卷，第1060页。
2 废名：《一个中国人民读了新民主主义论后欢喜的话》，《废名集》第4卷，第1949页。
3 毛泽东：《新民主主义论》，《毛泽东选集》第二卷，第663页。

1946—1947 年的《莫须有先生坐飞机以后》里，废名还在批评"斗争学说将把同情心都毁掉了，确乎是洪水猛兽"，[1]显然不赞成暴力革命和阶级斗争理论与实践。但现在，革命成功了，革命武装把美帝国主义打跑了，"共产党本来是简单明白的，便是阶级争斗。有什么疑义呢？"[2]废名由此得出结论："共产党给中国人以一个革命的意识，即阶级意识；给中国人以一个革命方法，即阶级争斗"，"我们从此真有为人民的道路了"。[3]如此虔诚地接受了阶级斗争理论与实践，认定其真理性，以后接受与拥护一次次的政治运动，就是顺理成章的了。从反对到接受阶级斗争，这是废名这样的知识分子与新社会关系中的一个重要转折。

问题在于，当人们作出并接受这一结论时，就将在此之前作出不同选择的知识分子置于了历史的审判台前。废名就是落入这样的情境，而永远无法挣脱内心的负债感、有罪感："中国解放了，在这个翻天覆地的大事业之中，没有自己的血和汗，——说起来我就汗颜！"[4]由此形成的赎罪意识，就成为废名这样的知识分子以后一直紧跟政治的内在动力。废名说得清楚："我确实恨我过去五十年躲避了伟大的时代。在前进的伟大时代里，我希望我能有贡献"，"我于感谢共产党之外，又喜于自己有补过的勇气和信心"。[5]在他们受到不公正的待遇，难免有些委屈时，这样的有罪感也会成为一服抚慰剂：似乎这都是为以往的罪恶应该付出的代价。

---

1 废名:《莫须有先生坐飞机以后》,《废名集》第 2 卷, 第 976 页。

2 废名:《一个中国人民读了新民主主义论后欢喜的话》,《废名集》第 4 卷, 第 1945 页。

3 废名:《一个中国人民读了新民主主义论后欢喜的话》,《废名集》第 4 卷, 第 1984 页。

4 废名:《〈废名小说选〉序》,《废名集》第 6 卷, 第 3268 页。

5 废名:《〈废名小说选〉序》,《废名集》第 6 卷, 第 3270 页;《感谢和喜悦》,《废名集》第 6 卷, 第 3278 页。

其间的心理控制作用，是十分有效，而又为人们所难以察觉的。

废名在总结自己过去落后的历史教训时，还如此告诫自己和年轻人："赶上伟大的时代要紧，同劳动人民一条心要紧！要改造！"[1] 这大概是废名心甘情愿接受改造的另一个动力，即无论如何也要赶上时代。由此形成的趋时心态，在知识分子中是相当普遍的。

二、谏言：认同下的不同与担忧

深入考察，就会发现，废名这样的知识分子在新中国成立初期与新政权的关系中，认同和拥护之下，依然有不同与担忧。

前面提到，废名是基于民族复兴的立场而认同新社会的。其实，废名对什么是"民族复兴"，是有着自己的理解与期待的。对此，废名在"上书"里，有明确的表述：中华民族复兴，"正是民族精神复兴"；废名并且说："世界必须从中国得救"，"中国是最伟大的民族"，"人类前途有无限希望的，中国人要负这个责任了"。[2] 这正是废名这样的知识分子的理想与抱负：要通过中国民族精神、民族文化的复兴，负起影响与拯救世界文明的责任。

问题是：谁是中国民族精神、民族文化的代表？废名在"上书"里，也有明确的回答："代表中国文化的是儒家"，"中华民族精神都在《四书》里头"，"孔子是中华民族之师"，"中国圣人是尧舜禹汤"。[3] 这里就发生根本分歧了。

1　废名：《谈谈新诗》，《废名集》第 6 卷，第 3325 页。

2　废名：《一个中国人民读了新民主主义论后欢喜的话》，《废名集》第 4 卷，第 1953 页，1954 页，1949 页。

3　废名：《一个中国人民读了新民主主义论后欢喜的话》，《废名集》第 4 卷，第 1956 页，1976 页，1949 页，1951 页。

废名在 1949 年新中国成立前夕，提出复兴以孔子为代表的中国民族文化，并非偶然，而是酝酿已久的。早在抗战胜利以后的 1946 年，在当时的北平文化界就开始有关于"文化建国"的讨论。时为北京大学教授的杨振声发表了《我们要打开一条生路》一文，提出要从建设"新文化"入手，由此发育成一种"新人生观"，造就"新国民"，进而建设"新国家"，以适应"新时代"的要求。[1] 这表明，敏感的知识分子意识到了中国的历史到了一个由"旧中国"向"新中国"的转折关头，围绕着如何建设"新国家"，而展开了种种想象与讨论。废名即是在这样的背景下，写了《响应"打开一条生路"》的文章，明确提出了他的想象与主张："我们要自信"，"我们要发扬民族精神，我们的民族精神表现于孔子，再说简单些，我们现在要讲孔子"。[2] 这样，废名就明确提出了以孔子思想立国的一条思路。在他看来，建立对以孔子为代表的民族精神、民族文化的自觉与自信，是建设新国家的根本。

也许更可注意的，是废名对他认为的孔子代表的中国民族精神、民族文化的新阐释。如前文所引述，废名认定"孔子是中华民族之师"，他还说"禹真应该是儒家的代表，是中国民族的代表"。[3] 这就表明，废名所认定的是周作人所说的"以孔孟为代表、禹稷为模范的儒家"，在周作人看来，这是一种"儒家人文主义"，是真正的"中国固有的思想"。[4] 废名的以孔子、大禹为代表的新儒家观，显然承接了周作人的阐释，但也有自己的理解与发挥。

1　杨振声：《我们要打开一条生路》，载 1946 年 10 月《北大文艺》第 1 期。

2　废名：《响应"打开一条生路"》，《废名集》第 3 卷，第 1421 页。

3　废名：《说人欲与天理并说儒家道家治国之道》，《废名集》第 4 卷，第 1913 页。

4　周作人：《中国的思想问题》，《汉文学的传统》，收《药堂杂文》，北京十月文艺出版社，2012 年出版，第 13 页，9 页。

主要有两个重点和特点。

首先是凸显"圣人与民族精神、农民精神的统一"。一方面强调，"圣人是真理的代表，故孟子说'圣人先得我心之所同然耳'。人而不信圣人，天下便将大乱"；[1]另一方面又一再申说："凡属圣人，都是民族的代表"，"是民族精神产生圣人，并不是圣人产生民族精神"；中国的圣人，"他们是中国农民的代表"，"……禹治水以四海为壑。这便是农民中的圣人"，"禹稷精神"就是"中国农民"的精神，"中国农民个个是禹稷"。[2]这样的民族化与农民化的儒学，显然寄托了废名的立国理想。

而最能显示废名的新儒家观所打上的时代烙印的，是废名反复宣扬的另一个重点：代表"中国文化的真理"的儒家"是治国平天下的宗教"。他认为，"儒家的'天'字比'国家'的意义还要切实"，追求的是"天理"；而"中国文化本是现世主义的宗教。宋儒实践'天理'便从'人伦'起，便是修身齐家治国平天下。所以家国天下是中国人真理的对象，正同基督教的天国，佛教的涅槃一样是对象"。他指出："中国人的家族观念之深当然是从这个（修身齐家治国平天下的）宗教来的"，因此，与"出家的印度文化"不同，中国文化是"在家"的。以这样的"家国天下"的立场与视角考察孔子代表的中国文化，废名又突出了孔孟思想中的三个要点，强调"孔子道理大纲只一个'仁'字"；"孝悌为仁之本"；"孟子的价值，便在冒天下之大不韪说出这一个'善'字"，"我们大家的生活都达到'中'，无过与不及，便是善的实现

1　废名：《莫须有先生坐飞机以后》，《废名集》第 2 卷，第 1085 页。
2　废名：《一个中国人民读了新民主主义论后欢喜的话》，《废名集》第 4 卷，第 1951 页，1952 页，1942 页，1952 页，1974 页。

了"。[1]这些有意的凸显，也同样彰显了废名的建国之道。

废名在表明自己"喜欢儒家的宗教"的基本立场以后，又说了一句："我们不要太看不起古人了，随便地抹杀他，说他讲什么鬼话"。[2]这自然自有针对性，而且透露了他的某种隐忧。所谓"随便地抹杀"古人，首先指的是五四新文化运动。前文曾引述了废名关于"人而不信圣人，天下便将大乱"的判断；其实他接着还有一个判断："中国的乱从五四运动起"。尽管废名也承认五四所批判的"三纲五常"，是一种"封建思想"，是有"流弊"的；但他强调，这是"后来儒者"的思想，未必符合孔子原意。[3]他不满意的，并竭力要批判的是五四对孔子思想一笔"抹杀"的态度。而他更担心的，是中国共产党对传统的态度。早在《莫须有先生坐飞机以后》里，他就特意谈到在 1927 年大革命期间，一位年轻的女共产党员梅开华以"打倒偶像，破除迷信"的名义，一把火烧掉了家乡的佛教圣地五祖寺；他不无遗憾地写道，现在"要打倒孝悌，他们认为这是封建思想，他们不知道自己缺乏理智。他们不知道他们是多事，同梅开华打倒迷信一样"。[4]而现在，废名又从毛泽东的《新民主主义论》，看到他们是以五四传统继承人自居的，他在肯定其意义的同时，又心怀疑惧：毛泽东在文章里，把"尊孔读经"的主张，视为"提倡旧礼教旧思想、反对新文化新思想"的"半封建文化"的"反动"思想；[5]这是不是意味着，

1　废名:《一个中国人民读新民主主义论后欢喜的话》,《废名集》第 4 卷, 第 1956 页, 1957 页, 1958 页, 1959 页, 1959 页, 1960 页, 1961 页。

2　废名:《一个中国人民读了新民主主义论后欢喜的话》,《废名集》第 4 卷, 第 1966 页, 1967 页。

3　废名:《一个中国人民读了新民主主义论后欢喜的话》,《废名集》第 4 卷, 第 1959 页, 1983 页。

4　废名:《莫须有先生坐飞机以后》,《废名集》第 2 卷, 第 1032 页, 1033 页。

5　毛泽东:《新民主主义论》,《毛泽东选集》第二卷, 第 695 页。

他们将以更为激烈的手段来扫荡以孔子为代表的中国文化呢？

这自然是视孔子代表的中国文化为生命的废名，所万难想象，也绝不能接受的，于是，就要在新中国成立伊始，大政未定（这其实是废名的一个误判）之时，向新政权谏言，提出预警与建议。废名的"上书"，几经"潆洄"，流到这里，终于进入主航道了——

"区区之心是赞美共产党，简直不知道拿什么好话来说，我想最好的话莫过于劝共产党不要排斥中国的圣人。是的，我满腔心事，一句话说出来了。请共产党不要因为后代的读书人而轻视孔子，请共产党不要因为科学方法的切实（按，废名多次说明，他也肯定的中国共产党的'科学方法'，即是阶级斗争的方法）而忘记民族精神的切实。我们还要好好地讲孔子。"

"中国共产党如果向人民表示，共产党信孔子，尊重佛教，老百姓一定大大地安心了，知道人民政府一定是他们的了，他们不怕共产党了。现在他们总有点怕共产党"，"我的话都是真爱中国的话，爱中国共产党的话。共产党在这一方面最要懂得得人心，万不要随便说破除迷信。"

"我只想提出两点供人民政府参考，一是师严然后道尊，学校里的师，是绝对道义的，先生与学生，同一般政府里官吏与人民的性质不同；二是兼容并包，即宗教是学问，不可本着常识以迷信斥之。"[1]

废名谏言背后的立场与态度，有两点颇可注意。一是他对新政治的一腔热情、一厢情愿。因而他的谏言是主动，发自内心，

1　废名：《一个中国人民读了新民主主义论后欢喜的话》，《废名集》第4卷，第1975—1976页，1977页，1989页。

不计利害的，而有别于后来的知识分子迫于压力的迎合。从他对儒学的新阐释看，他是真诚地希望共产党能够拜孔子为师，以孔子思想立国，实施仁政，奉行孝悌之道与中庸之道，真正实现中国文化的复兴，并以此引领人类文明。他同样真诚地期待新的领导人能够真正成为体现民族精神和代表农民的新时代的新圣人。如果能够这样，在他看来，那就是孔子之幸，中国文化之幸，中华民族之幸。而且对此他是信心满满的，他在"上书"里，一再说中国共产党是"像禹稷一般的政治家"，他的领袖毛泽东更是"世界的大禹"；[1] 在他看来，依靠农民打天下的领袖，接受他所倾心的民族化、农民化的儒学，充当新时代的"圣人"，是顺理成章，再自然不过的。

废名在前述谏言里，有意无意地把自己置于最懂得"人心"，最了解民意，要代表"老百姓"说话的地位。于是，就有了第二个方面的谏言——

"我以多年的接触与观察，深深懂得中国的圣人为什么都主张'无为'政治，原来中国的农民都在那里自己治，只要政府不乱便好了。"

"……叫政府反过来，做人民的政府，不要做不肖的子弟，国事如家事，政府帮助主人即农民好了。"

"要使得人民同人民政府同共产党没有隔离，使得人民心安，知道一切的事是自己的事，是共幸福的。"[2]

这又是一个重要建议：要实行"无为"政治，让老百姓、中

1　废名：《一个中国人民读了新民主主义论后欢喜的话》，《废名集》第4卷，第1953页，1954页。

2　废名：《一个中国人民读了新民主主义论后欢喜的话》，《废名集》第4卷，第1943页，1955页。

国的农民"自己治"。

这些话废名在心中大概孕育已久。他早在发表于1946—1947年的《莫须有先生坐飞机以后》《说人欲与天理并说儒家道家治国之道》等文里就一再指出："中国圣人都是以百姓为主的"，因此奉行"无为之治"，"诸事顺着农民的意思好了，顺着农民发展好了"。[1]"他们能做自己的事"，"他们个个是大禹，即是说他们个个勤俭，他们都在那里养猪，都在那里种树，——你如果是好政府，能告诉他们一个好方法使他们养猪而不遭瘟疫，那他们便感激不尽了"，"另外再无须给他们以你自己的法宝，你给他们，他们会受宠若惊的呀！他们反而不自安的呀！""中国历史上的政治只有黄老之术是成功的，急性者则失败，秦始皇王安石都是。这不足以借鉴吗？黄老一派或者比儒家来得更有效，亦未可知，因为他们比儒家更简单，任其自然"。[2]他因此告诫执政者：要做"素朴政治家"，不要做"主义家，多事者"，[3]不要给老百姓、农民"外加许多主义"，"西洋的'为'或者有他的历史；中国的民族精神则本是'无为'，'为'反而没有根据，为就是乱"。[4]

可以看出，废名崇尚的中国老百姓，是小农经济下原始的、自然状态下的农民；废名说"他们的（生活）态度是非常从容的，他们不知道从什么时候起已经习惯了，他们已经习惯于自己做自己的主人"，[5]他们不需要、也拒绝外来的束缚与干预，一切"任其

1　废名：《莫须有先生坐飞机以后》，《废名集》第2卷，第977页，1033页。

2　废名：《说人欲与天理并说儒家道家治国之道》，《废名集》第4卷，第1916页。

3　废名：《莫须有先生坐飞机以后》，《废名集》第2卷，第1034页。

4　废名：《说人欲与天理并说儒家道家治国之道》，《废名集》第4卷，第1916页，1917页。

5　废名：《莫须有先生坐飞机以后》，《废名集》第2卷，第917页。

自然"。在废名看来，普通老百姓这样自然、自由、和谐、从容地活着，这本身就是中国文化的生命力及全部魅力所在。[1]一切主义的强加，人为的努力，都是自造其乱。于是，我们也就明白，废名及其同类知识分子，看起来和新政治都站在农民的立场上，但他们的农民观，是大不相同的。

这就涉及一个更为根本的方面：废名在新中国成立前夕向新政权提出的两大谏言，无论是"以孔子思想治国"，还是"无为而治"，都表明了他对新政治的隔膜和误读。

其一，废名一直强调，"共产党是中国的共产党"，[2]这恐怕是他认为中国共产党能够接受他所阐释的代表了民族精神的孔子思想，作为治国指导思想的最基本的理由；但他恰恰有意无意地忽略了毛泽东在《新民主主义论》里的明确论断："中国革命是世界革命的一部分"，是"世界无产阶级社会主义革命的一部分"。[3]而中国共产党从一开始就是在共产国际领导下奉行国际主义的政党，由此决定了它必然以马克思主义为指导思想，新中国成立后又以马克思主义为国家意识形态。尽管毛泽东也提出了"马克思主义的普遍真理和中国革命的具体实践相结合"的命题，但它的基本内核还是《新民主主义论》里所强调的"共产主义的宇宙观和社会革命论"，对中国传统文化的吸取，是为了获得"民族的形式"。[4]毛泽东又始终强调无产阶级专政和阶级斗争学说，又恰恰都是与废名所推崇的孔子的中庸之道、孝

1 参看钱理群：《废名：现代堂吉诃德的归来》，收《精神的炼狱——中国现代文学从五四到抗战的历程》，广西教育出版社，1996年出版，第268—269页。
2 废名：《一个中国人民读了新民主主义论后欢喜的话》，《废名集》第4卷，第1947页。
3 毛泽东：《新民主主义论》，《毛泽东选集》第二卷，第666页，667页。
4 毛泽东：《新民主主义论》，《毛泽东选集》第二卷，第697页，707页。

悌之道有很大不同的。

其二，废名的"无为而治"的主张，如前所述，是建立在对农民自然生存状态的肯定和高度评价基础上的；但他恰恰忽略了新政治强调的是列宁的论断："小生产是经常地、每日每时地、自发地……产生着资本主义……"正是在废名上书的前一个月，1949 年 3 月 5 日，毛泽东在《在中国共产党第七届中央委员会第二次全体会议上的报告》里，即明确提出，对"个体的农业经济和手工业经济"要"谨慎地、逐步地而又积极地引导它们向着现代化和集体化的方向发展"；毛泽东还特地指出："任其自流的观点是错误的。"[1] 而在废名"上书"的三个月后，毛泽东在《论人民民主专政》里，又再次提醒："严重的问题是教育农民"，"没有农业社会化，就没有全部的巩固的社会主义"。[2] 这就是说，在农民问题上，新政治的重心，始终放在对农民的引导上。

废名的"上书"的结局，是如石沉大海无人回应。事实上人们至今也没有弄清楚，这份废名指明"献给中国共产党"的文章是否送到了最高层。如果废名没有留下手稿，这件事就被遗忘在历史的角落里了。或许这还是最好的结局。他遭到的只是冷遇：在 1957 年的鸣放期间，废名曾说到"解放后我有了进步要求，反而把我扔了"，"五二年把我从北京（大学）调到这里（按，指东北人民大学）来，我以为这里需要我，其实这里并不要我，半年多没有给我分配工作"。[3]

---

1 毛泽东：《在中国共产党第七届中央委员会第二次全体会议上的报告》，《毛泽东选集》第四卷，第 1432 页。

2 毛泽东：《论人民民主专政》，《毛泽东选集》第四卷，第 1477 页。

3 沛德：《迎接大放大鸣的春天——访长春的几位作家》，收《废名集》第 6 卷，第 3399 页。

　　其实，在那样的历史转折点上，因为玄黄未定，知识分子至少还保留着独立性的感觉与要求，于是，出现废名这样的提出全面的治国方略，试图影响新政权的治国方向的知识分子，就是很自然的。据我们看到的有限资料，时为中央人民政府委员、民革中央常委的陈铭枢，就在 1950 年三次"上书"毛泽东，提出"佛教救国论"，据说以后还与毛泽东就佛学问题进行了当面讨论。[1]但或许这是极为少见的，此后，特别是 1957 年反右运动以后，直到"文革"，这样的知识分子参与全面治国方略的讨论，也就不复存在。或许正因为如此，偶然保留下来的废名的这份"上书"，就弥足珍贵。而且经过以后历史发展的检验，废名"上书"所发表的某些合理因素，今天也就看得更为清楚。

　　　　　　　　　　　　　　　　2014 年 6 月 14 日—19 日

　　1　参看毛泽东：《致陈铭枢》（1950 年 6 月 12 日），《毛泽东书信选集》，人民出版社，1983 年出版，第 380 页。参看章立凡：《〈陈铭枢上毛泽东书〉读后》，载《随笔》2007 年第 1 期。

1951—1970:
赵树理的处境、心境与命运

一、赵树理身份的三重性与暧昧性

我在 2011 年读到陈为人先生的专著《插错'搭子'的一张牌——重新解读赵树理》以后，写下了这样一段话——

作者以"直面一切事实"的老实态度，将所能搜集到的赵树理的方方面面，纷乱无序，甚至相互抵牾的材料，都一一展现给读者。我们，至少是我，越读越糊涂，赵树理究竟是什么人：

"毛泽东《讲话》精神的忠实实践者"？

"农民的代言人"？

"真正的人民大众的文学"的大师？……

都像，又都不像。总之一片模糊。

在我看来，提供这样一个模糊的，难以作出简单、明确判断的赵树理，而且引发我们许多想不清楚的思考——关于赵树理，关于中国的知识分子、农民，关于赵树理生活的以及我们今天生活的时代、国家、民族……最后，所有这些思考，都会归于对历史，对人的命运、存在的追问，却又没有结论：这正是本书的真正价值与贡献。[1]

其实，这也是我自己的，包括本书（《岁月沧桑》）写作的追求：写出一个又一个的"难以作出简单、明确判断"的大时代里的个体生命史，以激发"对历史，对人的命运、存在的追问，却又没有结论"。

这是一个总的追求；但在进入具体研究时，还需要找到合适的切入口。我在 1998 年即十六年前第一次研究赵树理时，就注意到了他的"双重身份"："赵树理把他自己的创作追求归结为'老百姓喜欢看，政治上起作用'，正是表明了他的双重身份、双重立场。一方面，他是中国革命者，中国共产党的党员，要自觉地代表与维护党的利益，他写的作品必须'在政治上起（到宣传党的主张和政策的）作用'；另一方面，他又是中国农民的儿子，要自觉地代表与维护农民的利益，他的创作必须满足农民的要求，'老百姓喜欢看'。正确地理解赵树理的这两重性是准确地把握赵树理及其创作的关键。过去人们比较注意与强调二者的统一性，这是不无道理的；但如果因此看不到或不承认二者的矛盾，也会导致一种简单化的理解，而无法解释与认识赵树理创作及其命运的复杂性"。[2]这样的双重性，自然也是我十六年后的新研究的基本视角；但在研究过程中，也在其他研究者的启发下，我又注意到了赵树理的第三重身份，即"知识分子的身份与立场"。[3]这样，"党

1　钱理群：《推荐序三》，载陈为人著：《插错"搭子"的一张牌——重新解读赵树理》，广东人民出版社，2011 年出版，第 7 页。

2　钱理群：《1948：天地玄黄》，中华书局，2008 年出版，第 192 页。

3　在这方面，给我启发最大的是北京大学中文系的博士生李国华的博士论文《农民说理的世界——赵树理小说的文学政治》，这是一篇对赵树理研究有新的发现与推动的创造性论文，本文的写作对该论文多有吸取，特此说明，并向作者致谢。

员—农民—自我主体（知识分子）"就构成了赵树理精神与心理结构的三个层面，它们之间的相互依存，纠缠，矛盾，张力，又造成了赵树理身份与立场的暧昧、模糊，背后是党员和农民，作为特殊的知识分子个体的赵树理和农民，以及赵树理和党员之间的复杂关系，这本身就构成了一种别有意味的丰富性：这是我的研究兴趣所在，也是我的研究进入赵树理的特殊门径。

因此，进入"新中国成立后的赵树理"（这是本文研究课题）之前，先要对赵树理身份的三重性、暧昧性，进行一个总体的讨论。

首先是赵树理的知识分子身份。这是过去的许多赵树理研究，包括我的研究所忽略的。其实赵树理本人早有过明确的说明："我虽出身于农村，但究竟还不是农业生产者而是知识分子，我在文艺方面所学习和继承的也还有非中国民间传统而属于世界进步文学影响的一面，而且使我能够成为职业写作者的条件主要还得自这一面——中国民间传统文艺的缺陷是要靠这一面来补充的。"[1]这是一个客观的历史的自我评价：赵树理本质上是一个独立的现代知识分子。在 1959 年突然遭遇无端的大批判时，赵树理又无奈地自嘲说："我是农民中的圣人，知识分子中的傻瓜。"[2]这又提醒我们注意：赵树理是知识分子中的异类，自有他的特殊性。

于是，就注意到赵树理的知识分子修养与气质。这里有两个很有意思的回忆和评价。一是二十世纪五十年代初与赵树理比邻而居的作家严文井的印象："出乎我意料之外的是，他还读过不

1　赵树理：《〈三里湾〉写作前后》，《赵树理全集》第四卷，大众文艺出版社，2006 年出版，第 378 页。

2　转引自陈徒手：《1959 年冬天的赵树理》，收《人有病，天知否：1949 年后中国文坛纪实》，生活·读书·新知三联书店，2013 年出版，第 209 页。

少五四时期的文艺作品和一些外国作品的译本（包括林琴南的译作）。他的科学常识很丰富。我这才明白，老赵并不是个'土包子'，他肚子里装的洋货不少。"他还举了一个例子。在一次闲谈里，有人说到了某人的"桃色新闻"，赵树理一下子联想到契诃夫的《在避暑山庄里》，就有声有色地讲了起来，还背诵了其中的一段，逗引得大家一阵大笑，有人就问："老赵几时迷上了外国的东西？"[1]更值得注意的是，赵树理的儿子赵二湖的一个观察："贯穿我父亲一生的就是一个'士'的精神。"我理解他所说的"士"的精神，主要就是坚守自己的追求，"贫贱不能移，富贵不能淫，威武不能屈"的独立精神。当然，士的精神对赵树理也有负面的影响，赵二湖就同时指出，赵树理对于党的忠诚就包含有"士为知己者死"的意味，即所谓"党可以误解我，我不能背叛党"。[2]这都是深知赵树理之言。

于是，就注意到赵树理的"家庭出身"。许多赵树理传记和回忆材料都强调赵树理的家庭的"贫农"成分，说他是"穷人的孩子"；赵二湖同样有不同看法："其实我家不是太穷，再穷还有十六亩地。你去过尉迟（按，赵树理的故乡尉迟村）没有？我家那房子（按，赵树理故居是一个独立的院落，四周都是由两层的砖瓦楼房围起），就不是一般人家能盖起的。我爷爷是做买卖的，算是村子里有办法的人家。我爷爷能识字看书，还会算卦，在北方的农村里，大部分是文盲，他已经是另类了。"对所谓"贫农出身"，赵二湖也有个说法："那是为适应当时党的阶级路线。贫下中农才是我党的依靠对象。严格说来，他是穷人堆里的富孩子，

1　陈为人：《插错"搭子"的一张牌——重新解读赵树理》，第12—13页。
2　转引自陈为人：《插错"搭子"的一张牌——重新解读赵树理》，第50页，220页。

富人堆里的穷孩子。如果真是赤贫人家，大字不识几个，怎么可能成为一个作家呢？"[1]

1956 年赵树理写有一个《自传》，谈到他十三周岁（1919 年）就被送到一个"大部分是士绅和地主富农子弟"的高级小学读书，读过一本《四书白话解说》，是一位"接受过王阳明的学说，同时又是个信佛的"乡间老古董写的。赵树理因此说他的小学教育是"以学习圣贤仙佛、维持纲常伦理为务"。1925 年他考入山西长治县省立第四师范学校，开始接触新文化，最初还是科学与玄学"兼收并蓄"，后来"在思想上起主导作用"的便是"反礼教、反玄学的部分"，"也接受了一点共产主义的道理"，可以说赵树理是在五四后逐渐占据主导地位的新文化思潮中成长起来的。[2] 以后，赵树理还谈到自己"所读之书甚为杂乱，主要的为康、梁、严复、林纾、陈独秀、胡适等人之著作和翻译"；[3] 在"文革"中更是检讨说："自己的创作生活虽然开始较迟，可是早在学生时代就是文艺爱好者，对中国的封建文艺爱的是《西厢记》《红楼梦》等，对翻译作品则是不分什么主义，歌德、莫泊桑、屠格涅夫、小泉八云、易卜生……拿得到什么就看什么，接受的东西虽不成系统，可是封建的、资产阶级的五毒俱全。"[4] 对师范读书时期的思想，赵树理在《自传》里，有一个概括的说明："我的思想虽然有点解放，但旧的体（系）才垮了，新的体系没有形成。主观上虽抱下了救国救民之愿，实际上没有个明确的出路，其指导行动者有三个概念：

1　转引自陈为人：《插错"搭子"的一张牌——重新解读赵树理》，第 40—41 页。

2　赵树理：《自传》，《赵树理全集》第四卷，第 405 页，406 页。

3　赵树理：《我的两个朋友——谈话摘录》，《赵树理全集》第四卷，第 491 页。

4　赵树理：《我的第二次检查》，《赵树理全集》第六卷，第 458 页。

（1）教育救国论（陶行知信徒）；（2）共产主义革命和（3）为艺术而生为艺术而死（艺术至上，不受任何东西支配）。并且觉着此三者可以随时选择，互不冲突，只要在一个方面有所建树，都足以安身立命。"[1] 赵树理年轻时，是一个"为艺术而生为艺术而死"的艺术至上者，这大概会使许多用某种凝固的眼光看赵树理的读者和研究者感到吃惊，其实这正是表现了赵树理内在气质中的执着与偏执，[2] 而如赵树理自己所说，他的"艺术至上"是与"人格至上"的观念搅和在一起的，[3] 以后他转向"以革命为本分"，就以同样的执着，追求"革命至上"了。这都表现了赵树理内在气质中的浪漫主义情怀，更是容易被忽视的。

但赵树理最终还是放弃了"艺术至上"（当然，他并没有放弃对艺术本身的追求），而走上"文学大众化"之路。如研究者所指出，赵树理的大众化理论与实践，是"受鲁迅等前辈作家创作局限的触发，是对鲁迅民族化、大众化理论主张的实践，是对鲁迅这一理论主张的补充、应用和呼应"。[4] 赵树理曾谈到"我有意识地使通俗化为革命服务萌芽于 1934 年，其后一直坚持下来"。[5] 而正是在 1930 至 1934 年间，以左联为中心的左翼作家展开了文艺大众化的讨论，可以说，身处僻远的太行山的赵树理 1934 年的

1　赵树理:《自传》,《赵树理全集》第四卷，第 406—407 页。

2　赵树理的儿子赵二湖对此有过一个很有意思的说法:"作为一个文化人，他肯定有偏执的地方，不固执不偏激呀，他也成不了艺术家。艺术家都有股怪劲。……他就有自己的怪味。"转引自陈为人:《插错"搭子"的一张牌——重新解读赵树理》，第 76 页。

3　赵树理:《自传》,《赵树理全集》第四卷，第 407 页。

4　庄汉新:《鲁迅＋赵树理＝当代农民文学的新方向》,《赵树理研究文集》（上卷），中国文联出版公司，1996 年出版，第 281 页。

5　赵树理:《回忆历史，认识自己》,《赵树理全集》第六卷，第 474 页。

选择，是对这场讨论的呼应。[1] 这是可以用赵树理自己的文章为证的。1942 年赵树理写了一篇《通俗化"引论"》，提出：通俗化"还得负起'提高大众'的任务，而不能'把通俗化本身降低到和群众的落后情况平等'"，"它应该是'文化'和'大众'中间的桥梁，是'文化大众化'的主要道路；从而也可以说是'新启蒙运动'一个组成部分——新启蒙运动，一方面应该首先从事拆除文学对大众的障碍；另一方面是改造群众的旧的意识，使他们能够接受新的世界观。"赵树理这里所说的"新启蒙运动"，是三十年代陈伯达等共产党人所提倡与推动的，与五四启蒙运动及左翼大众化运动既有联系，也有区别，更着眼于对民众的战争动员与革命动员。赵树理接着就引述了鲁迅写于 1934 年的《门外文谈》里的一段话作为依据：绝不能处处"迎合大众，迁就大众"，虽然好像是为大众着想，"实际上倒尽了'拖住'的任务"。[2] 强调不要"迎合大众"，重心也在要强调党对农民的教育、引导，以"改造群众的旧的意识"。这与我们在下文要详尽讨论的赵树理的革命干部身份是直接相关的。但赵树理仍然重视与鲁迅传统的关系。他后来还写了《通俗化与"拖住"》专门阐述鲁迅的观点；[3] 在鲁迅逝世五周年时又写文章纪念，提出"假如鲁迅先生健在，他看到这样的新社会，说不定已有一部比《阿 Q》更伟大的作品出世了"，进而提出了"在创作上学习鲁迅"的口号。[4] 后来在回忆自己在 1937—1939 年间所写的短文时，赵树理还颇为自得地说道："老

1　参看李国涛：《赵树理艺术成熟的标志——读〈盘龙峪〉（第一章）札记》，《赵树理研究文集》（上卷），第 41 页。

2　赵树理：《通俗化"引论"》，《赵树理全集》第二卷，第 68 页，70 页。

3　赵树理：《通俗化与"拖住"》，《赵树理全集》第二卷，第 98—105 页。

4　赵树理：《多看看——纪念鲁迅先生逝世五周年》，《赵树理全集》第二卷，第 106 页。

实说我是颇懂一点鲁迅笔法的。"[1]在新中国成立后，赵树理也多次谈到鲁迅对阿Q形象的塑造。他和鲁迅之间的精神联系，是颇值得注意的。

如果我们再对1934年前后鲁迅关于文艺大众化的思考作一番考察，就可以发现，"赵树理"的出现，也正是在鲁迅的期待中的。鲁迅在1930年写过一篇题为《文艺的大众化》的文章，一方面呼吁"多作或一程度的大众化的文艺"，"应该多有为大众设想的作家，竭力来作浅显易解的作品，使大家能懂，爱看，以挤掉一些陈腐的劳什子（按，指令人厌恶的东西）。但那文字的程度，恐怕也只能到唱本那样"；同时又提醒说："倘若此刻就要全部大众化，只是空谈"，"若是大规模的设施，就必须政治之力的帮助，一条腿是走不成路的"，鲁迅显然期待政治制度的根本变革，带来教育的根本改造，这样才有可能实现真正的、全面的文化大众化。[2]在赵树理引述的《门外文谈》里，鲁迅更是明确地表示了对于全新的"觉悟的智识者"的期待："他不看轻自己，以为是大家的戏子，也不看轻别人，当作自己的喽啰。他只是大众中的一个人，我想，这才可以做大众的事业。"[3]鲁迅在这里不仅表达了他对当时或"看轻大众"或"迎合大众"的知识分子的不满，更隐含着对自身局限的清醒体认。早在1925年鲁迅在谈到《阿Q正传》的写作时，就坦然承认，自己对中国"沉默的国民的灵魂"（"沉默的国民"的大多数是农民），"总自憾有些隔膜"，只能写出"我的眼里所经过的中国的人生"，并不能写出中国沉默的国民，首先

1　赵树理：《回忆历史，认识自己》，《赵树理全集》第六卷，第465页。
2　鲁迅：《文艺的大众化》，《鲁迅全集》第7卷，人民文学出版社，2005年出版，第367页，368页。
3　鲁迅：《门外文谈》，《鲁迅全集》第6卷，第104—105页。

是农民的魂灵。因此，他期待"沉默的国民""自己觉醒，走出，都来开口"，发出自己的声音。[1]对照鲁迅的呼唤，反观赵树理的创作，就不难看出，赵树理至少在三个层面上满足了鲁迅的期许：他正是"为大众设想的作家"，他的"浅显易解的作品"，确实"使大家能懂，爱看"；他正是在新的"政治之力"创造的新社会里，终于出现的真正成为"大众中的一个人"的新型作家，鲁迅当年与农民（阿Q、闰土们）之间的隔膜在赵树理这里已经不复存在；而赵树理的所有努力，也正集中在使沉默的农民"自己觉醒，走出，都来开口"。

但赵树理（也许还有鲁迅代表的新文学）很快就遭遇到了尴尬：当赵树理满腔热情地向农民介绍新文学，却遭到了拒绝。陈为人的《插错"搭子"的一张牌——重新解读赵树理》里，对此有一个绘声绘色的描述：赵树理手捧《阿Q正传》念给父亲听，"刚念到阿Q与小D在钱府的照壁前展开龙虎斗时，父亲已失去了听下去的兴趣；'得了，得了，收起你那一套吧，我没兴趣，也听不懂！'赵和清老汉摆摆手，把旱烟袋往腰里一别，扛上锄头下地去了。临走时，顺手揣了一本《秦雪梅吊孝》。鲁迅描写农民生活的举世闻名的经典小说，居然在中国的农村中找不到市场，找不到知音，这情形大出赵树理的预料。他感到丧气，更感到纳闷，为什么农民不喜欢描写他们，替他们说话的新文学呢？"[2]

这里的描述，或许有文学化的成分[3]；但揭示的问题却是真实的，而且对赵树理来说，是十分严重的。他所要面对的是两个问

1　鲁迅：《俄文译本〈阿Q正传〉序》，《鲁迅全集》第7卷，第84页。

2　陈为人：《插错"搭子"的一张牌——重新解读赵树理》，第16页。

3　赵树理自己的说法是："我在学生时期，常把自己爱好的文艺作品（《小说月报》上的）介绍给家乡的老同学或我的父亲看，可是他们连一篇也看不下去。"见《我的宗派主义——谈话摘录》，《赵树理全集》第四卷，第492页。

题：一是自己原本熟悉的"新文艺腔"，农民不接受；二是农民的文化生活依然被封建旧唱本所垄断，这又是已经接受了新思想的作为现代知识分子的赵树理所不能容忍的，他觉得自己有责任去占领农村文化阵地，以更加健康的，而又容易接受的精神食粮去反哺自己的父老乡亲。于是，他决定改腔换调：着重从民间文化吸取养料，用农民听得懂的语言，喜闻乐见的形式，表达新的思想，蹚出一条"通俗化，大众化"的路子。这同时也意味着一个全新的自我选择与定位："我不想上文坛，不想做文坛文学家，我只想上'文摊'，写些小本子夹在小唱本的摊子里去赶庙会。三两个铜板可以买一本，就这样一步一步去夺取那些封建小唱本的阵地。做一个文摊文学家就是我的志愿。"[1]——顺便说一点，鲁迅也多次把自己的写作比喻为"地摊"上的"瓦碟"："我愿意我的东西躺在小摊上，被愿看的买去，却不愿意受正人君子赏识"，[2]"我只在深夜的街头摆着一个地摊，所有的无非几个小钉，几个瓦碟，但也希望，并且相信有些人会从中寻出合于他的用处的东西"。[3]在充分意识到自己的异质性，追求与普通民众的直接沟通这些方面，赵树理依然与鲁迅相通；但赵树理的此番"文摊文学家"的选择，则另有意味：他更注重于和民间文学传统的承接，更自觉地以农民为读者对象，并因此有相应的语言追求，如"把知识分子的话翻译成他们（按，农民）的话来说"，"尽量照顾群众（按，农民）的习惯"，[4]等等。这都是不同于鲁迅的:他要另辟一条新文学通往普通民众与民间社会之路。

1　转引自陈为人：《插错"搭子"的一张牌——重新解读赵树理》，第18页。
2　鲁迅：《厦门通信》，《鲁迅全集》第3卷，第388页。
3　鲁迅：《〈且介亭杂文〉序言》，《鲁迅全集》第6卷，第4页。
4　赵树理：《也算经验》，《赵树理全集》第三卷，第350页。

从赵树理的新选择里，可以看出，他并没有放弃新文学的基本立场，但他又有意将"文坛"与"文摊"对立，这正是反映了在现实生活里，赵树理这样的"农民出身的知识分子"与"出身于小资产阶级知识分子"的矛盾，[1]具体地说，就是来自"上海亭子间"的左翼知识分子和来自革命根据地的工农知识分子之间的矛盾，也就是毛泽东《整顿党的作风》里所说的"外来干部"和"本地干部"的矛盾，前者总是把后者看作是"土包子"。[2]据赵树理后来回忆，当时太行山区文艺界就有两种势力的对立：占主导地位的太行文联及其刊物《太行文艺》，根本不承认赵树理等的通俗文学作品；后来赵树理们得到了地方党的宣传部门的支持，赵树理也被调到新华书店，掌握了出版权，也是对"欧化一点的文和诗一律不予出版"，赵树理并不讳言其目的就是"想统治文风"。[3]他们之间除了"通俗化"与"欧化"之争，更根本的分歧，在对农民及其文化的态度。1943年赵树理曾写有《平凡的残忍》一文，对某些知识分子鄙夷农民和自己这样的农民出身的干部"吃南瓜喝酸汤"的生活习惯，提出了尖锐批评，认为这种态度是"平凡的残忍"。[4]1944年在《致徐懋庸》的信里，又重申了该文的观点："目前正在我们抗日根据地吃南瓜喝酸汤的同伴们正是建设新中国的支柱，在贫穷与愚昧的深窟中沉陷着的正是我们亲爱的同伴，要不是为了拯救这些同伴们出苦海，那还要革什么命？""做革命工作的同志们遇上了这种现象应该引起的是同情而不是嘲笑"。他特意强调："我们的工作越深入，所发现的愚昧和

1　赵树理：《自传》，《赵树理全集》第四卷，第409页。

2　毛泽东：《整顿党的作风》，《毛泽东选集》第三卷，第822—823页。

3　赵树理：《我的宗派主义——谈话摘录》，《赵树理全集》第四卷，第492页，493页。

4　赵树理：《平凡的残忍》，《赵树理全集》第二卷，第208页。

贫穷的现象，在一定的时间内越多（即久已存在而未被我们注意
的事将要提到我们注意范围内），希望我们的同志哀矜勿喜，诱导
落后的人们走向文明，万勿以文明自傲，弄得稍不文明一点的人
们，坐也不是，站也不是。"赵树理说，这是自己"这多年在农
村工作的点滴经验"。[1]可以看出，赵树理完全无意掩盖农民、农
村的愚昧、贫穷与落后；在他看来，改变这样的状况，创造农村
新文明，正是革命的目的所在。但他不能容忍的，是"以文明自
傲"，对农民的鄙夷。或许还有一种隐忧：随着革命与建设的深
入，有人会以"文明"的名义，根本否定农民和农村文明，否认
农民在建设新中国中的支柱作用。这样，赵树理和一部分知识分
子之间的分歧，就不仅是宗派、意气之争，更有深刻的历史内容。

　　而且这样的矛盾和分歧，还延续到新中国成立以后，这就是
赵树理后来在回忆中提到的丁玲为首的"东总布胡同"（中国作协
所在地）与赵树理为首的"西总布胡同"（工人出版社和大众文艺
研究会总部所在地）之争。据说后者认为前者是"小众化"，而
前者则认为后者"登不了大雅之堂"。[2]赵树理自己的说法，是他
们看不惯丁玲等自称"自然领导者"，实际是只开会不抓"老鼠"
（创作），"清谈误国"。[3]对此赵二湖后来有一个评价："这表面上
是一种文学风格表现形式之争，实际上还是在争谁是文学的正统。
没有说出来的话语是，由谁来掌握革命文艺的领导权。"[4]赵树理在
新中国成立后尽管享有很高的政治、文学地位，但始终觉得与文
坛格格不入，自己是一个局外人。作家严文井曾将1949年后的文

　　1　赵树理：《致徐懋庸》，《赵树理全集》第二卷，第370页。
　　2　何家栋的回忆，转引自陈为人：《插错"搭子"的一张牌——重新解读赵树
理》，第79页。
　　3　赵树理：《我的宗派主义——谈话摘录》，《赵树理全集》第四卷，第493页。
　　4　转引自陈为人：《插错"搭子"的一张牌——重新解读赵树理》，第82页。

坛，比喻为一个"大酱缸"，"'官儿们'一般都是30年代在上海或北京熏陶过的可以称之为'洋'的有来历的人物，土头土脑的老赵只不过是一个'乡巴佬'，从没有见过大世面；任他作品在读者中如何吃香，本人在'大酱缸'里还只能算一个'二等公民'，没有什么发言权"。[1]

由此又产生了赵树理在文学上的一个新的自我定位："是一个不被文艺界所承认的倡议者、试验者"。[2] 这里有两层意思：一方面继续受到排斥——在工农当家作主的国家，自觉为工农服务的作家依然不被承认，岂非咄咄怪事！但另一面，赵树理依然在顽强地倡议、坚持自己的试验。那么，他倡议、试验什么呢？在1957年赵树理写了一篇文章，谈"两个传统及其关系"与命运。在他看来，中国文艺始终有两个传统："一个是'五四'胜利后进步知识分子的新文艺传统（虽然也产生过流派，但进步的人占压倒优势），另一个是未被新文艺界承认的民间传统。新文艺是有进步思想指导的，是生气勃勃的，但可惜也与人民大众无缘——在这方面却和他们打倒的正统之'文'一样。民间传统那一面，因为得不到进步思想的领导，只凭群众的爱好支持着，虽然也能免于消灭，可是无力在文坛上争取地位"。让赵树理感到困惑的是，尽管毛泽东的《讲话》早已明确了"为工农兵"的文艺方向和"在普及基础上提高，在提高指导下普及"的方针，但实际"做得如何"？"不但是问题没有解决，工农兵绝大多数就还不知道社会上有那么一'界'，叫'文艺界'"，二者依然处于完全隔绝的状态；文艺普及工作则是"在部队中做得最好，工人次之，农民最

1　严文井：《赵树理在北京胡同里》，转引自陈为人：《插错"搭子"的一张牌——重新解读赵树理》，第82页。

2　赵树理：《我的第二次检查》，《赵树理全集》第六卷，第457页。

差"；文艺界更普遍"不承认群众的传统能产生艺术，而要以新文艺的传统来代替"，要"有计划有步骤地来消灭"民间传统；而民间传统内部，又面临困境："旧的遗产不尽合乎现代精神，新的创作还远远赶不上旧的水平，真是不知如何是好"。如此严峻的困惑与困境，反而激发了赵树理的"反其道而行之"的决心。他就是要以"把民间传统继承下来"、发扬光大为己任，因为他看得很清楚："新文艺传统方面的工作，面对的是干部和受过中等学校教育以上的知识分子，而民间传统方面的工作则面对的是数量超过前一种对象若干倍的广大群众"，而永远为大多数人服务，则是赵树理的基本信念与理想，他几乎是别无选择。[1]

赵树理在新中国成立以后，继承与发扬民间传统的高度自觉与持续努力，确实难能可贵，意义重大而深远，今天仍不失其启示性。但它一开始就是与"新文艺传统"相对立而提出的，这也就必然导致赵树理在思想与情感上和新文艺传统的日益疏远，而且也容易产生认识上的偏执。这里有一个如何看待民间形式的问题。我们注意到 1941 年讨论文艺大众化、通俗化时，在前文已经引述的《通俗化与"拖住"》一文里，赵树理曾经明确表示："'民间形式'并不是民族形式的'中心源泉'，[2] 所以通俗化读物而利用旧形式，也只能是'利用'，并不是说通俗化读物应该限于用旧形

1　赵树理:《"普及"工作旧话重提》,《赵树理全集》第五卷, 第 33 页, 32 页, 34 页, 35 页。

2　在 1939—1941 年间, 在敌后根据地与国民党统治区同时展开了关于民族形式问题的论战, 其中一个焦点即是"民族形式与民间形式的关系"以及"民族形式与五四新文化运动的关系"问题。在讨论中, 就有人提出"民间形式应为民族形式的中心源泉"论, 引起了郭沫若、茅盾、胡风等人的尖锐批评。参看钱理群:《民族形式问题论争》, 见《中国现代文学编年史——以文学广告为中心》(第3卷), 北京大学出版社, 2013 年出版, 第 192 页, 193 页。

式。"[1] 如前文所分析,这一时期赵树理还处于五四新文化传统的强大影响之下。但在以后的发展中,主流文艺界越是排斥民间形式(而且常常打着五四新文艺传统的旗帜),赵树理就越是向民间形式靠拢,到了 1966 年《回忆历史,认识自己》的总结里,再次谈到中国文艺的三个传统,即"中国古代士大夫阶级的传统""五四以来的文化界传统"与"民间传统",指明"争论之点,在于以何者为主",赵树理就明确表示:要"以民间传统为主"。这就走到了一个极端。尽管赵树理也承认,"老的真正的民间艺术传统形式事实上已经消灭了,而掌握了文化的学生所学来的那点脱离老一代群众的东西,又不足以补充其缺",但他仍然顽强表示:"我在这方面的错误,就在于不甘心失败,不承认现实",[2] 他认定了民间传统,就决心"一条道走到黑了"。

赵树理在固执地坚守民间传统的同时,自然会感到身处依然坚持新文学立场的知识分子中间的异质感和孤独感。他自称"知识分子中的傻瓜",就包含了这样的意思。

那么,赵树理作为一个自成体系的现代知识分子,他的独特性又在哪里呢? 这就需要进一步讨论赵树理的另外两个身份。

首先注意到的自然是赵树理自命的"农民中的圣人"的身份,也就是赵树理与中国农民之间的生命的与精神的深刻联系。其实前面的论述里,已多有涉及。这里再作集中的讨论。

我们从人们眼里的"赵树理"说起。作家汪曾祺说:"赵树理实在是一个农村才子。"[3] 学者陈思和认为,"他是属于中国农村传

1　赵树理:《通俗化与"拖住"》,《赵树理全集》第二卷,第 103 页。
2　赵树理:《回忆历史,认识自己》,《赵树理全集》第六卷,第 479 页,480 页。
3　红药:《话说赵树理和沈从文——记汪曾祺先生一席谈》,《赵树理研究文集》(上卷),第 255 页。

统中有政治头脑和政治热情的民间艺人"。[1]另一位学者李洁非这样评价赵树理："赵树理是真正从农民阶层中成长起来的作家。虽然中国自古以来就是以农民为主体的农业国，但文学却一直跟农民关系不相干。因为语言文字掌握在士大夫手里。表面上也有与农民生活相关的作品——陶渊明、王维、白居易、张养浩、贯云石等都写过一些。可是这些描写骨子里面表现的是士大夫自己的情趣，与农民自己的价值关系不大，至于农民生活的真正内容和感受，更近于空白"，"包括鲁迅笔下的农民，今天看来仍然是知识分子视角的反映"。[2]当年山西省委书记王谦对先后为"山药蛋派"代表作家的赵树理与马烽则有这样的概括与评价："马烽是为党而写农民；赵树理是为农民而写农民。所以当党和农民利益一致的时候，他们两人似乎没什么差别。而当党和农民的利益不一致时，马烽是站在党的一边，而赵树理是站在农民的一边。"[3]这些分析、评价，着眼于赵树理和中国传统士大夫，新文学传统中的鲁迅，以及革命文学传统中的工农出身的作家的区分，是能够显示赵树理的生命与写作和农民关系的独特性的。

或许我们更应该注意的是赵树理对自己的创作经验的一个总结："我的作品的主题是在生活中碰上的"，"要真正深入生活，做局外人是不行的。只有当了局中人，才能说是过来人，才能写好作品"，"当然，并不是每一个局中人都值得写，同样也并不是每一个参加了局面中的人就一定都能写得好。必须要做生活的主人，对生活真正关心，有感情，以主人公的态度去对待生活中的一切。

1　陈思和：《民间文化形态与政治意识形态之间的关系钩沉》，《赵树理研究文集》（上卷），第345页。

2　李洁非：《"老赵"的进城与离城》，转引自陈为人：《插错"搭子"的一张牌——重新解读赵树理》，第121—122页。

3　转引自陈为人：《插错"搭子"的一张牌——重新解读赵树理》，第97页。

到了村里，娃娃哭了你要管，尿了也要管。这样才有真情实感，写出来的哭是真哭，笑是真笑"。[1]

"农民和农村生活的主人"，这大概是可以用来概括赵树理与农民、农村关系的特点与本质的。这和前文提到的鲁迅"他只是大众中的一个人"的期待是相一致的，但却有着更鲜明的阶级色彩，更丰厚的历史与时代内容。其中包括五个要点。

其一，他是农民农村生活的"局中人"，而非临时下来"体验生活"的旁观者、观察员、局外人。马烽谈到他曾去过赵树理当年蹲过点的村子，发现那里"提起赵树理来，大人小孩都熟悉"，因为他在村子里，"不仅参与办社的大事，连改革农具、修补房屋、调解家务纠纷等等他都参与，而且是认真地帮助解决这些问题。吃饭时候，他常常是端着饭碗在饭场上和农民聊天，也常常和喜爱文艺活动的人们一起唱上党梆子。谁也不把他当作家看待，而是看作他们中的一员"。[2]赵树理所接触的农民、农村社会是一个由亲情、乡情构成的熟人社会，也可以说是一个生命共同体。赵树理多次谈到他对自己笔下的农民，熟悉得就像家里人一样，"他们每个人的环境、思想和那思想所支配的生活方式、前途打算，我无所不晓。当他们一个人刚要开口说话，我大体上能推测出他要说什么"。[3]他也一再强调，要"把劳动人民的事当做自己一家人的事来讲"和写。[4]这样，他就能够把"写农民"与"写自己"统一起来，这是一个很难达到的生命与写作境界。

1　赵树理：《文艺与生活》，《赵树理全集》第六卷，第63页。

2　马烽的回忆，转引自陈为人：《插错"搭子"的一张牌——重新解读赵树理》，第101页。

3　赵树理：《决心到群众中去》，《赵树理全集》第四卷，第120页。

4　赵树理：《对〈金锁〉问题的再检讨》，《赵树理全集》第四卷，第32页。

其二，赵树理曾经说过，他和自己的家乡的农村社会，"有母子一样的感情"，"离的时间过久了，就有些牵肠挂肚，坐卧不宁，眼不明，手不灵，老怕说的写的离开了农民的心气儿"。[1] 这样的和农民"心气儿"相通的生命的血肉联系，不仅深刻地影响了赵树理的精神气质，思维、情感方式，而且形成了他的独特的价值观：他把维护农民的生存、温饱、发展，尊严、权利视为第一要务，也是自己的第一要职；把农民是否获得真实的利益，作为衡量社会是否健康，国家和党的政策是否正确的最重要的标准。这一点，在 1949 年后的赵树理身上，表现得尤为突出，是本文讨论的重点，这里就不再多说。

其三，在前文引述的赵树理的谈话里，他提到并不是所有农村生活的局中人，都能够写好农村，关键是要做农村生活的"主人"，这是一个极重要的提示：赵树理与农村、农民的关系，并不止于对农村生活的熟悉，对农民感情的投入，他更是一个农民命运的思考者，农村社会理想的探索者与改造农村的实践者。有一位博士生李国华将赵树理定位为"一个关于农民问题的思考者"，是十分深刻的；[2] 这也将是本文论述的一个重点，赵树理的创作的政治作用不仅在传扬党的意识形态和政策，更有表达自己的农村见解的意图。赵二湖也提醒我们注意："赵树理认为他是个农业专家，不是科学上的，是农业生产组织形式方面的专家"，"他一直在想，中国的农业以怎样一种方式组织起来最合理最能发挥效率。并且贫富之间，不要拉开太大的距离"，小说仅是

1　赵树理:《在晋东南"四清"会演期间的三次讲话》,《赵树理全集》第六卷,第 407 页。

2　参看李国华:《农民说理的世界——赵树理小说的文学政治》,博士论文,第 17 页。

"他阐明自己理想的工具"。[1]因此，把赵树理直接视为"农民的代言人"是过于简单化的；赵树理是既在农民"其中"，又在农民"其上"，既有维护农民利益的一面，又有超越农民，由农民问题出发，思考更大更根本的社会问题与追求更高理想的一面，这都显示了赵树理作为现代知识分子和现代革命者的本色。赵树理自称"农民中的圣人"，大概也有强调自己的立足点和思考比一般农民更为高远的意思，这本身就构成了赵树理与农民关系的特殊性与深刻性。

其四，赵二湖还提出了一个重要问题："赵树理为什么写作？是文学还是农民？是为了解决文学的问题去关心、关注农民，还是为了农民的问题去关心、关注写作？他作家的身份和小说的成就很容易掩盖这个问题的答案。但我们看看赵树理另一类文章，或许就会以另一个角度去评判赵树理和他的小说。"赵二湖回忆说，"赵树理常年下乡，口袋里常装着个小本子"，本子里记着的全是关于农业生产、组织、管理、分配，农民生活、思想等等方面的"问题"。"赵树理身上的这种'非文学'的因素比比皆是。他可（以）跟上打井队在山里跑几个月。潜心研究水利问题而忘了写小说"，"到了'问题小说'的提出，他的文学作品几乎成了解决具体问题的工具，与文学的目的和功能大相径庭了"，"一篇作品写出来，成功不成功，除了文学界的反应，赵树理还有自己另外一套评判标准，那就是是否切中了'问题'的要害，在实际生活中起没起作用"。赵二湖最后总结说："纵观他的大众化通俗化主张，为政治服务的观点，问题小说的提出，写书的长短与印书的贵贱，核心只是一个，那就是农民。"赵二湖将这种创作方

1　转引自陈为人：《插错"搭子"的一张牌——重新解读赵树理》，第164页。

式，称为"赵树理现象"，并且说，"在作家越来越专业化的今天，这种现象也许永远不会再发生了。但赵树理留给我们的，应该不仅仅是他的小说"。[1] 这同样是一个相当深刻的观察与发现。这样的以"为农民谋利益"为中心的功利化写作，与同样功利化的农民为主体的中国革命和建设，是合为一体的；赵树理正是这样的中国式（又是现代的）的"农民革命"和"农民文学"培育出来的"农民作家"，在他这里，写作与农村变革实践，是合一而且可以随时相互转移的。这确实是几乎不可重复的社会历史和文学现象，却别有一番长久的魅力。

其五，这样的明确以农民为读者对象的写作，自然有许多特色。因为不是本文讨论的重点，只能略说几句。大概也有三个方面。

一是赵树理独特的语言贡献。周扬在 1946 年所写的《论赵树理的创作》里，特别谈到赵树理"熟练地丰富地运用了群众的语言，显示了他的口语化的卓越的能力，不但在人物对话上，而且在一般叙述的描写上，都是口语化的"。他还注意到，赵树理"几乎很少用方言、土语、歇后语这些，他绝不为了炫耀自己语言的知识，或为了装饰自己的作品来滥用它们"，"尽量用普通的、平常的话语，但求每句都能适合每个人物的特殊身份、状态和心理"。[2] 人们赞赏赵树理的语言，就是因为他对群众语言和日常口语的自觉运用，不仅有着"使农民看得懂"的功利目的，而且也有很高的美学品位。我在一篇讨论四十年代语言试验的文章里，

1　赵二湖:《破碎的记忆——我的父亲赵树理》，转引自陈为人:《插错"搭子"的一张牌——重新解读赵树理》，第 161—162 页。

2　周扬:《论赵树理的创作》，黄修己编:《赵树理研究资料》，北岳文艺出版社，1985 年出版，第 185 页，186 页。

谈到了许多作家对"纯净的语体文"（周作人语）的追求，用老舍的话来说，就是"把顶平凡的话调动得生动有力"，烧出白话的"原味儿"来，做到"俗"和"白"，"俗"即是"一般人心中口中所有的"日常用语，"白"就是彻底的白话。四十年代自觉进行这样的试验的，老舍之外，还有萧红（《呼兰河传》）、冯至（《伍子胥》）、孙犁（《白洋淀》）、骆宾基（《幼年》）等，我特意强调，其中也"有赵树理"，他虽然有着不同于老舍等人的民间文化资源，但"在日常生活中的白话口语基础上，创造富有艺术表现力的纯净的现代文学语言的目标与努力，却是惊人的一致"。[1] 作家邵燕祥对赵树理的语言贡献更有如下评价："他从民族语言特别是民间口语宝库中提炼的、臻于炉火纯青的艺术语言，为母语文学留下无法替代的贡献，不承认这一点，就是对现代文学的无知"，[2] 这自然是有根据，有道理的。

二是赵树理对民间形式的提倡与运用，更是引人注目的。其实，在民间形式的背后，依然是一个农民、农村文化的问题。也就是说，赵树理不惜将民间形式推崇到极端，不仅着眼于艺术形式的创造，更是要维护农民与农村文化的地位和权利。他始终坚持两条。首先必须承认"群众的传统能产生艺术"，并且是其他传统（无论是中国古代传统，新文学传统，还是外国传统）所不能"代替"的。[3] 农民不仅是物质生产者，也是精神财富的创造者，农民艺术和农村文化是不容抹杀的。其次，赵树理更要捍卫农民享受艺术的权利。他指出："农村有艺术活动，也正如有吃饭活动

1　钱理群：《〈伍子胥〉讲评》，《对话与漫游——四十年代小说研读》，上海文艺出版社，1999 年出版第 295 页，296 页，299 页。

2　邵燕祥：《推荐序二》，陈为人：《插错"搭子"的一张牌——重新解读赵树理》，第 6 页。

3　赵树理：《"普及"工作旧话重提》，《赵树理全集》第五卷，第 34 页。

一样"，"农村人们艺术要求之普遍是自古而然的"，"广大的群众翻身以后，大家都有了土地，这土地不但能长庄稼，而且还能长艺术。因为大家有了土地后，物质食粮方面再不用向人求借，而精神食粮的要求也就提高了一步"，"农村所需要的艺术品种类之多，数量之大，有时都出乎我们想象之外"。在赵树理看来，"满足大众的艺术要求"，不仅是文化工作者的职责，更是新社会的重要标志，是关系着国家发展方向的。[1]

三是赵树理还要为农民的美学趣味辩护。赵树理的作品都有一个"大团圆"结局，这是他根据农民和中国地方戏曲的欣赏习惯，有意为之的。因此也遭到许多非议。赵树理则辩解说："有人说中国人不懂悲剧。我说中国人也许是不懂悲剧，可是外国人也不懂得团圆。假如团圆是中国的规律的话，为什么外国人不能来懂懂团圆？我们应该懂得悲剧，我们也应该懂得团圆。"赵树理还说："要把《小二黑结婚》写死，我不忍。"这不仅是因为"在抗日战争中解放区的艰苦环境里，要鼓舞人民的斗志"，更是为农民着想。赵二湖就说："中国老百姓生活够苦的了。你最后还不让人家在看戏中得到一点心理满足，得到一点心理安慰，这也太残忍一些了吧。"这又回到了"平凡的残忍"的命题，应该说是符合赵树理的思想的。[2]

"农民"在赵树理精神结构与心理结构中的崇高地位是确定无疑的，但赵树理心目里，还有一个神圣不可侵犯者，这就是"革命"和"党"，而且两者是合而为一的。"文革"中强加给赵树理的罪名中，他最不能接受的就是说他"反党"："我是谁？党是

1　赵树理:《艺术与农村》,《赵树理全集》第三卷，第229页，232页。
2　以上赵树理与赵二湖的讲话，转引自陈为人:《插错"搭子"的一张牌——重新解读赵树理》，第48页，49页。

谁？我与党怎么能分开？我是党一手培养起来的，说我反党，反
掉党，我往哪里摆？我感谢党还感谢不过来呢，说我反党，这怎
么可能？"[1]这确实是赵树理的肺腑之言。赵树理对党的感情，不仅
是有培养之恩，更是因为他在党这里找到了农民的出路与自我生
命的意义。

赵树理是在抗日战争中加入中国革命和中国共产党的。于是，
就注意到赵树理在1941年写的一篇长文：《漫谈持久战》。文章一
开头就写道："有位毛泽东先生，下棋不知道怎么样，看抗战却看
得十分清楚，作了一本说抗战的书，名叫《论持久战》。真有先见
之明。三年以来，全部战争的局势，都是照着他的话来的。"对
毛泽东（以及他为首的中国共产党人）的敬佩之情可以说是溢于
言表。这是赵树理第一次谈到毛泽东，是他与毛泽东神交的开始；
而下面的讨论将表明，这在赵树理的生命史上几乎是具有决定性
意义的，因此，这里讨论的开端就非常重要。赵树理对毛泽东和
中国共产党人的折服，主要有三：

首先是毛泽东和中国共产党给面临"亡国灭种"的民族危机
的中国，和为此忧心忡忡的中国人（自然也包括赵树理自己在
内），指明了一条通往最后的胜利的"持久战"之路。按赵树理的
理解，"'持久战'就是'熬着打'"，"长期熬着打，中国一定能得
到最后胜利，要想痛痛快快马上见个谁输谁赢，那中国就非吃大
亏不可"。赵树理由衷地以为这个"主意真"，因为"熬着打"的
背后有赵树理最熟悉的中国农民"苦熬"的生存意志与智慧。因
此，也可以说，赵树理是以一个农民和与农民有着深刻联系的知
识分子的眼光，来看待毛泽东和中国共产党领导的抗日持久战的。

1　转引自陈为人：《插错"搭子"的一张牌——重新解读赵树理》，第211页。

　　于是他就注意到毛泽东的持久战走的是一条"用乡村来包围城市"的道路；[1] 注意到毛泽东在《论持久战》里强调"战争的伟力之最深厚的根源，存在于民众之中"，[2] 在中国，这样的"民众"自然主要是农民。毛泽东在以后所写的《新民主主义论》里，就更加明确地指出："中国的革命实质上是农民革命。现在的抗日，实质上是农民的抗日。新民主主义的政治，实质上就是授权给农民。新三民主义，真三民主义，实质上就是农民革命主义。大众文化,实质上就是提高农民文化。"[3] 这些论述都是最能引起赵树理共鸣的。他自己正是在毛泽东与中国共产党领导的抗日持久战里，找到了中国农民的解放之路。因此，他在《漫谈持久战》里，特意引述了毛泽东在《论持久战》里的一段话："革命战争是一种抗毒素，它不但将排除敌人的毒焰，也将清洗自己的污浊"，并预言"抗战胜利以后的中国"，"没有贪官污吏，苛捐杂税，农民也都能安心种地，像孙中山先生所说'耕者有其田'"，"实行了真民主"，"每一个老百姓，不论士绅、老财、庄户、雇工，都有了平等的权利。抗日根据地，到处提高生产力，保护自由营业，自由贸易"，"那时人人有饭吃，人人有工做，国家事大家管，谁也不欺侮谁，人人享幸福"。[4] 由此产生了赵树理的一种理想与信念：跟着共产党和毛泽东走，中国农民就能最终摆脱落后与贫困，成为掌握自己命运的主人。这就意味着，赵树理对毛泽东与中国共产党的信服，是出于信仰，而非个人私利或赶时髦。

　　1　赵树理:《漫谈持久战》,《赵树理全集》第一卷，第 277 页，277—278 页，281 页。

　　2　毛泽东:《论持久战》,《毛泽东选集》第二卷，第 511 页。

　　3　毛泽东:《新民主主义论》,《毛泽东选集》第二卷，第 692 页。

　　4　赵树理:《漫谈持久战》,《赵树理全集》第一卷，第 285—286 页，293 页，294 页。

赵树理也因此找到了自己的位置。在《漫谈持久战》里，他就谈到了"动员民众"的重要。[1] 这也是毛泽东在《论持久战》里一再强调的："如此伟大的民族革命战争，没有普遍和深入的政治动员，是不能胜利的"，"这是一件绝大的事，战争首先要靠它取得胜利"。毛泽东又指出："怎样去动员？靠口说，靠传单布告，靠报纸书册，靠戏剧电影，靠学校，靠民众团体，靠干部人员"，"不是将政治纲领背诵给老百姓听，这样的背诵是没有人听的；要联系战争发展的情况，联系士兵和老百姓的生活，把战争的政治动员，变成经常的运动"。[2] 这就是赵树理这样的革命战士的战斗岗位：他的一切活动，包括写作，都是一种"政治动员"工作，为党和毛泽东领导的革命战争服务，也就是为农民服务。农民同时也是战争动员的主要对象，而所谓"动员"，就是用党的思想来教育农民，用党的政策来发动群众。这就意味着，赵树理这样的革命文艺工作者就将他们原来信奉的知识分子改造农民的五四启蒙主义，改变为党对农民的改造、思想引导和领导。赵树理也借此获得了一个新的身份。这就是丁玲所说的，"就其本质而言，赵树理不是个艺术家，而是个热心群众事业的老杨式的干部（按，老杨是赵树理的小说《李有才板话》里的人物）"，"作为一个共产党员，一个与人民血肉相连的革命战士，强烈的责任感使他比农民自身还要迫切地希望改变农村落后、贫穷、愚昧的面貌，正是为了又快又好地开展农村工作，他才借助于文学创作的"。[3] 这也是党要求赵树理的：首先是党的工作者，然后才是作家。他急切

1　赵树理：《漫谈持久战》，《赵树理全集》第一卷，第 290 页。

2　毛泽东：《论持久战》，《毛泽东选集》第二卷，第 480 页，481 页。

3　丁玲：《记砖窑湾骡马大会》，转引自陈为人：《插错"搭子"的一张牌——重新解读赵树理》，第 78 页。

希望改变农村落后面貌，就不只是出于对农民利益的关切，同时也包含了党的需要。

但是，党的决策并不是任何时候，任何地方，都与农民利益相一致的。在两者发生冲突的时候，赵树理就会落入进退失据的尴尬之中。而赵树理陷入困境，又跟前文所说，赵树理选择共产党，是出于信仰，而非私利直接相关：在赵树理这里，与信仰相连接的"理"是高于党的具体决策的。据说当年赵树理在填写入党志愿书时，曾对介绍人王春说："入党可以，但不能绝对服从党的命令，只有我认为合理的命令我才接受。"[1] 所以前文引述的当年山西省委书记王谦对赵树理和马烽的比较，实际是隐含了对赵树理的批评的：他不能像马烽那样，"即使当时想不通，也得服从党"。[2] 王谦批评的依据是"个人服从组织，下级服从上级，全党服从中央"的党性原则与组织纪律，这也是赵树理不得不遵循的。这样，赵树理有时也就不免要陷入"服理"与"服从纪律"的矛盾。

以上我们分别论述了赵树理的三重身份，而在实际生活里，它们是纠缠在一起的，相互影响，制约，又相互冲突的，这就造成了我们一开始就说到的"既像又不像，既是又不是"的身份的暧昧，模糊。我们只能从三者的张力中，把握赵树理其人其文，及其命运。

二、1949 年后的赵树理

我们终于可以进入对本文主题的讨论。

1　董大中：《赵树理评传》，百花文艺出版社，1986 年出版，第 30 页。

2　这是赵二湖的分析，转引自陈为人：《插错"搭子"的一张牌——重新解读赵树理》，第 98 页。

　　这也要从"赵树理进城"说起。最早透露赵树理的生活将发生变化的信息，是1947年1月赵树理和英国记者贝尔登的谈话："我应该投入社会生活，我要跟上革命的各个阶段。现在最重要的事情是搞土地改革，以后大概就是搞工业化。我们将来要组织合作社，需要美国的机器，所以我想去美国看看。我很想写重大的题材。也许内战结束后，我可以安顿下来，专心专意写它一阵子。不过我决不愿完全脱离人民。"[1]此时，正是革命取得全国范围胜利的前夕，面临从"夺取政权"到"建设国家"的转变。随着国家工业化与合作化任务的提出，赵树理这样的革命干部由农村进入城市，已成大势之所趋。而此时的赵树理是信心十足的，他决心要"跟上"革命的新阶段，"写重大的题材"，以突破现有的局限于农村的写作格局。他还希望去美国看看，以进一步扩大自己的视野。他同时又提醒自己决不能完全脱离人民，这是他的基本立足点。

　　1949年4月，赵树理随任职的《新大众报》（后改为《工人日报》）来到北京。"赵树理离开农村，进入城市"，另一位根据地作家孙犁对此有如下评论："对赵树理来说，就是离开了原来培养他的土壤，被移植到了另一处地方，另一种气候、环境和土壤里。对于花木，柳宗元说：'其土欲故'。他的读者群也变了，不再完全是他的战斗伙伴。这里对他表示了极大的推崇和尊敬，他被展览在这新解放的，急剧变化的，人物复杂的大城市里。"[2]

　　赵树理面临着选择的困惑。他在1949年1月写给周扬的信里，就提到自己"没有（了）主意"："继续深入农村呢，（还是）

1　赵树理：《和贝尔登的谈话》，《赵树理全集》第三卷，第168页。

2　孙犁：《谈赵树理》，《赵树理研究文集》（上册），第26—27页。

调转向城市呢？一个无产阶级写作工作者不了解真正'无产阶级'——产业工人的生活如何是好？这似乎应转向城市了，可是放下自己比较熟悉的对象去一个陌生的环境中探索又有什么把握呢？这样想来似乎又是不必往城市好"，"我的前途有二：一个是就现有的条件做可能做的事，不必求全责备，甘心当个专写农民的写作者；另一个是和一个青年一样，力求发展为一个全面写作者"，"最后我觉着依靠现在的条件工作，并加强今后的流动性，逐渐把自己的活动范围转移到城市去，或者是个较妥当的办法"。[1]

有意思的是，赵树理正准备去城市时，1949年1月25日，《人民日报》就发表了一封石家庄工人来信，希望赵树理同志写工人。[2]赵树理到了北京，担任了属于全国总工会领导的《工人日报》记者和工人出版社负责人，这样的安排显然希望有机会接触工人。他在1949年5月召开的工人写作问题座谈会上，也表示"自己写工人还不熟悉"，最好作为记者到工厂去担任具体的工作，做一些辅助工人创作的事情。[3]到1950年8月，他果然到了北京前门外的一个制造农用喷雾器的工厂体验生活，"但试验了一个月，觉得路子太生，又想折回来走农村的熟路"。[4]

赵树理决心回到农村，自然还有他完全不能适应新的环境的原因。不仅是生活环境的变化，更是政治环境的不适。他从农村底层来到京城，就陷入了文艺界、知识界上层的复杂斗争，前文所说的所谓"东、西总布胡同之争"就是一个例子。以后他在

1　赵树理：《致周扬》（1949年1月17日），《赵树理全集》第三卷，第326页，327页。

2　参看黄修己编：《赵树理年谱》，收黄修己编：《赵树理研究资料》，北岳出版社，1985年出版，第592—593页。

3　赵树理：《工人文艺问题》，《赵树理全集》第三卷，第345页。

4　赵树理：《决心到群众中去》，《赵树理全集》第四卷，第121页。

《说说唱唱》工作时，也因为发表作品而受批判，一再检讨。[1] 就像孙犁所说，"上层建筑领域，进入了多事之秋，不少人跌落下来。作家是脆弱的，也是敏感的。他兢兢业业，唯恐有什么过失，引来大的灾难"，"他的创作迟缓了，拘束了，严密了，慎重了，因此，就多少失去了当年青春泼辣的力量"。[2]

正是为了摆脱这样的生命与创作的危机，赵树理于 1951 年 2 月，回到了山西长治专区，3 月，到平顺县川底村工作。[3] 赵树理回忆说："庄稼长得还像当年那样青绿，乡土饭吃起来还是那样的乡土风味，只是人们的精神要比以往活跃得多——因为我们有了中央政府，老乡们都以胜利者的姿态来欢迎我这个回来的老熟人。"[4]

但或许赵树理本人都没有意识到，"赵树理重回农村"，实在是一个具有象征意义的事件；他个人也将面对完全没有预料到的新问题，新矛盾，新困惑。新中国成立后赵树理的命运，也就由此决定了。

赵树理在 1959 年写给陈伯达的信中，对自己 1951 年下乡以后的境遇、心境与命运，有一个概括："在八九年中，前三年（按，即 1951—1953 年）感到工作还顺利，以后（按，即 1954—1957 年）便逐渐难于插手，到去年（按，即 1958 年）公社化以后，更感到彻底无能为力。"[5]

如果再加上 1959 年以后的遭遇，我们大概可以把 1951 年后

1　参看赵树理：《〈金锁〉发表前后》，《对〈金锁〉问题的再检讨》，收《赵树理全集》第三卷，第四卷。

2　孙犁：《谈赵树理》，《赵树理研究文集》（上卷），第 27 页。

3　黄修己编：《赵树理年谱》，黄修己编：《赵树理研究资料》，第 598 页，599 页。

4　赵树理：《下乡杂记》，《赵树理全集》第五卷，第 369 页。

5　赵树理：《致陈伯达》（第一封信）（1959），《赵树理全集》第五卷，第 339 页。

赵树理的生活与写作，划分为五个阶段。而这五个阶段的变化的背后，恰恰隐含着农村政策的变化，这更是耐人寻味的。

（一）1951—1953："感到生活还顺利"

赵树理其实是在新中国发展的一个关键时刻重返农村的。他于1951年2、3月回到家乡山西；4月，山西省委向华北局和中央写了一份题为《把老区互助组织提高一步》的报告，由此在中央高层引发了一场决定此后中国命运的争论。

山西省委的报告提出，"随着农村经济的恢复与发展，农民自发力量是发展了的，它不是向着我们所要求的现代化和集体化的方向发展，而是向着富农的方向发展，这就是互助组发生涣散的最根本的原因"，因此，"必须在互助组织内部，扶植与增强新的因素，以逐步战胜农民自发的趋势，积极地稳健地提高农业生产互助组织，引导它走向更高级一些的形式"。所说的"增强新的因素"是指在互助组内部增加公共积累和加大按劳分配的比重；"更高级一些的形式"则指"初级农业生产合作社"。

山西省委的报告，上报华北局和中央以后，受到了华北局和刘少奇的尖锐批评。华北局的批复写道："用积累公积金和按劳分配办法来逐渐动摇、削弱私有基础甚至否定私有基础，是和党的新民主主义时期的政策及共同纲领的精神不相符合的，因而是错误的。"刘少奇则进一步指出："农业集体化必须以国家工业化使农业能用机器耕种和土地国有为条件"，用合作社、互助组的办法，使中国农业"直接走到社会主义化是不可能的，那是一种空想的农业社会主义"，"农业集体化不是逐步进行的，不是单纯依靠农村条件，而是依靠城市，依靠强大的工业"，"现在农村阶级分化，正是将来搞社会主义的基础，将来（条件成熟）我们依靠政权，下个命令就能剥夺它"。

华北局和刘少奇的意见又遭到了毛泽东的尖锐批评。他对土改后农村中出现的阶级分化十分关切与担忧，认为这虽不可避免，却要遏制其发展。他认为，经过资本主义也可以发展生产，但那要牺牲贫苦农民利益，是一个痛苦而又漫长的过程，而经过互助组、初级合作社的形式，把农民组织起来，发展社会主义，是引导农民走共同富裕的康庄大道。他批评了在实现工业化之前不能动摇私有基础，实现农业合作化的观点。他说："既然西方资本主义在其发展过程中有一个工场手工业阶段，即尚未采用蒸汽动力机械，而依靠工场分工以形成新生产力的阶段，则中国的合作社，依靠统一经营形成的新生产力，去动摇私有基础，也是可行的。"[1]

现在还没有任何材料能够说明，赵树理对这场争论是否知情，他有何反应；但根据他的一贯思想，我们还是可以推断出他的某些可能的态度。例如，对毛泽东对农村发生两极分化，会影响贫困农民的利益，所产生的担忧，赵树理是应该会有强烈共鸣的；1959 年他在论及"农业合作化的成绩"时，第一条就是"停止了土改后农村阶级的重新分化"。[2] 对刘少奇坚持只有实现了农业机械化，农业生产才会有真正的发展这一点，赵树理应该也是同意的，在我们已经引述过的 1947 年和英国记者贝尔登的谈话里，他就说过，"我们将来要组织合作社，需要美国的机器"，[3] 赵二湖也认为他的父亲"与刘少奇的思想有接近之处"。[4] 但毛泽东关于在

1　以上争论材料均转引自逄先知等主编：《毛泽东传》上册，中央文献出版社，2003 年出版，第 344—347 页。

2　赵树理：《致陈伯达》（第一封信），《赵树理全集》第五卷，第 340 页。

3　赵树理：《和贝尔登的谈话》，《赵树理全集》第三卷，第 168 页。

4　转引自陈为人：《插错"搭子"的一张牌——重新解读赵树理》，第 119 页。

实现机械化前，依靠合作社统一经营也能形成新的生产力的观点，也是能为赵树理接受的。

或许我们更应该重视的，是毛、刘之间关于"先合作化，还是先工业化"之争的背后，其实是隐含了一个更为重要的分歧的，即中国的社会主义革命与建设的中心、立足点应该放在哪里？刘少奇主张以城市工业化带动农村集体化，走的是"城市中心"的道路，基本上遵循的是苏联的模式。而毛泽东正要突破苏联模式，寻找一条中国的社会主义道路，即以农业合作化（农村社会主义改造）带动城市的社会主义改造，以农业的发展提供工业发展需要的原料和市场，促进工业化的发展。这是一条"农村中心"的道路，正是毛泽东在新民主主义革命时期采取的"农村包围城市"的发展道路在社会主义革命和建设时期的新的发展。这样一条中国自己的农村中心的发展道路，是有着深厚的农民情结的赵树理最愿意接受的，是深深契合其心的。我们在前文谈到的赵树理在新中国成立初期的选择的困惑，他感觉到写农村生活的"局限"，希望扩展到书写工人生活，显然是受到了"社会主义时期必然以城市为中心"的观念的影响与压力；现在，毛泽东的"农村中心"论的提出，就使得他能够更加理直气壮地为农民而写作。赵树理重返农村，也就获得了一种全新的意义：从此，赵树理对农民、农村、农业问题的思考，就与他对中国社会主义发展道路的思考与探索紧密联系在一起，具有了全新的时代内容。

有意思的是，当赵树理在关注与思考毛泽东农业合作化思想时，毛泽东也在关注赵树理。中央文献出版社出版的权威的《毛泽东传》透露：1951年，中共中央制定了《关于农业生产互助合作的决议（草案）》。毛泽东特地指示起草人陈伯达专门向赵树理征求意见。[1] 这一非常之举，让我们注意到赵树理与毛泽东之间的关系，不妨略作一点讨论。如前文所分析，某种程度上，赵树理是通过毛泽东的《论持久战》而信服并投身于中国革命的。后来他提倡大众化、通俗化，并在根据地写出了《小二黑结婚》这样的代表作，据他自己所说，写小说时他还没有看到毛泽东的《在延安文艺座谈会上的讲话》，[2] 研究者因此说，"政治家毛泽东的宏图伟略与文学家赵树理的创作理念不期相遇不谋而合了"。[3] 赵树理谈到自己后来看到了毛泽东的《讲话》的感受时说："我读了，以为自己是先得毛主席之心的，以为毛主席讲话批准了自己的写作之路。"[4] 在私下他还有这样的解释："十几年来，我和爱好文艺的熟人们争论，但是始终没有得到人们同意的问题，在《讲话》中成了提倡、合法的东西了"，因此他"像翻身农民一样感到高兴"，"我觉得毛主席是那样的了解我，说出了我心里要说的话"。[5] 类似的"翻身"感，还发生在赵树理《邪不压正》发表以后。如赵树理自己所说，他写这篇小说，是因为在土地改革运动中，发现了"不少地方每次运动开始，常有贫下中农尚未动步之前，而流氓无产阶级趁势捷足先登，抓取便宜的现象"。[6] 赵树理实际上是抓住并揭示了中国革命，特别是农村运动的一个重要问题：农村流氓无产者的存在与混入革命的问题。这也是赵树理最感痛心的。他在新中国成立后的农村变革（从合作化到公社化）里也不断遇到这样的问题。但他在1947年就将这一问题提了出来，显然

1　逄先知等主编：《毛泽东传》上册，第349页。
2　王瑶：《赵树理的文学成就》，《赵树理研究文集》（上卷），第46页。
3　陈为人：《插错"搭子"的一张牌——重新解读赵树理》，第11页。
4　赵树理：《我的第二次检查》，《赵树理全集》第六卷，第458页。
5　转引自陈为人：《插错"搭子"的一张牌——重新解读赵树理》，第6—7页。
6　赵树理：《回忆历史，认识自己》，《赵树理全集》第六卷，第467页。

是超前的，也因此承受了巨大的压力，《人民日报》发表文章公开批判，地方党组织还直接出面干预。一位边区土改工作负责人当面告诫他要"克服右的观念"，并警告说："你是个有影响的人物，尤其要和上级保持一致。"正在这时，毛泽东的《目前形势和我们的任务》发表了，毛泽东指出："有许多地主分子、富农分子和流氓分子乘机混进了我们的党。他们在农村中把持许多党的、政府的和民众团体的组织，作威作福，欺压人民，歪曲党的政策"，"这种严重情况，就在我们面前提出了整编党的队伍的任务"。[1]这正是赵树理在《邪不压正》里提出的问题。赵树理因此兴奋异常，"认为是毛泽东又一次肯定了他来源于现实的创作"。[2]现在（1951年）在中国农业合作化运动开始时，毛泽东又这样重视他的意见，这当然让赵树理感动不已。以后毛泽东大概也一直在关注赵树理，1959年"反右倾"运动中，赵树理受到重点批判，时为作协负责人之一的严文井后来回忆说，中央有一个指示，"对赵要低调处理"，[3]这应该也是毛泽东的意思。赵树理对毛泽东也应该有知遇之感，他在生命的最后时刻，"忍着极大的疼痛"，抄写毛泽东的诗词《咏梅》，"仿佛在用整个生命书写着自己的信仰和寄托"。[4]采取这样的方式，自然有一定时代因素，但也是符合赵树理的思想逻辑的。

我们还是回到1951年的现场来。毛泽东派陈伯达来征求意见，赵树理本着对党知无不言的原则，直言不讳："现在农民没有

1 毛泽东:《目前形势和我们的任务》,《毛泽东选集》第四卷，第1252—1253页。

2 陈为人:《插错"搭子"的一张牌——重新解读赵树理》，第56页，57页。

3 转引自陈徒手:《人有病，天知否：1949年后中国文坛纪实》，第210页。

4 赵树理的女儿赵广建的回忆，转引自陈为人:《插错"搭子"的一张牌——重新解读赵树理》，第248页。

互助合作的积极性，只有个体生产的积极性。"[1] 对赵树理的这一反应，赵二湖有一个解释："我父亲在办初级社的时候，就有想法，他认为是搞早了。他对互助组是积极赞成的，因为那时候，为支援解放战争，壮劳力大批的参军，以妇女为主力了，不组织起互助组，地里就没法耕种了。那时候确实需要互助组。那么，打完仗以后，农民都回来了，各种各的地，而且刚分了土地，这是农民用命换回来的胜利果实，现在又收回去，农民接受不了。"[2] 这大概是反映了赵树理的真实想法的。

有意思的是毛泽东的回应。据《毛泽东传》说，毛泽东表示，"赵树理的意见很好。草案不能只肯定农民的互助合作积极性，也要肯定农民的个体经济积极性。我们既要有农业生产合作社，也要有互助组和单干户。既要保护互助合作的积极性，也要保护个体农民单干的积极性。既要防右，又要防左"。正是根据毛泽东的这一意见（其中显然吸收了赵树理的意见），决议草案开宗明义："农民在土地改革基础上所发扬起来的生产积极性，表现在两个方面：一方面是个体经济的积极性，另方面是劳动互助的积极性。农民的这些生产积极性，乃是迅速恢复和发展国民经济和促进国家工业化的基本因素之一。"关于个体经济的积极性，决议草案指出："解放后农民对于个体经济的积极性是不可避免的。党充分地了解了农民这种小私有者的特点，并指出不能忽视和粗暴地挫伤农民这种个体经济的积极性"，"根据我们国家现在的经济条件，农民个体经济在一个相当长的时期内，将还是大量存在的"。决议的重心当然是放在积极发展互助合作方面，批判否认农业生产合

1　转引自逄先知等主编：《毛泽东传》上册，第349页。
2　转引自陈为人：《插错"搭子"的一张牌——重新解读赵树理》，第118—119页。

作社"带有社会主义的因素"的"右倾的错误思想";但也同时提醒要警惕"左"倾的错误思想："不顾农民自愿和经济准备的各种必须的条件，过早地、不适宜地企图在现在就否定或限制参加合作社的农民的私有财产，或者企图对于互助组和农业生产合作社的成员实行绝对平均主义，或者企图很快地举办更高级的社会主义化的集体农庄，认为现在可以一蹴而在农村中完全到达社会主义"。决议草案还特意强调，"提高生产率，比单干要多产粮食或多产其他作物，增加一般成员的收入，这是检查任何互助组和生产合作社的工作好坏的标准"。[1]

可以想见，这样一个《关于农业生产互助合作的决议》，是赵树理可以接受，甚至衷心拥护的。赵树理当然更重视刚刚分得土地的农民的个体经济积极性，但他并不拒绝具有社会主义因素的初级农业生产合作社，这不仅是他的社会主义理想所致，更有农村实际生活的变化的事实的依据。1951年他蹲点的山西平顺县川底村，早在1943年，就在共产党员郭玉恩的带动下，组织了互助组，经过八年的试验，"群众集体劳动的习惯逐渐养成了，能领导生产的干部逐渐增多了，集体劳动的制度逐渐形成了，耕作技术逐渐提高了，特别是各户的财富逐年增多了，互助组的公有财产逐年积累起来了：所有这一切都成为后来农业生产合作社成立的条件"。同时，互助组发展也遇到了如不增加新的因素，生产难以继续发展，逐渐松懈的问题。这也就有了进一步发展为农业生产合作社的客观需要。这样，1951年在党的号召下，成立农业生产合作社，在川底村里，就成了顺理成章的事。而且社一成立，"由于统一使用土地、劳力、肥料、农具、牲畜等优越条件，在七个

1　以上材料均转引自逄先知等主编：《毛泽东传》上册，第349—351页。

122

月（从建社到秋收后）生产中，农副业每人平均总收入量已超过1949 年的 38.8%"。[1] 似乎可以说，赵树理亲见、亲历的农村生活实践对毛泽东的发展初级生产合作社的决策，是一个支持。赵树理后来说，"互助组、初级社，我和党的路线、农村工作的认识是一致的"，"在初级社时期一切都顺手"。[2] 这是反映了实际情况的。

如前文所说，1951 年 3 月赵树理就到了山西平顺县川底村，他后来回忆说，"这次试验中仅仅参加了建社以前的一段，在脑子里形不成一个完整的社会生活面貌"，于是，第二年（1952 年）4 月他又再次深入川底村，参加扩社工作，约一个月；是年秋，第三次来川底村，全面参与农村生活，住了三个月，年底回到北京。[3] 这是赵树理第一次深入 1949 年后的新农村，观察和感受变动中的农村新生活。他在一篇文章里，这样写道："我们的农村，是我们国家中最广泛的基层组织。麻雀虽小，肝脏俱全"，"'农业生产合作社'这一种新兴的农业生产机构，要做多少事，要用多少人，都是出乎我想象之外的"。他感受最深的是，农村新干部、新骨干的涌现，"新人能办新事，新事也能锻炼新人"，"新的生产组织，新的前途观念，推动着他们接受新的事物"。他所熟悉的"老干部，老民兵（即抗战时期的民兵）和抗战时期出过力的群众，在为公众服务的时候，都能既不抱怨，也不居功，不言不语，若无其事"。[4] 他自己也全身心地投入到新的合作组织的建设中去，当年赵树理帮助制定的《川底初级农业生产合作社章程》后来被

1　赵树理：《郭玉恩小传》，《赵树理全集》第四卷，第 124 页。

2　"文革"中对赵树理的揭发材料。转引自陈为人：《插错"搭子"的一张牌——重新解读赵树理》，第 118 页。

3　赵树理：《〈三里湾〉写作前后》，《赵树理全集》第四卷，第 375 页。

4　赵树理：《一张临别的照片》，《赵树理全集》第四卷，第 128 页，127 页，129 页，130 页。

保留了下来，其中就有一条规定："社员将私有的土地、耕畜、农具等生产资料交社统一经营、使用，仍然保持所有权，并取得合理的报酬。社员的私有生产资料转归全社公有时，必须经过本人同意，并给予合理补偿。"一位参观者这样谈到今天重看赵树理当年的规划的感想："读着'仍然保持所有权'、'经营权与使用权分离'这金子般发亮的字句，我一下子就觉得生于乡间农户、深知物力艰辛以及土地之于农家珍贵的赵树理是如何地富于智慧"。[1]

在《一九五三年文学工作计划》里，赵树理写道："上半年写一篇关于农业生产合作社的小说，主题是反映办社过程中集体主义思想与资本主义思想的斗争，大约二十万字。"[2]但他真正动笔写，是在1953年冬，大概在1954年冬完稿。这就是新中国成立后赵树理的代表作《三里湾》。

赵树理后来回忆说："写《三里湾》时，我是感到有一个问题需要解决，就是农业合作社应不应该扩大，对有资本主义思想的人，和对扩大农业社有抵触的人，应该怎样批评（按，在初发表时，原文是'应该怎样处理这一关系'，在收入全集时改为'应该怎样批评'）。因为当时有些地方正在收缩农业社，但我觉得社还是应该扩大，于是又写了这篇小说。"[3]——这里所说的"收缩农业社"，是1953年春，中央农村工作部针对当时农业社发展中比较普遍的对农民干预过多的现象，提出了"纠正急躁冒进"的问题；在纠正过程中，就有人提出要"收缩农业社"。到1953年10月、11月，毛泽东又多次批评说："'纠正急躁冒进'，总是一股风吧，

1　刘长安：《循着赵树理的足迹》，转引自陈为人：《插错"搭子"的一张牌——重新解读赵树理》，第114—115页。

2　赵树理：《一九五三年文学工作计划》（1953年1月），《赵树理全集》第四卷，第126页。

3　赵树理：《当前创作中的几个问题》，《赵树理全集》第五卷，第303页。

吹下去了，也吹倒了一些不应当吹倒的农业生产合作社。"[1]这都是围绕农业合作社发展问题党内不同意见的论争；此时的赵树理显然是站在毛泽东一边的，他因此要通过《三里湾》的写作，来表达他的"扩大农业社"的主张。从这一方面看，赵树理写作《三里湾》还是延续着前期创作（《小二黑结婚》《李有才板话》《邪不压正》等）写"问题小说"的思路，希望在政治上对实际运动"起作用"。

但《三里湾》的写作，还有更深层次的意义与追求：《三里湾》是赵树理第一次写农业生产，他要借此表达他对社会主义新农村的观察、理解与想象。

赵树理在《〈三里湾〉写作前后》里介绍自己的写作意图与构思时，特意提到"为什么写了那样几个人"。仔细读小说，就可以发现，赵树理主要写了两类人。

一类是前引赵树理文章《一张临别的照片》里着重提到的农村"新人新事"，这是赵树理所不熟悉的，是他对新中国成立后变动中的农村的新发现，但却是他最感兴趣，也是最能理解的，可以说，这些新人新事既符合他的农村理想，又唤起了他的某种农村记忆，他从中发现了这样一些社会主义新因素，而它们本来就是根植在农村深厚的历史文化之中的。赵树理主要发现和书写了三类农村社会主义新人，他称之为"可爱的人"。

"一种是在生产上创造性大的人，这种人，每遇到传统的生产技术不如自己想象的顺利的时候，就产生改良工具或改变作法的念头。他们作些新的研究、试验，得到一些成功，从而把自己的兴趣逐渐从生产目的（经济收入）转移到生产工作本身上来：只

---

[1]　参看逢先知等主编：《毛泽东传》上册，第361—362页，359页。

要新的试验有成绩，赔一点本也满意"。不难看出，这些"生产上创造性大的人"，就是农村中的能工巧匠，心灵手巧的能从创造性的农业劳动中感受快乐的人，赵树理自己就是其中的一员，小说中的王宝金、王玉生显然有赵树理的影子。而赵树理要着重表现的，是这些农村能人在个体经营的小块土地上耕作，受到许多限制：需要有限，地盘太小，少有鼓励或帮忙，等等。只有在集体生产中他们才获得了施展身手的机会和条件，"所以他们都觉着参加了社如鱼得水，都以忘我的精神时时为这种新的生产组织增加新的生产效能"。——这是发展农村生产力的动力所在。

"再一种是心地光明维护正义的人"，这样的"农民良心"，农村社会历来就有，赵树理关注的是这样的人在农村变革实践里的发展和成长："这种人往往是在解放以前和地主阶级斗争最激烈的人。他们经过了斗争的锻炼，受到了解放区民主生活的教育。他们在长期斗争中，认识了地主阶级假公济私，损人利己，见利忘义，爱财如命……种种丑恶的品质，并且恨之入骨，久而久之，便给他们自己造成一种嫉恶如仇的性格"，"他们对一般人没有什么私仇，只是见到不平的事他们要说话。这种民主精神，大为农业生产合作社这样的集体生产组织所需要；而他们也乐于参加到这种容易发挥民主精神的集体生产组织中来，以便逐渐消灭他们自己所痛恨的事"。小说中的王满喜正是以这样的风风火火的健康活力给读者留下深刻印象。——这是发展农村民主的动力和基础。

"还有一种新生力量是青年学生。这些人，不一定生在贫农家庭，自己对农业生产工作也很生疏，然而他们有不产生于农村的普通的科学、文化知识（例如中国、世界、历史、社会、科学等观念），有青年人特有的朝气，很少有，甚至没有一般农民传统的缺点。一个由半社会主义性质的农业生产组织逐渐向着完全社会主义化方向发展，对这样的新生力量是应该重视的。——因为社会主义事业的任何部门都是需要一般知识的。"[1]——这样的有文化的劳动者，更是发展农村社会主义建设的动力和骨干力量。小说里范灵芝这个人物的吸引力正在于此。

这样，赵树理就通过他笔下的农村新人，向人们传递了新中国成立初期中国农村的积极变化的信息，更借此表达了他的关于中国农民命运与发展前景的新的思考、期待和想象，他的社会主义新农村的理想，以至他的社会主义观。其中心是"人的健全发展"，这本身就是一个相当深刻的观照点。在赵树理的理解与想象里，农业合作社的优越性，就在于它能够为农村中的健康力量——王金生、王满喜、范灵芝们，提供广阔的发展空间；它所蕴含的社会主义因素，一是农业生产力的创造性发展，并使农民得到经济的实际利益；二是农村社会的民主与公平；三是有文化、有社会主义觉悟的农民的培育和成长。这也可以说是赵树理心目中的社会主义的三大标准和目标。在小说里，赵树理特地安排了画家老梁画的三幅画，在《明天的三里湾》里，三里湾已经实现了全面农业机械化，更大规模的集体化，农民生活与农村面貌都会发生根本的变化。[2]赵树理尤为看重的是，这样的社会主义，不是外加于农民的，而是根植在传统农村社会、农民历史文化里，由中国共产党有组织、有计划地引导，在农业合作社这样的组织形态里，逐渐培育、发展起来，并且是由农民自己的艰苦奋斗创造出来的。赵树理这样的社会主义观，既是他的理想，更建立在他对新中国成立初期农村实际生活的直接观察、经验与体验基础

1 赵树理：《〈三里湾〉写作前后》，《赵树理全集》第四卷，第375—377页。
2 赵树理：《三里湾》，《赵树理全集》第四卷，第262页。

之上，因而对他来说，是刻骨铭心，不易动摇的；当他发现，以后一个时期的政策，农村的实际发展，逐渐远离这样的目标，他就陷入更加深刻的矛盾之中。——这也是后话。

在发现农村的新生力量，倾注全力为之鼓吹的同时，赵树理也清醒地意识到，"原来的农民毕竟是小生产者，思想上都有倾向发展资本主义的那一面"，这构成了"农业生产合作化"的"离心力"。[1] 如何对待与化解这样的离心力，既是农业生产合作社发展的实际问题，也是赵树理最为关心的，因为这关系着他更为熟悉，实际更有感情的农村"旧人"的命运。于是，就有了《三里湾》里的"旧人旧事"的描写。小说里的马多寿夫妇、马有余夫妇、袁天成夫妇、范登高诸人，都是赵树理烂熟于心的乡亲，因此，他只要给每个人取个绰号，人物就栩栩如生地站住了。如袁天成老婆叫"能不够"，马多寿叫"糊涂涂"，他老婆叫"常有理"，大儿子马有余叫"铁算盘"，大儿媳妇叫"惹不起"，范登高叫"翻得高"，等等，一看就知道他们都是农村里最会给自己打"算盘"，不讲理，"惹不起"的人物。一般农村人都拿他们无可奈何，只有避开了之。到了新社会，就产生了许多矛盾。一是在家里，他们继续"按照祖辈相传的老古规办事"，干预儿女婚姻，管制媳妇，这就与新社会主张的婚姻自由、妇女解放发生冲突；农业合作化发展和他们的私人利益不一致，他们就成了离心力，绊脚石。赵树理像一般正义而老实的农民一样，对他们的平时作为自然是不满的；在办社问题上，他更是主张要对他们的"资本主义倾向"给予批评教育。但他在伦理关系和感情上却不能摆脱与这些有毛病的乡亲的精神联系。他因此认为，"不论哪个农民，只要想发展

---

1 赵树理：《〈三里湾〉写作前后》，《赵树理全集》第四卷，第 377 页。

资本主义，在思想上就有和地主阶级相同的一面；不过当他还没有发展到变质的时候，他仍然保有与一切劳动人民相同的一面"，因此，在批评他们的时候，就一定要掌握好"分寸"。[1] 在小说里就有过一个很有意思的讨论：当马多寿决定入社以后，马多寿的儿子马有翼的新媳妇王玉梅提出要分家，理由是自己不愿意"到社里走社会主义道路，回到家里受封建管制"。合作社书记王金生却提出了一个问题："玉梅说得很有道理，这种大家庭是不能鼓励人的劳动积极性的。不过这样分家的事太多了，会不会让一般老人们伤心呢？孩子们一长到自己能生产了就都闹着分家，剩下不能劳动的老人谁负责呢？"[2] 后来，在小说结尾时，马多寿一家还是分家了，这是按照新社会的"理"办事；王玉梅和马有翼同时又承担了赡养二老的责任，这又是充分照顾了传统伦理的"人情"。显然，赵树理是想在"社"与"家"之间，"讲理"与"顾人情"之间，"新观念"与"旧伦理"之间，取得平衡。这也是赵树理的"农村新秩序"构想里，非常重要的一个方面。以后还会有新的发展，我们在后文再作详细讨论。

《三里湾》里的农业社的主要"离心力"来自村长范登高，他是一位老干部，老党员，土改积极分子，因土改分得了好地，就发了家，因此外号叫"翻得高"。他不愿参加农业社是希望继续走个人发家致富之路。这实际上是反映了土地改革以后，农村利益关系的一个新的变动。小说中特意写到书记王金生的"奇怪的笔记"，上面写着"高，大，好，剥"几个字——这个细节是直接从生活中的郭玉恩的笔记里搬过来的；四个字代表四种户："'高'

1　赵树理：《〈三里湾〉写作前后》，《赵树理全集》第四卷，第376页。

2　赵树理：《三里湾》，《赵树理全集》第四卷，第345页。

是土改时候得利过高的户，'大'是好几股头的大家庭，'好'是土地质量特别好的户，'剥'是还有点轻微剥削的户。这些户，第一种是翻身户，第二、三、四种也有翻身户，也有老中农，不过他们有个共同的特点就是对农业生产合作社不热心"，小说里的"旧人"就都属于这四类，范登高更是典型的"高字户"，因为雇工也就兼个"剥"字。他们生产条件好，不入社，农业社就会面临"人多，地少，地不好"的问题。[1]因此，如何动员这四类户入社，就成了发展农业合作社的重要问题，也构成了小说的基本情节。这其实是一个利益调整的问题，但在当时的意识形态下，就成了一个"走资本主义道路，还是社会主义道路"的问题。这背后的逻辑——"单干＝维护私有制＝走资本主义道路"——恐怕是赵树理内心未必承认的；但在当时的历史条件下，他也不会公开提出质疑，而且还要按照主流意识形态来处理他的人物。在小说的具体描写里，就出现了这样的场面：在批判范登高的"小整党会议"上，范登高不服气，发牢骚说，"在当初，党要我当干部我就当干部，要我和地主算账我就和地主算账。那时候算出地主的土地来没有人敢要，党要我带头接受我就带头接受。后来大家说我分的地多了，党要我退我就退。土改过了，党要我努力生产我就努力生产。如今生产得多了一点了，大家又说我是资本主义思想。我受的教育不多，自己不知道该怎么办，最好还是请党说话！党又要我怎么办呢？"范登高这番"气势汹汹"的话，固然有很大的自我辩解，甚至美化自己的性质，赵树理未必以为然，但他所提出的问题却是难以回答的。因此，参加会议的县委老刘只能以党员的身份约束范登高："领导大家走社会主义道路的是

1　赵树理:《三里湾》,《赵树理全集》第四卷，第 174—177 页。

共产党！不愿意走这条道路还算个什么党员？""每一个党员都得
表明一下态度！特别是在思想上、行动上犯有严重错误的人应该
首先表明！这是能不能作个共产党员的界限！一点也含糊不得！"
最后，也还是在"这个党员的招牌可不能再让你挂"的警告下，
范登高才被"整住"而入社的。[1]赵树理如实写下了这样的结局，
在一定程度上也暴露了他内心的某些矛盾，尽管此时赵树理还不
一定愿意正视这样的矛盾。

（二）1954—1957："逐渐难于插手"

在前引"文革"期间对赵树理的揭发材料里，赵树理有过这
样的自述："从高级社以后，我就钻不进去了。农民不安心，生产
秩序乱，写东西好题材没有，坏东西不能写"；"统购统销，高估
产，统购过头，农产品价格低，影响农民生产积极性"。[2]

问题其实是开始于1953年秋，中央在农业、农村问题上采取
了两项重大举措。

首先是实行粮食统购统销。在1952年7月1日到1953年
6月30日的粮食年度内，国家收入粮食五百四十七亿斤，支出
五百八十七亿斤，出现了四十亿斤赤字。1953年上半年就出现全
国粮食供销全面告急，导致经济波动，人心不稳，对1953年开始
的大规模工业建设形成严重威胁。10月，毛泽东主持召开中央政
治局扩大会议，陈云作统购统销报告，指出最难处理的是"国家
与农民的关系"。陈云后来说："我现在是挑着一担'炸药'。前面
是'黑色炸药'，后面是'黄色炸药'。如果搞不到粮食，整个市

1　赵树理：《三里湾》，《赵树理全集》第四卷，第291页，290页，296页。
2　转引自陈为人：《插错"搭子"的一张牌——重新解读赵树理》，第118页。

场就要波动；如果采取征购的办法，农民有可能反对。两个中间要选择一个，都是危险家伙。"[1]

当时，全体党员都面临一个艰难的选择。因为谁都明白，实行粮食统购统销，实际上就是要选择一条用牺牲农民的方法来实现国家工业化的道路。作这样的选择，对依靠农民革命，和农民有着血肉联系的中国共产党人是并不容易的。毛泽东本人也是如此。有学者注意到，毛泽东在1950年、1952年和1953年连续几年都直接干预过中共中央粮食征购计划安排，压缩征购数字，以缓解农民生活的困难。[2]现在他却为了保证第一个五年计划的顺利进行，而不得不采取牺牲农民的措施。这年9月梁漱溟当众为农民说话，毛泽东勃然大怒，以致失态。后来毛有一个自我辩解，即所谓"大仁政"与"小仁政"，据说照顾人民生活是小仁政，建设重工业、抗美援朝才是大仁政，这"就要征粮，就要在农民中做工作，说服农民出点东西。这才是真正代表农民的利益。哇哇叫，实际上是代表美帝国主义"。[3]

没有材料表明，赵树理是否看到过毛泽东这些讲话，但他也同样面临困境，却是真的。他自己就有过明确的说明：在粮食征购问题上，"我的思想是矛盾的——在县地两级因任务紧张而发愁的时候我站在国家方面，可是一见到增了产的地方，仍吃不到更多的粮食，我又站到农民方面。但是在发言的时候，恰好与此相反——在地县委讨论收购问题时候，我常是为农民争口粮的，而当农民对收购过多表示不满时，我却又是说服农民应当如何关心

1　转引自逄先知等主编：《毛泽东传》上册，第353页，354页，355页。
2　杨奎松：《从"小仁政"到"大仁政"——新中国成立初期毛泽东与中央领导人在农民粮食问题上的态度的异同和变化》，《开放时代》2013年第6期。
3　毛泽东：《抗美援朝的伟大胜利和今后的任务》（1953年9月12日），《毛泽东选集》第五卷，人民出版社，1977年出版，第105页，106页。

国家的"。赵树理进一步解释说："收购任务不能少，我是懂得的。我参加过人代会，知道国家每年没有那样多的农产品不能过日子，不能保证某些建设事业必须迅速完成的需要"；"农业生产潜力之大，我也是知道的"，"问题在于农民的生产积极性没有充分发挥。其所以未能充分发挥，原因之一是他们不知道增产之后自己能吃多少"。[1]赵二湖对赵树理的矛盾心理也有这样的观察与理解："他不是盲从，他还是相信共产党是为了大多数穷苦百姓的利益。那么和共产党的政策冲突起来，他在文章里，在讲话里都表现得很清楚，他是很痛苦的。你比方说统购统销，他到了农村里，看到把农民的粮食都拿走了，农民饥饿得很，没有积极性，他同情农民；可是回到北京，看到实现国家的工业化，也是那样地需要粮食，他又理解了国家为什么这么做。他就总是在这么种两难悖论中摇摇摆摆。"[2]

但对于始终生活在底层，在农民中间，并且特别重视自己的直接经验的赵树理，他更关注，并忧心忡忡的，是农民生存状态的日趋恶化与生产积极性的骤降。他在一次座谈会上，这样谈到他所看到的"农村情况"：问题出在"工业资金积累过多"，"浮夸风从五三年开始，那时我和康濯到一个老民兵英雄那里去，余粮要卖五万斤，卖过了还要挖潜，他答应三万，还说保守。结果他想，你们能完成，我也能完成。就开动员大会。但做法不实事求是。后来只完成一万多，大家完不成就算了"。"五四、五五年我去晋东南，吃的粮食少了，吃油一年更只有一斤油料一斤芝麻，小煤窑都集中在大队里。这说明第一次过渡时期总路线，问题就

1　赵树理：《回忆历史，认识自己》，《赵树理全集》第六卷，第469页，470页。
2　转引自陈为人：《插错"搭子"的一张牌——重新解读赵树理》，第110页。

已经出来了。农民自己的麻、粮、棉、油感到不足了。但当时市场还不觉得不足。到了五六年,市场上也觉不足了,农民觉得有钱买不到东西","农民的积极性本是从工农交换上得利产生的。收购多,物资少,这是个问题。农民把大量农产品卖给城市,城市一定要供应大量的日用物资,要钱才有意思"。现在,农民卖得多,国家、城市不供应农村足够的物资,农民与国家、城市的关系怎能不紧张?农民又哪里有积极性?赵树理举了一个很能说明问题的小例子:"农村里过年家家都要贴对子(门联),再穷也得贴,这才表明'生活过得像个样子'";但"统购以后,对子愈贴愈窄,以后三个门贴一副对子。连窗纸也糊不上,只好补补,只过眼前了。他们说是劳改队,日子愈过愈困难","人把日子过成这样,就没有情绪生产"。[1] 其结果,就是赵树理在另一些会议上所说:"农民心中有数,种自留地积极,知道种多少,收多少,吃多少;种集体地心中无数,种得多,收得多,统购多,吃得少,他怎有心劲种好集体地呢?""吃粮靠集体,花钱靠个人,和农产品价格低有关系。"[2]——农民失去了集体生产的积极性,这正是赵树理最为担心的。在他看来,这是实行统购统销的最大弊端。这背后是国家与农民、城市与农村的矛盾,这是中国社会主义发展中遇到的一个尖锐问题。赵树理为之殚精竭虑,苦苦探寻而不得其果。

1953 年秋,中央在关系农民命运和农村发展方向上所作出的另一个重要举措,就是明确提出了对农业实行"社会主义改

---

1 赵树理:《在大连"农村题材短篇小说创作座谈会"上的发言》,《赵树理全集》第六卷,第 76 页,77 页。

2 "文革"中揭发的赵树理讲话材料,转引自陈为人:《插错"搭子"的一张牌——重新解读赵树理》,第 118 页。

造"的任务。1953 年 8 月，"党在过渡时期的总路线"正式提出："从中华人民共和国成立，到社会主义改造基本完成，这是一个过渡时期。党在这个过渡时期的总路线和总任务，是要在一个相当长的时期内，基本上实现国家工业化和对农业、手工业、资本主义工商业的社会主义改造。"[1]这就意味着国家的发展方向发生了调整：由"发展新民主主义"到立即进入"社会主义改造与革命"；由首先发展生产力，改变为首先消灭资本主义所有制和小生产所有制，或者说通过改变生产关系来提高生产力。用毛泽东的形象的说法，就是要做到两个"绝种"：资本主义绝种，小生产也要绝种。[2]在农业社会主义改造上，则有两个方面，当时叫"两翼"，一翼是统购统销，另一翼就是大力推动合作化。1953 年 10月至 11 月间，毛泽东明确提出，"要搞社会主义。'确保私有'是受了资产阶级的影响。'群居终日，言不及义，好行小惠，难矣哉'。'言不及义'就是言不及社会主义，不搞社会主义"，"不靠社会主义，想从小农经济做文章，靠在个体经济基础上行小惠，而希望大增产粮食，解决粮食问题，解决国计民生的大计，那真是难矣哉"。毛泽东说："对于农村的阵地，社会主义如果不去占领，资本主义就必然会去占领。"[3]正是为了用社会主义占领农村阵地，1953 年通过的第二个《中共中央关于发展农业生产合作社的决议》，虽然也包括了第一次决议要保护单干农民生产积极性的内容，但主要却是加快农业生产合作社发展的进程，规定在特定条

1　毛泽东：《党在过渡时期的总路线》（1953 年 8 月），《毛泽东选集》第五卷，第 89 页。

2　参看钱理群：《毛泽东时代与后毛泽东时代：历史的另一种书写》（上册），台北联经出版事业股份有限公司，2012 年出版，第 52 页。

3　毛泽东：《关于农业互助合作的两次谈话》，《毛泽东文集》第六卷，人民出版社，1999 年出版，第 302 页，299 页。

件下，可以不经过互助组，直接建立初级社，乃至高级社；只要
条件具备，数量上多多益善，规模上能大则大，要打破新区的互
助合作运动一定慢的观念。在这样的"积极领导"的方针下，农
业生产合作社由1953年冬季的一万四千个，到1954年春就扩展
到九万多个，增加五倍多，超过决议计划数的一倍半以上。[1]

　　在以后的1954—1955年间，党内围绕着农业生产合作社的发
展速度，展开了激烈的争论。先是1954年在遭遇严重水灾，全
国农业生产计划没有完成的情况下，粮食收购却比原计划多购了
一百多亿斤，加上生产合作社发展过快，引起农民，特别是中农
的不安，各地纷纷反映"闹粮荒"，许多地方发生大批出卖耕畜、
杀羊、砍树等现象。毛泽东说："生产关系要适应生产力发展的要
求，否则生产力就会起来暴动。"于是，1955年初，中央发出通
知，要求将合作化运动"基本转入控制发展、着重巩固的阶段"，
在全国许多地方又刮起了"下马"之风。这又引起了一直主张加
快农业合作社发展速度的毛泽东的不满，到1955年7月召开的省
委、市委、自治区党委书记会议上，毛泽东就将在合作化运动中
持稳健态度的中共中央农村工作部的领导称为"小脚女人"，指责
他们"站在资产阶级、富农或者具有资本主义自发倾向的富裕中
农的立场上替较少的人打主意，而没有站在工人阶级的立场上替
整个国家和全体人民打主意"，犯了右倾错误，并宣布"在全国
农村中，新的社会主义群众运动的高潮就要到来"。[2]在10月《农
业合作化的一场辩论和当前的阶级斗争》里，毛泽东又将论争定
性为"在由资本主义到社会主义过渡期间，关于我们党的总路线

1　转引自逄先知等主编：《毛泽东传》上册，365页，361页，365页。
2　毛泽东：《关于农业合作化问题》（1955年7月31日），《毛泽东文集》第
六卷，第418页，433页，418页。

是不是完全正确这样一个问题的大辩论"，"带着对资产阶级作斗争的性质"。[1] 而到了 1955 年底，毛泽东就宣布："一九五五年的下半年，中国的情况起了一个根本的变化。中国的一亿一千万农户中，到现在——一九五五年十二月下旬——已有百分之六十以上的农户加入了半社会主义的农业生产合作社"，"几个月时间，就有五千几百万农户加入了合作社，这是一件了不起的大事"。一九五六年又趁势猛进，到年底，全国有百分之九十六的农户入了社，加入高级社的农户高达百分之八十七。原先计划十八年完成的目标，提前了十一年。[2]

从 1953 年 8 月提出农业社会主义改造任务，到 1956 年底，就基本完成了这一任务。短短三年，中国农村就发生了如此翻天覆地的变化。我们却发现赵树理大多数情况下，是沉默的：无论是 1954 年"农村生产力的大暴动"，还是 1955 年党内关于合作化运动发展速度的大论争，在他的文章里，都没有反映。最能说明他的处境与心境的，恐怕还是 1959 年写给陈伯达信里所说的"难于插手"四个字。他当然不会反对发展农业生产合作社，他说 1956—1957 年在沁水、高平两地看到"高级合作化迅速发挥出来的优越性，具体表现为统一使用人力物力，使本年就达到大幅度增产，同时在合并地块后进行了必要的土地基本建设，兴修了一些小型（高平接近中型）水利"，他是很兴奋的。[3] 把农民组织起来，走共同富裕的道路，也是赵树理的理想，上文提到农民丧失参加集体生产的积极性，让赵树理特别担心的原因即在于此。但

1　毛泽东：《农业合作化的一场辩论和当前的阶级斗争》，《毛泽东选集》第五卷，第 195 页，199 页。

2　以上关于 1954—1955 年的叙述，均参见逄先知等主编：《毛泽东传》上册，第 368 页，370 页，369 页，386 页，414 页，416 页。

3　赵树理：《回忆历史，认识自己》，《赵树理全集》第六卷，第 469 页。

他又是最懂得农民的，如他所说："农民是不会不相信党和社会主义，不会轻易退社的。不过农民也并不是共产主义者，将来他们会是，现在还不是。现在的农民总是农民，总是中国农民。"[1]因此，他对不顾客观实际条件和过高估计农民的社会主义觉悟，人为地加速发展农业合作社的速度，在这么短时间内就完成农村的社会主义改造，是心怀疑虑的；对忽视农民个体经营（家庭经营）的积极性，简单地将其看作是资本主义自发倾向，也有保留。对某些农村干部一味跟风、浮夸更是反感。他后来说："对浮夸，我真恨死了，这是从五六年开始的。"[2]对用阶级斗争、路线斗争的方式来解决农业合作社的发展问题，处理党内意见分歧的做法，赵树理恐怕也有想法，当然也不会公开提出，只能做到自己不跟着走，也就沉默了。

于是，我们就注意到，除在1953年冬到1954年冬完成了《三里湾》，1955至1957年连续三年，赵树理只写过一篇短篇小说《求雨》（1954），一幕秧歌剧《开渠》（1956），就再没有其他文学创作。他后来说："从五五年后我是有这经验，不写模范了。因为模范都是布置叫我们看的，咱们下去最好不要看模范，写模范村"，"有好多事不好写，不能写"，就不写了。[3]但赵树理仍然关心在这样急剧变动中农民的命运，以及高速发展中合作社面临的问题，在这一时期，留下了三篇文章。

一篇是《论"吃社果"说法的错误》，写于1955年3月，即

1　转引自康濯：《写在〈赵树理文集续编〉前面》，《赵树理研究文集》（上卷），第143页。

2　赵树理：《在长春电影制片厂电影剧作讲习班的讲话》，《赵树理全集》第六卷，第41页。

3　赵树理：《在大连"农村题材短篇小说创作座谈会"上的发言》，《赵树理全集》第六卷，第81页。

前文说及的"控制"农业生产合作社发展的时期。赵树理发现"有个地方的农业生产合作社，对于土地少或土地薄的农户入社公开拒绝，他们'发明'了一句讽刺话，把这些户叫做'吃社果'（意思就是'剥削'社的生产果实）"。在赵树理看来，这种说法，不仅违反了"依靠贫农"的政策，而且在经济核算上片面强调土地的数量与质量的价值，忽略劳动力的作用，这就不仅会导致分配上"强调土地分红而轻视劳动的价值"，形成经济的不公，而且"会使社员在社内的地位以入社土地多少、好坏为标准"，造成政治上的不平等。赵树理甚至担心"会使农业生产合作社成为农村中一种特殊的以富农思想为基础的小集团。这和国家在过渡时期对农业社会主义改造政策是不相容的"。[1]——这里，有几点颇值得注意：一是赵树理在考察农业生产合作社的发展与农村问题时，首先关心的，是经济的公平和政治的平等问题；二是他是站在土地少、土地薄而又积极劳动出力的贫困农民，即农村的弱势群体这一边，自觉维护他们的利益。而在他看来，以上两点关系着农村发展的社会主义方向。而他最担心的，正是出现"特殊的以富农思想为基础的小集团"，这会导致农业生产合作社的变质，农村社会的腐败。这构成了赵树理观察农村的基本出发点，非常值得注意。

1956 年 8 月，赵树理写了《给长治地委 ×× 的信》。这正是全国上下庆祝农村社会主义改造取得全面胜利的时候，赵树理在信中却谈起山西农村某些地区"农业社发生的问题，严重得十分惊人"："一、供应粮食不足：每人每月供应三十八斤粗粮，扣

1　赵树理：《论"吃社果"说法的错误》，《赵树理全集》第四卷，第 362 页，364 页。

购细粮，不足维持一个人的生活——有儿童之户尚可，只有大人的户不敢吃饱或只敢吃稀的，到地里工作无力气"；"二、缺草"；"三、缺钱"；"四、命令太死板"；"五、买煤难"；"六、基本建设要求太急"；"七、地荒了，麦霉了"。由此得出的结论是："试想高级化了，进入社会主义社会了，反而使多数人缺粮、缺草、缺钱、缺煤。烂了粮，荒了地，如何能使群众热爱社会主义呢？劳动比前几年来紧张得多，生活比前几年困难得多，如何能使群众感到生产的兴趣呢？"——这是赵树理第一次发现了社会主义在农民中的信任危机。

赵树理同时发现了干部和农民关系的危机。首先是信用危机："在转入高级社的时候，（干部向农民）说了好多优越性，但事实上饿了肚子，（农民）思想是不易打通的"。其次是农民与干部关系的高度紧张："有一次因为发粮不及时，群众几乎要打乡长"，这样的冲突经常发生，"群众对公家，对干部，对社的情绪"随时都可能引发各种群体事件，"群众靠这种情绪来办社是很难办的"。赵树理认为，问题出在"有些干部的群众观念不实在——对上级要求的任务认为是非完成不可的，而对群众提出的正当问题则不认为是非解决不可的"，这个"对谁负责"的问题的背后其实有一个体制问题，当时的赵树理当然不会作如此追问，但他指出：根本的问题是"没有把群众当成'人'来看待"，这也是一个要害。[1]

特别值得注意的是，赵树理是在 1956 年 9 月八大宣布中国的社会主义改造全面胜利，"改变生产资料私有制为社会主义公有制"的任务已经"基本完成"，"新的生产关系已经建立起来"[2]的

1　赵树理：《给长治地委 ×× 的信》，《赵树理全集》第四卷，第 479—481 页。
2　参看刘少奇：《在中国共产党第八次全国代表大会上的政治报告》，《刘少奇选集》下卷，人民出版社，1985 年出版。

前夕，发现了社会主义在农民中的信任危机与干部和农民关系的危机的，这无论在中国社会主义历史，还是赵树理个人命运史上，都具有非同小可的意义。这显然是因为赵树理始终生活在农民中间，感同身受着农民真实的疾苦。但赵树理还同时感到了自己和农民关系中的新问题：在信中特意谈到，由于自己"文化人"和党的干部的身份，"群众对我谈问题有些顾忌——怕我到上级乱说他们的名字"。[1]赵树理也是第一次感受这样的隔阂，这自然是和干部与农民关系的紧张直接相关的，却给赵树理带来了此后持续的忧虑与痛苦。

1957年6月，赵树理又写了一篇《进入高级社，日子怎么过》。这又是一个新的发现：进了高级社以后，一部分农民不会过日子了。他们认为"既然把生产资料交给了社，就应该靠社过日子，因此根本不作收支计算，缺了钱随时向社支取，甚而支了多少都不管，社里不支给就闹"。在赵树理看来，这实际上是一个"每个社员入社以后，在新的生产关系下，究竟应该怎样生活"的问题。[2]在"怎样生活"的背后，显然有相应的农民精神、心理、价值观念的变化。这就意味着赵树理已经敏锐感觉到了具有社会主义性质的高级合作社建立以后的更深层次的问题：在生产资料所有制变革以后，显然还有相应的农民的思想、价值观念与生活方式的变革。这样，赵树理又抓住了中国农村社会主义建设的一个新的大问题。同时，又包含了他的一种隐忧：如研究者所说，他担心农民将社会主义理解为"吃大锅饭"，从而逐渐"放弃世代

1　赵树理：《给长治地委××的信》，《赵树理全集》第四卷，第480页。

2　赵树理：《进入高级社，日子怎么过》，原载1957年6月25日《河北日报》，未收《赵树理全集》，引自《博览群书》2009年第2期。

因袭的（农民）勤俭持家的传统"。[1] 应该说，赵树理的这些思考都是相当超前，具有一定预见性的。这其实也预示着赵树理在农村角色的某些变化：他已经很难对实际生活发生影响，而越来越趋向为一个农村问题的观察者与思考者了。

（三）1958—1959："感到彻底无能为力"

1958 年一开始，毛泽东就在一次讲话里提出，在 1956 年基本完成了生产资料的社会主义革命，1957 年进行政治战线和思想战线的社会主义革命以后，"现在要来一个技术革命，以便在十五年或者更多一点的时间内赶上和超过英国"。毛泽东认为："我们的革命和打仗一样，在打了一个胜仗之后，马上就要提出新任务。这样就可以使干部和群众经常保持饱满的革命热情"。[2] 于是，就提出了"鼓足干劲，力争上游，多、快、好、省地建设社会主义"的总路线，并发动了"大跃进"，这就再一次引发了中国农村的巨大变动。

先是 1957 年冬和 1958 年春，兴起大规模的水利运动和改良农具的群众运动，称为技术革命的萌芽，以后就发展为大办农村工业，并在"向地球开战"的口号下，一再刮起"高产风"，大放"卫星"，鼓吹农产品产量"数十倍、成百倍"地增长。在高速发展农村生产力的同时，又不断扩大农业生产合作社的规模，鼓励并社办大社，由集体所有制向全民所有制过渡，到 1958 年 8 月，就作出了"建立人民公社"的决议，迅速实现了政社合一的公社

1　参看杜国景：《相信文本，还是相信作家——从一篇新发现的赵树理佚文说起》，《博览群书》2009 年第 2 期。

2　毛泽东：《工作方法六十条（草案）》（1958 年 1 月），见《毛泽东文集》第七卷，人民出版社，1999 年出版，第 349—351 页。

化，并大办公共食堂，实行"组织军事化，行动战斗化，生活集体化"。这就意味着，在短短一年时间里，中国农村在生产力与生产关系，以及相应的农民生活方式和行为方式上，又发生了一次翻天覆地的变化。

我们感兴趣的是，赵树理对这样的变动作出什么样的反应。

最初的反应是积极的。赵树理后来回忆说，在1958年秋之前的半年间，他因为1957年冬在晋东南看到了水利建设的成就，"从现场看到了群众的生产积极性，所以对1958年报上登的产量数字信以为真，我认为口粮问题彻底解决了"。[1]对于始终关心农民的生存境遇，并以此作为判断一切的标准的赵树理来说，农民"口粮问题彻底解决"是一件非同小可的大事，他正是基于此接受了"总路线"和"大跃进"。他这样写道："在大跃进的热潮中，即使你关起门来，那股热劲也会冲到你眼前。例如我看到一个玉米种得很好的社，好像进了竹子园，有些玉米密到每亩万株。人们看到他们自己的庄稼长得这么壮，他们的劲头也像这庄稼一样饱满，没牙的老头老太太们，两腮上也常笑成两个大窝窝。我到过的那些乡，每乡都有十多个或者几十个小型水库"，"有个县，把农民创造的四五百件新农具和提水工具展览出来，其中有好多是很难想到的"。[2]可以看出，正是"大跃进"中农民的"劲头"与"创造"活力，深深地感动与吸引了赵树理。他如此赞叹道："解放了思想的群众已远非昔比，古今中外任何农业科学家都根本想不到稻子可以亩产五六千斤。能够左右生产的不是知识分

1　赵树理：《回忆历史，认识自己》，《赵树理全集》第六卷，第470页。
2　赵树理：《在深入生活作家座谈会上的讲话》，《赵树理全集》第五卷，第251页，252页。

子，而是群众"，[1] "最近的群众文艺创作之多，多到我们无法估计，其中有多少特殊优秀的作品，多少出乎我们思想框子之外的新思想、新方法，都正待我们去发现、去总结"。[2] 今天看来，这些话或有夸张、失察之处，但赵树理对农民一旦"解放了思想"，其所能焕发出的创造力的信任、期待，还是真实的。

更为重要的是，关于"大跃进"、人民公社的设想里，充满了乌托邦的想象，这是更能引起赵树理共鸣的。个中所追求的，是在发展现代农业经济和建立公有制的基础上，实现几千年农民"吃饭不用钱，看病不用钱，住房不要钱"的平等、自由和丰衣足食的理想。[3] 这正是深知农民愿望的赵树理最能接受与向往的。他因此对公共食堂大加赞扬，写了《新食堂里忆故人》，为中国农民的"小字辈""将永远不会再懂得什么叫'逃荒'"而感叹不已。[4] 领导人们还把"工、农、商、学、兵相结合的政、社合一的人民公社"，作为逐步缩小和消灭"城乡差别、工农差别、脑力劳动与体力劳动差别"的起点与归宿，"在将来的共产主义社会，人民公社将仍然是社会结构的基本单位"。[5] 这就意味着，不仅中国的社会主义革命与建设要以农村为中心，而且消灭三大差别的共产主义实验也要以农村为中心。[6] 这是最符合赵树理的理想的。他之所以

1 赵树理：《从曲艺中吸取养料》，《赵树理全集》第五卷，第264—265页。

2 赵树理：《彻底面向群众》，《赵树理全集》第五卷，第271页。

3 参看钱理群：《毛泽东时代与后毛泽东时代：历史的另一种书写》（上册），第237—242页。

4 赵树理：《新食堂里忆故人》，《赵树理全集》第五卷，第318页。一两年后，中国就遭遇了大饥荒，这大概是赵树理万万没有想到的。

5 中共中央《关于人民公社若干问题的决议》，载1958年12月19日《人民日报》。

6 参看钱理群：《毛泽东时代与后毛泽东时代：历史的另一种书写》（上册），第251—252页。

再三强调农民在"大跃进"中的创造力，因为正是在这样的创造性的劳动中，农民必然要求"掌握文化，成为有文化的生产者"，而这样的有文化的劳动者，也必然成为社会主义文学艺术的主要读者对象。[1]赵树理还进一步想象"共产主义社会时期"的公社社员："脑力劳动与体力劳动的差别消灭了，人人都成为有文化的劳动者了。那时候，人人都像古今的文人一样，吟诗答对，琴棋书画都来得几手，把文学艺术运用得像旋刀、锄头那样熟悉"，"那时候的社会环境，到处都经过艺术化"，"到那时候，虽然每个人民公社都有了较大的剧场、影院、乐队、剧团、文娱刊物（文艺、美术、剧本等），但各个队仍会有较小的剧团、乐队等，因为他们不但要听、要看专业的，而且自己也还要拉、要唱、要写，要用自己的诗篇画幅来装点自己的房间，要用自己的歌喉来发抒自己的感情"，仍然有自己的"口头文学"，群众创作。[2]可以说，正是"大跃进"、人民公社的设想唤醒了赵树理内在的浪漫主义情怀。

但更加耐人寻味的是，赵树理只有在理想的层面，可以沉湎于浪漫主义的乌托邦想象中；一旦回到现实，面对他的实际经验，就必然回到现实主义，如实写下他（或许也有中国农民）在"大跃进"中感到的困惑。

1958年初，赵树理到家乡沁水，参加嘉丰乡整党整社工作。2月，写了篇快板《"春"在农村的变化》，算是表了一个态："今年过春天，事事大飞跃——生产要提高，思想要改造。咱们中贫农，休戴落后帽。"[3]到3月，在一次座谈会上又表示要

---

1 赵树理：《从曲艺中吸取养料》，《赵树理全集》第五卷，第264—265页。
2 赵树理：《群众创作的真繁荣》，《赵树理全集》第五卷，第314页。
3 赵树理：《"春"在农村的变化》，《赵树理全集》第五卷，第75页。

写《续李有才板话》，歌颂"大跃进"。[1]但7月份交出来的短篇小说《锻炼锻炼》，却很难说是在歌颂，恐怕更多的是在曲折地叙写现实生活中的难题。如一位研究者所说，"这篇小说是一锅粥，它煮了太多的东西。也由于是一锅粥，你已经分辨不出哪是红豆，哪是豇豆。也许这正是作者的一种叙述策略，它用一个顺应当时政治的故事包裹了他那一时期对农村生活的几乎全部感受"。[2]

全篇小说是围绕一个基本事实展开的，这就是合作社副主任杨小四在大会上所说的，"咱们现在的生产问题，大家都看得很清楚：棉花摘不下来，花秆拔不了，牲口闲站着，地不能犁，再过几天地一冻，秋杀地就算误了"。这里透露出的信息是相当严重的："大跃进"中的合作社正面临着一场农民缺乏积极性导致的生产危机。这大概就是赵树理的焦虑所在。他苦苦思索着原因所在。但当时的主、客观条件都不允许他充分地展开，他只能从两个侧面曲折地表达自己的某些思考。于是，小说里就有了两个批判对象。一是"小腿疼"和"吃不饱"这样的"只顾自己不顾社"的落后人物，这都是赵树理最为熟悉的农村老人，旧人，写起来自然得心应手，也给读者留下了深刻印象，成为赵树理作品人物画廊里最为鲜明的两个形象。今天有的研究者认为赵树理在小说里是"正话反说，反话正说"，其实是同情他们遭到错误批判，甚至表现了某种"悲愤的心理"。[3]这或许有点后来人的以意为之，赵树理的实际态度远要复杂：他也流露出某些理解与同情，但基本

1　参看黄修己编：《赵树理年谱》，《赵树理研究资料》，第605页。

2　董大中：《为了人的自由、幸福和尊严》，《赵树理研究文集》（中卷），第163页。

3　陈思和：《民间文化形态与政治意识形态之间的关系钩沉》，《赵树理研究文集》（上卷），第348页。

态度却是嘲讽的。在他看来，这反映了个人与集体的矛盾，而他是站在集体立场上，主张"教育农民"的；他的真正同情在那些老老实实在生产第一线默默苦干的直接劳动者身上，他认为"小腿疼""吃不饱"的耍奸偷懒是损害他们的利益的。因此，他也从这样的基本立场出发，批判了充当和事佬的社主任王聚海，"锻炼锻炼"就是他压制更有正义感的年轻干部的口头语。赵树理甚至说，他写《锻炼锻炼》就是为了"想批评中农干部中的和事佬的思想问题"。[1]这自然是一种过于简单化的说法。如研究者所说，赵树理其实在小说里是表达了他对"构建农村社会新秩序"的一种构想的，即要创立一个"说理"的世界。[2]就像小说里的妇女副主任高秀兰在整风运动中给王聚海的大字报里所说，作为一社之长，"只求说个八面圆，谁是谁非不评断"，就造成了在合作社里，"有的没理沾了光，感谢主任多照看，有的有理受了屈，只把苦水往下咽。正气碰了墙，邪气遮了天。有力没处使，谁还肯争先"。在赵树理看来，"小腿疼""吃不饱"们就是农村里"不讲理"的人，而作为党的干部的王聚海的问题就在于"和事不表理"。这样是非不分，无理无法，是不可能真正调动起劳动者的积极性的。解决的办法就是"办事靠集体，说理分短长，多听群众话，免得耍光杆"。因此，小说里的正面人物，除了"认理不认人，不怕不了事"的支书王镇海、副主任杨小四、高秀兰这些干部外，还有"群众"。这些"群众"就是赵树理最为看重的老老实实的直接生产者，正是他们在辩论会上主持正义，讲理又说法，帮助杨小四

1　赵树理：《当前创作中的几个问题》，《赵树理全集》第五卷，第304页。
2　参看李国华：《农民说理的世界——赵树理小说的文学政治》，博士论文，未刊稿。

最后"镇住"了"小腿疼"和"吃不饱"。[1] 这其实是隐含着赵树理的一个理想的，即当农村里的直接生产者自己站出来，成为说理的主体，农村社会的民主化就有了保证，这正是建立"农村社会新秩序"的基础与根本。

但很快《锻炼锻炼》就遭到了批判：《文艺报》发表文章，指责小说的描写"歪曲现实"。[2] 面对这样的批判，赵树理有哭笑不得之感，他后来回应说："提出'这像社会主义的新农村吗？'这样的问题。其实，这不是像不像的问题。你跑去看一看吧，你跟我到一个大队去住几个月吧，你就不会这样提问题了。如果凭空在想：既然合作化这么久了，农村还有这种情况？这就没法说了。因为从概念出发和从事实出发，结论不常是一样的。"[3]

1958 年底，在赵树理的一再要求下，他被安排在山西阳城担任县委书记处书记。他一上任，"一接触实际，觉得与想象相差太远"，[4] 原先关于"大跃进"、人民公社的种种乌托邦想象，在事实面前，完全、彻底破灭了。

1959 年 2 月 22 日（旧历元宵节），赵树理给作协党组书记邵荃麟写了一封信，汇报工作——赵二湖回忆说，赵树理有极强的组织性，他每次下乡回来，第一件事就是向作协党组汇报工作与思想。这次是在县里写汇报。先汇报行程：从北京来到阳城，参

1　赵树理：《锻炼锻炼》，《赵树理全集》第五卷，第 227 页，225 页，226 页，237 页，238 页，239 页。

2　武养：《一篇歪曲现实的小说——〈锻炼锻炼〉读后感》，载《文艺报》1959 年第 7 期。

3　赵树理：《在长春电影制片厂电影剧作讲习班的讲话》（1961 年 9 月），《赵树理全集》第六卷，第 41 页。

4　赵树理：《回忆历史，认识自己》，《赵树理全集》第六卷，第 470 页。

加了县里的一些会议以后，就"到公社住了一个礼拜，到家乡住了一个礼拜"。那么，赵树理在家乡又看到了什么呢？

先看食堂。开始，赵树理对"放开肚皮吃饭，鼓足干劲生产"颇为满意，因此写了前面提到的《新食堂里忆故人》；在给邵荃麟的汇报里也谈到"大灶化以后，大大解放了妇女劳力"。但他很快就发现了问题：所谓"吃大灶"实行的是"伙食供给制"，"此地每一个人口的收入是六十到七十元。而伙食的费用都平均在四十元以上，因此一般农民对争取多劳多得的方面积极性不大。"[1]大家光愿意放开肚皮吃饭，不肯鼓足干劲生产，"劳力少而弱的家庭真的进了共产主义，劳力多而强的家庭反倒还在社会主义"。赵树理因此对"吃大灶"产生了怀疑："吃饭采用现在的大锅方式，即使到将来恐怕也行不通"，"一个家都不好组织呢，吃大锅饭能解决问题？"[2]

赵树理又去看"大跃进"的一个新鲜事物：土高炉。他看得目瞪口呆，遂有小诗一首："砸罗锅，糟蒸锅，铁盆茶壶不放过。小仓锅，杀猪锅，姓铁你就躲不过"，"批判是专家，钢铁炼成渣。卫星飞不起，曲哩满地爬"（按，烟火中有一种小起火，因为质量不好，放不起去，在地上窜着冒一股烟就熄灭了。晋东南土话管它叫"曲哩"）。[3]赵树理指着一块块废物说："炼这玩意干甚啊，真是作孽！"[4]

他接着应邀去参加阳城靠"土法上马"修的一条从水村到佛沙的"土铁路"的通车仪式。试车时，车轮出轨，赵树理跟着群

1　赵树理：《致邵荃麟》（1959年2月），《赵树理全集》第五卷，第295页。
2　引自陈为人：《插错"搭子"的一张牌——重新解读赵树理》，第128—129页。
3　赵树理：《在铁厂检查工作所见》，《赵树理全集》第五卷，第286—287页。
4　引自陈为人：《插错"搭子"的一张牌——重新解读赵树理》，第129页。

众一起推车，又写了小诗两首："东村有人放卫星，西村有人发火箭，老夫屈才无用处，水佛路上推火车"，"牛皮既然有人吹，火车何曾无人推？阳城自古多奇才，填补空白该靠谁"。（按，填补空白，指"垒太行山"。因民间流行有"牛皮不是人吹的，火车不是人推的，太行山不是人垒的"的俗话，今天既有人能推火车，亦有人大吹牛皮放卫星等，那么垒太行山该靠谁呢？）[1]

他再去了解农村劳动力情况，这是他最为关心的，结果发现"城市工业、农村工业和筑路吸收了一大批强劳力，因而农业上的劳力减少。工具改革马上补不起这个空子来。妇女虽然比过去出勤多了，但是要求她们完全能抵住男青壮年还不可能"。

还有他时时萦绕于心的农民的实际收入。他又发现，"一九五八年的粮食总产量虽然有增加，但还没赶上非农业人口增加的需要"，[2] 因此农民的实际到口的粮食并没有增加。而非农业人口的增加背后，又是一个国家管理机构人员的极度膨胀的问题。毛泽东在1959年2月的一个会议上就谈到"一个公社竟有三几千人不劳而食"。[3]

赵树理实际接触得更多的是县、社的干部，发现的问题就更多。首先是"社干多为以前的乡干（按，这是公社实行'政社合一'的结果）。这一级干部，在过去好像是代表国家方面的多，直接经手搞生产的少，所谓领导生产，大体上只是搜集、汇报数字，真正经营者是队干（即以前的高级社管委会）。现在由原来的乡干直接经营生产，他们还用的是过去那种工作办法，召集会议作

1　赵树理：《小诗两首》，《赵树理全集》第五卷，第288—289页。
2　赵树理：《致邵荃麟》，《赵树理全集》第五卷，第296页。
3　毛泽东：《在郑州会议上的讲话提纲》（1959年2月），《建国以来毛泽东文稿》第8册，中央文献出版社，1993年出版，第62页。

报告，下达指标，批方案，要数字，造表册，总以为下边是照他们的布置执行的，而实际上距离事实颇远"，这样的官僚化的瞎指挥，"是有危险性的"。[1] 眼前的例子是，赵树理从县城回家必经的町店公社，书记脑子发热，硬要在一块贫瘠的山梁上造万亩田，结果完全荒废，赵树理多次批评说："搞了'万亩梁'，荒了'万亩粮'，粮食没打上，群众饿得慌。"[2]

更为严重的，也是赵树理更感痛心的，是许多干部，甚至包括县领导干部，心中根本没有农民，只有上级领导，一味紧跟。在赵树理看来，这样的问题或许是更带根本性的。一位作者有声有色地叙述了在 1959 年阴历大年三十阳城三级干部会议上，赵树理与县委书记的几次交锋。先是县委书记根据上级指示精神，号召全县"过一个大跃进的春节"，要求正月初一全县农村立即投入生产，"每个劳力，每天至少刨玉茭桩子六亩"，赵树理立即插话说："我看这个要求不实际。"书记接着又提出："为了秋后能放更大卫星，县委决定，今年一律推广密植，要求一亩玉茭下籽一百二十斤。"赵树理急得又是一斧："自古以来哪有这样种玉茭的？"书记终于发火："大跃进嘛，什么人间奇迹也能创造出来。"赵树理仍然据理力争："如果离开实事求是精神，那就是瞎想瞎指挥。"书记也急了："别的县哗哗地定出高指标的规划。我们这里有的人就是硬咬住说这也不实事求是，那也不切实际，定低了，我们怎么向上级交账？"赵树理毫不退让："我们做工作，不单是为了向上边交账，而是要对人民负责。指标好定，想定多高都行，可是我们不能这样做啊。大家想想，我们做工作不靠群众靠谁？

1　赵树理：《致邵荃麟》，《赵树理全集》第五卷，第 296 页。
2　陈天圣：《求实典范》，转引自陈为人：《插错"搭子"的一张牌——重新解读赵树理》，第 134 页。

如果指标定得高高的，打不下那么多的粮食，不是苦了老百姓了吗？……这样会有损党的声誉，群众也不会跟我们走！"最后书记恼羞成怒："照你这么说，大跃进是错了，真是老右倾，绊脚石！"[1] 这事后的叙述或许有文学描写的成分，但所透露的信息却是真实而严峻的。赵树理所面对的不只是这位县委书记的思想作风问题，更是体制的问题：干部只需要向上级负责，因为自己的权力是上级授予的。而"向谁负责"恰恰是赵树理信念中最基本的问题。

这就意味着，赵树理从北京来到县、社中，不仅他关于"大跃进"、人民公社的想象全部破灭，而且还要面对远要复杂的农村现实的与深层的问题，引发了他的巨大焦虑与深入思考。

但赵树理还是谨慎的。在给邵荃麟的汇报里，他只说了"我这次到乡间来，没有任何一次顺利，原因是摸不住工作规律"。对于农村现状，也有分寸地提到人民公社"在初建时期，主要的优越性还没有发挥出来"，"群众生产的积极性不像我们理想的那样高，不合乎更大更全面的跃进精神"。关于自己的写作，他则表示，把农村的现实"反映于文艺作品中我以为还不是时候，因为公社的主要优越性还没有发挥出来，在工作中也没有发现先进的、成功的例子。作品无非反映人和事，而这两方面现在都没有新的发现。所以我打算再参加一段工作再说"。[2]

但这回赵树理真要"参加一段工作"也不容易。前面所说的赵树理与县委书记的面争表明，赵树理已经很难真正参与实际领导工作，发挥作用。在给邵荃麟的信里，赵树理提到县委书记曾

---

1 潘小蒲：《赵树理活动拾遗》，转引自陈为人：《插错"搭子"的一张牌——重新解读赵树理》，第 132—133 页。

2 赵树理：《致邵荃麟》，《赵树理全集》第五卷，第 294 页，297—298 页。

让他在一个管理区作农村改革试验。赵树理也认真地提出过一些设想，如由公社社员代表选出懂得实际生产的优秀管理人员担任公社常委，给队一级更大的自由分配权等，但因为不能在公社范围施行，也就起不了作用。[1] 而他在管理区工作又面临"进退失据"的困境：管理区上的干部每天都要上报各种材料、数字，自己作为坚持原则的党的干部当然要求汇报要实事求是，但很可能因此使管理区的干部因为达不到上级要求的数字，而受到批评。赵树理终于发现自己"在管理区就失去了作用"。[2]

于是就有了新的自我定位：只能做一个"旁观者"，"我估计我这个党员的具体作用就在于能向各级领导反映一些情况，提出几个问题，在比较熟悉的问题上也尽可能提一点解决问题的具体建议"。[3] 但赵树理真要向各级领导反映情况与意见，也是困难重重。赵树理后来回忆说："由于受浮夸风的影响，我对问题性质的理解往往和领导上掌握的情况有差距，因此领导上往往不先考虑问题本身，而先来打通我的思想。"[4] 这样，赵树理就陷入了困境："我看到由于种种不合理的措施，给农业生产带来的危害，和给群众带来的灾难，我不能熟视无睹。向公社党委、县委、地委等人提出，可是说不服他们。为这事，我日夜忧愁，念念不忘，经常奔上奔下，找领导想方法。但他们都认为我是一种干扰。"[5] 在一些县、乡、社干部眼里，赵树理是多事，挑毛病，神经病。县委开

1　赵树理：《致邵荃麟》，《赵树理全集》第五卷，第296—297页。

2　赵树理：《致陈伯达》（第二封信），《赵树理全集》第五卷，第343页。

3　赵树理：《回忆历史，认识自己》，《赵树理全集》第六卷，第471页。

4　赵树理在"文革"初期写的第三次检查，转引自陈为人：《插错"搭子"的一张牌——重新解读赵树理》，第136页。

5　引自陈为人：《插错"搭子"的一张牌——重新解读赵树理》，第136—137页。

会常常不通知他，以免他打横炮，节外生枝。[1] 更让赵树理难受的是，随着干部和农民关系的紧张，农民也逐渐远离了他，"回家后没人给我说实话了"。最初赵树理颇感"苦恼"："为了他们，他们还避忌我"；他后来了解到，农民怕他向上级反映，"怕报复，受治"，赵树理心理的负担反而更重了。[2]

这样，赵树理就不得不再作调整。他在 1959 年 8 月 20 日写给《红旗》的《公社应该如何领导农业生产之我见》里，一开篇就如此写道："一切事物内在的规律都只能从事物的发展中来寻找，办公社自然也不能例外。我于农业合作化和公社化两个阶段的改革运动中都曾在农村住过一些时期，对其内部情况也都接触到一些，也探索过其中的一些小道理。现在我就把我摸索到的小道理写在下边以供办公社的同志们参考。"[3] 这里讲的办公社的内在规律，实际上是一个"社会主义时期农业、农村、农民发展道路"的问题；赵树理意识到自己熟悉农民，对农业合作化和公社化运动的内部情况多有接触的优势，选择"探索其中小道理"作为自己的新使命，这是对自己现实与历史角色的新选择、新定位："农村问题的思想者的赵树理"终于凸显出来。这看起来是不得已而为之，但其实是一个新的飞跃，在某种意义上，甚至可以说赵树理终于找到了自己。赵树理当然以后还会继续写作，但写作的目的与意义已经变化：不再以"老百姓喜欢看，政治上起作用（按，

1　陈天圣：《求实典范》，转引自陈为人：《插错"搭子"的一张牌——重新解读赵树理》，第 137 页。

2　赵树理 1965 年 11 月 7 日在晋东南"四清"运动期间第三次编导人员座谈会上的讲话，转引自陈为人：《插错"搭子"的一张牌——重新解读赵树理》，《赵树理全集》第六卷，第 413 页。

3　赵树理：《公社应该如何领导农业生产之我见》，《赵树理全集》第五卷，第 345 页。

指直接的指导作用）"为追求，而更多的是为了表达他对社会主义时期农业、农村、农民问题的新观察，新思考，新探索；他的写作对象，除了传统形成的他的忠实读者（今天戏称为"粉丝"）外，主要是关心与思考中国农村、农民问题的各界读者。

但赵树理也不会放弃影响实际运动的努力：他永远也不是远离实践的书斋里的纯思想者。他在写给邵荃麟的汇报信的最后，有个附笔："如有机会见到中央管农村工作的同志，请把我的意见转报他们一下。"[1] 赵树理对自己的实际地位与处境，是有一个基本估计的，他常把自己戏称为"通天彻地而又无固定岗位"的干部。前面提到地、县、乡、社各级干部对他不满而又无可奈何于他，就因为他能"通天"；党的高层也重视他，就因为他"彻地"，再加上他又是一个有广泛社会影响的作家。赵树理是懂得如何利用自己特有的条件的："这种干部在那时候宜于充当向上反映情况的角色——易于了解下情，又可以无保留地向上反映。"[2] 因此，当赵树理向基层与地方党委反映情况与意见，得不到理解与支持时，他决心直接向决策部门乃至最高领导反映，就是很自然的选择。其中或许也还有他在 1951 年通过陈伯达向毛泽东直抒己见，得到充分尊重和吸取的经验。

历史似乎再一次给他提供了机会：1959 年 4 月全国二届人大会议期间，受毛泽东之命担任《红旗》主编的陈伯达约请赵树理为《红旗》写小说，人们都认为这是陈伯达的"别出心裁"，其实此时的陈伯达也正在关注农村问题，他在福建家乡走了一圈以后，对密植、深耕、干部作风、虚报等弊端都深有感触，而于 1959 年 1 月

1　赵树理：《致邵荃麟》，《赵树理全集》第五卷，第 298 页。
2　赵树理：《回忆历史，认识自己》，《赵树理全集》第六卷，第 472 页。

9日写信给毛泽东作了汇报，提出了自己的意见："当群众不同意干的时候，即使有黄金万两，也不要去捞。"[1] 或许正是因为有了这样的关注，也就希望听听被认为最熟悉中国农民的赵树理的意见。

赵树理几经犹豫以后，还是写了《公社应该如何领导农业生产之我见》一文给《红旗》杂志，并有《致陈伯达》两封信，信中特意说明：自己面对农村问题已经"进退失据"，"不但写不成小说，也找不到点对国计民生有补的事，因此我才把写小说的主意打消，来把我在农业方面（现阶段的）一些体会写成了意见书式的文章寄给你"。[2] 其实，在此前后，大概在1959年上半年，赵树理还写有《高级农业合作社遗留给公社的几个主要问题》（未完稿）。这样，在1959年赵树理就通过两篇文章，两封信，初步地阐述了他在"探索"社会主义时期中国农村问题时所发现的若干"道理"。

赵树理这样的思考与探索，是从1951年开始的，如前文所描述，最初的《三里湾》写作里，表现了他对社会主义新农村的发现、向往与想象；以后就逐渐发现了社会主义农村的危机；现在就进入了第三个阶段：对社会主义农村深层次矛盾的追问与出路的探索。

在赵树理看来，农村问题"虽然千头万绪，总不外'个体与集体'、'集体问题与国家'的两类矛盾"。而他这一时期最为关心的是"集体与国家的矛盾"问题。这也是他一再谈到的自己在农村"进退失据"的症结所在。据他说，"出现了集体与国家的矛盾的时候"，他这样的党和国家的干部，"就不知道该站在哪一方面

1　转引自陈徒手：《1959年冬天的赵树理》，《人有病，天知否：1949年后中国文坛纪实》，第203页。

2　赵树理：《致陈伯达》（第二封信），《赵树理全集》第五卷，第344页。

说。原因是错在集体方面的话好说，而错不在集体方面（虽然也不一定错在整个国家方面）时候，我们便不知如何是好了"。[1] 这个问题在人民公社时期远比在农业合作社时期更为严重，原因就在于人民公社实行"政、社合一"。这样，在考察人民公社出现的问题时，就不能不追问到党和国家对农村集体和农民的管理方式上去。赵树理说，他"自去年（1958 年）冬季"来到农村以后，就"发现公社对农业生产的领导有些抓不着要处，而且这些事又都是自上而下形成一套体系的工作安排，也不能由公社或县来加以改变"。[2] 也就是说，要根本解决农村所面临的问题，是不能仅在公社或县里解决或改变，而是要追问"自上而下形成的一套体系"。在赵树理看来，就是要解决国家如何管理农村集体的问题。在当时的历史条件下，以及赵树理自身对党的信念，他不可能同时明确提出党对农村的领导问题，即使有所思考，也只会将党的问题隐含在国家与集体的关系问题里。

这正是赵树理所要反复讨论的。在《致陈伯达》（第一封信）里，他这样写道："在局部所有权尚未基本变动之前，集体所有制仍是他们集体内部生产、生活的最后负责者。在这时候国家只要掌握国家及市场所需要的产品，而不必也不可能连集体内部自给的部分及其生产、生活的全面安排完全掌握起来。农业合作化以来，国家工作人员（区、乡干部）对农村工作逐渐深入是好事，但管得过多过死也是工作中的毛病——会使直接生产者感到处处有人掣肘，无法充分发挥其集体生产力。例如为每个社员具体规定每种作物的详细亩数（谷子、玉米、高粱、豆子、小麦、花生、

1　赵树理：《致陈伯达》（第一封信），《赵树理全集》第五卷，第 340—341 页。
2　赵树理：《致陈伯达》（第二封信），《赵树理全集》第五卷，第 343 页。

芝麻……无所不定）。规定下种斤数、定苗尺寸，规定积肥、翻地等具体时间，规定每种作物的具体产量等等。都会使直接生产者为难——因为情况千差万别，怎样做生产的全面布置才能得到最多的产量，区乡干部大多数不如社干部知道得多，但社干部为了要照区、乡的规定办事，只好放弃较有把握争取最高产的计划。真正的产量是物质。计划得不恰当了，它是不服从规定的。什么也规定，好像是都纳入国家规范了，就是产量偏不就范。"[1]——国家"管得过多过死"，形成对直接生产者的掣肘，这是要害所在。但也必然受到惩罚："产量偏不就范。"

在《公社应该如何领导农业生产之我见》里，赵树理更具体讨论了国家"要管"什么，"不管"什么。在他看来，国家只应该管两条：一是为了包括农民在内的全民需要，规定农业生产的基本指标，二是为了非农业人口的需要，规定农民向国家出售农产品的基本任务。除此之外，通通交给农民和他们的集体组织自己去管，以充分发挥农村集体和农民的"主动性和经营积极性"，以"最有效地利用土地和获得更多的农产品"。赵树理主张，要把农业生产的自主权交给直接的生产单位，即当时的管理区，代表政权的公社，只能扮演"顾问性的协助"角色，"应该把重点放在组织领导、政治教育方面"，而不能充当直接的决定者，指挥者。[2]——强调把农业生产与分配的自主权交给从事直接生产的农民和农村集体组织，国家及代表政权的公社只能充当"顾问"，起"协助"作用：这是另一个要害，也是后来批判赵树理的重点。

1　赵树理：《致陈伯达》（第一封信），《赵树理全集》第五卷，第 341 页。
2　赵树理：《公社应该如何领导农业生产之我见》，《赵树理全集》第五卷，第 347 页，349 页。

在赵树理的理解里，国家与集体的关系的背后，有着众多复杂的问题。他曾谈及统购统销的问题，国家计划与市场需求的关系问题，"把国家领导全民所有制国营企业的精神用到领导农业生产方面来"，忽略了"全民所有制和集体所有制"的区别的问题等，[1]但都没有充分展开，他强调："今天'国家与集体'矛盾的主要方面不在于物质利益的冲突（也有冲突之处），而在于'生产品及生产过程决定权与所有权的冲突'。"[2]农村组织的性质既然明确是"集体所有制"，但生产与分配的决定权（其实岂止是生产与分配的决定权）却为国家所垄断。这在赵树理看来，是不正常，不合理的。据说在一次会议上，他就说得更尖锐："现在是生产者不当家，当家者不生产。"[3]

于是，我们注意到在《公社应该如何领导农业生产之我见》里，赵树理专门写了一段"劳动力在现阶段农业生产中的决定作用"，强调"我们的农业生产，在机电化尚未占到一定比例以前，劳动力的多寡、出勤率与劳动生产率的高低，对每年农产品的总产量多寡这是主要的决定因素"。[4]由此就产生了一个概念："直接生产者"。[5]这是赵树理关于农业、农村、农民问题思考中的一个核心概念；我们在前文的讨论里，已经提到，他的笔下写到的心目中的"群众""农民"就是在农业第一线老老实实耕作不息的"直接生产者"，体力劳动者，他们是真正的"沉默的大多数"。

1　赵树理：《高级农业生产合作社遗留给公社的几个主要问题》，《赵树理全集》第五卷，第 337 页。

2　赵树理：《致陈伯达》（第一封信），《赵树理全集》第五卷，第 341 页。

3　转引自陈为人：《插错"搭子"的一张牌——重新解读赵树理》，第 130 页。

4　赵树理：《公社应该如何领导农业生产之我见》，《赵树理全集》第五卷，第 346 页。

5　赵树理：《致陈伯达》（第一封信），《赵树理全集》第五卷，第 341 页。

在赵树理的理解里，所谓社会主义农村问题，无非是三大问题。首先是直接生产者的劳动积极性、主动性，具体表现在劳动出勤率与生产率的高低，这是基础。其次是劳动生产品的数量与质量是否逐渐增长，也即农业生产力的发展，这是基本指标。最后，要落实为直接生产者是否直接获益，"有钱花，有粮吃，有工夫伺候自己"，他们的生活水平能否得到切实的提高，实现共同富裕。赵树理说："能把每个人的劳动出勤率与劳动生产率在一定时间内都发挥到最高限度，就是大跃进。"[1] 在他看来，调动直接生产者的生产积极性、主动性，有诸多因素，除"从思想上启发群众的自觉性，鼓舞群众的积极性，最后作到人人以自觉的头脑来发动他们自己的工作劲头"，即所谓"政治挂帅"之外，最主要的是要让直接生产者掌握生产与分配的决定权，即让他们真正"当家"，掌握自己的命运，并要具体落实到公社管理的制度上：国家、公社只提出"顾问性的建议"，"最后决定权要留在管理区的全体社员大会上"，务必要使社员大会或代表会的活动"正常化，经常化，民主化"。[2]

这样，赵树理就将直接生产者在生产与分配上的决定权，及其落实为乡村民主建设，置于重要的位置，作为解决国家与农村集体矛盾，党和农民关系紧张的一个新的出路。

赵树理同时关注的是，农民个体与集体的矛盾。他思考的范围也很广，包括对农民的思想教育，集体分配关系的处理，关心群众生活（消费），等等。[3] 但他思考的重心却在"以家庭为单位"

---

1 赵树理：《公社应该如何领导农业生产之我见》，《赵树理全集》第五卷，第351页，346页。
2 赵树理：《公社应该如何领导农业生产之我见》，《赵树理全集》第五卷，第345—346页，349页。
3 赵树理：《公社应该如何领导农业生产之我见》，《赵树理全集》第五卷，第349页，350页。

的个体与"以现有管理区为单位"的集体之间的矛盾。[1]

这里又涉及赵树理农村观、农民观的一个非常重要的方面。和人民公社掀起的"否定家庭"的思潮相反，赵树理始终十分重视"家庭"及相应的"户"在农村生活中的基础与核心地位。他后来在一篇文章里专门谈道："巴金写了一本《家》，为了表现农村生活，我们也可以写一本《户》。户是农村的生活单位，生产队就是以户为单位。记工分按人，但生产队的账目不是以人而是以户为单位的，结算、分配都是以户为单位的。在养老没有社会化以前，户还不能撤了。这对社会主义生产还是有利的。由于户还存在，也有问题。公社、大队、小队都是社会主义所有制，户可不是，在生活上往往还带有封建性。在一个户里，总是教育孩子要为自己家里好。有时候也说为集体，也是因为多干可以多挣工分，拿这思想来教育孩子。所以爱队如家的教育是一套，在家里受的教育又是一套。"[2]

熟谙农村社会的赵树理深知，在农村生活发生巨大变动（无论是民主改革，还是社会主义革命与建设时期）的时候，不仅会产生家庭与集体、社会之间在观念、利益上的冲突，在家庭内部也会引发成员之间观念、利益、彼此关系上的矛盾。在某种程度上，他的许多农村题材的小说，从《孟祥英翻身》《传家宝》到《登记》《三里湾》《锻炼锻炼》，都是以家庭内部的冲突为基础展开社会矛盾，展现历史变迁的。其中都会遇到家庭伦理问题，如前文的讨论，赵树理始终有一个用"既讲理（特别是新时代的新道理）又顾人情（符合家庭伦理，农村社会伦理）"的方式来解

1　赵树理：《致陈伯达》（第一封信），《赵树理全集》第五卷，第342页。
2　赵树理：《文艺与生活》，《赵树理全集》第六卷，第64页。

决家庭与社会冲突，建立合情合理的农村社会新秩序的理想。在六十年代，赵树理就进一步将他的理想提升为农村社会建设的一个重要课题："我认为农村现在急需要一种伦理性的法律，对一个家的生产、生活诸种方面都作出规定。如男女成丁，原则上就分家；分家不一定完全另过，只是另外分一户，对外出面；当然可以在一起起灶。"子女对父母的供养也有规定。成丁的男女们自立户口，结婚后就可以合并户口。首先从经济上明确，这对"老人也有好处；婆婆也不会有意见，因为这是国家法律。灶可以在一起，但可以计算钱。这样一处理，关系会好得多""这是一个重大的社会问题"。[1]

"伦理性法律"，这可以说是一个"赵树理的概念"，它包含"伦理"与"法律"两个侧面；而如何处理这两者的关系，一直是现代中国乡村建设的一个重大问题。其实在中国传统文化中也一直有"以法治国"与"以德治国"的法、儒之争。近代以来，受到西方民主、法制思想的影响，建立法治国家就成为一个时代思潮。但在二十世纪的乡村建设运动中，梁漱溟对此提出了质疑。他理想中的"新社会"是以"乡村为本"的，而在他看来，中国乡村社会就是一个以家庭为本、伦理本位的社会，因此，在法律与伦理的关系上，他更看重的是伦理。[2] 他强调："中国社会秩序所赖以维持者，不在武力统治而宁在教化；不在国家法律而宁在社会礼俗"，[3] 在农村团体里，"遇有问题发生，不愿意用法律解决的办法，必须彼此有情有义相对待"，要"把法律问题放在德教范

1　赵树理：《在长春电影制片厂电影剧作讲习班的讲话》，《赵树理全集》第六卷，第 38 页。

2　梁漱溟：《乡村建设理论》，《梁漱溟全集》第二卷，山东人民出版社，2005年出版，第 558 页，561 页。

3　梁漱溟：《乡村建设理论》，《梁漱溟全集》第二卷，第 179 页。

围内"。[1]赵树理早年曾是三十年代乡村建设运动三巨头之一的陶行知（另两位是梁漱溟与晏阳初）的信徒，他对梁漱溟的思想应该是有所了解的。赵树理提出"伦理性法律"的概念，显然试图在现代法律与乡村伦理之间取得某种平衡：既"有情有义"，又"有法可依"。赵树理正是期待以此建立一种全新的农村秩序，作为解决农村组织中个人与集体矛盾的新出路。

这样，保障直接劳动者生产与分配的决定权，实行乡村民主，与在伦理性法律基础上建立农村新秩序，就构成了赵树理关于社会主义农村建设思考与想象的两个基本点，也是他解决农村现实中国家与集体、个人与集体两大矛盾的一个对策与设想。这是极具创造性而又超前的。赵树理从一开始就意识到自己的想法"与现行的领导方法是抵触的"，会使领导"觉着我也是故意找难题的人"，因此一度废稿。[2]但在几番犹豫以后，还是将信与文章寄给了陈伯达：对赵树理而言，向党说出自己的一切想法，是党员的责任和党性的表现；同时，他对高层抱有信任，或许也包括对毛泽东本人的期待。

但1959年的毛泽东，已经不同于1951年。如前所述，1951年的毛泽东在农民问题上是谨慎的，还听得进赵树理的不同意见，并有所吸取；但经过"大跃进"与人民公社的"全面胜利"，毛泽东正踌躇满志，容不得任何反对意见。特别是在庐山会议上遭到彭德怀的批评，他正要全面反击。完全不知道党内高层斗争内情的赵树理在1959年8月20日寄出文章，正是"不合时宜"。此时毛泽东所要推行的是强化国家对社会的控制力，阶级斗争治国的

1　梁漱溟：《乡村建设大意》，《梁漱溟全集》第一卷，第 707 页。
2　赵树理：《致陈伯达》（第二封信），《赵树理全集》第五卷，第 344 页，343 页。

路线，赵树理却要为农民力争掌握自己命运的决定权，要用"伦理性法律"治理农村，显然和毛泽东的思路不一致。他的意见的境遇就可想而知了。

现在没有任何材料说明毛泽东是否看到了赵树理的文章。但我们还是可以根据毛泽东与赵树理的关系，作出某种推断。自命为"农民的儿子"的毛泽东，其实不用看赵树理的文章，也能大体上了解赵树理对他发动的"大跃进"与人民公社运动的看法，甚至他也能理解赵树理与中国农民的意见的合理性，但他已经认定"小道理"要服从"大道理"，"小仁政"要服从"大仁政"，因此，他绝不会因为农民的利益受损，而放弃他的治国理想。而对赵树理来说，农民利益受损，就触犯了他的底线，非据理力争不可。这大概就是赵树理与毛泽东的区别所在。对这一切毛泽东其实也是心中有数的，因此对赵树理的错误言行必须批判，但又要掌握一定分寸。这就是我们前文已经提到的，在批判赵树理的右倾错误的同时，中央又指示（也应该是毛泽东的意见）"对赵树理要低调处理"的原因所在。

面对组织的批判，赵树理的态度，也许是更应该注意的。他并不掩饰自己的观点和立场，在党的面前，他坦然承认，自己有类似彭德怀的想法，也认为"农业生产领导方法的错误是上面来的"，"浮夸作风是小资产阶级狂热性"。[1] 这应该是赵树理与彭德怀的再次相遇：当年彭德怀支持了赵树理的《小二黑结婚》，现在，赵树理又在社会主义建设的重大问题上站在了彭德怀一边。而且他在遭遇批判时，"表现了令人惊诧的顽强性，他相信自己的

1　陈徒手：《1959年冬天的赵树理》，《人有病，天知否：1949年后中国文坛纪实》，第205页。

眼睛，坚持原有的观点"。因此，当他听到了这样的"义正词严"的批判："我们要问赵树理同志，你究竟悲观什么？难道广大群众沿着社会主义前进，还不应该乐观，倒应该悲观吗？"大概又会有哭笑不得之感，他和这些"从概念出发，而不是从事实出发"的"同志"是没有共同语言的，他只能"像农民一样固执了两个月"。[1]但有一些批判却是赵树理感到"迷惘"，"无言以答"的："真理只有一个，是党对了还是你对了？中央错了还是你错了？这是赵树理必须表示和回答的一个尖锐性的问题，必须服从真理"，"赵树理采取与党对立的态度，有些发言是污蔑党的，说中央受了哄骗，这难道不是说中央无能，与右倾机会主义的话有什么区别"，等等。[2]在某种意义上，赵树理现在又落入了与他的小说《三里湾》里的人物范登高（在批判会上已经有人断定赵树理的思想"和那些想走资本主义道路的人，沿着一个方向前进"[3]）同样的困境："是服从党的意志，还是坚持个人的意见和选择？"对于一刻也不能离开组织的赵树理来说，他只有投降，而不可能有其他选择。于是，就有了这样的结果：赵树理致信邵荃麟并作协党组，承认自己犯了坚持"右倾立场（固执己见的农民立场）"的错误，"全党服从中央是每个党员起码的常识，把中央明了的事随便加以猜测，且引为辩解的理由，是党所不能允许的"，赵树理为此表示愿意"接受党的严厉处分"。[4]赵树理无论怎样坚持"相信自己的眼睛"和独立思考，最终还是要受到党的纪律与党性原则的制约。

1　陈徒手：《1959 年冬天的赵树理》，《人有病，天知否：1949 年后中国文坛纪实》，第 205 页，206 页，207 页。

2　批判赵树理会议上的发言记录，转引自陈徒手：《1959 年冬天的赵树理》，《人有病，天知否：1949 年后中国文坛纪实》，第 207 页，206 页。

3　转引自陈为人：《插错"搭子"的一张牌——重新解读赵树理》，第 143 页。

4　赵树理：《致邵荃麟并中国作协党组》，《赵树理全集》第五卷，第 374 页。

这是他的宿命。

（四）1960—1966："我一想就碰壁"，"一个人孤军作战"

1959 年对赵树理的批判，最后不了了之。而且中央于 1960 年提出反对"五风"（共产风，浮夸风，强迫命令风，高指标风，瞎指挥风），1961 年制定"调整、巩固、充实、提高"的方针，强调"休养生息"，1962 年七千人会议后，决定把"主要注意力""转移到农业增产和制止通货膨胀上来"。这一系列农村政策的调整[1]以后，赵树理那些不合时宜的话，突然被"发现"了。于是就有了 1962 年大连农村题材短篇小说创作座谈会上，1959 年批判会的主持者邵荃麟对赵树理的重新评价："在别人头脑发热时，他很苦闷，我们还批评了他。现在看来他是看得更深刻一些。这是现实主义的胜利。"邵荃麟还说："我们的社会常常忽略独立思考。而老赵，认识力，理解力，独立思考，我们是赶不上的。"[2] 赵树理也终于获得了一个一吐为快的机会。他依然关心农民的命运："我们乡下一个队十几个妇女都不愿意嫁农民了"，一句话道出了多少辛酸！他依然为社会主义的危机而不安："一九六〇年时的情况是天聋地哑，走五十里就要带粮票"，"我们说（社会主义）优越性，农民会问：'增多的粮食是不是我们的呢？'"他更谈到自己内心的苦闷："为什么可以不写这些呢？怎么避得开？我常常一想就碰墙"；"农村的人物如果落实点，给他加上共产主义思想，总觉得不合适。什么'光荣是党给我的'这种话，我是不写的。这明明是假话"；我只能"脚步慢一些。自己没看透，就想慢一点

1　参看逄先知等编：《毛泽东传》下册，第 1099 页，1113 页，1207 页。
2　邵荃麟在大连"农村题材短篇小说创作座谈会"上的讲话，转引自陈为人：《插错"搭子"的一张牌——重新解读赵树理》，第 156 页。

写"。而且还发现，自己"后来写的这几篇，我知道对象不是农民了"，要写的《户》"恐怕还并不是给群众看的"。那么，又给谁看呢？"我一人孤军作战实在不行，我的年龄也不行。过去还能叫喊一下，今年五十六岁，再叫十年实在是不是还叫得出来，也不一定"。[1] 这又是怎样的处境与心境呢？

那么，赵树理在他创作后期（1960—1966），焦虑的是什么呢？他要写什么，为谁而写呢？

1960 年赵树理出版了他的散文、杂谈、评论集《三复集》。他在《后记》里，解释说"三复""应解作'再三重复'"，自己文章中"重复得最多的是青年知识分子（中学生为多）对'脑力劳动者与体力劳动者的差别问题'的看法，和基于那种看法所产生的学习创作的动机"。[2] 根据这一提示，我们才注意到从 1957 年起，赵树理就一直在思考与讨论这一问题，从 1957 年的《不要这样多的幻想吧？》《"出路"杂谈》《愿你决心做一个劳动者》到 1960 年的《不应该从"差别"中寻找个人名利》，就同一个问题，先后写了七篇文章，这在赵树理的写作中，是仅见的。可见问题对他触动之深。

那么，究竟是什么如此深刻地触动了赵树理呢？事情是从一件小事引发的：一位在地质学校读书的中专学生，准备写一部四十万字的长篇小说，却不知该怎么写，就写信求教于赵树理和茅盾，赵树理最初认为这是青年好高骛远的不切实际的幻想，因此写信劝告，希望其"集中力量把专门的功课学好"，坚持业余写

1　赵树理：《在大连"农村题材短篇小说创作座谈会"上的发言》，《赵树理全集》第六卷，第 82 页，83 页，82 页，83—84 页，84 页，85 页。

2　赵树理：《〈三复集〉后记》，《赵树理全集》第五卷，第 380 页。

167

作，不要试图做专业作家。[1] 但再作进一步的观察与思考，赵树理又发现，有一些农村青年也不安心于农业劳动，希望通过写作或读书，逃离农村。这就引发了他的历史记忆。自己童年时，就有邻居如此劝说父亲："在家种地，没出路，念书人腿长，说上去就上去了。"父亲听了就把自己送进了师范学校。在接受了革命道理后，才理解到"要我'出'，是要我从受苦受难的劳动人民中走出来；要我'上'，是要我向造苦造难的压迫者那边去入伙"。有了这样的觉悟，才选择了革命道路：要"摧毁那种不合理的制度，然后建立一种人和人平等的无阶级的社会制度"。现在，赵树理又痛心地发现，这样的"在家种地没出路"的思想，"还影响着农村中一部分青年"，他们依然不安心农业劳动，"以为进了城，就可以高人一头，就可以取轻巧钱，以为'万般皆上品，惟有种地低'"。由此引发了赵树理对于社会主义农村建设的两个基本问题的思考与探索。

首先是由城乡关系引发的如何对待现实存在的三大差别：城市和农村的差别，工业和农业的差别，以及体力劳动与脑力劳动的差别。赵树理并不否认这样的差别的存在，问题是如何消灭这三大差别？赵树理认为，"只有在国家工业化和农业集体化的基础上，逐步使农业生产科学化、机械化，才是消灭农村与城市差别的基本办法"，也就是说，"农村和城市的差别会因农业本身的进步而消灭"，是要以农业、农村的发展为前提与归宿的，而这样的发展是需要有大量的有文化的劳动者的。在赵树理看来，乡村有文化的青年"不安心农业生产"而跑到城市求发展，"不但对消灭

---

1 赵树理：《不要这样多的幻想吧？——答长沙地质学校夏可为同学的信》，《赵树理全集》第五卷，第 6 页。

差别没有帮助，恰恰成为消灭差别的消极因素"。这里，是隐含着赵树理的忧虑与困惑的：如果不同时发展农业集体生产，走一条单一的工业化、城市化的道路，那就会导致农村的衰败，这是赵树理所绝对不能接受的。如果"每一个人一上中学就不准备再参加体力劳动，教育普及了，生产（却）停顿了"，这更是赵树理绝对不能容忍的。培养有文化的、有社会主义觉悟的劳动者，是赵树理的社会主义新农村理想的核心内容，是他无论如何也要坚持的。他语重心长地对年轻人说："我们的农业合作化还仅仅是个开始"，"正需要你们这些既有文化又有体力的新力量、新血液在热烈参加体力劳动的过程中多用一用脑子来熟悉它，研究它，和老人们一道把它改造得健全起来。我认为这是知识青年同志们的神圣任务"。[1]

而在农村青年有了文化就拒绝参加体力劳动的背后，还有一个如何看待体力劳动与体力劳动者，特别是农业劳动、农业劳动者的问题。所谓"万般皆上品，惟有种地低"，这更让赵树理感到痛心。在赵树理的信念里，直接生产者是占据了核心地位的，而现在他所要面对的，恰恰是很有可能在年轻一代那里，发生农业生产、农村社会的全面溃退，对作为直接生产者、体力劳动者的农民的忽视：这是真正的釜底抽薪，这就越过了赵树理的底线。而赵树理之所以抓住农村知识青年的"出路"问题不放，而且如此大动感情，以至于达到"非常敏感""深恶痛绝""怒不可遏"的地步，[2] 其原因就在这里。赵树理在这里实际上已经涉及一个更根本性的问题，即现代化发展中农村与农民的前途问题，这是一

1　以上引文见赵树理：《"出路"杂谈》，《赵树理全集》第五卷，第12页，13页，15页，16页，17页。

2　赵树理：《回忆历史，认识自己》，《赵树理全集》第六卷，第476页。

个世界性的课题，赵树理或许没有自觉于此，但他在二十世纪五六十年代中国现代化尚在起步阶段，就敏锐地感觉到问题，这本身就是超前的。

但他也只能从自己的家庭做起。这就有了赵树理写给他中学毕业的女儿的家信，要求她回家乡直接参加农业劳动或留在北京参加服务业工作，"决心做一个劳动者"。他一针见血地指出，根本的问题是"看不起劳动人民"（在另一篇文章里，还加了一点："看不起体力劳动"[1]）。他苦口婆心地对女儿说："你有两个小小包袱，一个是高中学生，另一个是干部子弟"，"认为读了书或当了干部就应该高人一等，认为参加生产和服务业的人是干粗活的，俗人。这种与社会主义极不相容的旧观点，偷偷地流传到许多学生和干部子弟的头脑中"，是极危险的。他谆谆告诫说，只有"参加了生产，凭工分过日子，才能深刻体会到我们的社会主义生产建设现在是个什么阶段，在现有的基础上如何前进，才能深刻体会到生产中任何问题都与自己有直接关系——即与广大群众有直接关系。只要你在生产中真有所建树，你是会感到生产本身就有快乐的"。[2]首先成为一个直接生产者，才能真正懂得什么是社会主义，才能与农民群众，与劳动建立感情：这是赵树理给他的女儿，以及社会主义中国的年轻一代指出的健康成长的道路。在赵树理看来，"生产劳动"才是最基本的人生意义和快乐的源泉。他反复强调"只有劳动才能创造价值"，[3]而且特意指出，"一个体力健全的人，有发挥体力的机会也是一大快乐"，"一个脑力劳动者要是体

1　赵树理：《不应该从"差别"中寻找个人名利》，《赵树理全集》第五卷，第404页。

2　赵树理：《愿你决心作一个劳动者》，《赵树理全集》第五卷，第46页，47页。

3　赵树理：《"才"和"用"》，《赵树理全集》第五卷，第60页。

力还好的话，也应该找一些发挥体力作用的地方，而且要把两种劳动平等看待"。[1] 在他看来，"知识分子劳动化，工农劳动群众知识化，这正是消灭脑力劳动和体力劳动的'差别'之正路"。[2]

赵树理这里所说，不仅关系青年成长，更是关系社会主义农村建设的前途与命运。农业生产的现代化，农村社会的健全发展，体力劳动和体力劳动者（直接生产者）的地位、尊严与权利，这是赵树理要始终坚守的三大要素。而他的焦虑正在于，正是这三个方面，都面临着严重考验，这是他感觉到社会危机更深层更根本的方面。应该说，赵树理这样的危机感和焦虑也依然是超前的。在他所生活的时代，很少有人能够理解，赵树理之感到自己是"孤军作战"，原因即在于此。在经历了此后几十年的中国农村变迁，今天重又面临"三农"（农业，农村，农民）问题，特别是面对当下中国农村的衰败，以及对农业体力劳动和体力劳动者的普遍漠视和他们的逃离，我们才懂了赵树理当年的焦虑，重又发现了赵树理的意义与价值。

但在二十世纪六十年代，赵树理明知自己已经无法在中国农村政治上"起作用"，就只有借助写作，来留下自己的思考，近虑远忧。他的读者也就变成了和他同样思考农村问题的有心人。于是，就有了最后四年的六篇小说：《套不住的手》（1960）、《实干家潘永福》（1961）、《杨老太爷》（1962）、《张来兴》（1962）、《互作鉴定》（1962）、《卖烟叶》（1964）。不同于以前的创作，自有新的写作动机，新的读者对象。

赵树理在大连农村题材短篇小说创作座谈会上谈到，他从

1　赵树理：《"出路"杂谈》，《赵树理全集》第五卷，第16页。
2　赵树理：《不应该从"差别"中寻找个人名利》，《赵树理全集》第五卷，第404—405页。

1955 年以后就"不写模范了，因为模范都是布置叫我们看的"。但是农村还有"抗风"的"韧性的英雄"，"如老坚决、实干家，不是太少数。抗风是各种形式的，因为这些人没有脱离群众"。[1]现在他所写的《套不住的手》《实干家潘永福》《张来兴》，就是这样的"没有脱离群众"，却被主流意识形态忽略和遗忘的，但又是赵树理心目中的"抗风"的"韧性的英雄"。"韧性"这个概念本身就很有意思：它既来自鲁迅，又是最能表现中国农民的精神素质的。赵树理为这样的"韧性的英雄"作传，自然有现实的批判性。但他或许更有为体力劳动者、直接生产者作传的意思，更是要坚守他的基本信念：体力劳动不朽，体力劳动者不朽。

《套不住的手》的中心形象就是陈老人的那双不同于一般人的"手"："手掌好像四方的，指头粗而短，而且每一根指头都展不直，里外都是茧皮，圆圆的指头肚儿都像半个蚕茧上安了个指甲，整个看来真像用树枝做成的小耙子"。围绕着对这双手的评价，展开了一场争论。一个"学生"（大概就是和赵树理论争的那些"看不起体力劳动和劳动者"的青年人）对之"不是欣赏而是有点鄙视"；而一位老人却对他说："小伙子！你不要看不起那两只手！没有那两只手，咱们现在种的这教练场恐怕还是荒坡哩！"陈老人则说："不是开山，我的手也长不成这样；不过上辈人把山都开了，以后又要机械化了，你们的手用不着再长成这样了！"但陈老人依然感到"自豪"："他这双手，不仅坚硬，而且灵巧"，"他做起细活来，细得真想不到是用这两只手做成的"。后来家里经济富裕了，孩子们就给老人买了手套，但老人始终不习惯，几次

1　赵树理：《在大连"农村题材短篇小说创作座谈会"上的发言》，《赵树理全集》第六卷，第 81 页。

丢失，最后说："我这双手是戴不住手套的！"读者自能从这些描写、叙述里，感到某种寓意，蕴含着关于"机械化了，生活提高了，还要不要手工劳动"的讨论，还有"这双手代表的精神""手对于人的意义"的思考，等等。"不要看不起那两只手"，这背后隐含着赵树理的无限感慨。

《实干家潘永福》也是围绕着一个问题展开的："干部该是个什么样子？"这正是赵树理在探索中国农村问题时，思考得最多的问题之一，"有一个真正为农民服务的基层政权"一直是赵树理社会主义农村理想的核心之一。[1]在这篇报告体的小说里，赵树理其实只说了一句："从他1941年入党算起，算到现在已经是二十年了。在这二十年中，他的工作，生活风度，始终是在他打短工时代那实干的精神基础上发展着的。"这里包含了两个侧面，都在要害处。一是他始终没有脱离"打短工时代"，或者说，他始终就是一个"短工"。这不仅是他的衣着"完全和他打短工时期的打扮一样"，他更始终没有脱离生产劳动，"平常时候在办公之余，仍然和区公所的同志们扛着锄头或挑着粪桶，去种他们机关开垦的小块荒地，和打短工时代的潘永福的神情没有什么区别"，他先是调到县营农场，后在小梁山工地修水库，始终在农业生产第一线，依然保留直接生产者的身份，这或许是赵树理最为看重的。潘永福一直坚持短工时代形成的习惯："屋里和野地差别不大，水里和干地差别不大，白天和夜里差别不大，劳动和休息差别不大"，赵树理说，这已经不能用"吃苦耐劳"这样的普通字样来形容，不讲任何条件的劳动，已经融入了他的生命之中。这样的"永远的短工"也即"永远的劳动者"的干部，正是赵树理的农村理想里

1　陈为人：《插错"搭子"的一张牌——重新解读赵树理》，第169页。

的真正带领者。赵树理强调，这样的农业生产的实际领导者、组织者，还必须具有"经营之才"和"实干精神"："潘永福同志所着手经营过的与生产有关的事，没有一个关节不是从'实'利出发的，而且凡与'实'利略有抵触，绝不会被他纵容过去。这是从他的实干精神发展来的，而且在他领导别人干的时候，自己也始终不放弃实干"。[1]一切为了农民获得"实利"，这本是赵树理农村理想的出发点与归宿，在这个意义上可以说，潘永福的形象，是赵树理理想的一个化身；赵树理于潘永福不仅是惺惺相惜，而且是将自己的生命融入的。

《张来兴》写的是一位手艺高强的厨师。这类心灵手巧，把手下的活儿艺术化的普通劳动者，一直是赵树理所心仪的。而赵树理尤为赞赏的，是"他认理真得很，自己有理的事，连一句话也不让"。"认理真"正是赵树理的理想人格。小说的中心情节，是县里的财政局长为巴结姓何的大人物，大摆筵席，要张师傅去掌厨，张师傅不想去，局长"把眼一瞪，提高嗓门说：'反了你！一个穷厨子，摆什么臭架子'？"张师傅"把脖子一扬，很认真地回答他说：'局长，我姓张！'"局长"直瞪着眼，大张着嘴，足有一分钟没有说上话来——因为他也姓张，可又是何家的干儿子"。[2]张师傅所要维护的，是自己作为独立劳动者的尊严。赵树理在 1962 年毛泽东的《在延安文艺座谈会上的讲话》发表二十周年之际，郑重其事地为张师傅作传，自然是有所感：在现实生活里，被《讲话》宣布为主要服务对象的劳动者，依然因为"穷"而备受歧视，以至没有人愿意嫁给农民。这是赵树理最感痛心的，

1　赵树理：《实干家潘永福》,《赵树理全集》第五卷，第 421 页，434 页，428 页，445 页。

2　赵树理：《张来兴》,《赵树理全集》第六卷，第 68 页，71—72 页。

他要为张师傅这样的普通手艺人、劳动者，为中国的农民，讨回他们应有的地位与尊严。

这样，赵树理就把他最后的颂歌献给了直接的生产者、体力劳动者，不脱离劳动的普通干部，他心目中的农村社会的真正的"英雄"，这都是意味深长，意义重大的。

接着写的《杨老太爷》（1962）、《互作鉴定》（1962）、《卖烟叶》（1964），则是直接表达他的关于农村青年的"出路"问题的思考。或许因为是急不可待的直接表达，在艺术表现上就略显粗糙，赵树理自己说，《卖烟叶》"是我写的作品中最坏的一篇"。[1]但作品提出的思想却不可忽视。《杨老太爷》是一段历史的回顾与追溯：小说主人公是一位中农，以儿子当干部为出路，希望以此光宗耀祖，自居"老太爷"。这样的脱离农村，当官做老爷的"出路"，正是赵树理深恶痛绝的。赵树理在小说里，就以儿子不听"杨老太爷"的话偷偷跑走，对这位"杨老太爷"的黄粱美梦略加嘲讽。赵树理说，他写《互作鉴定》"是反对知识青年不安心农业生产的"，《卖烟叶》是"写一个投机青年的卑污行为"。[2]而研究者却从两篇小说的基本情节："主人公希望通过写作脱离体力劳动而终遭失败"，读出了一个"写作与体力劳动"二元对立的模式，从而将小说看成是"有关写作的寓言"。赵树理的价值立场是十分鲜明的，即视"劳动"，特别是"体力劳动"为"神圣而不可动摇的价值"，而对"写作"的意义，却怀有"困惑心境"。像《卖烟叶》里的贾鸿年是把写作视为商业性的活动的，他希望通过写小说来获取个人名利与爱情，以满足自己的欲望；

1　赵树理：《回忆历史，认识自己》，《赵树理全集》第六卷，第473页。
2　赵树理：《回忆历史，认识自己》，《赵树理全集》第六卷，第473页。

最初给他提供写作材料的 1938 年入党的大队长，也是希望通过写书"流芳百世"，这本身就是一种"买卖"。最后当贾鸿年发现写作无法实现自己的愿望时，便开始从事更为直接的商业活动，作投机买卖。这样的"文字买卖"与"卖烟叶"的直接连接与转换，是极富反讽意味的。在赵树理看来，这更是对"写作"意义本身的颠覆。[1]

这就涉及赵树理自身更深层次的矛盾与困惑。新中国成立以前，当赵树理以"老百姓喜欢看，政治上起作用"为动力与目标，写他的"问题小说"时，他对自己写作的意义，是毫不怀疑的。他的相应的写作《小二黑结婚》《李有才板话》《李家庄的变迁》等在动员农民参加中国革命的实践里，也确实发挥了作用，赵树理也因此获得了他在文学史上的地位。但《邪不压正》受到批判，就预示着他的写作将很难为革命所接受，在政治上"起作用"了。当然，这样的不起作用是有一个过程的，如前文所分析，大体上在新中国成立后的第二个时期即 1954 年以后，当赵树理逐渐感觉到在农村问题上"难于插手"，《三里湾》于 1955年初出版以后，他的写作就陷入了困境。他因此对写作的意义产生了怀疑。他越来越感到，唯有生活在农民中间，才是真实、实在的；劳动，特别是直接生产者的体力劳动，才是"生存的唯一可靠的手段，是人在世界上获得'主体'位置的唯一方式"，而写作，文学创作，"则是幻想性的，虚浮的，它丝毫不能使人获得拯救"。[2]他之所以一再对文学青年想当作家、将写作专业化泼

1　张颐武：《赵树理与"写作"——读解赵树理的最后三篇小说》，《赵树理研究文集》（上卷），第 273 页，271 页，272 页，268 页，269 页。

2　张颐武：《赵树理与"写作"——读解赵树理的最后三篇小说》，《赵树理研究文集》（上卷），第 273 页。

冷水，就是因为他自己就深感专业作家可能是一个跳不出的陷阱，自有说不出的苦衷。他还一再表示，"写一篇小说，还不定受农民欢迎；做一天农村工作，就准有一天的效果，这不是更有意义么！可惜我这个人没有组织才能，不会做行政工作，组织上又非叫我搞创作；要不然，我还真想搞一辈子农村工作呢！只怕那样我能起的作用，至少也不会比搞写作小"。[1]这是反映了赵树理的真实思想的。赵二湖回忆说："他到村里，碰到实际干的事，他绝不会丢下去写东西。……有时候他跟上人家打井一个月，写不成一个字，但他觉得收获很大"，"他甚至宣称：'只要能让每亩地多打 30 斤粮食，我就干农业，不当这个作家'"。赵二湖如此概括赵树理："我父亲一向认为他不是个作家，而是个农业专家。所以几次要求从作家协会调到农业部去工作。"[2]赵树理自己也说："我对于作家应否专业化开始怀疑，以后便肯定了不应有专业化的想法，并请示过转业，未被批准。"[3]赵树理在 1964 年提出"助业作家"的概念不是偶然的。"助业"，显然以"业"为主，写作处于"助"的位置。"业"即群众的创造性劳动，对赵树理来说，就是农业生产；写作是为之服务的。助业作家自身就是从"业"者，就生活在群众中，和农民一起从事农村社会主义建设，在生活里有所感，或者生活本身有需要，就随口创作，"把自己的意思传达给另外的人就叫'发表'"，"使用"就是"发表"，不一定非要变成正式刊物或书上的文字，口头流传或在群众中流行

1　康濯：《写在〈赵树理文集续编〉前面》，《赵树理研究文集》（上卷），第147 页。
2　转引自陈为人：《插错"搭子"的一张牌——重新解读赵树理》，第 164 页，162 页，166—167 页。
3　赵树理：《回忆历史，认识自己》，《赵树理全集》第六卷，第 476 页。

的小册子上传播就可以了。[1] 或许这是更符合赵树理的理想的写作身份与状态。

赵树理的写作困惑，更在读者问题上。本来，"为农民写作"就是赵树理的宗旨，他的作品自然拥有众多的农民读者。当年《小二黑结婚》一出版，立即被抢购一空，在短短的时间里一版再版，仍供不应求。各地剧团还竞相把它搬上舞台……纷纷把《小二黑结婚》改编成各种戏曲演出。人们一听说哪村演《小二黑结婚》，往往赶几十里路去观看，并一看再看，百看不厌。一时间，小二黑、小芹、三仙姑、二诸葛成了家喻户晓的人物"。[2] 但在 1963 年所写的《随〈下乡集〉寄给农村读者》里，赵树理却如此写道："尽管我主观上是为你们写的东西，实际上能发行到农村多少份，你们哪些地方的人们愿意读，读过以后觉着怎么样，我就知道得不多了。"[3] 这就是说，《下乡集》（其中收入了赵树理 1958 年以后写的七篇小说和一篇传记）是否真正"下乡"，真正以农民为读者，赵树理已经没有把握了，这内心的焦虑与无奈是可以想见的。在另一篇文章里，赵树理更具体地谈道："不久以前，我才明白了一件事，就是农民买书的机会很少。全国五亿多农民，估计有四分之一都能读书，缩小到十分之一吧，也有五千万，可是小说的发行量却小得多。《三里湾》第一次印了三十万册，以后几次，每次也不过五万，需要的是五千万册，差得很远。而且工人、干部、学生都需要一部分，下到农村的就没几本了。"[4] 按说书发行到三十万就已经很不错，说明赵树理的影响已经扩大到全国

1　赵树理:《谈"助业作家"——纪念毕革飞同志》,《赵树理全集》第六卷,第 271 页, 273 页, 274—275 页。

2　陈为人:《插错"搭子"的一张牌——重新解读赵树理》, 第 6 页。

3　赵树理:《随〈下乡集〉寄给农村读者》,《赵树理全集》第六卷, 第 163 页。

4　赵树理:《戏剧为农村服务的几个问题》,《赵树理全集》第六卷, 第 180 页。

关心农村问题的社会各阶层；但赵树理担心的"下到农村的就没几本"，大概也是事实。

或许更为严峻的事实，是五六十年代，普通读者，包括赵树理最为看重的有可能阅读小说的农村中粗通文墨的农民，农村文学青年，他们最喜欢的作品是知侠的《铁道游击队》、曲波的《林海雪原》、刘流的《烈火金钢》、冯志的《敌后武工队》等，而不是赵树理的《三里湾》《锻炼锻炼》。其中的缘由颇值得讨论。有研究者指出，大众读者，包括农民读者，他们读小说，看演戏，"是要看与自己熟悉的生活不一样的生活，要欣赏日常生活之没有的故事、人物、情感"，即追求所谓"传奇性"；而赵树理的小说要求紧贴现实，写农村日常生活琐事，自然也自有意义，但至少在缺乏传奇色彩这一点上，脱离了农民的欣赏趣味。论者更进一步指出，"赵树理的写法，也许比上述（通俗小说）作家更适合大众读者的理解能力和审美习惯，但赵树理用这种写法写出来的故事，表达的观点，却并非大众读者特别感兴趣的"。其实，"对赵树理给予高度评价者，就是那些文化程度很高、文学的审美经验很丰富的人，就是那类职业的文学评论家"，他们"不要故事的传奇性"，更看重赵树理写作上的独特追求，才能对他的"怎么写进行审美意义上的欣赏"。结论是："赵树理其实始终面临拟想读者与实际读者不一致的尴尬。"[1] 这样的分析应该是有启发性的。

赵树理本人大概不会意识到这样的问题，也不会认同这样的分析；但他的为农民写的小说下不了乡的现实，却是他无法、也不会回避的。而他又如此重视农民对他的创作的接受，对他来

---

1 王彬彬：《赵树理语言追求之得失》，《文学评论》2011 年第 4 期。

说，如果写的作品不但在政治上起不了作用，农民也不一定喜欢看，甚至不接受，自己的写作就没有意义了，这是他不能接受与容忍的。于是他就开始了对文学形式问题的深入思考与探索，即究竟什么文学形式最能为农民所接受？赵树理很容易就找到了答案："我们说文学可以分为四个方面——小说、诗歌、散文、戏剧。农民对诗歌散文不论古今中外都有一定隔阂；小说也接触得少；戏剧这个形式就成为最接近农民的了。"由此唤起的是赵树理刻骨铭心的民间记忆和童年记忆："尤其咱晋东南的群众，有欣赏戏剧的传统习惯，每年总要看上几次。虽然也有电影，人们看了电影还是要看戏"；"我小时候晚上跑十五里到湘峪去看戏，看完戏回家天就明了"，后来"去驮煤，走过两个河滩，三五个小孩就你扮罗成、我扮张飞打起架来。这就是同我小时候看戏联系起来了，剧中人物对我起了作用。这就是戏剧潜移默化的作用"。同时唤起的是一种责任感："农民种地打粮食给我们吃，我们给农民演戏。"[1]

事实上，赵树理的小说创作一直是自觉地吸取民间戏剧与曲艺的滋养的，他追求的小说艺术，不仅是读的艺术，更主要是说的艺术，听的艺术，即研究者所说，他期待的是一个"有声的乡村"。他将民间传统戏剧和曲艺的"声音"植入小说中，创作出一种全新的文本形式，即"评书体小说"。[2]他一直强调，"我们的小说是从评话来的，几个大部头（按，指《水浒》等）都是这样发展而来。这是能'说'的小说"，[3]"我觉得把它作为中国文学

1　赵树理：《戏剧为农村服务的几个问题》，《赵树理全集》第六卷，第180—181页，184页，181页。

2　孙晓忠：《有声的乡村——论赵树理的乡村文化实践》，《文学评论》2011年第6期。

3　赵树理：《生活·主题·人物·语言》，《赵树理全集》第六卷，第134页。

正宗也可以"，"评书（以及曲艺中的其他曲种）""它的读和说差别不大。听了叫人懂，不但懂，还使你感兴趣"，"直接和群众在一起，是和群众没有脱离关系的文学形式，我们小看它就会犯错误"。[1] 赵树理1950年写的《登记》发表在《说说唱唱》上时，就自称"评书体小说"；他还把自己原先写的小说《小经理》"改为鼓词"，[2] 把田间的长诗《赶车传》改编为鼓词《石不烂赶车》[3]：这都是自觉地尝试小说、诗歌形式与曲艺的沟通与转换。1958年《灵泉洞》（上部）在《曲艺》发表时，编者特意说明"这是一部长篇评书"。[4] 1964年发表《卖烟叶》时，赵树理加了一段前言，指出"现在我国南方的农村，在文化娱乐方面，增加了'说故事'一个项目。据说那种'说法'类似说评书，却比评书说得简单一点，内容则多取材于现在流行的新小说。我觉得'故事'、'评书'、'小说'三者之间没有严格的界限"；"我写的东西，一向被列在小说里，但在我写的时候却有个想叫农村读者当作故事说的意图，现在既然出现了'说故事'这种文娱活动形式，就应该更向这方面努力了"，赵树理最后一篇小说就成了一次"说故事"的试验。赵树理的小说在传播上也是借助戏曲、电影等多种形式的改编之力。前文讲到的《小二黑结婚》就是一个典型。新中国成立后赵树理的小说影响最大的有两部，一是《登记》，二是《三里湾》。前者被改编成各种地方戏《罗汉钱》，在江浙一带农村、城镇几乎家喻户晓，盛况一如当年的《小二黑结婚》；《三里湾》改编成电

1　赵树理：《从曲艺中吸取养料》，《赵树理全集》第五卷，第259页，262页。

2　赵树理：《小经理——原为小说现改为鼓词》，《赵树理全集》第四卷，第66—73页，未完稿。

3　赵树理：《石不烂赶车》，《赵树理全集》第三卷，第375—409页。

4　赵树理：《灵泉洞》（上部）《曲艺》杂志"编者按"，《赵树理全集》第五卷，第98页。

影《花好月圆》和多种地方戏曲，赵树理都著文赞赏。[1] 我们说赵树理的艺术生命已经和民间戏曲融为一体，是一点也不夸大的。

而在六十年代中期，他把写作的重心由写小说转向地方戏剧的整理与编写，这既是出于对小说作用的困惑（他原有一个四十万字的反映农村经济体制改革的长篇小说《户》的写作计划，因此终止），[2] 更可以看作是一种自我完成的努力，也意味着对写作目的与作用的认识的一个深化与发展。赵树理在《下乡集》前言里，特地引述一句民间俗语："说书唱戏是劝人哩"，依然重视与强调"写小说和说书唱戏一样"的"劝人"即教化（宣传，教育）功能。[3] 这是赵树理文艺观的根本，是不会动摇的。但从前文引述的他从小的感受看，这样的教化又应该是"潜移默化"，而非耳提面命的灌输。更值得注意的是，赵树理在谈到地方的"小戏"的作用时，又特意谈道："若是在劳动之后，抱着休息的心情去看这些小戏，却能得到和风细雨式的愉悦和教益。"[4] 在另一处谈到戏曲的特点与功能的时候，赵树理又突出了中国民间传统戏曲"把古人的生活歌舞化"的长处，并且不无遗憾地指出："今人还没有把今人的生活歌舞化，或者说化得不足。现在有些人把现实生活搬上舞台去，看后总感到有些生硬，是现实生活原样的再现。"[5] 因此，可以想见，当赵树理决心把他为农民服务的方式的重心有所转移，由主要提供小说文本阅读，到主要改编、创作戏曲，直接

1　参看赵树理：《花好月圆——电影〈花好月圆〉主题歌》（《赵树理全集》第五卷，第3—4页），《谈〈花好月圆〉》（《赵树理全集》第五卷，第18—23页），《谈评剧〈三里湾〉》（《赵树理全集》第五卷，第76—77页），《谈谈花鼓戏〈三里湾〉》（《赵树理全集》第五卷，第154—159页）。

2　参看陈为人：《插错"搭子"的一张牌——重新解读赵树理》，第167—168页。

3　赵树理：《随〈下乡集〉寄给农村读者》，《赵树理全集》第六卷，第164页。

4　赵树理：《"小戏"小谈》，《赵树理全集》第五卷，第8页。

5　赵树理：《从曲艺中吸取养料》，《赵树理全集》第五卷，第260—261页。

的面对面的演出，其实也意味着对更加形式化的艺术的追求，以及对新的服务效果的追求：不仅"劝人"，而且提供娱乐休闲，将生活歌舞化、艺术化，实际上就是充分展现赵树理视为生命的劳动的"诗意和美"。这也是赵树理的社会主义乡村文化理想与实践的一个重要方面，[1]对赵树理自身则是生命与艺术的回归：回归乡间社会，回归民间艺术。

但当他决心回归戏曲时，中国政治形势又发生了急剧变化：1962年9月毛泽东在党的八届十中全会上发出"千万不要忘记阶级斗争"的号召，从1963年即开始在农村发动社会主义教育运动，以后就发展为"四清"运动。这就直接影响了赵树理的戏曲创作。他只是在此之前的1960年、1961年的调整期，主持了他钟爱的家乡上党梆子《三关排宴》的改编、排演，并拍摄为电影；[2]他自己的创作，就不能不服从于政治的需要。在1964—1965年间，他的主要创作就是大型戏曲《十里店》。这是他先在山西长治黄碾公社曲里大队参加"四清"试点，又在凌川县黑山底大队采访以后写出的，赵树理自己说：《十里店》是"自动写的，而且是自以为重新体会到了政治脉搏，接触到了重要主题"。[3]但《十里店》的写作却十分不顺，可谓"命运多舛"。一次次演出被叫停，各级领导又不断审查，前后写了五稿。面对种种指责，赵树理的态度意外的顽固与强硬：《十里店》真实不真实？能演不能演？应该由农民群众来决定。他们是生活的主人，最有发言权"，"有同志说《十里店》是个坏戏，这也吓不倒我。我怕的是事实先

1　参看孙晓忠：《有声的乡村——论赵树理的乡村文化实践》，《文学评论》2011年第6期。

2　赵树理：《三关排宴》（剧本），《赵树理全集》第六卷，第1—34页。

3　赵树理：《回忆历史，认识自己》，《赵树理全集》第六卷，第473—474页。

生"。[1] 他甚至说："我是迷在这本戏里的，老以为别人的批评冤枉了自己。"[2]

那么，赵树理所重新体会到的政治脉搏，接触到的重要主题又是什么呢？这就不能不提到"四清"运动。"四清"运动的提出，有一个所谓"反对国内修正主义"的大背景，如何看待这一战略目标，今人可能会有不同的意见，但毛泽东提到过的经济困难时期农村某些基层干部多吃多占、接受贿赂的问题，却是一个客观事实。也就是说，当时中国农村确实面对着"大跃进"、大饥荒以来积累的大量矛盾，亟须解决。这一点，与农民有密切联系的赵树理，是看得很清楚的。在 1963 年的一次讲话里，他就谈到了"我们"所想所说，与农民所想所说根本不同，彼此对不上话的问题："我们说，现在的日子比过去强，要保卫胜利果实，农民说现在不比过去强；我们说依靠集体就有办法，农民说没办法，还是靠自留地解决了问题。过去给地主扛活，家中老婆孩子吃糠，可是五九年、六〇年，也吃了几年糠，还不如过去。这怎么解释？"[3] 因此，"四清"运动最初提出要清理农村基层组织，"清工分，清账目，清仓库，清财物"，是有相当的群众基础的。赵树理对此产生共鸣，觉得自己对农村问题的看法和忧虑，得到了中央的支持，因而感到自己"重新体会到了政治脉搏，接触到了重要主题"，是可以理解的。对赵树理而言，这些"重要主题"并不是来自中央文件，而首先是他对农村问题的实地观察与思考的结果。他谈到创作《十里店》的依据时，就提到他在参加"四清"

1　赵树理:《在晋东南"四清"会演期间的三次讲话》,《赵树理全集》第六卷，第 411 页。

2　赵树理:《回忆历史，认识自己》,《赵树理全集》第六卷，第 481 页。

3　赵树理:《在中国作协党组扩大会议上的发言》(1963 年 6 月),《赵树理全集》第六卷，第 177 页。

时，亲眼看到不法分子偷盗国家、集体财产，"由他们我想到过去的奸商、管家、工头，对谁都是认钱不认人，欺上瞒下，投机倒把，贿赂干部，为他服务。对这号东西，我恨之入骨"。[1]正因为有"事实先生"作证，有农民支持（《十里店》第一次公演，就"受到了群众的热烈欢迎"[2]），赵树理才这样硬顶到底。当然，后来"四清"运动发展到"清思想，清政治，清组织，清经济"，再发展到"文化大革命"，就是赵树理所无法预知的了。

那么，赵树理在《十里店》里究竟提出和表现了什么样的农村问题的"重大主题"呢？主要有三。

《十里店》第一稿应该是比较真实地反映赵树理的观察与思考的。其中有一个重要情节：贫农王东方因贫穷无以成家，只能孤儿寡母相依为命；老母病危，还没有棺材装殓，只得求助队办木工厂赊账。但木工厂早已被大队长和他的亲戚旧商人、旧包工头和地主管家一干人所垄断，他们乘机向王东方大加勒索，还上门侮辱卧病在床的王东方的母亲，引发了王母的愤怒控诉："不劳动修下了新房大院，劳动的住的是破瓦碎砖；不劳动每日里穿绸摆缎，劳动的常常是少吃少穿"，"土改时还记得一句常言：'只能是劳动者创造财产'，普天下不会有现成的银钱，哪一家剥削了群众血汗，吃的是昧心食他怎敢见天？"——这里所说"劳动者创造财产"，是赵树理的基本信念，也是他当年参加革命的基本追求：要为创造财富的劳动者争取幸福；但现在，他却发现，"劳动的"依然贫穷，"不劳动"的依然在"剥削群众血汗"，怎能不感到撕心裂肺的痛苦？！这样，赵树理就触及了当时的危机的根本：农村出现了两极分化的

1　赵树理:《关于〈十里店〉的一段谈话》,《赵树理全集》第六卷，第417页。
2　栗守成的回忆，转引自陈为人:《插错"搭子"的一张牌——重新解读赵树理》，第293页。

苗头。剧本中坚持社会主义信念的正面人物模范共青团员马红英听了王母的控诉以后，不禁提出一个问题："为什么他（按，指贫农，直接生产者）一直穷到今天？"[1]这也是赵树理的心声，正是他在观察与思考中国农村问题时，最感焦虑，也最困惑的问题。现在，他如此尖锐、直接地提出问题本身，就具有极大的震撼力。

接着要追问的是，这样的两极分化是怎样造成的？赵树理把剧本描写的重点，转向农村的基层政权的状况。这始终是赵树理观察与思考中国农村问题的一个重点。他的《小二黑结婚》就接触到了基层政权被"坏人"（金旺弟兄）把持的问题；在《邪不压正》里，赵树理更是提出了"流氓无产者"常常"捷足先登"，成为农村运动的依靠对象，进而混进基层政权的问题。值得注意的是，在 1963 年，赵树理再次提出土改时"起初，老实人不敢讲，多是流氓先讲话，他们有便宜就干"的历史经验，提醒要严防"投机分子"的渗入。[2]这当然不是无的放矢。前文谈到，赵树理这一时期写《实干家潘永福》，提出"干部该是个什么样子"，是表示了对基层政权由什么样的干部掌握的担忧。《十里店》里所要揭示的是基层干部的两大问题，一是一部分干部被拉拢腐蚀，"同一伙剥削鬼滚成一团"；二是一些干部软弱无力，遇事不敢深管，得过且过，结果"真正做活的老实人不多说话"，"那一伙急发财胡说乱蹦"，是非不明，风气不正。赵树理把问题提得更为尖锐："难道说真成了你们的江山？""谁想到十里店变成台湾。"[3]这说法或许有那个时代夸大阶级斗争形势的局限，但也确实反映了赵树

1　赵树理：《十里店》，《赵树理全集》第六卷，第 327 页，328 页，336 页。

2　赵树理：《在长治市黄碾公社党员干部、贫下中农代表会上的讲话》，《赵树理全集》第六卷，第 179 页。

3　赵树理：《十里店》，《赵树理全集》第六卷，第 329 页，375 页，330 页。

理对"回到旧社会"的担忧。

《十里店》另一个引人注目之处，是赵树理写到了农村"阶级敌人"的猖狂活动。这是赵树理1949年后的作品中较少涉及的。他的《三里湾》受到的一个批评就是"没写地主的捣乱"。赵树理回答说，"好像凡是写农村的作品，都非写地主捣乱不可"，这是一个"套子"，是会"束缚"作家的创作的。[1] 对《三里湾》里没有写到"富农在农村中的破坏作用"，赵树理也有一个解释："因为我自己见到的不具体就根本没有提。"[2] 这解释看来是符合赵树理的创作原则的，他只"相信自己的眼睛"；[3] 其实赵树理是另有考虑的，在"文革"的检讨里，就有一个或许是更加符合他的思想实际的说明："写《三里湾》时有意不写地富，以为地富无入社资格（当时有此规定），主要阻碍初级社扩大的是富裕中农和翻身时多占了果实的人。"[4] 这反映了赵树理对土改以后的中国农村实际状况的一种观察与理解：通常说的"阶级敌人"——地主、富农在经济和政治上遭到彻底清算，成为普通劳动者以后，在社会的严加管束下，事实上已经退出了农村的政治、经济舞台，从总体上不可能发挥多大作用，夸大他们的"破坏"，继续把他们当作发动农村阶级斗争的主要理由与对象，并不符合农村的实际。赵树理当然不会反对阶级斗争理论和路线，但显然并不主动紧跟。有机会还会有所提醒。如在1963年的一次会议上，他就婉转地提出不同意见："我现在担心的是集体生产办好办不好的问题。牛鬼蛇神

1　赵树理：《不要有套子——在中国作家协会创作委员会小说组"百花齐放、百家争鸣"座谈会上的发言》，《赵树理全集》第四卷，第473页。

2　赵树理：《〈三里湾〉写作前后》，《赵树理全集》第四卷，第384页。

3　赵树理：《在中国作协作家、编辑座谈会上的发言》，《赵树理全集》第六卷，第265页。

4　赵树理：《我的第二次检查》，《赵树理全集》第六卷，第461页。

为什么出来？农民为什么那么不相信集体？就没检查我们的工作怎么做的，这几年依靠了些什么人？不能都归之于阶级斗争。中央提阶级斗争，下边就把任何问题的原因都反映为阶级斗争，这不符合中央精神。"他还针对当时的社会主义教育运动具体指出："这次四类分子（按，指地主、富农、反革命分子、坏分子）乘机捣乱，是有机可乘"，"敌人动起来的可以打，不动的不要打，不要弄得满城风雨。……普遍地把老地主再斗一遍也不好，不能简单从事"，"土改后，经过几十年过程，有些贫下中农已经发生了变化，如果按原来成分建立贫下中农委员会也不合适。有些地主也依靠劳动吃饭，并且也摘了地主帽子，地主的孩子有的参加了工作，有的入了党，入了团，在这种情况下，发动阶级斗争有什么用？组织贫下中农委员会是个形式主义"。[1] 在1963年阶级斗争弄得满城风雨的情势下，赵树理如此提出保留意见，是需要胆识的，反映了赵树理对中国农村真实的把握与说出真实的勇气。

但后来赵树理思想也有些变化：在"四清"运动中他"听了几次大的政治报告及京郊的几个调查报告，看了《夺印》等戏，逐渐认识了地富篡夺领导权的可怕"，[2] 再加上前文提到的赵树理在参加"四清"试点时，看到不法分子的破坏，就自然联想起"过去的奸商，管家，工头"，于是，在《十里店》里，就出现了"旧商人"李天然、"旧包工头"陈焕彩、"地主管家"胡宗文的形象，他们现在都成了共产党的干部大队长刘宏建的亲戚，既依附又操纵他，并重新成为乡里的统治者。这样，如一位研究者所说，赵

1　赵树理：《在中国作协党组扩大会议上的发言》，《赵树理全集》第六卷，第176页。
2　苟有富：《一生真伪复谁知——赵树理在"文革"岁月中》，转引自陈为人《插错"搭子"的一张牌——重新解读赵树理》，第207页。

树理《十里店》的创作，就纳入了"文革"前夕时代主流意识形态主题之中："地富不甘灭亡，梦想变天，腐蚀拉拢党内干部同流合污，破坏集体经济，遂使农村贫富悬殊，两极分化，政权变色，红旗落地。"[1]这里，阶级斗争思想的显然影响，与我们前文所讨论的赵树理对社会主义农村危机的独立观察、发现与思考，是纠缠在一起的，需要小心细致辨别。

据说赵树理有一句人生自我总结的话："生于《万象楼》，死于《十里店》。"[2]《万象楼》写于 1942 年，是赵树理早期戏曲创作的代表作；赵树理不以小说，而以戏曲作品来概括一生创作，显然意在强调自己与地方戏曲、民间传统更为内在的艺术与精神的联系。而如此强调《十里店》的意义，恐怕还是在坚守《十里店》里对中国社会主义农村危机的观察与思考，尽管这些思考可能受到时代的影响而有所局限。

其实，赵树理的最后一部作品，不是《十里店》，而是上党梆子《焦裕禄》，只写了三场，"文化大革命"开始，就搁笔了。剧本写焦裕禄深入农村，和群众一起商讨战胜灾荒大计。这或许是有某种象征性的：赵树理始终期待在他看来已经多少脱离了农民的干部，再回到农民中间；他始终没有、也不会放弃对养育他的党的信念。

（五）1966 年 6 月—1970 年 9 月 23 日："再没有从事写作的资格了"

1966 年 6 月 1 日，以《人民日报》发表社论《横扫一切牛鬼蛇神》，当晚，中央人民广播电台播放北京大学聂元梓等人的大字

1　苟有富：《一生真伪复谁知——赵树理在"文革"岁月中》，转引自陈为人：《插错"搭子"的一张牌——重新解读赵树理》，第 206 页。
2　转引自陈为人：《插错"搭子"的一张牌——重新解读赵树理》，第 203 页。

报为标志，"文化大革命"爆发了。

和对待当时的一切运动一样，赵树理对"文化大革命"一开始还是竭力去理解的，他甚至找到了某种合理性。赵二湖回忆，赵树理曾"高兴地说：'我越看越觉得《十里店》没错，因为它既重点整了党内走资派，也横扫了一切牛鬼蛇神'"，写的"就是一出反腐戏"[1]；赵树理依然试图找到足以说服自己的理由，以在思想与行动上与中央保持一致。

但赵树理依然感到困惑。他在《回忆历史，认识自己》里，谈到自己在"文革"初期，"每天除了听一听学毛选的青年们的报告，便读了一本《欧阳海之歌》，这些新人新书给我的启发是我已经了解不了新人，再没有从事写作的资格了"。[2]赵树理一生以发现与表现农村里的"新人"为追求，他在新中国成立前后的两部代表作《小二黑结婚》和《三里湾》都有这样的特点；但他现在发现，在"文革"意识形态指引下，年轻一代的"新人"（《欧阳海之歌》写的就是这样的"新人"）完全沉溺于个人迷信与"打倒一切，破坏一切"的阶级斗争狂热之中，已经背离了他所理解并积极投入的革命，这是他"了解不了"的，他也就失去"写作的资格"了。如前所说，赵树理早就感觉到自己的写作危机，现在，他终于明白，已经超出了他所能理解范围的"革命"，不再需要他这样的写作者了。

而且不容他考虑，严酷的现实立刻将他卷入群众运动的暴风骤雨之中。6月，运动一开始，就有群众贴出揭发、批判赵树理的大字报，赵树理以一首小诗回应："革命四十载，真理从未违；纵虽小人物，错误也当批。"[3]但赵树理万万没有想到：1966年7月

---

1 转引自陈为人：《插错"搭子"的一张牌——重新解读赵树理》，第203页。
2 赵树理：《回忆历史，认识自己》，《赵树理全集》第六卷，第482页。
3 赵树理：《题大字报》（之二），《赵树理全集》第六卷，第451—452页。

20日，以中共晋东南地委书记王尚志、副书记仝云为首的十三名地委干部贴出了题为《借下乡体验生活之名，行反党反社会主义之实——从赵树理在晋东南地区的所作所为看他的本质》的大字报，接着又贴出《赵树理反党反社会主义反毛泽东思想言行面面观》的三万言的材料。赵树理立即敏锐地感觉到"我的材料是北京来的，这是党决定了，叫王尚志、仝云来完成这个任务"。于是赵树理就面临一个"不相信我""把我放在对立面"的极度困境，并陷入了极度困惑。[1]这样的结局，是赵树理绝难想象，也绝对不可接受的。

但他终于又不得不面对这样的现实时，他只有一个选择，即当所有的人都在问"赵树理到底是个什么人"时，也坦然面对自己，面对历史，等待未来历史的判决。于是，就有了《回忆历史，认识自己》以及《我的第一次检查》《我的第二次检查》，以这样的文字完成自己最后的写作，并留下自己的最后思考：关于在大历史中的自我，回答"我是谁？"

"在创作方面我是失职者"，[2]"又是个不被文艺界所承认的倡议者、试验者"。[3]

"这八年中（公社化前后八年）我的最大错误是思想跟不上政治的主流"，"检查我自己这几年的世界观，就是小天小地钻在农村找一些问题唧唧喳喳以为是什么塌天大事"。[4]

"在逻辑上我自己对自己的行为解释不通。"[5]

1　转引自陈为人：《插错"搭子"的一张牌——重新解读赵树理》，第208页，209页，210页。

2　赵树理：《我的第一次检查》，《赵树理全集》第六卷，第456页。

3　赵树理：《我的第二次检查》，《赵树理全集》第六卷，第457页。

4　赵树理：《回忆历史，认识自己》，《赵树理全集》第六卷，第474页。

5　赵树理：《我的第一次检查》，《赵树理全集》第六卷，第455页。

　　"我自参加革命以来，无论思想、创作、工作、生活各方面有何发展变化，有什么缺点、错误，也就是说是个什么成色，始终是自成一个体系的。"[1]

　　他唯一感到不安的是，"广大人民不了解内情，从某一阶段上的社会关系上，把我和有些人（按，指当时批判的重点，也是赵树理一直格格不入的所谓"资产阶级知识分子""小资产阶级知识分子"）摆也摆在一起，扫也扫在一起"，他因此期待未来的历史评价——

　　"要求党在数年之内，经过详细调查，最后把我加一点应有的区别，放到个应放的地方。"[2]

　　赵树理依然把希望寄托于党的理解与正确评价；但他同时也寄希望于后来的读者与研究者，把他放在"应放的地方"。

　　这就提出了一个永远的研究课题，任何关于赵树理的研究，都要回答："赵树理究竟是什么人？"

　　这也是本文一开头就提出的问题。在我看来，这是一个难以穷尽，也无统一答案的问题。也就是说，每一个研究者都会有自己的"赵树理观"。那么，写完了这篇过于冗长的文章，我心目中的赵树理是什么样的呢？我的回答是——

　　"赵树理是一位探索中国农民问题，以此出发，思考中国社会主义问题，并且有自己的独立发现和见解，且能坚持的思想者，用为农民写作、从事农村实际工作两种方式参与农村变革的实践者。"

2014 年 9 月 8 日—10 月 11 日

1　赵树理:《回忆历史，认识自己》,《赵树理全集》第六卷，第 483 页。
2　同上。

1952—1969：读王瑶"检讨书"[1]

一、"检讨书"的历史形成（1942—1950）

中国知识分子历来就有"一日三省"的儒家传统；在近现代中国社会转型中，又时刻处在"今是而昨非"的困惑里，而不断有"自我批判"之举。但这样出于自我修养或革新需要而进行的自觉的、个人的反省，却不同于我们这里讨论的知识分子检讨：它是当代政治运动和知识分子改造运动的产物，有其特定的历史内容与表达方式。

"检讨书"的起源，应追溯到1942年延安整风运动。这是在"采取教育方法，将党内的小资产阶级思想加以分析和克服，促进其无产阶级化"[2]的思想指导下，以运动的方式解决思想问题的最初尝试。朱德在延安文艺座谈会上提出，"不要怕谈'转变'思想立场，不但会有转变，而且是投降"，并说，他自己就是看到中国

1　本文的讨论所依据的材料，主要来自收入《王瑶全集》第七卷《竟日居文存》（河北教育出版社，2000年出版）里的王瑶自我检查，以及王瑶夫人杜琇近年整理的《王瑶"文革"时期的交代与检查》（未发表）。

2　毛泽东：《关于若干历史问题的决议》，《毛泽东选集》第三卷，人民出版社，1991年出版，第996页。

共产党能够救中国而由旧军人"投降共产党"的。[1]接着丁玲又在《关于立场问题我见》里，提出所谓知识分子"改造""投降"，就是"把自己的甲胄缴纳，即使有等身的著作，也要视为无物，要抹去这些自尊心自傲心"。[2]以后，"转变立场"就成为知识分子改造的核心问题，也是我们讨论的"王瑶检讨书"的贯穿性问题。

研究者注意到，从1949年2月北平解放到1950年下半年，全国开展了以大学教师为主要对象，兼及中小学教师的政治学习运动。这场运动普遍采用以自我检讨和群众批评为特点的思想总结的学习方法。应该说，在政权更迭的初期，发动这样的"政治学习运动"是有一定群众思想基础的。舒芜曾经有过这样的分析："当时留下来迎接解放的人，大致可分为四种情况：一种是对共产党解放军不大了解，甚至有点疑惧，但自我感觉又不会成为新政权清算斗争的对象，因此抱着'来就来吧'的态度。另一种是政治思想上并不赞成共产党的马克思主义，但是眼看着国民党大势已去，不愿跟着殉葬，因而就留下来了。第三种是苦于国民党统治下水深火热的生活，实在受不了，大旱之望云雨。……还有一种态度最积极，政治上一直在为推翻国民党政权、建立共产党领导的政权，实行马克思主义而奋斗的，至少自以为是作过这种奋斗的。"[3]有意思的是，不仅"不赞成共产党的马克思主义"的右翼知识分子，而且连不同程度同情革命、但又未曾参加革命的中间派，甚至进步知识分子，面对革命胜利以后的"新气象"，都有一种自卑感、愧疚感，甚至有罪感，就有一种重新学习，重新认识、检讨自己，进而改变自己，以适应新政权、新时代的要求。因此，

1　见《胡乔木回忆毛泽东》，人民出版社，1994年出版，第260页。
2　见《丁玲全集》第7卷，河北人民出版社，2001年出版，第69页。
3　舒芜：《舒芜口述自传》，中国社会科学出版社，2002年出版，第209页。

最初的学习，是由北平各大学的党员教授、进步教授发起，自愿参加的；到 1949 年 12 月全国教育工作会议把政治教育和思想改造确定为学校的主要工作，政治学习就成为任务性的，以"自我检讨，群众批评，人人过关"为特征的"运动"。就在这一兼具政治审查（学习过程中穿插着交代历史的坦白运动）、思想清算性质的运动里，[1] 出现了由党外知识分子写的"检讨书"。[2]

最早在报刊上公开发表的有影响的知识分子的"检讨书"是朱光潜的《自我检查》（载 1949 年 11 月 27 日《人民日报》）和冯友兰的《检查我的学习》（载 1949 年 11 月 28 日《人民日报》）。在他们的检讨书里这样写道："从国民党的作风到共产党的作风，简直是由黑暗到光明，真正是换了一个世界。这里不再有因循敷衍，贪污腐败，骄奢淫逸，以及种种假公济私卖国便己的罪行。任何人都会感觉到这是一种新兴的气象。从辛亥革命以来，我们绕了许多弯子，总是希望以后失望，现在我们才算是走上了大路，得到生机。"冯友兰在另一篇《我对于共产党的认识》的文章里，还提供了一个很有意思的细节："有一天我听见我底窗户外面，有一个解放军与别人辩论。这个解放军说：'你知道什么是人生底意义？'我听见心里一惊。'人生底意义'是我们哲学教授常在教室里讲的一个题目，可是在解放军口里出来，可就有不同的意义。"[3] 这都说明朱光潜、冯友兰的检讨，以及新中国成立初期的类似的

1　当时有单位就明确规定："在学完马列主义的基本理论后，需要来一次思想的清算运动，对于反动的落后的思想，作一番更深刻更切实的批评、揭发与清除。"见《中共中央文件选集》第 18 册，中共中央党校出版社，1992 年 10 月出版，第 411 页。

2　参看于风政：《改造：1949—1957 年的知识分子》，河南人民出版社，2001年出版，第 31 页，32 页，34 页。

3　载《人民教育》第 3 卷第 4 期。

检讨，都含有某种心悦诚服的成分，有一定的主观的真诚性；但同时不可忽视的，是巨大压力。时为复旦大学教授的蔡尚思在一篇题为《肯学习才得救》的文章里，就说得很直白："你只要有意在这个新时代生存下去，就得重新学习"。[1]像朱光潜、冯友兰这样的曾经和国民党有过政治关系的知识分子，他们的检讨就更带有认罪性质，因此，我们也可以说，他们的"检讨书"实际上就是"投降书"。而将其在《人民日报》上公开发表，就是一种示范：不仅是对类似知识分子的警示，也是指明道路。于是，在朱、冯带头下，知识分子在报刊上发表检讨书，甚至成为一时之风尚：不仅是类似朱光潜、冯友兰的右翼知识分子，如被视为"反动作家"的沈从文，纷纷有所表示，就连费孝通这样的要求进步的知识分子也检讨自己曾经"不肯低头"的迷误，表示"百无是处的悔恨心理，恨不得把过去历史用粉刷在黑板上擦得干干净净，然后重新一笔笔写过一道"。[2]据研究者的考察，在新中国成立初期有过三次检讨浪潮：1949 年 2 月—1950 年下半年的"政治学习运动"，1951 年 4 月—9 月的"批判《武训传》"运动，1951 年 10 月—1952 年 7 月的"洗澡"运动（先是"思想改造运动"，后来又与"三反"运动结合在一起）。经过短暂的间歇，以后又有由批判俞平伯和胡适开启的"学术思想批判运动"（1954 年 10 月—12 月），"批判胡风"运动（1955 年 1 月开始，5 月发展为"批判胡风反革命集团"运动，6 月发展为全国范围的肃反运动）。在这样的一个紧接一个的政治运动和思想改造运动中，出现了数以千万计的公开发表与内部宣读的"检讨书"。

---

1 蔡尚思：《肯学习才得救》，载 1949 年 7 月 21 日《文汇报》。
2 费孝通：《我这一年》，载 1950 年 1 月 3 日《人民日报》。

二、"洗澡"运动中的王瑶检讨书（1952）

"政治学习运动"与"批判《武训传》"，没有规定人人都要检讨，因此也没有涉及时为清华大学中文系专任讲师的王瑶，他正忙着编写《中国新文学史稿》上册，没有卷入运动中。他成为运动重点批判对象，是在1951年10月开始的"洗澡"运动中。

毛泽东于1951年10月23日在全国政协一届三次会议上提出，"思想改造，首先是各种知识分子的思想改造，是我国在各方面彻底实现民主改革和逐步实行工业化的重要条件之一"。[1] 紧接着，1951年11月30日《关于在学校中进行思想改造和组织清理工作的指示的通知》下发，强调发动新一轮思想改造运动的目的是要"从思想上、政治上和组织上清除学校中的反动遗迹，使全国学校都逐步掌握在党的领导之下，并逐步取得与保持其革命的纯洁性"。[2] 1952年1月"三反"（反贪污、反浪费、反官僚主义）运动刚开始，《关于宣传文教部门应无例外地进行"三反"运动的指示》发布，提出要让学校的校长与老师"在群众斗争中洗洗澡，受受自我批评的锻炼，拿掉架子，清醒谦虚过来"。而在3月13日发布的《关于在高等学校中进行"三反"运动的通知》里，就更严肃地指出："资产阶级思想在极大多数学校现在仍然居于实际的支配地位"，因此必须"揭发和批判资产阶级思想，从而确立工人阶级思想的领导权"，因此，规定"每个教师必须在群众面

---

1 见《建国以来毛泽东文稿》第二册，中央文献出版社，1987年出版，第482—483页。

2 国防大学党史党建政工教研室编：《中共党史教学参考资料》（第十九册），国防大学出版社，1986年出版，第378页。

前进行检讨，实行'洗澡'和'过关'"。[1]——可以看出，如果说1949—1950年的政治思想学习运动是解决政治上站在哪一边的问题，主要针对的是右翼与中间派的知识分子；那么1951—1952年的思想改造运动，尽管也包含了政治清理的要求，但越来越倾向于思想清理，因而把"洗澡"的要求遍及每一个教师，但又有洗"大盆""中盆"与"小盆"的区别，即分别情况，在全校大会、全系大会与小组会上作检讨。因此，这一次"洗澡"运动是震动了整个知识界的；知识分子作出的反应和应对方式也各不相同。

王瑶是在1952年2月26日，写成《自我检讨》，在中文系教师大会上宣读的。[2]那么，他是受到洗"中盆"的待遇了。由此产生了我们的讨论兴趣：他作为一个普通讲师，为什么会成为系里的批判重点？他是如何应对的？

于是，注意到一个细节：在检讨里，王瑶首先说自己"很高傲"，"有严重的看不起群众的毛病"，"我很骄傲"，"我很自高自大"，"夸夸其谈"，"狂妄"，等等，"自高自大"一语就先后用了四次；其次，就是不厌其烦地承认自己"把主要精力都放在追求个人名利的写文章上"，"我自私自利的个人主义思想"，"一切都从个人出发"。最后总结自己的"资产阶级腐朽思想"也是归结为"自私自利"与"自高自大"两条。[3]这当然不是无的放矢。后来，1958年"拔白旗"运动批判王瑶为1952年的批判感到委屈，他的研究生同学、清华同事季镇淮发言说："当时在清华的同事都知道，王先生当时问题很多，大家帮助他认识错误，怎么能说是委

1 《建国以来重要文献选编》第三册，第117页，118页。
2 参看杜琇编：《王瑶年谱》，收《王瑶全集》第8卷，河北教育出版社，2000年出版，第374页。
3 王瑶：《在思想改造运动中的自我检讨》，收《王瑶全集》第7卷，第264页，265页，267页，268页，269页，271页，272页，274页。

屈呢？"¹季镇淮没有具体指出引起当时清华同事不满的王瑶的"问题"；但王瑶在其检讨里，也有所透露。比如他谈到，"我对群众工作、群众生活是极不关心的。今年工会改选，系里同志让我当学习干事，我坚决不答应"；"我曾想过离开清华，原因之一就是南昌大学来请我做系主任，而且教的课是中国文学史，于是和学校为名义、薪金讲了老半天价钱，使李广田同志在最近一次学习会中还说他长久地认为我是系里最感麻烦的一个人"；²等等。这都表明，王瑶的精力集中在个人的著书立说，并不热心公共事务；而且注意争取和维护个人的利益（职称、工资等），在五十年代一切强调服从集体利益，听从组织安排的时代氛围下，就成了"问题"，并且极易引发公众的不满，甚至反感。这样的基层组织与群众的意见，就在运动中把他推到了被批判的风口浪尖。这同时也说明，当时的群众性的政治运动，无论有着怎样的宏大目标，落实到基层，就往往和各单位内部的各种矛盾，复杂的人事关系纠缠在一起，成了意见之争，利益之争，甚至派别之争，从而在不同程度上模糊了运动的政治性，削减了运动的政治效应。这构成了当代政治运动的内在矛盾。

而王瑶本人在检讨书里如此突出自己的自高自大与自私自利，也是自有苦心的：他完全明白，这两大问题，是无法构成严重的政治问题的，他正可以在这两顶帽子下，既平息群众意见，又容易过关。这就说到了王瑶对运动的应对办法：他显然属于蒙混过关派，但他又自有特点。他在《自我检讨》里，也说得很清

1　见《北京大学校刊》第229期关于中文系民盟组织召开扩大的交心会帮助王瑶的报道。
2　王瑶：《在思想改造运动中的自我检讨》，收《王瑶全集》第7卷，第271页，268页。

楚："对于革命，对于党的各种政策，我都是采取了一种先研究分
析了然后再考虑自己如何适应的态度。我当然并不打算违抗党的
政策，但这种适应实际就是一种对革命事业钻空子的态度。"[1]这样
的"钻空子"，在王瑶大概是完全自觉的。1958年"拔白旗"运
动中，就有人揭发他在一次座谈会上公开说："党是一个不可抗
拒的力量……第三就是设法和他取得一致，我取的就是第三种态
度。"[2]"取得一致"中就包括"钻空子"。这一次应对"洗澡"运
动中的检讨，他也是对运动的目的及党的政策作了一番研究分析
的。在"文化大革命"中的检查里，他谈到"三反"运动时，依
然强调其"主要内容"是"划清敌我界限"，"当时我自以为在解
放前对美帝国主义和国民党反动政权还是有所认识的"。[3]我们前
面已经说过，1951—1952年的"洗澡"运动是有双重目的的：既
要"清除……反动遗迹"，又要"揭发和批判资产阶级思想"；但
看来，王瑶当时与以后的理解都强调前者，而有意无意地淡化后
者。而在"划清敌我界限"问题上，王瑶是自有优越感的。这就
要说到王瑶检讨里一再谈到自己的"骄傲"，其实还有一层更深的
意义：他认为自己是有骄傲的资本的。在舒芜对"留下来迎接解
放"的四种人的分析中，王瑶显然认为他是属于"为推翻国民党
政权、建立共产党领导的政权，实行马克思主义而奋斗"的革命
营垒的，他和"政治思想上并不赞成共产党和马克思主义"，甚至
和国民党有牵连的朱光潜、冯友兰这样的知识分子，是有着本质
的区别的。因此，在他看来，朱光潜、冯友兰这样的右翼自由主

1　王瑶：《在思想改造运动中的自我检讨》，收《王瑶全集》第7卷，第272页。
2　见《北京大学校刊》第229期的报道，转引自《拔白旗：大跃进岁月里的
知识分子》，香港时代国际出版有限公司，2010年出版，第703—704页。
3　王瑶：《我的检查》（1969年3月25日），见杜琇整理：《王瑶"文革"时期
的交代与检查》。

义知识分子才是运动的主要对象，他们要全面否定自己是必然与应该的。而自己，在响应改造的同时，还应该坚守一些东西，没有必要把自己的甲胄全部缴纳，视自己的著述全部为无物。这也是他对中国社会的一个分析，他用检讨的口气，谈到自己的也许是更为真实的思想和判断："我常说小资产阶级思想是有其社会基础的，在新民主主义社会是合法的，是不可能完全消灭的。"而当时（1951—1952）国家还在坚持中国社会的新民主主义性质，毛泽东的批判，要到1953年。

这就决定了王瑶在他的"洗澡"运动中的检讨书里的应对策略：既要适应运动的要求，又要有所保留，尽可能地迂回地维护自己的某些尊严。当时，在政治压力与诱导下，许多知识分子，包括有影响的重量级知识分子代表人物，都尽量向自己的家庭、学校、个人泼洒污水，真正是"斯文扫地"，令今人不忍卒读。而王瑶却是少数清醒者之一，他一方面按要求如实交代与检讨自己的家庭出身、所受教育背景、个人历史与思想，同时又小心地掌握分寸，借助于检讨的技巧，维护着自己的基本形象。请看以下两段文字："我是地主家庭出身，我父亲本是个贫农，到他五十岁时变成了地主。他以为'小财不当东'，自己老了，买地牢靠；他对我的前途只是原则地鼓励，并没有具体指导。后来我离开家到城市上学了，十几年的资产阶级教育对我的影响是很大的，但这也并不是说封建思想对我完全没有影响。"——完全是平实的叙述，却不加任何分析与判断。"没有具体指导"斩钉截铁的一句话，就将父亲完全洗刷干净了。讲到"资产阶级教育"的影响，也是语焉不详。封建思想影响，则"并不是……完全没有"，来自何处，就不说了。"1935年又加入了党，'一二·九'学生运动时，我是一个共产党员，在表面上看起来，当时工作很积极，但我并没有从思想、从立场上解决问题。"[1]——这是典型的"但书":"但"之前,是基本事实的陈述,是实实在在的;"但"之后,是批判与认识,却是空洞的,无法抹杀前面陈述的事实。这样的"但书",在整篇检讨里,比比皆是,以后就成了王瑶(也许还有更多的人)检讨书的基本模式。因此,今天的读者读了这篇检讨书,心目中留下的是这样一个"王瑶":他"比较早的接受了一些概念式的马列主义的知识";在一二·九运动中,他"从表面看起来,工作很积极";他"自以为是一个左翼理论家";他"认为自己对革命很忠诚,因为被捕两次表现还好,以为自己经得起考验";他"一直相信中国共产党领导的革命是必然要成功的,而且是拥护这种成功的"。尽管这里有许多限制词(如"自以为"等等),但却是一个基本真实的王瑶形象。本来"洗澡"运动的目的是要消除这样的形象,以消除王瑶在群众,特别是青年学生中的影响,但这种形象却是王瑶要竭力保护的,因为忠实于自己的历史和自我形象,是事关知识分子的基本尊严的。而王瑶最要维护的,是他的理想与追求:"要在中国古典文学的研究方面成一个第一流的学者。"他不合时宜地在检讨书里如此写道:"我以为中国念马列主义的人多半不念古书,就是念也只念中国历史或中国哲学,绝没有人念中国文学,因为他如果喜欢文学就念新文学了。而一般大学学者又只懂古书,绝不会懂马列主义。我狂妄地以为这三方面我都有些基础,如果有时间条件,一定能一举成名的。"——这是王瑶的真正的肺腑之言,也是他的这篇检讨书最有价值的部分:它提供了认识和分析王瑶最重要的信息。人们自会

1　王瑶:《在思想改造运动中的自我检讨》,《王瑶全集》第7卷,第263—264页。

注意到，王瑶强调的是"在中国古典文学的研究方面"成为第一流学者，因为在他看来，"研究新文学是很难成为一个不朽的第一流学者的"。他的这一看法，是坚持到底的，尽管他后来阴差阳错成了现代文学研究的第一流学者，但内心却始终是不平衡的，他总是摆脱不了壮志未酬的终身遗憾。其实，这更是国家的损失；王瑶也看得很清楚，他在检讨书里如此写道："我狂妄地以为新社会是应该让我这样做的，我是用马列主义研究的呀！而且我是国内最具备这样条件的人呀！"[1]——连用两个惊叹号，表明这确实是他从内心发出的呼叫。

但是，回到现实中，王瑶还是要按照组织的要求，作出妥协，给自己冠以种种污名，但也是掌握了分寸的。检讨一开始，他就这样给自己定调："我是一个思想上存在着许多毛病的知识分子，我的主导思想一直是资产阶级小资产阶级思想。"这就意味着他的检讨，是限制在"思想"范围，尽量回避"立场"问题，绝不涉及"政治"问题。下面的具体检讨，尽管戴了许多帽子："腐朽思想"呀，"荒唐可耻的想法"呀，"文艺思想中，存在着很多资产阶级文艺思想的残余成分"呀，等等，都离不开"思想"问题，最后的总结也是"脱离政治、脱离实际、脱离群众的严重的缺点"，再就是前面说过的"自私自利，自高自大"，归结为"个人主义"了。这样，最后终于谈到"最重要的是立场问题"，王瑶知道，这是非说不可的，不然就过不了关，但却是与前面所有的具体检讨完全脱节的，就真正成了外加的"尾巴"了。[2] 就是这样，

1　王瑶：《在思想改造运动中的自我检讨》，《王瑶全集》第7卷，第265页，268页，267页。
2　王瑶：《在思想改造运动中的自我检讨》，《王瑶全集》第7卷，第263页，266页，267页，269页，272页，274页。

王瑶还是忍不住要透露自己的心里话，也是用检讨的口气，却这样说："一个人的改造像戒大烟瘾一样，过程是减速度的，是越来越慢的。一个人一个月抽十两大烟，第一个月就能改为八两，但到最后还是要吃两颗丸药，越往后越难，很难一下除根。"这意思事实上就是说我除过个人主义都已经进步得差不多了，这一点我不想改了。而且还说"我又不和人民利益矛盾，党也不会不让我发展呀！"[1]这其实就是将前面的所有的检讨，全都颠覆了。"个人主义"（个性主义）正是五四培育出来的王瑶那一代人所要坚守的不想改的底线。王瑶也直言不讳：我"常常是客观主义地分析自己的错误，自由主义地对待自己的错误"。[2]而王瑶之所以敢于如此坚守，还是出于前面已经提到的他对当下中国社会的新民主主义性质的判断，在他看来，在新民主主义社会，个人主义是有其存在的合理性与合法性的，即所谓"党也不会不让我发展"。

但我们不能因此夸大了王瑶的这种坚守。王瑶也承认，他"简直就是抗拒改造的"[3]；但矛盾冲突只是一面，王瑶更与新社会有一致的一面，而且如前所说，他还是自觉地寻找与强化这种一致的。因此，他在检讨书里要维护的自我形象，是一个信奉马克思主义，支持革命的左翼知识分子。这也同时表明，他即使处于被批判的地位，还是要坚守这样的左翼立场的。这样，他的检讨书，就不仅是充满辩解，也用尽了"钻空子"的技巧，但也依然有真诚的，努力使党和批判者了解自己的一面，而且他也确实通过这次公开批判，思考了一些对他来说是根本性的问题。这是无法回避的现实：王瑶向往、参与、支持革命；但在革命胜利以后，他却成了批判对象。

1 王瑶：《在思想改造运动中的自我检讨》，《王瑶全集》第7卷，第271页。
2 王瑶：《在思想改造运动中的自我检讨》，《王瑶文集》第7卷，第273页。
3 王瑶：《在思想改造运动中的自我检讨》，《王瑶全集》第7卷，第271页。

这是为什么？这是一个触动王瑶内心的问题，他不能不认真思考。由于处于被批判的地位，因此，1952年"洗澡"运动中的王瑶主要是在自己方面寻找原因。他于是发现自己对新社会的想象，从一开始就有些一厢情愿："我想象的新社会是什么样子的呢？用冯友兰先生的话说，就是一个下棋式的社会，而不是一个打牌式的社会；我觉得一个人应该得到充分的发展机会，如果他被淘汰了，那是应该的，因为他能力不如别人。我错误地以为新社会就是一个容许自由竞争的社会，一点也不了解集体主义的精神，不了解新社会的高度组织性和计划性的精神。"[1]——这也是王瑶的肺腑之言：他终于认识到自己的"自由竞争"中个人充分发展的理想与新社会的集体主义精神，与高度组织性、计划性的矛盾；他知道不可能放弃自己的理想与追求，知道自己无力也不想改变新社会，只能选择逐步适应，而这样做，他对理想、追求的坚守，也就只能是一种象征性的姿态，一个永远的梦。一贯清醒，也自以为清醒的王瑶，实际上已经看清了自己以后的命运。

最后要说的，是1952年检讨书的文体特点。有研究者早已注意到，在思想改造中，新中国知识分子所经历的话语转换，"知识分子在被纳入新体制下行政化了的单位的同时，通过思想改造运动也开始从意识形态上被并入一套全新的话语体系"，"从发表在全国主要报刊上的著名知识分子的自我批判来看，从内容到形式，在很大程度都相互雷同：政策性强，词条量少，句法简单"，知识分子已经"习惯于使用带着浓厚的政治色彩的简单语言去应付政治学习与政治运动，去被迫自我批判和批判别人，进而去进行在

---

[1]　王瑶：《在思想改造运动中的自我检讨》，《王瑶全集》第7卷，第267—268页。

新体制下并适应这一体制的日常思维"。[1] 以此对照王瑶的检讨书，就可以发现，它一方面完全具备"检讨书文体"共有的特征，即研究者所说的"相互雷同"的和新意识形态、思维、话语系统保持完全一致的"带着浓厚的政治色彩的简单语言"；另一方面，又常常突然冒出王瑶式的话语，如前文引述的戒大烟瘾的比喻，"客观主义分析自己，自由主义对待自己的错误"的警语，如此出人意料，又精辟，形象，幽默，充分显示了王瑶式的智慧，让人过目不忘，而又极易传播。王瑶自己私心大概也颇得意于此，因此，尽管不断为这些怪话而检讨，却又始终不改，总喜欢用自己的语言去表达对各种思想、文化，乃至政治问题的看法。

三、反胡风运动中的王瑶检讨书（1955）

但王瑶万没有想到，在五六十年代的政治环境里，他的个人化的表达方式，给自己带来了意想不到的灾难。王瑶在"洗澡"运动中的检查，虽然过了关，但他不卑不亢，而又拒绝彻底缴械的态度，大概给相关领导留下了"坚持资产阶级立场"的印象；而他的相对坦率，又语出不凡的表达，就更容易使人认定他是资产阶级知识分子的"代言人"。现在，王瑶就被选择为知识分子改造的"典型"了。有学者查阅了官方档案资料，发现正是在1952年以后，当时还只是副教授，在学术上还没有获得显赫地位的王瑶，却成为被密切关注的人物，"作为重点系重点人物，有关王瑶的动态消息在党内文件中频繁出现，以此为高层领导了解学界人

---

1 黄平:《当代中国大陆知识分子的非知识分子化》，载《二十一世纪》1995年4月号。

士的思想动向提供第一手素材，这种费力费神的党内系统工程汇报，时间跨度长达二十多年（'文革'期间另论），有的时候是在王瑶不知晓的情况下完成的。而且在北大中文系，关注对象还扩展到游国恩、吴组缃、林庚、王力、高名凯等名教授，他们的诸多言论和王瑶一样一并收集，在至今留存数百万字的北京高校党内文件中构建了独特的'北大中文系意见群'"。[1]

我们也可以借助于这些档案材料了解王瑶在 1952 年检讨以后的状况。1953 年 1 月 23 日北京高校党委会成立，新任书记讲话里，就第一次提到王瑶。据说在"洗澡"运动以后，高校里人心惶惶，"王瑶要求转业（按，据说是要求转到文学研究所），（表示）做不了灵魂师"。接着北大党委向上报告，说教师工作紧张，精神负担重，健康状况转坏，如中文系教授吴组缃、王瑶两人的肺病加重了。对身体一时之伤，王瑶倒不以为然，对新老教师之间的持续隔阂、斗争却深表忧郁，他称自己为"被提意见的阶级"，思想老是惶恐不安。——这正是"洗澡"运动的后果。据1953 年 9 月高校党委的内部报告透露："在'三反'思想改造以后，多数年轻教师则认为老教师历史复杂，政治落后，业务不行，因之在教学工作中一遇到问题，总想用'三反'时的老办法向他们进行批判和斗争，常常笼统地轻率地指责批评他们这里思想性不够，那里立场不稳，这是唯心论，那是反马列主义。"[2]王瑶为此身心交瘁，并用他特有的语言概括说："中文系有三类人，一是团结对象，一是打击对象，三是服从干部"，他自己当然属于打击对

1　陈徒手：《文件中的王瑶》，收《故国人民有所思：1949 年后知识分子思想改造侧影》，生活·读书·新知三联书店，2013 年出版，第 178—179 页。

2　陈徒手：《文件中的王瑶》，收《故国人民有所思：1949 年后知识分子思想改造侧影》，第 178 页，179 页。

象。他因此说："生活在这个社会上，没有安全感。"[1] 此时的王瑶大概已经弄清楚自己的实际地位与处境了。

不过，此后似乎又有了某些转机。相关档案材料告诉我们，1954 年批判俞平伯、胡适的思想运动先后启动，北大中文系党总支开列了一批能写批判文章的作者名单，王瑶排在最后一位，但毕竟给他提供了一个由被批判者变成批判者的机会。王瑶开始并不积极，后来还是认真地写了两篇文章：《从俞平伯先生对〈红楼梦〉的研究谈到考据》《批判胡适的反动文学思想——形式主义与自然主义》，写得煞费苦心，既要符合"大批判"的要求，又要竭力保存学术性，却得到了好评。1954 年王瑶被推举为全国政协第二届委员会委员，并成为《文艺报》新编委会的成员。有意思的是，在1955 年 4 月一次会议上，王瑶谈到一开始写学术批判文章时，按时兴体例，时常用到"我们马克思主义者"句式，初写时很不习惯，后来经过思想斗争，才觉得到了前线就不能不承认自己应该是马克思主义者。他用一个比喻来形容自己的进步："这好像做了民兵以后，慢慢也就习惯做正规军了。由于现在我能够从正面来叙述意见，就进一步认清资产阶级思想的错误，觉得考虑问题、写文章都有了进步。"[2] 王瑶大概多少又恢复了"马克思主义者"的感觉了，但立刻遭到了当头棒喝：在一次批判胡风的会上，王瑶自称是从无产阶级立场出发批判，有同学当场指责"你算什么无产阶级？"[3]

---

1 见《北京大学校刊》第 229 期的报道，转引自张锡金：《拔白旗：大跃进岁月里的知识分子》，第 704 页。
2 见 1955 年 5 月 27 日市高校党委办公室动态简报第 98 期《北京大学几个教师对学术思想批判的反映》。转引自陈徒手：《文件中的王瑶》，收《故国人民有所思：1949 年后知识分子思想改造侧影》，第 182 页。
3 陈徒手：《文件中的王瑶》，收《故国人民有所思：1949 年后知识分子思想改造侧影》，第 189 页。

更重要的是，批判胡风，特别是胡风问题上升为反革命以后，王瑶就陷入了尴尬：因为在他的《新文学史稿》里，对胡风及胡风派的作家鲁藜、绿原、路翎都有正面的评价，特别是在分析文艺论争、创作时，大量引用了胡风的观点。而在此之前，毛泽东在1953年批判了"确立新民主主义社会秩序"论，[1] 并提出了向社会主义过渡的总路线；而王瑶的《新文学史稿》正是以新民主主义论为其基本理论基础的，而且如前所说，这也是王瑶对中国现实进行分析的基本依据。面对毛泽东对新民主主义的批判，敏感的王瑶内心已经十分紧张。就在这时，1955年9月《文艺报》上发表了题为《评〈新文学史稿〉下册》的批判文章，明确提出要"清除胡风反动思想在文学史研究工作中的影响"。王瑶就再一次写了"检讨书"：他立即在《文艺报》上发表《从错误中汲取教训》一文，以作回应。这一回再也不能回避政治问题，一开头就承认："我却不自觉地替反革命分子做了义务宣传，颠倒黑白，混淆是非，帮助他们扩大了反动影响；这是严重的政治性错误"，同时承认："这是和作者本身的立场、观点的错误密切相连的"。[2] 但这是什么样的"立场、观点"呢？看来，王瑶是颇费心思的。如前所说，1952年的检讨，他是一开始就定调为"资产阶级小资产阶级思想"的；而现在，毛泽东明确指示，要批判资产阶级思想，要将"'小资产阶级思想'改为'资产阶级思想'"，[3] 自然就不能再提"小资产阶级思想"，只能说是"资产阶级思想"了。恰好批判

1　毛泽东：《批判离开总路线的右倾观点》(1953年6月15日)，《毛泽东选集》第五卷，第81页。

2　王瑶：《从错误中汲取教训》，《王瑶文集》第7卷，第280—281页。

3　毛泽东：《在中央关于西南文委机关反分散主义斗争的通报中加写的话》(1953年8月5日)，收《建国以来毛泽东文稿》第4册，中央文献出版社，1987年出版，295页。

者给王瑶戴了一顶"帽子"："资产阶级客观主义的立场和观点"。这是王瑶可以接受的，于是连忙表态："我觉得他这批评是正确的"。于是通篇检讨也就在"资产阶级客观主义"上大做文章："自己在尖锐的阶级斗争面前，反而表现了一种为学术而学术的客观主义倾向"，"所谓客观主义实际上就是立场模糊的表现，就是作者含有浓厚的资产阶级思想的表现"，等等。和1952年的检讨相比，1955年的检讨，就已经没有多少真诚可言，只求能过关就行了。因此，最后必然要归结到"原则"，并且有了结尾的四大保证："不断地提高自己的政治觉悟，认真地学习马克思列宁主义，坚决贯彻文学的党性原则，彻底清除资产阶级的思想影响。"[1]这是符合标准的"检讨书"，已经没有王瑶的个人风格、风采了。连一丝痕迹都没有了。

四、"拔白旗"运动中的王瑶检讨书（1958）

尽管努力作了检讨，王瑶还是处在被密切关注中。内部材料里不断出现王瑶的出格言论。1954年7月高校党委宣传部《北大、清华教授中资产阶级思想的一些表现》里报告："王瑶说：'你们党员有寄托，我就是为名利，在学术上谋一地位，不然我做什么'。教学极不认真。"

1956年1月，中央召开知识分子问题会议，宣布"知识分子的基本队伍已经成了劳动人民的一部分"。[2]但在内部为这次会议

1　王瑶:《从错误中汲取教训》,《王瑶全集》第7卷，第281页，283页，284页。

2　《中共中央关于知识分子问题的指示》，收《建国以来重要文献选编》第8册，中央文献出版社，1994年出版，第133—134页。

作准备的高教部关于北京大学的调查报告里，却对北大教授的政治态度作了"积极""落后"与"反动"三大区分，王瑶被认定为"落后分子"的代表，并有如下评价："抗战前曾参加我党，后因害怕反动派迫害脱了党，解放后感觉政治上没有前途，想埋头业务，一举成名，三反、思想改造时还闭门写新文学史。1952年《人民日报》召开座谈会批评该书，他认为业务也完了，哭了一次。对副教授、11级工资待遇很不满，去年改为9级仍然不满。教学工作极不负责任，大部分时间用写文章赚稿费。"[1]这大概就算是一个组织结论吧。

但王瑶却毫不知情，他还沉浸在知识分子会议发出的"向科学进军"号召所唤醒的新希望里。1957年3月12日，他受到毛泽东的接见和勉励，听到毛泽东在全国宣传工作会议上的讲话，更增添了学术研究的信心。正是在1956—1957年上半年短暂的相对宽松环境里，王瑶完成了两篇重要论文：《论鲁迅作品与中国古典文学的历史联系》与《论巴金的小说》，尤其是前者，是充分发挥了他的学贯古今的学术优势的。1956年同时出版了王瑶三部有关古典文学研究的著作：《中国诗歌发展讲话》《〈陶渊明集〉编注》《关于中国古典文学问题》，学者王瑶的形象似乎再度浮现出来。但王瑶仍是清醒的，他很快就在中国政治形势的微妙变化里发现了某些让他不安的迹象；于是在北大党委召开的鸣放会上作了一次发言后，就沉默了。[2]他也因此逃过了紧接着就发生的反右运动这一劫。

1　高等教育部：《北京大学典型调查材料》，《关于知识分子问题会议参考资料》第2辑，第49页，转引自张锡金：《拔白旗：大跃进岁月里的知识分子》，第702页。

2　参见杜琇编：《王瑶年谱》，《王瑶全集》第8卷，第377页。

1958 年 5 月八大二次会议上，毛泽东提出："凡是有人的地方总要插旗子，不是红的，就是白的，或是灰的，不是无产阶级的红旗，就是资产阶级的白旗"，"现在还有一部分落后的合作社、机关、部门、车间、连队、学校、企业，那里边插的还不是红旗，是白旗或者灰旗。我们要在这些地方做工作，发动群众，大鸣大放，贴大字报，把白旗拔掉，插上红旗"。[1] 也就是在这次会议上毛泽东发出了"破除迷信，不要怕教授"的号召。[2] 在 3 月成都会议上，毛泽东还提出："对于资产阶级教授们的学问，应以狗屁视之，等于乌有，鄙视，藐视，蔑视。"[3] 为贯彻毛泽东的指示，郭沫若于 5 月 16 日致北大历史系师生的信中，传达了毛泽东"厚今薄古"的口号，率先点名批判陈寅恪，宣称"陈寅恪办得到的，我们掌握了马克思主义的人，为什么办不到，我就不信"，由此揭开了"拔白旗"运动的序幕。[4]1958 年 9 月，全国文化艺术教育工作会议又作出决定："要彻底清除资产阶级教育思想，不仅在政治上思想上插红旗，还要把红旗插到教学业务的心脏里去，要拔掉资产阶级知识分子在学术思想、教育思想、艺术思想上的白旗。"[5]《关于教育工作的指示》，还特意提出"要批判学生不能批评先生"的观点，这就为学生参加大批判提供了支持。[6]

1　毛泽东在中共八大二次会议上的讲话记录（1958 年 5 月 20 日），转引自逄先知等主编：《毛泽东传》上册，中央文献出版社，2003 年出版，第 818 页。

2　毛泽东在中共八大二次会议上的讲话记录（1958 年 5 月 8 日），转引自逄先知等主编：《毛泽东传》上册，第 817 页。

3　毛泽东：《在成都会议上的讲话提纲》（1958 年 3 月 22 日），《建国以来毛泽东文稿》第 7 册，中央文献出版社，1992 年出版，第 118 页。

4　参看吴定宇：《陈寅恪的 1958 年》，载《粤海风》2014 年第 2 期。

5　载 1958 年 9 月 13 日《人民日报》，转引自张锡金：《拔白旗：大跃进岁月里的知识分子》，第 190 页。

6　转引自张锡金：《拔白旗：大跃进岁月里的知识分子》，第 200—201 页。

就是在这样的政治气氛下，北大党委向上报告了在"双反"（反浪费，反保守）运动中中文系一位教师揭发的王瑶的言论：说自己是"上课马克思，下课牛克思，回家法西斯"。在1958年中共一次高层会议上，北京市委书记处书记郑天翔在《关于知识分子的思想改造》的报告里，引述了这句所谓王瑶的名言，以此说明："高级知识分子脑子里实际上并没有什么社会主义和六亿人民，他们中有不少市侩主义的典型"，并由此引申开来，批评王瑶这类旧知识分子"成天写文章，拿稿费。写文章的态度也极不严肃，为了多拿稿费，故意拉得又长又臭，想落得名利双收。写文章、出书常常是赶行情、看风头，并且很善于和出版社讲价钱"。这样，就把王瑶推到了大批判的风口浪尖，王瑶那句"名言"更是广泛知晓，主管文化教育工作的周扬、杨秀峰等连续两三年都在报告里引述王瑶这句话，以此揭露知识分子的"丑陋"。就在毛泽东发出"破除迷信，不要怕教授"的号召以后，在1958年6月中宣部政治教育工作会议上，康生就点名批判游国恩和王瑶："不要迷信那些人，像北大的游国恩、王瑶，那些人没什么实学，都是搞版本的，实际上不过是文字游戏。"[1]

在此之前，在1958年初的"双反"运动中，中文系民盟组织就在4月19日召开扩大的交心会，发动各教研室副教授以上的老师和研究生代表，批评王瑶的资产阶级政治立场和名利思想，以后又在校刊上刊登《王瑶先生应当改变政治立场，向红专跃进》《王瑶先生的名利思想一例》《新社会在王瑶先生眼里的变相以及王瑶先生"衷心拥护党"的真相》等批评文章，火药味已经十足：

1　转引自陈徒手：《文件中的王瑶》，收《故国人民有所思：1949年后知识分子思想改造侧影》，第187页。

"王先生时时观测政治气候，以便及时戴上口罩，预防瘟疫。这是何等的心虚！""党在王先生看来，不是工人阶级的先锋队，而是'唯一能给我们一切的'一个亲爸爸。只要是能给王先生一切，管它是什么玩意儿，王先生都会毫不含糊地跟着它走。这就是王先生的市侩哲学,这就是王先生拥护党的真相！"[1]这就已经把王瑶搞臭了。现在，康生一声令下，王瑶自然成为众矢之的，再也逃不过了。而且这一次是直指王瑶这样的知识分子安身立命的学术研究的，叫阵的却是青年学生：中文系二年级组织的鲁迅文学社。据说开始时学生多少有自卑情绪，系总支做工作，经过一场内部辩论，统一了思想，不到一周，就写出了七篇批判文章。于是就有了 8 月 31 日《光明日报》的长篇报道，通栏标题是《北大中文系清算资产阶级学术思想》；其中一节的小标题是:《揭露了新文学史阵地上的白旗》。[2]有关部门迅速作出反应：周扬在 9 月 6 日全国中文系协作组会议上讲话，力赞学生自己起来革命了，向王瑶、游国恩开火，学校局面打开了，轰开了阵地，这对于整个学术界都是一件大事，将来文学史上也要写进去。他说："保持对立面有好处，像王瑶、游国恩不服气很好，正好继续批判。"[3]

王瑶当时可能并不知道这些在今天才公布出来的内情，但他大概也能够感到对他的批判"来头不小"。而或许更使他陷入困境的，是学生充当了大批判的先锋。早在 1952 年"洗澡"运动里，就有"深入发动群众，特别要依靠学生群众推动教师"的

---

1 文载《北京大学校刊》第 229 期，转引自张锡金：《拔白旗：大跃进岁月里的知识分子》，第 702—705 页。

2 转引自张锡金：《拔白旗：大跃进岁月里的知识分子》，第 700 页。

3 见高校党委办公室整理的周扬讲话记录稿。转引自陈徒手：《文件中的王瑶》，《故国人民有所思：1949 年后知识分子思想改造侧影》，第 186—187 页。

指示；[1] 学生往往以"受害者"的身份来要求老师改造自己，王瑶 1952 年的检讨一再说及自己"在课堂上还常常流露出一些不正确的非无产阶级思想，这对同学是有很坏的影响的"，[2] 就是对来自学生的压力的回应。但这一回不是督促改造，而是直接的面对面的批判。王瑶这一代五四培育的知识分子，对于平等的批评、讨论，包括学生的质疑，都是可以而且乐于接受的；但 1958 年在上面"不要怕教授"的号召以及"卑贱者最聪明，高贵者最愚蠢"思想指导下的学生批判运动，实际上是一次不容申说的单方面的审判。这样的师生关系的逆转是王瑶万难接受与万分无奈的。直到事过三年的 1961 年，王瑶仍心有余悸："过去先生可以毫无顾忌地对学生谈自己的体会，现在要我与学生个别接触，就存在戒备，说不定那一次接触，他说你给他散布了资产阶级影响，要来批判你。两个人的谈话又无从查对，反正学生总是对的，你只有检讨权，没有解释权，而且越解释越糟糕。原来是三篇文章批判你，一解释就会有三十篇。有的学生会上批判你，会后又来向你解释，说是因为有了压力才批判的，弄得你啼笑皆非。"更让王瑶难堪的，是学生勒令先生何时交多少自我批判的稿子，还要经过学生编委会的修改，最后硬要强迫先生回答："你对改的有什么体会，感到有什么帮助？"这就强人所难，让王瑶有一种屈辱的"被告情绪"。[3]

王瑶就是在这样"只有检讨权，没有解释权"的情况下，向

1　《中共中央关于在高等学校中进行"三反"运动的指示》（1952 年 3 月 13 日），《建国以来重要文献选编》第 3 卷，第 117 页。

2　王瑶：《在思想改造运动中的自我检讨》，《王瑶全集》第 7 卷，第 268 页。

3　王瑶在中宣部召开的文科教材编选计划会议上的发言（1961 年 5 月），转引自陈徒手：《文件中的王瑶》，《故国人民有所思：1949 年后知识分子思想改造侧影》，第 188—189 页。

自己的学生交出了他的检讨书:《〈中国新文学史稿〉的自我批判》。这是从未遇到过的难题:既要服从审判,又要掌握必要的分寸,坚持最基本的事实,以维护自己起码的尊严。我们不妨比较一下批判者的判词与王瑶的检讨。批判者怒斥王瑶的《新文学史稿》"抹杀党的领导";王瑶小心检讨说:"我虽然也谈党对文学战线领导的逐渐加强和巩固;但我只着重在反帝反封建的彻底性方面,而忽略了社会主义因素的成长方面。这实际上就是忽视了党的领导作用。"批判者斩钉截铁地指责《新文学史稿》"根本否认在革命文艺阵营内部存在着两条路线斗争,否认解放后文艺界无产阶级和资产阶级之间激烈的斗争";王瑶的检讨则曲折回应说:"我既然忽视了社会主义因素的重大意义,又把党的领导作用抽象化了,那么对于社会主义的文艺路线,对于社会主义现实主义的前进方向,当然就都不可能明确地体现出来了。而社会主义的方向路线如果模糊,那在客观意义上当然就没有解决两条路线问题,当然就不能不是为资本主义方向张目了。我当然没有这样明白主张过,但我不能不承认事实上存在着这样的客观意义。"——这都是王瑶在"洗澡"运动的检讨里已经用过的"虽然……但是"的"但书"体,其间不断插入"当然不能不是……""当然没有这样明白……""不能不承认……"这样的委婉表达,就使得文字极为缠绕,问题也就模糊化了。最后归结为"客观意义",即承认客观效果,而否认主观意图。这真可以说是"煞费苦心"了。

王瑶最难应对的,也是他必须承认的"这部书最突出的、带有原则性的错误,是我当作正面论断引用了许多胡风、冯雪峰的意见"。王瑶为此也使出了浑身解数。一是委婉地陈述一些基本事实,如"在我写这部书的时候,他们的反动的政治面貌尚未揭露","书中还写过一节关于革命文艺界对于胡风文艺思想批判的论述"等等；二是竭力划清"他们"和"我"的界限："如果说我的思想和他们的完全一致，那也是不符合事实的，我的书中也有许多和他们的意见完全不符合的地方；但我现在要检查的不是这些，而是和他们的反动理论的共同点"。但在检讨了"我"和"他们"的共同点以后，仍不忘及时指出："他们的这种反动论点是根本违反毛主席的指示的，是与马克思主义相敌对的"；而"我仍然站在资产阶级的立场，根本没有建立群众观点和劳动观点"。——王瑶显然是认真研究与分析了两类矛盾的理论与相关政策，无论如何也要划清胡风"他们"的敌我矛盾性质与"我"的问题的人民内部矛盾性质的界限。保住这条底线，他怎么检讨都不会危及自己的政治生命。

不可回避的，还有王瑶的学术思想、态度与方法，因为"拔白旗"运动的目的就是要"把红旗插到教学业务的心脏里去"。关于自己的"资产阶级文艺思想"，王瑶其实早在1952年的检讨里就已经清算过，无非是"对于一篇作品的分析，我最先注意的常常是人物性格是否鲜明，结构是否完整，以及是否有独特的风格等等，而不是首先从主题思想和教育意义上来着眼"，"欣赏那种孤独寂寞而又孤芳自赏的抒情，喜欢那种冷嘲热讽式的'隽永'"之类。——有意思的是，1958年这一次检讨只是把1952年的相关检讨抄了一遍，到了1969年"文革"时期的检讨又几乎原封不动地再抄一遍：连续十六年抄录同一检讨内容，说明王瑶的"资产阶级文艺思想"根本没有变，也不想变。

但必须变的，至少是口头上必须变的，却是他的学术思想和方法。这是1952年和1955年的检讨都没有的新内容：王瑶主动提到他在"解放前写的《中古文学思想》的自序中，在谈到传统所谓'八代之衰'的问题时说：'即使是衰的，也自有它所以如此的时代和社会的原因，而阐发这些史实的关联，却正是一个研究文学史的人底最重要的职责。……本书的目的，就在对这一时期中古文学史的诸现象，予以审慎的探索和解释'"，王瑶强调，"在我的追求目标上就只是着重在说明现象和解释史实"，这也就决定了在研究方法上重视"掌握丰富的材料"和按史实排列的结构方式。现在，王瑶检讨说，这都是"资产阶级的客观主义"，"材料主义"与"形式主义"的，是自己的资产阶级立场与世界观的表现，《新文学史稿》就成了"一面产生了很大危害性的白旗，是白旗就必须迅速、彻底地拔掉它，坚定地树立起共产主义的红旗来"。——这里所说的在学术领域"拔白旗，插红旗"，自然是一个政治口号，但却是有实际内容的，即是要改变王瑶这一代人所建立的学术范式，而另建新的学术规范与模式。具体到现代文学研究领域，即是要彻底摒弃以"说明现象和解释史实"为追求，一切从史实出发的研究道路，而走上"自觉地为革命的政治服务"的"以论代史"的研究之路。而这样的转变，对中国现代文学研究的影响是十分严重的。后来，在八十年代，王瑶和现代文学研究界同行，要"拨乱反正"，就是要对五十年代以来通过多次批判运动所建立的当时认为是"左"的研究范式进行新的历史反思。在这个意义上，王瑶检讨书是自有一种学术史的价值的。

最后要说的，是王瑶对借批判他的学术态度与学风而泼来的道德审判式的污水，一律不予回应，他大概想起了鲁迅的话：辩诬本身就是一种屈辱。他只检讨了自己的"粗制滥造"，承认自己因为认为现代文学研究"容易犯错误"，因此"写作态度是不严肃、不科学的。它不是从客观实际、从研究对象的认真分析出发，而是用各种小心谨慎的办法来力求稳妥的"。在他看来，这才是他的研究态度与学风的真正问题所在。——这或许是王瑶通篇检讨中最为真诚地道出了自己内心的无奈与苦痛之处。[1]

问题更在于，经过这一次"拔白旗"的批判运动，王瑶伤心已极，彻底绝望了。他赋诗一首表达自己的抑郁情怀："白旗飘飘旌封定，不准革命阿Q愁；缘有直肠爱臧否，岂无白眼看沉浮。毁誉得失非所计，是非真伪殊难涂；朝隐逐波聊自晦，跃进声中历春秋。"[2]

王瑶继续处在被密切关注中，高校档案材料里，还是不断出现关于他的报告。一会儿说他觉得搞现代文学史"风险大"，有机会还是去搞古典文学史；一会儿又汇报他的怪话："目前大学的学术空气不浓，老教师力求稳妥，力求不犯错误，这是妨碍学术发展的。《红旗》社论说，学术问题应该允许犯错误。这一条能认真贯彻就好了。以往一个问题的争论总有一方被说成是'资产阶级'，自己要坚持真理，很不容易，也没有自信。"[3]后来在1961年召开的文科教材会议上王瑶又忍不住讲了一番不合时宜的话。谈到他最感痛心的青年教师与老教师的关系时，他在肯定了青年教师"对学校应该有发言权，对老教师有意见也应该提出"以后，又批评说，"有些青年教师对老教师也估计过低了，比如说他们'三十年来一事无成'"，"即使在旧社会，许多教书的人也并不都在睡觉，一些人还是非常勤奋的"，"一个老专家三十年功夫所达到的水平，现在的青年人也许只要十年就行。但究竟不能说一年半载就可以赶上别人几十年的功夫"。在谈到大批判时，他又说：

1　以上关于王瑶1958年的检讨引述的文字均见《〈中国新文学史稿〉的自我批判》，《王瑶全集》第7卷，第323—324页，326页，328—331页，333—336页。
2　见杜琇编：《王瑶年谱》，《王瑶全集》第8卷，378页。
3　转引自陈徒手：《文件中的王瑶》，《故国人民有所思：1949年后知识分子思想改造侧影》，第192页，189页。

"我们不应该害怕批判，马克思列宁主义是批判的科学；也不能想象将来就没有批判了。问题是在批判的时候，要让被批判者也参加讨论，不能没有发言权，只有检讨权，一下便成了定论。过去有的批判把问题提得太高，一下成了政治问题，这对学术发展不利。按常理说，一个学术工作者最怕人家说自己不学无术，但现在听人说不学无术连脸都不红，因为这是最轻微的批评，没有提到政治上来，听到后反而安心一些；我觉得这是不大好的现象。"[1]——这大概都是对 1958 年"拔白旗"运动的反思，说明王瑶也还是在关注政治与学术发展，这是改不了的积习；但在"文化大革命"中被揭发出来，就都成了王瑶"反攻倒算"的铁证。

"文革"时期的一份交代材料里，王瑶谈到 1963 年、1964 年他和大学里的一位同学的谈话，透露了他在 1958 年大批判后的处境与思想、情绪，颇值得注意。他告诉这位老同学，"拔白旗"运动后，即解除了他的全国政协委员和《文艺报》的编委的职务，以后就再也没有让他参加文艺界的集会和活动。这就应了他当年说过的话："对人像对图书馆的卡片一样，需要的时候就翻一翻"，现在不需要就自然扔了。[2] 他因此劝告说，"不要热衷于出版书和发表文章，我于此有惨重的教训，真是'一文既出，驷马难追'，今后我将尽量少写文章，教书也要习惯于人云亦云"。王瑶进一步说："对于我们受过批判的人来说，最主要的是不要再犯错误，而不是热衷和追求什么；否则是很容易画虎不成反类犬的。"这位老同学听了大吃一惊：他所熟悉的那个雄心勃勃、意气风发的王瑶，

1　王瑶：《补充交代材料》（1968 年 12 月 20 日），见杜琇整理《王瑶"文革"时期的交代与检查》。

2　王瑶 1957 年 5 月在党委召开的座谈会上的讲话，转引自张锡金：《拔白旗：大跃进岁月里的知识分子》，第 703 页。

到哪里去了？于是感慨而略含讥讽地说道："自然规律真可怕，想不到王瑶也老成持重，非常有修养了。"王瑶仍郑重劝告："牵涉到政策方面的话就是非慎重不可的，不只我们的身份是从旧社会来的知识分子，就是党员，甚至有过功劳、地位很高的人物也一样，说错了话就是'不得了'：彭德怀不就是为了怀疑大炼钢铁、人民公社等政策而弄得身败名裂吗？要把六亿人民向着一个方向集中领导，就必须排除各种各样的怀疑和干扰。我不只是谨小慎微和暮气塞窍，我承认自己对许多事情是根本无力判断的，因为要下判断就必须掌握全面情况，光靠自己的见闻和一份报纸是无法下结论的。你自以为是坚持真理，在别人看来恰好是歪理；客观影响如果不好，你当然得承担政治责任。我劝你还是吸取 57 年的教训，有点暮气的好。"那位老同学也不言语了。[1]——这都是王瑶的肺腑之言。经过 1958 年大批判的致命打击，王瑶仅在六十年代初政治空气稍有缓和的间隙里，写过《论鲁迅的〈野草〉》和《五四时期的散文的发展及其特点》两篇比较重要的论文，就基本停止写作，一切都但求无过，以"保全自己"为目的了。[2]

五、"文革"期间的王瑶"检讨书"（1969）

但他依然逃不脱"文革"之灾。

在 1969 年一份检讨里，王瑶这样谈到自己对"文革"的理解与态度。他最初以为这是类似《武训传》《红楼梦研究》批判的

1　王瑶：《关于我和赵俪生谈话的情况》，收杜琇编：《王瑶"文革"时期的交代与检查》。

2　见王瑶：《我的检查》（1969 年 3 月 25 日），收杜琇编：《王瑶"文革"时期的交代与检查》。

再一次的思想批判运动，"确实没有意识到自己也可能成为运动的对立面"；到 8 月初，宣布剥夺选举权，被排斥在"革命群众"之外，"我还没有十分理解到问题的严重性"；接着一连串的冲击：四次抄家，多次围斗，被打，强制劳动，等等，这才紧张起来。但一切似乎也能承受，以致同牛棚里的季羡林在其《牛棚杂忆》里留下了这样的记忆：在苦不堪言的劳动中，王瑶却能苦中寻乐，偷偷泡上一杯茶，抽上一斗烟。但等到家里的孩子都不理睬自己了，王瑶这时"才痛切感到自己是被彻底孤立起来了，心情十分紧张，充满了恐惧，悔恨和痛苦"。[1]——强迫子女和被揪出来的父母划清界限，是那个时代的普遍做法，"文革"期间因此发生了无数的家庭悲剧。在王瑶被批判的历史里，我们就看到有计划的紧逼：先是同事的批判（1952 年），再是学生的围攻（1958 年），最后是子女的孤立（"文革"期间）。在中国，知识分子最珍视的，就是师生关系与家庭伦理关系，这也可以说是知识分子情感、心理上的软肋，而现在就是要从此开刀，骨头再硬的知识分子最后也得屈从。一个个的关口，王瑶都凭借着自己的智慧，也可以说是知识分子的狡黠，挺过去了。现在，他只有缴械一途。

但王瑶还是掌握了分寸。我们现在看到的王瑶"文革"期间的材料，主要有两部分，一是"交代材料"，详细说明自己的家庭出身，社会关系，历史问题，这很有点类似于我们前面提及的延安审干运动和坦白运动里的"思想历史自传"。这说明"文革"本身就是一次政治审查。这一点，王瑶看得很清楚：这关系着自己的政治生命，是含糊不得，也不能让步的。因此，他写的交代材

1　见王瑶：《我的检查》（1969 年 3 月 25 日），收杜琇编：《王瑶"文革"时期的交代与检查》。

料，始终坚持实事求是，不管压力多大，也要自我辩解，澄清事实。对大字报揭发的"罪行"，凡是涉及有可能导致政治后果的人事关系，该否认的就坚决否认："我与胡风不认识，从无来往"，"我不记得曾与苏联专家马里雅诺夫有过接触，我想不起我认识这个人"，等等。有关政治问题的言论，也尽力撇清。例如对在"文革"前就广泛流传的"上课马克思，下课牛克思，回家法西斯"的所谓"王瑶名言"，也乘机说明：自己是在分析文学人物形象，"讲到人的思想表现的复杂情况和世界观的决定作用时讲的。我说例如有这样的人如何云云，并不是讲我自己"。[1] 在写交代时，王瑶还掌握一条原则：尽量不或少涉及他人，即使非讲不可，也绝不伤害他人。这样，王瑶也就在后人难以想象的空前的政治、精神压力下，守住了底线。在那迷乱、失范、疯狂的年代，王瑶始终保持了清醒，这是十分难得的。

二是"思想检查"。我们现在看到的王瑶"文革""检讨书"，主要有两份：一是收入《王瑶全集》第7卷的《在"文化大革命"中的检查》（只说明"据手稿发排"，未注明写作时间），二是杜琇整理的《我的检查》（1969年3月25日）。后者是对一些问题的交代，我们的分析，主要依据前一篇。王瑶很清楚：这是思想检查，不是政治、历史结论，并不真正致命；而且，既然不允许实事求是，就无须辩解，只能无限上纲，满足批判者的一切要求。主要有五个方面。其一，承认自己"主动地接受周扬等人的意见，忠实地贯彻修正主义文艺路线，吹捧三十年代作品和所谓'左联'功绩"，这"当然也只能是为刘少奇的反革命修正主义路线服务，

1　王瑶：《关于我的"材料"的一些说明》（1967年5月），收杜琇编：《王瑶"文革"期间的交代与检查》。

为资本主义复辟制造舆论";其二,承认"我的文艺观点都是直接
违背毛主席文艺思想的",自己有关毛主席《讲话》的文章,"许
多观点都是歪曲地理解了《讲话》的精神的,完全是打着红旗反
红旗的毒草";其三,王瑶一面强调"自己关于文学史的观点和指
导思想"是从鲁迅那里来的,"我是接受鲁迅的影响开始了自己的
学术道路的"(这都是他过去的检讨从不涉及的),但也承认"并
没有理解鲁迅,反而歪曲和亵渎了他这个伟大的名字,这是和我
在政治上的反动立场密切联系的";其四,承认自己"贯彻了修正
主义教育路线","我自己所走的道路和生活情况就是一个走白专
道路的'活榜样',它对青年起了某种'诱导'的作用","扮演了
一个替资产阶级争夺青年、培养资产阶级接班人的可耻角色,我
所犯的罪行是十分明显的";最后,或许也是最重要的,是痛斥自
己"解放以来我出版了十本书和发表了许多篇文章,这些东西不
但是充满了资产阶级学术思想和文艺观点的毒草,而且明显地是
和我的政治立场相联系,是通过学术形式为修正主义政治路线和
资本主义道路服务的"。[1]——这就不只是当年延安整风运动以后
丁玲所要求的"把自己的甲胄缴纳,即使有等身的著作,也要视
为无物,要抹去这些自尊心,自傲心",而是承认这些写作都是
"犯罪"行为。如果说开始的检讨,无奈中还有几分真诚,有些心
悦诚服,包含某些严肃的思考;到最后的认罪,就是纯粹的求生,
并且带有某些奉命表演的成分,"法官"与"犯人"都并不认真相
信和对待所说的一切,这就预伏着某些自我消解的因素。可以想
象,王瑶在写下这一切时,是长长地吐了一口气的:事情做到了

---

[1] 以上引文均见王瑶:《在"文化大革命"中的检讨》,《王瑶全集》第7卷,
第362页,366页,360—361页,368页,370页,369页,358页。

头，离结束就不远了。

当一切真的结束，王瑶的生命进入一个新的时期以后，他从来不提及这些检讨书，对批判他的当事人，也以宽容的态度对待之；但种种迹象表明：心灵的创伤却并未平复。在 1979 年写给一位朋友的信中，王瑶这样写道："事实上自 58 年被当作'白旗'以来，廿年间虽偶有所作也是完成任务，已无要打算如何如何之意了，蹉跎岁月，垂垂老矣。虽欲振作，力不从心。"[1] 其时，王瑶六十六岁；他也曾赋诗表示："叹老嗟卑非我事，桑榆映照亦成霞。"[2] 但他又确实再也没有"打算如何如何之意"了。他在私下里，曾经和学生讨论"中国需要大学者，却没有产生大学者"的问题；听者突然捕捉到他"眼光中闪过的一丝惆怅，心里一震。猛然意识到，先生的不满、失望也许更是对他自己的吧"。[3]——他的"做第一流的大学者"的梦想早就终结在不间断的批判与检讨里了。

2014 年 1 月 13 日—19 日

1　王瑶：《致王德厚》（1979 年 8 月 31 日），收《王瑶全集》第 8 卷，第 292 页。

2　见杜琇编：《王瑶年谱》，《王瑶全集》第 8 卷，385 页。

3　参看钱理群：《从麻木中挤出的记忆——王瑶师逝世一周年祭》，《人之患》，浙江人民出版社，1993 年出版，第 48 页。

1953—1974：
两位同龄人关系的一种分析

梁漱溟和毛泽东一样，也出生于 1893 年。2013 年在纪念他们诞辰一百二十周年时，人们不免要谈及这两位同龄人的关系。最让人常常提及的，自然是 1953 年梁漱溟的当面顶撞，以及 1974 年梁漱溟对毛泽东发动的"批林批孔"运动的公开质疑。对此，研究者给予了高度重视，认为这是 1949 年以后，"仅此一例"，足见梁漱溟之风骨。这样的评价梁漱溟是当之无愧的。但人们却往往忽略，或者不愿正视另外两个事实。一是直到晚年（1983 年）在谈到 1953 年和毛泽东的冲突时，梁漱溟还说："当时是我的态度不好，说话不讲场合，使他很为难。我更不应该伤了他的感情。这是我的不对；他的话与事实不大符合，我的言语也是与事实有很大的不符合之处的，这些在争吵时都是难免的，可以理解的，没有什么的……"[1] 二是 1980 年，当来访者问道："您觉得最伟大的中国人物，无论历史上的人物，还是在人世的，是谁？"梁漱溟回答说："我觉得也不是太过去，也不是现在的，恐怕还是毛泽东。"他还补充强调说："毛泽东

1　转引自梁卫星：《改造中国的实践：梁漱溟传》，中国友谊出版公司，2012 年出版，第 134 页。

实在了不起，恐怕历史上都少有，在世界上恐怕都是世界性的伟大人物。不过他晚年就不行了，晚年就糊涂了，有很多的错误"。[1] 梁漱溟如此肯定毛泽东，也非偶然，事实上早在1950—1951年梁漱溟就写了《中国建设之路》，对毛泽东和中国共产党的建国之路给了充分肯定。在1953年和毛泽东发生冲突以后，梁漱溟在1959年1月—1961年1月所写的《人类创造力的大发挥大表现——试说明建国十年一切建设突飞猛进的由来》中，还以他特有的自信断言："我国十年来一切建设突飞猛进，使全世界为之震惊失色，人类创造力发挥表现之大观莫有过于此者。若问创造力既为人所固有，何以一向顿滞而独于此时此地得到如是大发挥大表现，则其功要在于中国共产党和毛主席领导的得法，这是自明的事实，可无待赘言。"[2] 从梁漱溟的这一论断，可以看出，梁漱溟是一个表里如一、独立性极强的知识分子，他的论断是有自己的思想逻辑的。既批评毛泽东，因为存有不同意见，甚至根本分歧；又服膺毛泽东，因为在一些重大思路上有相通之处：这大概是能显示梁漱溟与毛泽东关系的复杂性及其蕴含的丰富的历史内容的。研究者的任务是正视与面对这一切事实，对此作出科学的分析。这里，有一个方法论的问题。不可否认研究者的主观意向的存在，纯客观的研究是不存在的；问题是当面对与自己的主观意向不同，甚至相矛盾的历史事实时，研究者应该采取的态度：是将历史事实服从于自己的主观意向，加以遮蔽、曲解呢，还是尊重客观事实，作具体的分析，

1　《这个世界会好吗：梁漱溟晚年口述》，东方出版中心，2006年出版，第120页。

2　梁漱溟：《人类创造力的大发挥大表现——试说明建国十年一切建设突飞猛进的由来》，收《梁漱溟全集》第3卷，山东人民出版社，2005年出版，第417页。

对自己的主观意向进行调整、修正，或推翻原有结论，或使原有的认识更加复杂和深化？

我想，面对一切事实，应该是我们今天来研究两位同龄人梁漱溟与毛泽东的关系，所应遵循的学术原则和方法。

一、梁漱溟和毛泽东共同遇到什么中国问题？

1930 年 6 月，梁漱溟写了一篇《中国民族自救运动之最后觉悟》，随后又连续写了《我们政治上的第一个不通的路——欧洲近代民主政治的路》《我们政治上的第二个不通的路——俄国共产党发明的路》，对在此之前的中国革命运动和社会改造运动作了全面的反省。在他看来，这些运动无非是两条路：或以西方为师，主张走"欧洲近代民主政治的路"；或以俄国为师，走"俄国共产党发明的路"即俄式社会主义之路。梁漱溟在肯定了这两条道路自身的合理性，或有可借鉴之处的同时，又斩钉截铁地宣布：其"与中国从来精神不合，全不能满足中国人精神上无形的要求，则我之不能学他，亦既可明白矣"。他强调，"天下原无干脆的模仿袭取"，而必须"激发一民族的精神，打动一民族的心——他生命的深处——而后他的真力气，真智慧，真本领始得出来，而后乃能有所创造，有所成就"。[1] 结论是：必须立足于自己的"创造"，"西洋化的中国民族自救运动"应该"终局"，俄国式的自救之路也不可走，必须"从'民族自觉'出发"，走出中国自己的路，自觉担负起"开辟世界未来文

---

[1]　梁漱溟：《我们政治上的第一个不通的路——欧洲近代民主政治的路》，《梁漱溟全集》第 5 卷，第 172 页。

化之使命"。[1] 梁漱溟正是在这样的民族自觉下，提出了他的"中国乡村建设"理论，并付诸实践。梁漱溟认为，这是一条"以中国固有精神为主，而吸收了西洋人的长处"的发展之路，[2] 是面对中国真问题，又主要依靠中国固有精神来解决中国问题的"最后觉悟"。

在梁漱溟壮志满怀地从事他的乡村建设理论创造和实践时，毛泽东也正活跃在中国中部地区，发动农民运动，建立革命根据地，企图走出一条"农村包围城市"的中国自己的革命道路。但毛泽东系统地提出他的建国道路，要在十年之后。他在1940年1月所写的《新民主主义论》里，一开始就提出："中国向何处去"。毛泽东的回答也是明确的：第一，中国不能"走建立资产阶级专政的资本主义社会之路"，那是"旧民主主义"，即梁漱溟所说的"欧洲近代民主政治的路"，"这条路是走不通的"；其二，走"无产阶级专政的社会主义的路"，也即梁漱溟所说的"俄国共产党发明的路"，那是"'左'倾空谈主义"，"也不可能"走；我们只能从"中国的历史特点"，"当前的实际条件"出发，立足于"千百万人民的革命实践"，走一条中国自己的"新民主主义"之路，毛泽东特意强调，这也是一种"新文化"的创造，这是"无产阶级领导的人民大众的反帝反封建的文化"，它"也是从古代的旧文化发展而来"，但又有了质的变化。[3]

对照毛泽东的《新民主主义论》和梁漱溟的《中国民族自救运动之最后觉悟》等文，可以发现，他们对中国发展道路的选择，

1　梁漱溟:《中国民族自救运动之最后觉悟》,《梁漱溟全集》第5卷，第113页。

2　梁漱溟:《乡村建设理论》,《梁漱溟全集》第2卷，第308页。

3　毛泽东:《新民主主义论》,《毛泽东选集》第二卷，第679页，683页，663页，683—684页，698页，708页。

确有相通之处。如对毛泽东所说的"旧民主主义"，即梁漱溟所说"欧洲近代民主政治的路"的拒绝，对立足于创造，走中国自己的道路的自觉追求。对"俄国共产党发明的路"，也即"无产阶级专政的社会主义的路"，梁漱溟认为根本不能走，毛泽东则认为目前不能走，在当时的政治条件下，似乎也有可以彼此相容之处。在文化上，毛泽东肯定了"新文化"从"旧文化发展而来"，这与梁漱溟的主张至少是不冲突的。毛泽东强调，新民主主义只是"第一步"，"第二步"必须走社会主义之路，这一点，也是梁漱溟认同的，因为他始终对社会主义（当然是他自己理解的"社会主义"，未必与毛泽东相同）心怀向往，直到晚年都是如此。[1]1949年以后，梁漱溟很快就接受了毛泽东的"新民主主义论"，绝不是偶然的。

但毛泽东在《新民主主义论》里，反复说明，他所领导的中国新民主主义革命是"世界革命的一部分"，而这样的"世界革命"正是由俄国十月革命开创的。[2]这一点，却是梁漱溟所不能接受的。这不仅是因为梁漱溟对俄国革命和俄国式的社会主义始终心怀疑惧，[3]而且在梁漱溟看来，把中国革命与建设纳入"世界革命"的范围，接受世界革命中心的俄国领导，会妨碍中国自身独立性，也有违他的"以中国文化的复兴来引领世界文化的未来"的理想。因此，当梁漱溟与毛泽东第一次在延安会面，他们之间有一场辩论，我们在下文还会有详尽讨论。在辩论结束时，毛泽东说："梁先生，你过分强调中国社会的特殊性，但是中国社会还

1　见《这个世界会好吗：梁漱溟晚年口述》，第 23 页。

2　毛泽东：《新民主主义论》，《毛泽东选集》第二卷，第 668—669 页。

3　梁漱溟晚年接受采访时说，苏联的"社会主义"是"顺着沙皇的那个老路下来的"，"算不上什么社会主义"，是"一种变态"。见《这个世界还会好吗：梁漱溟晚年口述》，第 102 页。

是一个人类的社会，还有它的一般性嘛"。梁漱溟则回应说："正因为我完全同意你说中国有它的一般性，也有它的特殊性这样子，可是我要强调特殊性要紧。"[1] 这场意味深长的对话表明，毛泽东理解的是马克思主义的"社会发展五阶段论"，总要把中国革命纳入"人类发展的一般规律"的大叙述里，而梁漱溟更强调中国自身发展的特殊性。

因此，在 1949 年中华人民共和国成立伊始，毛泽东总结"1840 年鸦片战争"以后的中国历史，宣布"中国人学西方的迷梦"已经破产，"走俄国人的路——这就是结论"。[2] 对于前者，梁漱溟是可以接受的，在十九年前，他就说过类似的话。对于后者，梁漱溟大概是有严重保留的；他还没有忘记，十九年前所作的另一个判断：他始终坚持的是，要"走自己的路"。当时毛泽东邀他在政府任职，他表示要"看一看"，自然绝非偶然。

有意思的是，历史发展到 1956 年，苏共二十大揭露了斯大林的错误，苏联式的社会主义的弊端因此充分暴露，就在这样的背景下，毛泽东提出："我国是一个东方国家，又是一个大国。因此，我国不但在民主革命过程中有自己的许多特点，在社会主义改造和社会主义建设的过程中也带有自己的许多特点，而且在将来建成社会主义社会以后还会继续存在自己的许多特点"。[3] 在二战后的两大阵营对立的格局下，似乎只有两条路：或走美国式的资本主义的路，或走苏联式社会主义的路。现在，却提出了一个新的可能性：接受社会主义理想和目标，却走一条和苏联式的社

1　《这个世界会好吗：梁漱溟晚年口述》，第 81 页。
2　毛泽东：《论人民民主专政》，《毛泽东选集》第四卷，第 1470 页，1471 页。
3　毛泽东：《对中共八大政治报告稿的批语和修改》，《建国以来毛泽东文稿》第 6 册，中央文献出版社，1992 年出版，第 143 页。

会主义不同的中国式的社会主义之路。这对于一直在试图寻找
既非西方、又非俄国的自己的路，也即"第三条路"的梁漱溟，
自然是一个极大的鼓舞。特别是毛泽东在 1958 年又进一步提出
要"破除迷信，独立自主地干工业、干农业、干技术革命和文化
革命，打倒奴隶思想，埋葬教条主义"，[1]号召"超英赶美"，强调
"先进的亚洲，落后的欧洲"，[2]这都深得梁漱溟之心：他早就预言
中国文化高于西方文化，要引领世界了。在梁漱溟看来，1956 年
写《论十大关系》，探索中国自己的发展道路的毛泽东，是"他最
好的时候"，"最明白的时候"，[3]也是和他自己的思想最为契合的时
候。梁漱溟甚至认为，自己的理想与主张，已经在毛泽东和中国
共产党领导下的新中国，得到了，至少是相当程度上得到了实现。
因此，他在 1959 年写《人类创造力的大发挥大实现——试说明
建国十年一切建设突飞猛进的由来》时，就坦率指出，他的文章
"于马列主义、毛泽东思想少所发挥引用，而谬托学习之名，却
贩卖了自己的思想见解"，"胸中萦回往来者自有其一套见解；有
意无意之间辄以己见作说明，譬如带着色眼镜者所见无非其色一
样"。[4]这是梁漱溟的思想与毛泽东的思想、实践的混合，或者说，
是梁漱溟解释下的毛泽东思想和实践，它既有梁漱溟和毛泽东的
思想相通面的真实，又经梁漱溟的主观放大，就不免有误读。这
是我们下面依据梁漱溟的文本进行解读与分析时，必须事先说明，

1　毛泽东：《关于向军委会议印发李富春第二个五年计划要点报告的批语》，
《建国以来毛泽东文稿》第 7 册，中央文献出版社，1992 年出版，第 273 页。
2　"先进的亚洲，落后的欧洲"，这是引述列宁的话，见李锐：《"大跃进"亲
历记》（上卷），远东出版社，1996 年出版，第 329—331 页。
3　《这个世界会好吗：梁漱溟晚年口述》，第 64 页。
4　梁漱溟：《人类创造力的大发挥大表现》一文《跋记》，《梁漱溟全集》第 3
卷，第 520—521 页。

并请注意的。

二、他们在解决办法上的相同、相似和相通

我们已经说过，梁漱溟与毛泽东都是面对"中国问题"的，而且按梁漱溟的说法，都是中国"真问题"与"大问题"。[1] 他们也都是要用自己的办法来"解决"这些问题。

那么，他们共同遇到什么中国问题？在解决中国问题的办法上，他们有什么相同、相似、相通和不同？

先从相同、相似、相通说起。大概有四个方面。

其一，梁漱溟在《中国建国之路》一开始，就指出，如何达成"全国统一，国权树立"，是近代中国面临的最基本的问题，也可以说是第一大问题。他回顾了从 1911 年辛亥革命到 1950 年"全国（除台湾外）解放"、统一的历史，要人们正视一个基本事实：四十年间，虽然有过"五度统一"（"民国成立""袁氏武力统一""护国之役告成""北伐完成"与"抗战初期"），但"多半亦只是形式而已"，认真讲，中国"简直就未曾统一过"。正因为"不成一个国家，又不能分成几个国家"，就没有秩序，既无力对抗外来侵略，因此不能维护真正的国家独立，又陷入无休止的内战，也就无法进行真正的国家建设，陷入了"天天都在自毁，都在走下坡路"的泥潭。这正是无数志士仁人"焦闷"不已的一个症结点。梁漱溟其实是带着这个问题来观察毛泽东、共产党领导的中华人民共和国的成立的。值得注意的是，1949 年毛泽东在开

---

1 梁漱溟说，要有"深心大愿"。深心大愿就是要有"真问题"与"大问题"。应该说，他自己和毛泽东都是这样的有"深心大愿"的人。见梁漱溟：《精神陶炼要旨》，《梁漱溟全集》第 5 卷，第 493—494 页。

国大典上，宣布中国的统一与独立时，梁漱溟并没有立即表态，而是在 1950 年在山东、河南、东北等地实际考察了五个月，亲眼看到了"全国大局的统一稳定"，"国家权力的树立"，认为中国终于获得了"建国之一大前提"，从此"将走上坡路"。直到这时，他才表示："今天这个统一稳定的端绪，当然要承认是中国共产党之功。这就是中共的第一个伟大贡献。"[1]

梁漱溟还要追问：四十年连续不断地追求"全国统一，国权树立"，为什么其他政治势力都失败了，而毛泽东领导的共产党却获得了成功？对此，梁漱溟有一个相当独特的解释。他认为，缺乏"合条件的武力主体"，是近代中国陷于军阀混战，内乱不已，全国无法统一，国家权威无以树立的根本原因。而毛泽东领导的中国共产党正是"从建党入手，再以党来建军建国"，解决了这一"武力主体"的问题，军队不属于个人，而由党来掌握，"这就得其大本"。梁漱溟指出，其实，1924 年孙中山改组国民党，所要走的就是这条路；但是，国民党却有一个基本弱点，即"在党的阶级基础上不求明确，不划定自己的一个范围"，作为党的指导思想的三民主义则"嫌空泛，不够具体明确"，而党的领袖、骨干"更毫无理想在胸"，在政权到手以后，更是"忘记了他的任务"和最初追求，沦落为一个利益集团。这都使得国民党无法成为一个有着坚定信仰、严密组织、严明纪律、高度统一的革命政党，自然也无法真正成为"武力主体"，实际掌握军队的依然是分裂的个人与派系。而共产党则"在党的阶级基础上标明无产阶级而不嫌其范围狭窄；虽事实上亦许他的党员是农民和知识分子

1　梁漱溟：《中国建国之路（论中国共产党并检讨我自己）》（1950 年 10 月—1951 年 5 月），《梁漱溟全集》第 3 卷，第 323 页，324 页，321 页。

居多，但总称得起立场分明，壁垒颇严"，"他努力的方向相当明确"，"再加上其他许多优点，团结得确乎像一个党"。有了这样一个信仰一致、目标一致、指挥一致、行动一致的党，"武力便当真掌握在党"。[1] 在梁漱溟看来，正是这高度统一的党和党对军队、国家的绝对领导，构成了中国共产党能够统一和稳定全国，树立国权的最重要的原因。这样，梁漱溟也就从"解决国家统一，独立"的问题出发，承认了毛泽东及中国共产党的领导及党掌握军队的合理性与合法性。

因此，梁漱溟的这一历史总结，与毛泽东对中国共产党建党二十八周年的"宝贵的经验"的概括，多有相通，就不是偶然的。毛泽东在1949年6月30日所作《论人民民主专政》里这样写道："一个有纪律的，有马克思列宁主义的理论武装的，采取自我批评方法的，联系人民群众的党。一个由这样的党领导的军队。一个由这样的党领导的各革命阶级各革命派别的统一战线。这三件是我们战胜敌人的主要武器"。[2]

其二，梁漱溟认为，毛泽东与中国共产党的第二个贡献，是"引进了团体生活"，实现了中国国民与国家的"组织化"。这也是梁漱溟最能认可的。梁漱溟多次说过，他和他的同代人都是从中西文化的对比中，发现了中国的问题，产生了民族危机感与民族自觉心的。梁漱溟曾把近代西洋文化的长处，归结为"团体组织"与"科学技术"两大要点；又把中国国民性问题，归结为"四大弱点"，即"缺乏公共观念""缺乏纪律习惯""缺乏法治精神""缺乏组织能力"，又都"渊源于缺乏集团生活"。这样，梁漱

1　梁漱溟：《中国建国之路（论中国共产党并检讨我自己）》，《梁漱溟全集》第3卷，第336页，337页，338页。
2　毛泽东：《论人民民主专政》,《毛泽东选集》第四卷，第1480页。

滨就把"引进团体生活"，使中国"走向组织化"，视为中国迫切
需要解决的真问题，大问题。

他如此坦言，"我之多年致力乡村建设，其动机就为在乡村下
功夫培养中国人的新政治习惯——团体组织生活"，在他看来，这
是中国政治、经济、社会、文化改造的根本任务与基本途径：在
"社会生活组织化"的过程中，实现"政治生活之民主化"，"经济
生活之社会化"，以及"文化的改造"。[1] 在1937年出版的《乡村
建设理论》里，他特意提出："我看中国果然要进行经济建设，头
一着就当有计划地大规模普遍推行合作于全国乡村，要于短期内
将农民纳于合作组织中"。[2] 有意思的是，六年以后的1943年，毛
泽东也作了一个著名的演讲《组织起来》，明确提出要把农民的个
体经济，"逐渐地集体化"，而达到集体化的唯一途径，"就是经过
合作社"。他进一步指出："把群众的力量组织成为一支劳动大军。
这是人民群众得到解放的必由之路，由穷苦变富裕的必由之路"。[3]
这就赋予了农民的组织化以更高、更带根本性的意义。事实上，
以后"组织起来"就成为毛泽东的基本治国之道。在这一点上，
梁漱溟与毛泽东是有高度共识的，但在"由谁组织，组织的方式
与内涵"上又存在分歧，下文再作讨论。

更重要的是，毛泽东提出"组织起来"的历史命题与任务，
是自有他的特殊底气的，即他领导着一个高度组织化的党，及同
样高度组织化的军队与政权（1943年尚是边区地方政府，1949年
以后，就是全国政权了）。这也是梁漱溟所注意到的，他在《中国

---

[1] 参看梁漱溟:《中国建国之路（论中国共产党并检讨我自己）》,《梁漱溟全集》第3卷，第344页，340页，348页，342页，346—348页。

[2] 梁漱溟:《乡村建设理论》,《梁漱溟全集》第2卷，第547页。

[3] 毛泽东:《组织起来》,《毛泽东选集》第三卷，第931页，932页。

建国之路》里，就指出，"讲到中共把团体生活引中国来，那首先就是它党的自身之成功"，这就是前文所讲到的中共自身的高度集中统一，高度的组织化。如梁漱溟所说，"依此根基，乃得发展了一切其他组织"。梁漱溟在前述 1950 年的各地考察中，处处发现了这样的组织化的功效。不仅"上从中央政权起，下至乡村所有各级地方政权"无不设立了健全的组织机构，而且"环绕着共产党这一根本中心"，建立了各种群众组织：通过新民主主义青年团和工会，把全国青年和工人组织进来；通过农民协会和妇联会把农民、妇女组织起来；还有许多文化界与学校的组织，等等。梁漱溟总结说："共产党在引进团体生活上贡献甚大，是明显的"，"像这样团体生活未必便是人类文明的极致；然而从某一意义上看，确是较比前进一步。特别对中国人说，是新鲜的"，[1] 其欣喜、钦佩之情溢于言表：这样的全国范围、上下统一的组织化，是梁漱溟多年来的个人努力所难以达到和想象的。

梁漱溟虽然从一开始就不接受俄国式的社会主义，但他从未放弃他的社会主义理想，直到晚年，他还是坚信资本主义"它慢慢地要成为过去"，"社会主义要到来"，而他理解的资本主义和社会主义的区别，在于"一个是个人本位，一个是社会本位"。[2] 因此，梁漱溟理解的"组织起来"的国家发展路线就是"要把社会一切生产以至人们的生活都渐次纳入国家统制计划之中，大力发展它，推动它"，以建设成为"社会主义国家"。[3] 梁漱溟还用一句话概括他对社会主义的理解，在他看来，社会主义的本质是关心

1　梁漱溟：《中国建国之路（论中国共产党并检讨我自己）》，《梁漱溟全集》第 3 卷，第 350 页，351—352 页，352—353 页，357 页。

2　梁漱溟：《这个世界会好吗：梁漱溟晚年口述》，第 101 页。

3　梁漱溟：《人类创造力的大发挥大表现——试说明建国十年一切建设突飞猛进的由来》，《梁漱溟全集》第 3 卷，第 423 页。

人，"安顿其身而鼓舞其心"。关于"鼓舞其心"，我们在下文会有详尽的讨论；这里要说的是"安顿其身"。梁漱溟解释说："安顿其身"就是"废除个人私有制而代之以社会公有制，生存问题全由公家负责解决，不须各自操心。利害是共同的，全社会宛然若一体"，"物质所有归一了，生存问题归一；生存问题归一了，身体安得不宛然若一。其得以集中用力于对付自然界，而不再枉耗心力于人对付人者正在此"。[1]有意思的是，这样的"生存问题全由公家负责解决"的理想的背后是一个全新的伦理，是梁漱溟最为看重的，即"团体与分子彼此之间匀称"："从团体说时，要尊重个人；从个人说时，要尊重团体。……我以你为重，你以我为重，互以对方为重"的"相对论的伦理主义"。[2]这样的社会公有制基础上的"安顿其身"的理想与相应的伦理主义，在梁漱溟这里，是带有鲜明的空想社会主义色彩的。

而毛泽东与共产党却把空想变成了现实；而且不局限于个别企业、乡村试验点，而是全国范围无所不在。毛泽东提出了"包下来"的政策，把国民党政府遗留下来的人员，知识分子都安排、组织在一个具体的单位里面，每个人和家庭成员的生存问题（衣食住行、子女教育等等）都由公家负责解决，这和梁漱溟的期待与设计是非常接近的。开始，这样的"包下来"主要着眼于临时救济、安定社会秩序；后来，就逐渐变成一种社会管理制度，即所谓"单位所有制"。如研究者所说，这样的"单位"，是"处于国家与个人的联接点上，既是国家权威在基层社会的代理人，又是把个人纳入集体之中，以规范和保护个

1　梁漱溟：《人类创造力的大发挥大表现——试说明建国十年一切建设突飞猛进的由来》，《梁漱溟全集》第 3 卷，第 440 页，438 页。

2　梁漱溟：《乡村建设理论》，《梁漱溟全集》第 2 卷，第 306—308 页。

人为己任的吸纳者和管制者"。这样的"单位",是在党的领导下,把政治、经济、法律、社会、文化等国家管理功能集于一身,实现了"党政一体化,政经一体化,政法一体化,政社一体化",在单位以外,没有个人的公共活动空间。[1] 这样的单位所有制,一方面,是一个完善的单位保障体系——这是梁漱溟所设想,能够接受的;另一方面,却是一个严密的管理体系,这大概是梁漱溟所未曾料及的。

其三,当梁漱溟与毛泽东提出要探寻中国自己的发展道路的目标时,他们就面临着一个共同的问题:"探索从哪里开始?"在这一点上,他们也同样有着类似的思路。梁漱溟晚年对此有明确的说明:我们"可以说入手相同。他的革命的入手是农村包围城市,他入手是农村。我要建设新中国,我也是入手是农村"。[2] 都选择农村作为改造中国的入手处,这自然是出于对中国国情的基本认识和把握。梁漱溟说:"什么是中国文化的根? 1. 就有形的来说,就是'乡村';2. 就无形的来说,就是'中国人讲的老道理'。"[3] 他的基本思路就是要在有形的"乡村"推行无形的"老道理",以此推动整个中国社会与文化的改造。毛泽东则指出,"农民——这是中国工人的前身","农民——这是中国工业市场的主体","农民——这是中国军队的来源","农民——这是现阶段中国民主政治的主要力量","农民——这是现阶段中国文化运动的主要对象",[4] 这就更是从全局确定了农民在中国政治、经济、军事、文化上的主体地位。

1 刘建军:《单位中国——社会调控体系重构中的个人、组织和国家》,天津人民出版社,2000 年出版,第 66 页。

2 梁漱溟:《这个世界会好吗:梁漱溟晚年口述》,第 87 页。

3 梁漱溟:《乡村建设大意》,《梁漱溟全集》第 1 卷,第 613 页。

4 毛泽东:《论联合政府》,《毛泽东选集》第三卷,第 1077—1078 页。

　　问题是，革命胜利以后，还需不需要发动和依靠农民？在新中国的建设中，农民、农村、农业应该占据什么地位？毛泽东在《论联合政府》里，强调农民是"中国工人的前身"，"是中国工业市场的主体"，就已经蕴含了一个思想：中国的工业化也要依靠农村。而这也正是梁漱溟乡村建设理论的一个核心观念。他一再强调，"中国的经济建设必从复兴农村入手"，[1]"从农业引发工业是我们翻身之路"，并且提出了"工业向乡村分散，农业工业相结合，都市乡村化，乡村都市化"的发展前景，赞赏建立"全国工业网"的设想："一个大工业中心孕有许多小工业中心，小工业中心更孕有许多更小工业中心，如此一层一层地相联，直至渗入最小社会细胞的农村为止"。[2]今天看来，梁漱溟的这些思考都是有相当的超前性的。而毛泽东在 1949 年后，对他在《论联合政府》里的思考，又有新的发展。特别是在 1956 年他进一步提出要走具有中国特色的社会主义道路的时候，首先想到的，就是进一步调整重工业和轻工业、农业的关系，他提出了一个很有意思的问题："你对发展重工业究竟是真想还是假想"，如果真想，"那你就要注重农业轻工业，使粮食和轻工业原料更多些，积累更多些"。[3]这当然是梁漱溟所赞同的。在 1958 年的"大跃进"中，毛泽东又进一步提出一系列"两条腿走路"的方针，除了工、农业并举外，还有大型企业和中小型企业并举、中央企业和地方企业并举，以及土（土法生产）洋（洋法生产）并举，等等，农村乡镇企业因此有了很大发展。梁漱溟对此作出了热烈回应，认为这是"毛主席领导

　　1　梁漱溟：《乡村建设理论》，《梁漱溟全集》第 2 卷，第 313 页。

　　2　梁漱溟：《乡村建设理论》，《梁漱溟全集》第 2 卷，第 508 页，511 页，512 页。

　　3　毛泽东：《论十大关系》，《建国以来重要文献选编》第 8 卷，中央文献出版社，1994 年出版，第 245 页。

之高明"之处;他大概同时想起了当年建立"全国工业网"的设想。他并且主动对"用两条腿走路"方针的"命意"作了两点发挥:一是对事物的辩证认识,不能"只知在工业上去求工业,却不晓得同时从另一方农业来促进工业,其效更稳且速",二是对人的认识,"人民群众是历史的动力,特别是要发展社会主义经济,建设社会主义,非把广大社会成员动员起来不行",一系列的"并举"方针,"就是要顾及各不同的方面,把一切积极因素、一切可用的力量都调动起来"。[1] 应该说,这都是深知毛泽东之言。

梁漱溟与毛泽东在思想上的契合之处,还在于他们更是把农村作为整个中国社会改造的出发点。这一点,梁漱溟是十分明确的。他从一开始就宣布:"我所主张之乡村建设,乃是解决中国的整个问题,非是仅止于乡村问题而已"。[2] 因此,他的目标是:"从乡村开端倪,渐渐地扩展成功为一个大的社会制度",并"积极地创造新文化"。[3] 他所作的村学、乡学试验的目的就是要创建一个"政治、经济、教育(或教化)"合一的全新社会结构。[4] 梁漱溟大概没有想到,他的这一设想,后来在毛泽东1958年发动的人民公社运动里得到更为全面、更大范围的实现。在毛泽东主持下制定的《关于人民公社若干问题的决议》里,这样规定了人民公社的性质与作用:"我国农村中的大规模的、工农商学兵相结合的、政社合一的人民公社",为我国人民指出了"城乡差别、工农差别、脑力劳动和体力劳动的差别逐步缩小以至消失的道路,以及国家

---

1 梁漱溟:《人类创造力的大发挥大表现——试说明建国十年一切建设突飞猛进的由来》,《梁漱溟全集》第3卷,第487—488页。
2 梁漱溟:《自述》,《梁漱溟全集》第2卷,第31页。
3 梁漱溟:《乡村建设大意》,《梁漱溟全集》第1卷,第720页,611页。
4 梁漱溟:《朝话·中国本位文化宣言》,《梁漱溟全集》第2卷,第124页;《乡村建设理论》,《梁漱溟全集》第2卷,第561页。

对内职能逐步缩小以至消失的道路"，"现在也可以预料，在将来的共产主义社会，人民公社将仍然是社会结构的基层单位"。[1]这里提出的是一条以农村改革推动城市改革，最后达到中国社会全面改革的道路。这同时也是一条以农村为基地，进行以消灭城乡差别、体力劳动和脑力劳动差别，缩小国家对内职能为主要内容的共产主义实验的道路。而以"工业、农业、商业、教育、军事合一"为特征的人民公社则是现实的社会主义社会与未来的共产主义社会的基层单位。这样的人民公社，无论其规模，还是毛泽东所赋予的内涵、意义，都是梁漱溟当年的"村学、乡学"所不能比拟，但内在思路却又自有相通之处。梁漱溟在其《人类创造力大发挥大表现》一文里，对人民公社的"组织军事化，行动战斗化，生活集体化"大加赞扬，[2]大概也是喜悦之心溢于言表吧。而"政社合一"的人民公社的负面问题此时是难以进入梁漱溟的视野之中与思考范围的。

可以说，无论梁漱溟，还是毛泽东，中国农村、农民、农业问题，都始终是他们思考的中心、出发点和归宿。但那场著名的面争，又恰恰发生在农村、农民问题上，这是耐人寻味的。我们不妨就在这里作一讨论。人们注意到，争论发生在1953年。正是在这一年，过渡时期总路线提出了。总路线的核心，是要推动工业化；这一年开始的第一个五年计划，也是以实现工业化为中心的。当时高层对工业化的理解，还深受苏联模式的影响，把重点放在发展重工业上，城市的发展上，所需要的粮食与资金都要取

---

1 《关于人民公社若干问题的决议》，《建国以来重要文献选编》第11卷，中央文献出版社，1995年出版，第598—601页。

2 梁漱溟：《人类创造力的大发挥大表现——试说明建国十年一切建设突飞猛进的由来》，《梁漱溟全集》第3卷，第461页。

之于农村。这样的工业化，是必然要以牺牲农民为代价的。也正是在1953年，国家宣布实行对粮食的统购统销，由国家控制粮食资源，不仅没减轻农民的税负，反而使农民在粮食问题上更少自主的余地。这样做，或许是势之所致：1953年国家粮食储备几个月少了40亿斤，国家不控制粮食，就会直接影响第一个五年计划的开局，这就不只是经济问题，更是政治问题。这就使毛泽东处于尴尬与为难之中。如研究者所说，毛泽东无疑是党的领导人中最重视农民作用，也是最关心农民状况的人。他在1950年、1952年、1953年连续几年都直接干预过在粮食征购问题上的计划安排，要求压缩征购数字，以缓解农民生活的困难。但现在，面对工业化的需要，为保证第一个五年计划的顺利推行，他又必须以牺牲农民利益作为代价。毛泽东的困境，当然是局外人梁漱溟不可能察觉和理解的，他只是从自己的理想出发，坚持"从农业引发工业"的道路，更是同情农民的生存困境，以及他们处于无组织状态，无权维护自己的利益的社会困境，因此，才在讨论总路线的会议上，发出了"工人在九天之上，农民在九地之下"，"工人有工会可靠，农会却靠不住"的呼声。这是显示了他的隐忧的：他担心国家走上一条城市中心的工业化道路，忽略了农村，忘记了农民，而农村、农业、农民正是他必须坚守的基本阵地。他没有想到的是，其实毛泽东的内心又何尝不是如此。这样，就像研究者所说，"梁漱溟的批评，无疑戳到了毛的痛处"，"毛泽东的激烈反应，其实突显出他这时内心里的纠结与苦恼"，[1] 毛泽东显然失态了。但在毛泽东的过激回应中，也有真实的、实质性的内容，

1　以上讨论，参看杨奎松：《从"小仁政"到"大仁政"——新中国成立初期毛泽东与中央领导人在农民粮食问题上的态度异同和变化》，载《开放时代》2013年第6期。

即他指责梁漱溟"班门弄斧"，"他说他比共产党更能代表农民，难道还不滑稽吗？"并提醒梁漱溟注意："我们是坚持无产阶级对于一切问题的领导权"的。[1]

为了摆脱自己在农村、农民问题上的尴尬，毛泽东在理论上找到了"大仁政，小仁政"论。据说为人民（农民）长远利益，这是"大仁政"；只为人民（农民）眼前利益考虑（这大概是指梁漱溟这样的批评者），这是"小仁政"。毛泽东的选择是："两者必须兼顾"，"重点应当放在大仁政上。现在，我们施仁政的重点应当放在建设重工业上"，"要施这个最大的仁政，就要有牺牲，就要用钱，就要多收些农业税"。[2]后来，如前所述，毛泽东在1956年提出要调整重工业和农业的关系，1958年发动人民公社运动，都表明毛泽东又作了自我调整，再度回到农村、农业、农民这个基地上来，梁漱溟对此作出积极回应是自然的。

其四，我们在前面谈到了梁漱溟和毛泽东都强调"引进团体生活""组织起来"是中国的大问题、真问题。接着还有一个问题：如何把中国人聚集在"组织"里？在团体生活里应该遵循什么样的原则？正是在这一点上，梁漱溟和毛泽东都作出了与西方不同的选择。

梁漱溟在许多方面都作了这样的比较："现在资本主义下的工商业，只是发财之路，而不是养人之路"，"中国从合作这条路去走，是以'人'为本的，不同乎资本主义之以'钱'为本"。[3]"在

---

1 毛泽东:《批判梁漱溟的反动思想》,《毛泽东选集》第五卷，第111页，115页。

2 毛泽东:《抗美援朝的伟大胜利和今后的任务》,《毛泽东选集》第五卷，第105页。

3 梁漱溟:《山东乡村建设研究院设立旨趣及办法概要》,《梁漱溟全集》第5卷，第224页，229页。

我们的团体（乡学村学的团体）中，遇有问题发生，不愿意用法律解决的办法，必须彼此有情有义相对待"，"把法律问题放在德教范围内"。[1] "西洋人是为满足欲望而组织国家"，"国家一面消极的保护个人的欲望，不妨碍个人的欲望，一面还积极的为大家谋福利，帮助个人满足欲望，故西洋政治可谓'欲望政治'"，而中国古人则提出"一个更高更深更强的要求……即所谓'义理'之要求是也"，要求"在人心深处有其根据"，"组织国家非提出先标明道德与法律合一不可。如此的团体生活不单是图生存过日子，而且还有领导大家向上学好之意"，"把众人生存的要求，与向上的要求合而为一"。[2]——应该注意的是，梁漱溟并无完全否定西方治国之道的合理性之意，他也无意否认图生存、谋福利和法律的意义和价值，这也是现实中国所需要的。但他更在意的，却是中国自身的"老道理"的价值，而且在他看来，中国老道理是一种高于西方文明的更为成熟的文明形态，因为它的"根据"是"在人心深处"，这才是真正代表了人类文明未来发展方向的。他由此自认为找到了一条中国的发展之路："以乡村为根，以老道理为根，从此开出新道路，救活老民族。'开出新道路，救活老民族'，这便叫做'乡村建设'。"[3]

在梁漱溟看来，中国老道理的核心是"伦理本位"；而伦理本位的最大特点，即是"将对人的问题提到前边，将对物的问题却放在后边。此问题之转移，为中西文化不同一大关键"。这样的"以人为本"的文化，它最为关注的，一是人心，一是人与人的关系。因此，"从来中国社会秩序所赖以维持者，不在武力统治而宁

1　梁漱溟：《乡村建设大意》，《梁漱溟全集》第 1 卷，第 707 页。

2　梁漱溟：《中国地方自治问题》，《梁漱溟全集》第 5 卷，第 339—340 页。

3　梁漱溟：《乡村建设大意》，《梁漱溟全集》第 1 卷，第 614—615 页。

在教化；不在国家法律而宁在社会礼俗"。[1] 在人自身，强调"自力"，"修身为本"，"处处训练人向里用力"：反省，克己，勤俭，刻苦，自励；[2] 在人与人关系上，则强调"情谊"，"相互间的一种义务关系"，"彼此互以对方为重"。[3] 也就是说，无论于己于人，都充分表现出"人的理性"，中国文化的成熟性即在于此。[4] 梁漱溟追求的是一条不同于西方"以法治国"，而是"以德治国，教化人心"的中国特有的道路。

人们在毛泽东的治国方略里，也发现了中国传统的"道德本位主义"的影响。[5] 正是在 1958 年，毛泽东明确提出，"除了党的领导之外，六亿人口是一个决定的因素，人多议论多，热气高，干劲大"，[6] 把人的因素、作用提到空前的高度。也是在 1958 年，毛泽东提出"政治工作是一切经济工作的生命线"的命题，[7] 发出"破除迷信，解放思想"的号召，要求通过政治思想工作，调动作为生产力主体的"人"（劳动者）的积极性，通过人的精神解放，来发展社会生产力。毛泽东同时十分注意调整人与人之间的关系，包括领导与群众的关系，生产管理者与劳动者的关系，把它作为生产关系的重要方面，要求通过群众性的政治、思想、教育、社会运动来发展生产力。对毛泽东提出的"又红又专"的命题，一

1　梁漱溟：《乡村建设理论》，《梁漱溟全集》第 2 卷，第 180 页，179 页。

2　梁漱溟：《乡村建设理论》，《梁漱溟全集》第 2 卷，第 181 页，189 页。

3　梁漱溟：《乡村建设理论》，《梁漱溟全集》第 2 卷，第 168 页。

4　梁漱溟：《乡村建设理论》，《梁漱溟全集》第 2 卷，第 181 页。

5　何中华：《毛泽东治理理念：为摆脱现代性困惑提供启迪》，载 2014 年 1 月 23 日《社会科学报》。

6　毛泽东：《介绍一个合作社》，《建国以来毛泽东文稿》第 7 册，第 177—178 页。

7　毛泽东：《工作方法六十条（草案）》，《毛泽东文集》第 7 卷，人民出版社，1999 年出版，第 351 页。

位外国学者作了一个很有意思的解读，说这是毛泽东试图在"工程、技术的现代性"（专）与"道德主义的现代性"（红）之间取得某种综合和平衡。[1]

而毛泽东的这些号召与"大跃进"中的实践，在梁漱溟这里得到了异乎寻常的热烈回应。《人类创造力的大发挥大发现》一开篇就引述毛泽东的话："世间一切事物中，人是第一可宝贵的。在共产党领导下只要有了人，什么人间奇迹也可造出来"；竭力赞扬毛泽东"不把六亿之众看作一大负担，而认为这是我们国家最大的本钱，他自己最好的依靠"，因为"其不多从消费者那面来看人，却多从生产者这面来看"；他高度评价毛泽东"破除迷信，解放思想"的号召，认为这导致了"人类创造力的大发挥大表现"；他非常赞赏"说服教育，启发其心"的工作方法；他充分肯定"善于领导群众是毛主席的最大本领所在"，"他最会使唤人，人们最听他使唤"，"人们的积极性，创造性在共产党毛主席高明卓越的领导下大大调动起来，活跃起来"。他又由此总结了毛泽东领导共产党创造的中国社会主义的本质："社会主义是要以人为主体来统治着物的"，"资本主义在人身一面着手"来"唤起人类创造力"，而"社会主义却从人心一面着手"，或者说是把这二者有机结合起来，因此他认为，中国社会主义"简括言之，就是：安顿其身而鼓舞其心"。"安顿其身"我们在前文已有讨论；这里梁漱溟要强调的是，"安顿其身"即保障人的基本生存，满足人的占有冲动，本应是资本主义的任务与特点，由于中国"不是充分经过了资本主义而后到社会主义的"，需要"补课"，因此，"不宜太

---

[1] 本杰明·史华慈：《中国的共产主义与毛泽东的崛起》，中国人民大学出版社，2006 年出版，第 225 页。

忽略身之一面"。但"社会主义所以唤起人类创造力者主要不在于此"，社会主义的本质在于唤起人的"创造冲动"，"创造力出自于心，以致浑若忘其身"，"占有冲动从有我而来，创造冲动起来时，却每每入于忘我之境"，由此达到的人的自觉性与主动性，才是人的本质的真正体现，"这就是社会主义社会不靠生存问题的胁迫，不靠财产私有的诱进，而自能发动伟大旺盛的人类创造力远过于其前的道理"。在他看来，毛泽东和共产党的成功的秘诀，在于他们"深深理解人心或人情——或说人类这一最高等的生命"，"人类之首出庶物者，不在身体而宁在心思"，"心之为心，在其表见出自觉和主动来——人之有意志、企图构成于此——而这就是其他动物所缺乏的"，"人类生命一面凭借于身体，却又一面超越乎身体不受其牵掣束缚"，"就在其从身体解放出来的那时，人类生命重心便从个体转移于群体（社会）"，他的结论是："必自觉和主动方才是心，必有心方才成其为人，必个个人都是主人而组成的社会方才是社会主义社会"。[1]——细读梁漱溟以上论述过程，就不难发现其逻辑重心的逐渐转移：开始时确实试图说明"建国十年一切建设突飞猛进的由来"，表明他对毛泽东、共产党的思想与实践的倾心；越到后来就越趋向于借题发挥，如他自己所说的"贩卖自己的思想见解"了。这是我们一开始就交代了的：这是梁漱溟化了的毛泽东，梁漱溟这里描述的中国社会主义图景，在很大程度上是梁漱溟对于社会主义的想象，与中国社会主义的现实，是有距离的。不仅他作为理论判断的依据所引用的材料，全部来自不乏浮夸的报纸上的报道，这时的梁漱溟已经不可能像1950年

1　梁漱溟：《人类创造力的大发挥大表现——试说明建国十年一切建设突飞猛进的由来》，《梁漱溟全集》第3卷，第418页，518页，492页，512页，430页，505页，456页，440页，441页，442页，507页，508页，512页。

那样去作实地的考察，这是客观条件的限制；这也是梁漱溟主观筛选的结果，后来他在《跋记》里就说明当时对"大跃进"里的某些内容如"不断革命"的精神，他就没有采用。[1]

其五，或许梁漱溟与毛泽东更为相近的，是他们的"圣人情结"和"圣人治国"理想。

正是在1958年，毛泽东在最高国务会上，突然说道："过去有句话'士希贤，贤希圣，圣希天'，你们难道不愿意当圣人吗？"[2] 毛泽东自己早在年轻时候就立志要将传教之"圣贤"与做事之"豪杰"集于一身。[3] 这一点，梁漱溟是充分理解的。他和毛泽东一样，都认为自己是"天将降大任"之人，他也是以"为往圣继绝学，为万世开太平"为己任的，自有一种当仁不让、舍我其谁的天命意识。他那句"我若死，天地将为之变色，历史将为之改辙"的名言，是为人们所熟知的。他强调人要有"深心大愿"，要以"悲悯"之心，思考"大问题"，[4] 也是要追溯"大本大源"的"宇宙真理"的。晚年当有人问他："您算一个圣人吗？"他的回答是：圣人的"生命完全高过普通人"，"我现在还是一个普通人"，"我可能比其他的普通人不同的一点，就是我好像望见了，远远地看到了"，看见了孔子、王阳明这些圣人"是怎么回事"，但我还不够"彻悟"。[5] 这样的回答是意味深长的：梁漱溟始终把

1　梁漱溟：《〈人类创造力的大发挥大表现——试说明建国十年一切建设突飞猛进的由来〉跋记》，《梁漱溟全集》第3卷，第521页。

2　毛泽东：《在第十四次最高国务会议上的讲话提纲》，《建国以来毛泽东文稿》第7册，第44页注释（4）。

3　参看毛泽东：《讲堂录》，《毛泽东早期文稿》，湖南出版社，1990年出版，第589页，591页。

4　梁漱溟：《精神陶炼要旨》，《梁漱溟全集》第5卷，第493—494页。

5　梁漱溟：《这个世界会好吗：梁漱溟晚年口述》，第274页，275页，276页。

"圣人"的"我"与"凡人（普通人）"的"我"，内在的"我"和外在的"我"区别开来。他自己更看重的是圣人、内在（在内心下功夫）的"我"，但为众人想，他又强调凡人、外在（行菩萨道，不舍众生，参与社会改造实践）的"我"。

关键还在治国理想。在梁漱溟的心目中，中国老道理的一个重要方面就是"崇尚贤者"，"以德服人"者"为君"，这是一种"人治的多数政治"，[1] 也即圣人之治。在他看来，中国政治的核心，是"开出多数人接受少数高明人领导的路子"，这就要"提高教育在社会中的地位"，[2] 实行"政治教化"，实现"政教合一"。[3] 他理想的政治是"少数贤智之士的领导与多数人的主动二者可以调和"，[4] 也即圣人与凡人的结合，但又应保持"两个天然不可少的等差：一种是从看重理性、尊尚贤智而来的等差；一种是从尊敬亲长而来的等差"。[5] 这就需要在"圣王"与"庶民"之间"调节缓冲"，这是知识分子的职责所在，即是"士人立志就要为'王者师'"。[6] 这或许也是他在中国政治中的自我定位。

因此，他才那么真诚地、理直气壮地赞扬毛泽东和共产党："先建立对广大群众的统一领导权"，又"善于掌握运用这领导权"，"把广大人民群众慢慢都争取过来跟着共产党走"，这就是中国"一切建设突飞猛进的由来"。在梁漱溟看来，毛泽东"一生白手起家，什么也不曾靠得"，却能使"六亿之众"全"跟

1 梁漱溟：《乡村建设理论》，《梁漱溟全集》第2卷，第293页。
2 梁漱溟：《乡村建设理论》，《梁漱溟全集》第2卷，第552页。
3 梁漱溟：《中国之地方自治问题》，《梁漱溟全集》第5卷，第337页。
4 梁漱溟：《乡村建设理论》，《梁漱溟全集》第2卷，第292页。
5 梁漱溟：《乡村建设理论》，《梁漱溟全集》第2卷，第296页。
6 梁漱溟：《乡村建设理论》，《梁漱溟全集》第2卷，第187页。

着自己走",¹ 这样的出自社会底层农耕家庭的"圣人"是他所心仪的。这也是符合毛泽东本人的逻辑的；在"文化大革命"中，毛泽东就曾说："我们的权力是谁给的？""是占人口百分之九十以上的广大劳动群众给的。我们代表了无产阶级，代表了人民群众，打倒了人民的敌人，人民就拥护我们"。²

这样，我们也就明白，梁漱溟在 1953 年的面谏，他自己的主观意图，是在履行"王者师"的职责。尽管被毛泽东所拒绝，梁漱溟还是要坚持"立言，立德"，他写《人类创造力的大发挥大表现》，除了继续表明心迹之外，更是要借此证明自己，坚守信念。而他拼将最后的生命，写出《人心与人生》这样的他自认为"最重要"的著作，更是要留下他追溯"大本大源"的思考，最后完成自己"远远的看到了圣人境界"的形象。

但面对梁漱溟这样的坚守一生、至死不变的"圣人情结"，我们在感佩其内在的生命信仰的坚定、天赋使命感、至大至刚的精神力量的同时，也还会有隐隐的不安：因为在"圣人"境界、气象的魅力背后，是隐含着某种专制逻辑的。如研究者所说，在梁漱溟"知行合一"的信念里，如果对自己的"知"过于执迷，甚至"为了理论的正确，牺牲了对现实的全面深刻认识；为了思想的演进发展，忽视了对社会的复杂体认"，无视一己之"知"的偏执与有限，而又要用强大的意志力坚定不移地施之为"行"，这样的实践在产生巨大效应的同时，是有可能带来严重后果的。³ 回首当代中国前二十多年的曲折，便是意志凭借组织的力量，转化

1　梁漱溟：《人类创造力大发挥大表现——试说明建国十年来一切建设突飞猛进的由来》，《梁漱溟全集》第 3 卷，422 页，425 页，429 页。

2　毛泽东：《共产党基本的一条就是直接依靠广大人民群众》《建国以来毛泽东文稿》第 12 册，第 581 页。

3　参看梁卫星：《改造中国的实践：梁漱溟传》，第 196 页。

成了亿万人的实践。可以说，当年毛泽东盛怒之下，宣布梁漱溟为"反动分子"，对他绝"不信任"，"绝不采纳"他的思想和路线，[1] 将他完全排除在权力之外，反而成全了梁漱溟，使他的圣人理想、理念、情怀，始终保留在思想、文化、精神的层面，没有演变为治国之道，反而避免了可能造成的灾难。这不幸中之大幸，使人又想起梁漱溟远远看见的圣人孔子的命运：他当年成了"丧家犬"，本来是大幸，后来儒教徒非要把他的思想变成"治国平天下"的利器，倒反成了大不幸。

三、他们在解决办法上的分歧与不同

那么分歧呢？大体有三。

首先，无论是梁漱溟还是毛泽东，都承认他们之间的分歧集中在阶级、阶级斗争问题上。毛泽东在《批判梁漱溟的反动思想》里就谈到当年在延安窑洞里的争论："我曾当面向他说过，我是从不相信你那一套的。什么'中国没有阶级'，什么'中国的问题是一个文化失调的问题'，什么'无色透明政府'（按，指梁漱溟主张政府不能带有党派色彩，应该成为超阶级的'无色透明体'），什么'中国革命只有外来原因没有内在原因'"。[2] 而梁漱溟在晚年谈到他和毛泽东"看法不一致"，一个主要问题"就是阶级问题"：毛"是阶级斗争"，他却认为，明清以来的中国社会，"贫富贵贱当然有，可是贫富贵贱可以上下流转相通，它不是像外国那样的一个阶级，很固定很成型"，"中国社会散漫流转相通呢，它就散

---

1 毛泽东：《批判梁漱溟的反动思想》，《毛泽东选集》第五卷，第108页，114页。

2 毛泽东：《批判梁漱溟的反动思想》，《毛泽东选集》第五卷，第109页。

漫。散漫就斗争不激烈，不像两大阶级，一个贵族，一个农民或农奴，中世纪的，或者后来的资本主义社会，资本家跟工人两大阶级，中国缺乏那个东西。中国人喜欢调和，斗争还是有，不过不太习惯斗争"。[1]

这样的对中国社会认识的分歧，从一开始就决定了他们在道路选择上的不同。梁漱溟在三十年代提出乡村建设理论时，就明确地谈到他主张的"乡村建设"与共产党正在发动的"农民运动"（毛泽东正是其主要主持者）的不同："他们分化中国社会，要在其中形成某一方面的力量，作军事的及政治的斗争，压倒其余，取得政权——他们走分化斗争之路"，"我们一意增进社会关系（由散漫入组织），调整社会关系（从矛盾到协调），俾隔阂得以沟通，痛痒得以苏醒，使此广漠散漫的社会，有其一明朗的意志要求可见。这样反映到政治上，自然建立统一稳定的政权。——我们走调整协和之路"。[2]在建国问题上，梁漱溟也曾这样明确地表达自己的追求："我策划在经济建设中要增进社会关系，调整社会关系，而避免矛盾之加深，以阶级之缺乏（矛盾不大）径直渡达于阶级之消灭（矛盾消灭）"，"要把国家政权建立在一种联合团结的基础上"。[3]于是，就有了梁漱溟的社会主义观：社会主义实行"安顿其身而鼓舞其心"的原则，其最大的好处，就是"使人们的心思力气直接或间接都于对付自然界"，而"消除人间的生存竞争和斗争"。在他看来，"落于人对付人之间，不仅坐食消耗，更且于生产创造肆其阻碍和破坏"。[4]这样的追求

1　梁漱溟：《这个世界会好吗：梁漱溟晚年口述》，第81页。

2　梁漱溟：《答乡村建设批判》，《梁漱溟全集》第2卷，第599页。

3　梁漱溟：《我的努力与反省》，《梁漱溟全集》第6卷，第1024页。

4　梁漱溟：《人类创造力的大发挥大表现——试说明建国十年一切建设突飞猛进的由来》，《梁漱溟全集》第3卷，第430—431页，432页。

联合团结、协调和谐的国家秩序和社会主义的理想，自然是与主张"与人奋斗，其乐无穷"的毛泽东决然不同。毛泽东的主张就是"不断革命"，即所谓"抓革命，促生产"；他的"政治挂帅"，就是用阶级斗争解决一切问题；他的"思想领先"，就是"兴无（无产阶级思想）灭资（资产阶级思想）"；他提出"卑贱者最聪明，高贵者最愚蠢"，鼓动"卑贱者"起来打倒"高贵者"。这一切在 1958 年的"大跃进"中都发挥到了极端。有意思的是，在梁漱溟写于 1959 年的《人类创造力的大发挥大表现——试说明建国十年一切建设突飞猛进的由来》的描述里，这一切全被他忽略了。如前文引述里所说，他后来承认是有意不提"不断革命"的；其实有意不提的，是应该包括这里所说的"阶级斗争为纲"的一系列思想的。梁漱溟的有意回避，自然是有严重的保留意见。这样，我们也终于明白，这篇赞扬的文章，其实有意突出相同之处，而回避了彼此的分歧。

不可否认，梁漱溟在 1949 年后几年间的一些文章里，也曾对自己反对阶级斗争的思想，作过检讨："我过去一直不同意他们以阶级眼光观察中国社会，以阶级斗争解决中国问题，而现在所谓得到修改者亦即在此"。梁漱溟也说得很坦白："三年来的事实给我的教训最大者，即是若干年来我坚决不相信的事实，竟出现在我眼前。这不是旁的事，就是一个全国统一稳定的政权竟从阶级斗争而奠立了。我估料它一定要陷于乱斗混战没有结果的，居然有结果，而且结果显赫，分明不虚。我何以估料错了呢？"[1] 可以说，毛泽东和共产党革命的胜利，这一客观事实，使它的许多

1　梁漱溟：《两年来我有了哪些转变？》，《梁漱溟全集》第 6 卷，第 874 页，877 页。

反对者感到尴尬，所谓"实践是检验真理的标准"，在实践结果面前，许多像梁漱溟这样的正视事实又相信真理的知识分子，就不得不重新检讨自己当初的认识。但这样的检讨，是不可能根本动摇和改变原初的理想、追求的，何况在新的社会实践——社会主义革命与建设中，一些矛盾和问题逐渐显现，梁漱溟的保留意见就越来越多，在"文革"结束后，就重新回到自己原初的批判立场，明确提出：毛泽东晚年许多错误的"总根源"就在"他既在思想言论上过分强调阶级斗争，更且以其不可抗的权威而励行之"。他宣布，"夙性独立思考的自我恢复了自信"，就要继续和毛泽东论争：他在 1970 年对斯诺的谈话里，承认"中国社会是一个小资产阶级的汪洋大海了，缺乏敌对的两大阶级了，却为何强要无风起浪，制造阶级斗争？"最后，梁漱溟又出人意料地为毛泽东作了一个辩解：这是"伟大卓越人物临到晚年的一种病态，凡人俗子不会有"。[1]

其次，晚年的梁漱溟对毛泽东还有一个批评："毛主席这个人啊，才气很高，所以他什么事情好像都不在眼里，所以他也就缺乏尊重老文化、老学问的那个样子，其实他还是逃不出去这个老文化"。[2] 这里讲的"老文化、老学问"就是梁漱溟喜欢讲的"老道理"，主要是儒家思想、文化。这大概是二人的又一个根本分歧。

毛泽东不尊重传统文化，梁漱溟说他才气很高，什么都不放在眼里，这更是出于他的雄心大志，即要把握"宇宙之真

---

1 梁漱溟：《试说明毛泽东晚年许多过错的根源》，《梁漱溟全集》第 7 卷，第 520 页，521 页。

2 梁漱溟：《这个世界会好吗：梁漱溟晚年口述》，第 17 页。

理"，"根本上变换全国之思想"，[1]为万世开新纪元，这就必须将一切既成文化扫荡以尽，即所谓"与传统彻底决裂"。1965年也即"文化大革命"前夕，毛泽东接见外国政要时，一语道破天机："应当消失的是中国过去的思想、文化和风俗，应当出现的是那些现在还不存在的思想、风俗和文化"。[2]这就是所谓"大破大立"，在紧接而来的"文化大革命"中，就变成了红卫兵的"破四旧"（破除"旧思想、旧文化、旧风俗、旧习惯"）的疯狂实践。"文革"中还有一句口号，叫"彻底批判封、资、修"，不仅被视为"封建主义"的传统文化，而且连同所谓"资本主义"的西方文化，所谓"修正主义"的苏联文化、中国左翼文化，都在扫荡之列。这就是真正的文化浩劫，这是梁漱溟所最不能接受和容忍的；后来他分析毛泽东晚年错误，这应该是一个主要方面。

但梁漱溟也指出，毛泽东事实上还是"逃不出"老文化、老道理。前文所分析的梁漱溟与毛泽东的相通之处，无论是"道德主义"，还是"圣人治国"，都显然有儒家文化的深刻影响。梁漱溟在解释社会主义革命胜利时，甚至认为一个重要原因是"共产党所说无产阶级那种精神或心理，却正是中国人所早成为好尚的东西——仁与义"。[3]

但这并不符合毛泽东的意图。毛泽东当然离不开中国传统，但他所继承的，主要不是儒家传统。很多人都注意到毛泽东的思想与法家的关系，还有中国传统的流民文化也显然对毛泽东有影

1 毛泽东：《致黎锦熙信》（1917年8月23日），《毛泽东早期文稿》，第85页。
2 转引自莫里斯·迈斯纳：《文化革命的概念》，萧延中主编：《从奠基者到"红太阳"》，中国工人出版社，1997年出版，第391页。
3 梁漱溟：《中国建国之路》，《梁漱溟全集》第3卷，第404页。

响。¹毛泽东本人大概也不回避他对法家的情有独钟，这就要说到，毛泽东在生命最后阶段所发动的"批林批孔"运动，以及梁漱溟的保留态度引发的间接论争。毛泽东要借此向世人与后人表明，他的思想资源是反儒而近法的。在他看来，儒家思想的核心和基本功能是要维持现有秩序，这是和他自己的"不断革命""大乱而大治"的政治、思想追求是格格不入的。毛泽东要强调他的基本思想、文化立场与儒家的对立。毫不知情的梁漱溟此时本也无意公开冒犯毛泽东，只不过在被迫表态的情况下，说了几句心里话，写了《今天我们应当如何评价孔子》一文，还引用了毛泽东"允许保留"的话，来表示自己的态度。²但他却再一次地触动了毛泽东，又引发了轩然大波。但此时重病中的毛泽东已无力亲自过问，就变成了隔空较量，不了了之了。

我们注意的是，梁漱溟在最后一次的论争中对孔子思想的看法。这当然也是他的一贯的看法。他强调："从本质上说，它（儒家）不是宗教，而是人生实践之学。正如他们所说'践形尽性'就是了。践人之形，尽人之性，这是什么？这是道德。"³把孔子之学视为"人生实践之学"，"道德"伦理之学，而不是"治国平天下"之学，这都是梁漱溟的独特眼光。梁漱溟还说："儒家的特色它是信赖人"，"它认识了人的理性"，不像其他文化那样"信赖上帝"，"信赖真主"；"他总是站在人的立场说话，他说来说去还是归结到人身上"。⁴也就是说，儒学也是人学。早年梁

1　参看钱理群：《应该研究现当代中国社会的游民问题》，收《活着的理由》，广西师范大学出版社，2010年出版。
2　参看梁漱溟：《批林批孔中学习小组上的一次发言》，《梁漱溟全集》第7卷，第241页。
3　梁漱溟：《今天我们应当如何评价孔子》，《梁漱溟全集》第7卷，第297页。
4　梁漱溟：《这个世界会好吗：梁漱溟晚年口述》，第18页，第121页。

漱溟曾辩驳说，"如看孔子太偏乎外面，太偏乎人事，太偏乎平稳，此很错误"，"实则孔子自己只是想对自身生活有办法，自己生命活泼丰富"，"孔子宁愿要真而不要无谓的平稳"，"他最痛恨的是'乡愿'；'乡愿'是外面平稳而缺乏里面的真实"，"我们所要复兴的是孔子与人类生命深处（亦可说是人心）有关系的那一点"。[1] 他一再强调："孔子的学问是最大的学问，最根本的学问——明白他自己，对他自己有办法"，"我们想要认识人类，人是怎么回事，一定要从认识自己入手"。[2] 直到晚年，梁漱溟还是坚持这样的孔子观，并且有进一步的发挥："他所说的就是他自己的生命。就是他自己的生命、生活在说话，没有说到外头去"，孔子的学问"是生命、生活之学，不是旁的学问"。[3] 他还专门谈到自己对中国文化和孔子的研究："我已经说过了，我没念古书，可是中国古书里头好的、精髓的，帮助我很多，我还是能够领会"，"我对孔子的了解、懂的，比那个宋朝的朱子——朱熹，懂得要多一些"。他因此特别看重王阳明底下的王艮，说"上层的讲学问的人，容易偏于书本"，而王艮"没有什么文化，可是他的生命、生活他能够自己体会，这个就行了，这个就合于儒家了，合于孔子"。[4]

这其实也是夫子自道：梁漱溟不只是从书本，更是通过自己的生活经验、生命体验进入孔子世界的，并且把孔子的思想融入了自我生命之中。也正因为如此，他也绝不会陷入盲目，敢于正视儒学在历史发展中逐渐"老衰"的事实："历史既久，沉浸一切

1　梁漱溟：《与丹麦两教授的谈话》（1934 年 9 月 26、27 日），《梁漱溟全集》第 5 卷，第 575—576 页。

2　梁漱溟：《孔子学说之重光》，《梁漱溟全集》第 5 卷，第 553 页。

3　梁漱溟：《这个世界会好吗：梁漱溟晚年口述》，第 105 页。

4　梁漱溟：《这个世界会好吗：梁漱溟晚年口述》，第 104 页，107 页。

入于僵化凝固，徒存形式，失其精神，如后世所称'名教'、'礼教'者难免成为人生桎梏"，他也完全理解五四对"孔家店"的批判。[1] 因此才有"复兴孔子学说"的问题的提出，复兴不是复旧，而是回到"孔子与人类生命深处（亦可说是人心）有关系的那一点"去；而在梁漱溟看来，这"生命深处"的东西，就是"所谓理性；理性即人类心理顶平静清楚的时候，并且亦是很有情的时候"。[2] 所以，梁漱溟终其一生，都在传扬"以富有理性的教化代替迷信独断的宗教"的孔子思想和精神。[3] 这自然是毛泽东所绝对不能接受的。同时，也和形形色色的孔教徒划清了界限：梁漱溟不是以孔子为"敲门砖"的政治家，不是以复古为宗旨的文化保守主义者，也不是把儒学当作死学问，借以"谋稻粱"的书生，他是真懂孔子，付诸实践，认真解决现代中国的真问题、大问题的，而且矢志不变，百折不回。因此，称他为"最后的儒家"，[4] 应该是最公正的历史评价。

最后，二人的分歧，还在于他们对知识分子的不同认识与态度。梁漱溟在发动乡村建设运动时，即明确提出："中国问题之解决，其发动主动以至于完成，全在其社会中知识分子与乡村居民打并一起，所构成之一力量"。梁漱溟同时强调，"中国问题是

---

1 梁漱溟:《今天我们应当如何评价孔子》,《梁漱溟全集》第7卷，第298—299页。

2 梁漱溟:《与丹麦两教授的谈话》,《梁漱溟全集》第5卷，第576页。

3 梁漱溟:《今天我们应当如何评价孔子》,《梁漱溟全集》第7卷，308页。

4 "最后的儒家"这一评价是美国学者艾恺在其著作《最后的儒家——梁漱溟与中国现代化的两难》里首先提出的。据艾恺回忆，他在1980年采访梁漱溟时，谈到了这一评价，梁漱溟表示"他可以接受"。见《艾恺教授序》,《这个世界会好吗：梁漱溟晚年口述》，第2页。艾恺在文章里，还评价说：梁漱溟"以自己的生命去体现对儒家和中国文化的理想，就这一点而言，他永远都是独一无二的"，见同书第4页。

改造文化，民族自救"，因此，中国问题的发动，就"必须是最先与外面接触的知识分子"，在乡村建设运动中，"先知先觉的知识分子明明是主而不是宾"，而知识分子又必须回到乡村，和乡村居民结合，"上下果一接气，中国问题马上有解决之望"。[1]值得注意的是，梁漱溟这里提出一个"乡村居民"的概念，表明他不赞成将乡村分化为对立的阶级。因此，在梁漱溟的"村学、乡学"试验设计里，其团体组成有四部分人："学众"即全体乡村居民，他们是主要参与者；"学董"和"学长"，多是有文化的乡绅，起行政、监督作用；"教员"即城里来的志愿者则起推动设计作用。显然，在梁漱溟的乡村组织结构里，村民、乡民是主要依靠对象，而外来和本土的知识分子则是领导者。[2]而在毛泽东领导的湖南农民运动里，一开始就将梁漱溟所说的"乡村居民"分为两大对立阶级："土豪劣绅"即梁漱溟作为学董、学长的乡绅和农民；农民中又分富农、中农和贫农。毛泽东依靠的是贫农，视其为"革命先锋"，真正起领导作用的是农会，而农会又是由从事"农运工作同志"控制的，其背后有"革命的党派"的领导。[3]

到了中国革命里，知识分子是团结的对象。在延安整风运动以后，就提出了"知识分子改造"的命题与任务，毛泽东说："小资产阶级知识分子"总是要用他们的面貌"来改造党，改造世界"。我们要向他们"大喝一声"："你们那一套是不行的，无产阶级是不能迁就你们的。依了你们，实际上就是依了大地主大资

1　梁漱溟：《乡村建设理论》，《梁漱溟全集》第2卷，第450—459页。
2　参看梁漱溟：《乡村建设大意》，《梁漱溟全集》第1卷，第676—679页。
3　参看毛泽东：《湖南农民运动考察报告》，《毛泽东选集》第一卷，第12—22页。

产阶级，就有亡党亡国的危险"。[1] 因此，中华人民共和国一成立，毛泽东即于 1951 年 10 月提出："思想改造，首先是各种知识分子的思想改造，是我国在各方面彻底实现民主改革和逐步实现工业化的重要条件之一"。[2] 梁漱溟却还要与毛泽东面争，自然要惹其大怒并认定梁漱溟的路线是"资产阶级路线"了。[3]

2014 年 2 月 18 日—3 月 1 日

1　毛泽东：《在延安文艺座谈会上的讲话》，《毛泽东选集》第三卷，第 875—876 页。

2　毛泽东：《三大运动的伟大胜利》（1951 年 10 月 23 日），《建国以来毛泽东文稿》第 2 册，第 482—483 页。

3　毛泽东：《批判梁漱溟的反动思想》，《毛泽东选集》第五卷，第 111 页，第 115 页。

1957—1959：郭小川的命运起伏

一、郭小川的典型性

（一）十四年的文债

这又是一笔始终郁结于心的文债：早在 2000 年《郭小川全集》出版座谈会上，我就谈到，自己是读郭小川的诗长大的，没有为他写任何文字是"精神的欠账"，必须补偿；[1] 但到了 2009 年《一个人和一个时代——郭小川纪念文集》出版暨郭小川诞辰九十周年纪念座谈会上的发言里，我还是羞愧地谈到，自己尽管"也有着手研究的打算，但以后由于种种原因，竟没有写一个字"，我由此重提十年前的呼吁："充分利用《郭小川全集》和今天发行的纪念集、画传提供的大量原始材料，以郭小川为个案，研究他所生活的革命时代，他所参与的中国革命及其文学"，我认为"经过这十年中国社会的发展，文学的发展，这样的呼吁就更具有迫切性，而且应该有更深刻、更丰富的历史内容"。我最后说："这一

1　钱理群:《在〈郭小川全集〉出版座谈会上的发言》，收《一个人和一个时代：郭小川纪念文集》，作家出版社，2009 年出版，第 298 页。

回，我们再也不能交白卷了"。[1]但现在（2014年）一晃又是五年过去了，整整拖欠了十四年的文债，无论如何必须偿还了。

这就有了一个问题：我为什么十几年念念不忘要研究郭小川？道理也很简单：郭小川在我的1949年后的"中国知识分子精神史"研究中是一种特殊的典型，具有特别的意义和价值。

郭小川的典型性在哪里？

主要在四个方面。其一，他是"党的儿子，革命的儿子，军队的儿子"，完全是中国共产党领导的中国革命及其军队培育出来的，不仅与和中国共产党及中国革命有着更复杂的关系的知识分子不同，而且有别于向往而未及参加革命的青年。其二，郭小川更是"延安的儿子"，和来自国民党统治区的共产党人（包括从国统区来到根据地的共产党人）存在差别。其三，在新中国成立以后，郭小川属于体制内作家，而且是位居文艺界领导地位的党的高级干部。这是根本有别于处于体制边缘的大多数作家和知识分子的。其四，如研究者所说，郭小川参加了革命，进入了权力机构，却并不热衷权力，始终未能和革命与体制"完全融合"，"甚至陷入内心冲突的痛苦之中"，[2]并且以他特有的真诚，既在他所认同的"国家主义、政治主义、革命主义、集体主义"的主流"话语形式中表达自己的激情，同时又在这种话语形式中进行艰苦的心灵挣扎"。[3]这又使得他在同类知识分子中显得有些异类。

1　钱理群:《"假如郭小川还活着……"——在〈一个人和一个时代〉出版暨郭小川诞辰九十周年纪念座谈会上的发言》，收《智慧与韧性的坚守：我的退思录》，新华出版社，2011年出版，第99页，102页。

2　洪子诚:《〈郭小川全集〉的意义》，收《一个人和一个时代：郭小川纪念文集》，第302页。

3　王富仁:《一个真正的诗人》，收《一个人和一个时代：郭小川纪念文集》，第308页。

这样，就使得郭小川的人生、文学道路选择具有特殊的复杂性与丰富性，能够呈现"中国革命、共和国与知识分子关系"中更深层面的历史内容，这是研究其他类型知识分子很难达到的。这正是郭小川让我着迷之处，也是让我困惑，迟迟不能进入的原因所在。而且直到现在不能不动笔了，却依然不知从何入手。在万般无奈之下，也只能选择"1957—1959：郭小川的命运起伏"这样一个题目与角度勉强写写看：这是我的 1949 年后的"中国知识分子精神史"研究第一次陷入了困境。而且在进入本题之前，还得谈一个大的背景——

（二）郭小川的延安经验和想象

郭小川在"文革"期间（1969 年）写的交代材料里，这样写道："1941 年初，我到延安马列学院学习。同年夏，马列学院改为中央研究院，我继续在此学习，当文艺研究室的研究生"，这"正是整风前的一年，丁玲、王实味、萧军、艾青等这样一批牛鬼蛇神正在兴风作浪。在许多青年知识分子中，思想上也相当混乱，个人主义、自由主义、风头主义相当泛滥。我一到这样的环境里，首先是成名成家的资产阶级个人主义思想大大发展，不仅不能与文艺界的牛鬼蛇神划清界限，进行斗争；而且极力向文艺界挤，与李雷、艾青先有了联系，以后就在艾青编的《诗刊》、丁玲编的《解放日报》文艺副刊、舒群编的《文艺月刊》发表诗和散文"，"现在还能找到的有在《解放日报》文艺副刊上发表的《生命的颂歌》，这就是一篇宣扬资产阶级人道主义思想的大毒草"。[1]

1　郭小川：《我在 359 旅工作和在延安学习时的一些情况》，收《郭小川全集》第 12 卷，广西师范大学出版社，2000 年出版，第 142 页，144 页。

　　滤去"文革"时代语言的自我批判色彩,应该说,这里陈述的是一个基本事实:在1942年整风运动之前,延安文化界曾经有过一段"个人主义、自由主义、风头主义"盛行,即相对自由、宽松的时期。文学史研究者指出,这是"由于当时中共中央还存在着权力相对分割的多元局面,更由于当时张闻天还是兼任中央宣传部长的、名义上的党的总书记,主管意识形态"。[1]他明确提出:"应该重视文化人,纠正党内一部分同志轻视、厌恶、猜疑文化人的落后心理","应该用一切方法在精神上、物质上保证文化人写作的必要条件,使他们的才力能够充分的利用,使他们写作的积极性能够最大的发挥","党的领导机关,除一般的给予他们写作的任务与方向外,力求避免对于他们写作上人工的限制与干涉,我们应该在实际上保证他们写作的充分自由",所有文化"团体内部不必有很严格的组织生活与很多的会议,以保证文化人有充分研究的自由与写作的时间"。[2]张闻天还特别强调:共产党必须"组织各种文化的,研究的,考察的团体,提倡自由研究、自由思想、自由辩论的生动、活泼、民主的作风",而文化人必得"大胆地创作、写作、著述、介绍、翻译,来打破各种限制,打破各种陈旧的观点与标准,建立新观点、新标准,以发展学术,提高学术"。[3]如研究者所说,其"对自由思想和主体创造性的强调,

----

　　1　袁盛勇:《历史的召唤:延安文学的复杂化形成》,中国戏剧出版社,2007年出版,第140—141页。

　　2　《中共中央宣传部、中央文化工作委员会关于各抗日根据地文化与文化人团体的指示》,1940年12月1日《共产党人》第12期,转引自袁盛勇:《历史的召唤:延安文学的复杂化形成》,第141—142页。

　　3　洛甫(张闻天):《抗战以来中华民族的新文化运动与今后任务》,1940年4月10日《解放》第103期,转引自袁盛勇:《历史的召唤:延安文学的复杂化形成》,第143页。

倒真有点'五四'时期的风度了"。[1] 在这样的文化政策下所形成的相对宽松的文化环境中，迅速出现了自由结社、创作的高潮，具体体现在：一系列文化机构、协会或组织团体的成立；一系列文艺社团的建立；一系列报纸杂志的创办。[2] 这里特别需要提出的是，延安的文化组织最早是 1937 年 11 月成立的陕甘宁边区文化界救亡协会（简称"边区文协"），这是一个对延安文化实行"一元化领导"的机构；以后 1938 年 9 月成立了陕甘宁边区文艺界抗敌联合会（简称"文联"），但并无独立组织边区文化活动的职权，是一个有名无实的"影子"团体；1939 年 5 月"文联"改名为"中华全国文艺界抗敌协会延安分会"（简称"文抗"）；到 1941 年 7 月，就发生了一个实质性变化："文抗"宣布本会"自本年七月一日起，改为独立工作团体，接受陕甘宁边区文化协会原有杨家岭会址、财产及一部分有关文艺工作"。研究者认为，"文抗"取代"文协"是延安文化体制实施转换的一个重要标志：由"一元化领导"转为"独立工作团体"的自主、自治。[3] 到了延安整风运动时，这样的做法就受到了严厉的批判，一篇题为《关于延安对文化人的工作的经验介绍》的文章里，特意谈到"过去我们的想法，总是把文化人组织一个文协或文抗之类的团体，把他们住在一起，由他们自己去搞。长期的经验证明这种办法也是不好的，害了文化人，使他们长期脱离实际，结果也写不出东西来，或者写出的东西也是不好的"。[4]

1　袁盛勇:《历史的召唤：延安文学的复杂化形成》，第 143 页。
2　袁盛勇:《历史的召唤：延安文学的复杂化形成》，第 137—139 页。
3　程鸿彬:《延安"文抗"创建始末以及相关问题》，载《新文学史料》2008 年第 4 期。
4　《关于延安对文化人的工作经验介绍》（1943 年 4 月 22 日党务广播），转载于《新文学史料》1991 年第 2 期。

不可忽视的是，这样的虽然短暂，但却意义重大的自由发展时期的经验，对延安知识分子，特别是郭小川这样的正处青春成长期（1941年郭小川正是二十二岁）的延安青年的深远影响，成为这一代人永恒的生命记忆。当时比郭小川小三岁的正在抗大学习，后来成为张闻天秘书的何方就这样谈到整风前的延安："到处洋溢着一种自由、活泼、生动、欢乐的气氛，真是生龙活虎，劲头十足。自由空气和平等精神，也许是我们这些青年学子到延安后最重要的感受"。他还具体地谈道："遍地的歌声"（高歌"自由之神在纵情歌唱"，"我们为了博爱、平等、自由，愿付出任何的代价，甚至我们的头颅"），"经常的集会"，"活跃的文体生活"，"民主的气氛和实践"（比如选举第二届边区参议员的竞选活动）。特别难忘的，是"平等的人际关系"，从"不觉得谁拥有不正当的特权，或者有权就可以欺负人，而是确实认为上下级只是分工不同，在政治上还是平等的，上下级关系没隔阂"；"团结友爱的同志关系并不妨碍经常的争论和互相批评"，但"并不是找茬子和整人。不但互相批评时态度温和，而且事后并不影响相互关系"，"还没遇到过相互结仇的，这和后来的思想斗争很不一样"。[1]

这样的美好记忆当然也属于郭小川，他曾写过《延安生活杂忆》的片段，说"那时候，延安最特出的地方，便是延安两岸的男女"，他和时在延安女子大学读书的杜惠就是漫步延河之畔的一对情侣。后来杜惠写有《恋歌》留下了当年最美好的记忆；[2]郭小川则回忆说，"作为人们的谈料的，不是别的，而是文学与恋爱。

1　何方：《从延安一路走来的反思——何方自述》（上），明报出版社，2007年出版，第75页，76页，77页，79页，81页，82页，83页，85—86页。

2　参见杜惠：《恋歌——献给我永恒的心上人郭小川》，收《一个人和一个时代：郭小川纪念文集》，第190—207页。

文学与恋爱，二者这般密切，流行在人们口头的语汇，是'灵魂的美'，是'文学气质'"。[1]由此形成了独特的"延安想象"，也即"革命想象"。

在这样的想象里，"自由空气，平等精神"，以及民主权利，个人的主体创造性，都是"革命"应有之义，人道主义也为革命所必须。前述"文革"检讨里，郭小川谈到的《生命的颂歌》(发表于1941年11月4日延安《解放日报》)，就提出了"珍视生命，珍视自己，尤珍视人群"，"尊敬一切造物者，尊敬创造，尊敬新生"的命题，并且表示"我憎恨杀人"，他并不讳言"我杀过人"，同时又反省自己："我却从没有想过：这也是生命啊！"他还尖锐地批评了革命队伍中经常发生的打胎或将初生幼儿送给乡亲的"残暴"，认为这是对生命的扼杀和对母亲的爱的权利的无视。他宣誓要做生命的歌者，"歌颂生命到永久永久"。[2]这样的生命意识及其内蕴的人道主义精神，尽管在以后的现实里，越来越不合时宜，不断受到批判和压抑，但可以看出，郭小川始终在顽强地坚守，对他来说，也是在坚守他自己心中的革命理解和想象。

我们一再提"革命想象"("延安想象")，这是因为郭小川以及和他类似的延安知识分子，他们对延安与革命的理解，固然有现实的依据，主要是前述带着战时军事共产主义色彩的生活经验，但同时又有某种想象的成分。如前所引，在郭小川的延安记忆里，"革命，文学，恋爱"是三位一体的；可以说，他是用文学的眼光，甚至是恋爱的眼光去看待延安与革命的：他曾在文学里苦苦追求的神话般的美好的梦，现在在延安成了现实的存在。如同在

---

1 郭小川：《延安生活杂忆》(40年底至45年夏)，收《郭小川全集》第5卷，第42页。

2 郭小川：《生命的颂歌》，收《郭小川全集》第5卷，第4页，5页，6—7页。

延安的何其芳所说:"仿佛我曾经常常想象着一个好的社会,好的地方,而现在我就像生活在我的那种想象里了"。[1]一位诗人更有如下诗一般的描述:"像梦一样,我们跨进了一个新的世界,感到一切都是美好的,有意义的。晚上睡不着觉,又是歌唱,又是写诗。第二天天一亮,就跑到延河边,去喝一口香甜的延河水,用清爽的延河水洗脸。一位四川来的教师,激动地伏到地上亲吻泥土,兴奋地喊着:'啊,自由的土地,我来了。我属于你了!'"[2]郭小川这一时期写的《晨歌》也这样写道:"啊,我来了 / 我的延河 / 我是你的一条小支流呀 / 投奔你 / 自我从幻丽的梦里带来的 / 笑的碎响 / 和低吟的 / 我的歌","我走在白色的雾层里的山坡上 / 像是一个腾云驾雾的小仙童 / 到深山的古泉 / 取圣水",[3]同样充满了梦幻的色彩。于是,半是真实,半是想象的——将现实中真实存在的某一方面在想象中加以夸大、完美化,包括郭小川在内的延安这一代人,发现、塑造了一个逐渐被象征化的"延安",一个被赋予终极意义的精神圣地,一个理想王国,"更是成为他们不断漂泊的灵魂的栖息地,成了他们精神的家园"。[4]郭小川终生在任何情况下,都坚守对革命的信念,显然和他心中始终有一个延安所象征的革命理想直接相关。

这样的革命想象、延安经验,在 1949 年以后,就成了郭小川反思现实的精神资源。特别是他调到作家协会以后,越来越深地

1　何其芳:《我歌唱延安》,《何其芳文集》第 2 卷,河北人民出版社,1982年出版,第 178 页。

2　朱子奇:《在诗的圣地》,收艾克恩编:《延安文艺回忆录》,中国社会科学出版社,1992 年出版,第 152 页。

3　郭小川:《晨歌》,原刊绥德《新诗歌》1941 年 11 月 25 日第 5 期,收《郭小川全集》第 1 卷,第 35—36 页。

4　袁盛勇:《历史的召唤:延安文学的复杂性形成》,第 134 页。

陷入了机构的泥潭，陷入阶级斗争、路线斗争旗号下的复杂的派系斗争的泥潭，他更是无时无刻不怀念延安等根据地，特别是部队里人与人之间相对简单、纯洁、真诚的关系。他越来越自觉地频繁地以延安生活、部队生活作为创作题材，其实就是要以他心目中的革命队伍的光明、美好来映照现实的问题。而他自己，也只有回到延安和部队，才能找到安身立命之地。

尤其值得注意的是，郭小川在"文革"后期，实际也是他自我生命的最后阶段，试图总结文化管理体制的历史经验教训时，他最终还是回到了延安经验。他在 1975 年 8、9 月所写的《学习初步计划》里这样写道："近几年来，对于艺术风格所利用的行政力量，是包罗万象的，什么都要干预，什么都要强制。所谓创作上的'雷同现象'，这正是原因之一。今后，应当划定政府文化部门的职权范围，使之成为合理的文化行政管理机关，而不能指挥一切；应当重新建立群众文艺团体，由它保证和推动'艺术上不同的形式和风格可以自由发展'，但不用苏修的各'家'、'协会'的组织形式，而用我们传统的组织形式，'文联'，'文抗'"。[1] 他的这一看法后来写进了他所写的上达胡乔木的《文艺意见书》里，实际上是他对"文革"以后的中国文艺发展的"组织重建"的最后进言。人们注意到，他并不希望回到"十七年"体制，在他看来，这就回到了苏联式的作家协会组织形式，他是深知其弊的；他希望"回归延安"，即前文介绍的"'文联''文抗'"式的"独立工作团体"的自主、自治模式。[2] 可以说，他念念不忘延安经

---

1 郭小川:《九月份学习初步计划》(1975 年 8 月底—9 月)，收《郭小川全集》第 11 卷，第 660 页。

2 参看李丹:《"遗文"，一种特殊的文学批评——以郭小川遗作〈学习笔记〉为中心的考察》，载《文学评论》2013 年第 2 期。

验，是坚守到生命最后一刻的。

当然，构成郭小川延安记忆与经验的，并不仅仅包括整风前的延安；甚至可以说，整风后的延安，才是其延安记忆与经验的主体部分。

于是，在前引"文革"检讨中又有了关于延安整风运动的回忆，谈到对王实味的批判，以及自己的态度（"我觉得王实味等那种做法也有些偏激，不一定合乎党的原则，但是我决不认为他是反党，只是觉得他的方法不一定恰当而已"）；谈到所受到的刘少奇《论共产党员的修养》与《论党内斗争》的影响；特别是谈到了整风后期的"抢救失足者"运动对自己的震动："这次运动把我的思想弄乱了。大约在 1944 年初的一次会上，我发言谈到这个问题时，曾说'政治斗争真可怕'这样反动的话"，"我当时觉得政治斗争'太残酷'，把一个好好的共产党员搞成'特务'"。[1]

郭小川有这样的反应是可以理解的：他的人道主义情怀和生命意识自然难以接受政治斗争的复杂，而这样的记忆，在以后我们所要讨论的郭小川 1949 年后的命运里，常常在关键时刻起到警示的作用。但在这里，我们要强调的，是另一个方面：整风运动，特别是毛泽东的《在延安文艺座谈会上的讲话》（下文简称《讲话》），对郭小川的正面引导。这就涉及郭小川这样的诗人型的文人，在延安整风中经历的一次思想转型。

在延安整风以后，诗人何其芳曾经有过一个反省。他发现，他在整风运动前发出的那些颂歌，依然是"那些老话"，也即知识分子的高悬于空中的抽象而美丽的梦话；而现在，他终于明白：

1　郭小川：《我在 359 旅工作和在延安学习时的一些情况》，收《郭小川全集》第 12 卷，第 145 页，147 页。

这样的小资产阶级的幻想，与劳动人民的思想感情是根本不相合、不相容的，自己犯了一个以小资产阶级的观点和情感"去代替或者附会无产阶级的观点"和情感的错误。[1]他为此忏悔道："当时为什么要那样反复地说着那些感伤、脆弱、空想的话啊。有什么了不得的事情值得那样缠绵悱恻，一唱三叹啊。现在自己读来不但不大同情，而且有些感到厌烦与可羞了。"[2]于是，就需要再一次自我否定：由小资产阶级的梦幻的云端落实到现实生活的大地上来。这其实就是毛泽东在《讲话》里所说的，"知识分子出身的文艺工作者"，必须"把自己的思想感情来一个变化，来一番改造"，走出"灵魂深处"的"小资产阶级知识分子的王国"，"把立足点移过来"，"移到工农兵这方面来，移到无产阶级这方面来"。[3]

这样的改造与转变，对不同类型的知识分子自有不同的意义。对郭小川这样的"延安之子""革命之子"，并不存在重建理想、信仰的问题。如前所说，对具有某种终极意义的革命理想国，郭小川是始终坚守的；他需要做的，是把这样的理想的绝对存在落实为现实存在，找到支撑实现理想的现实社会力量，从而改变理想的空幻性。按当时的意识形态，这样的空幻性正是小资产阶级思想与立场的表现。而整风运动与毛泽东的《讲话》正是要给包括郭小川在内的知识分子指明出路：把立足点放在"党"和"人民"两大基本社会力量基础之上。对于本来就是党所养育，与人民早就有血肉联系的郭小川们来说，这都是顺理成章的。因此，郭小川并不困难地就接受了毛泽东《讲话》的核心观念："我们是

1　何其芳：《〈星火集〉后记一》，《何其芳文集》第 2 卷，第 269 页。
2　何其芳：《〈夜歌和白天的歌〉初版后记》，《何其芳文集》第 2 卷，第 254 页。
3　毛泽东：《在延安文艺座谈会上的讲话》，《毛泽东选集》第三卷，第 851 页，857 页。

站在无产阶级的和人民大众的立场。对于共产党员来说，也就是要站在党的立场，站在党性和党的政策的立场"；"无产阶级的文学艺术是无产阶级整个革命事业的一部分，如同列宁所说，是整个革命机器中的'齿轮和螺丝钉'"，必须"服从党在一定革命时期内所规定的革命任务"；"一切革命的文学家艺术家只有联系群众，表现群众，把自己当作群众的忠实的代言人，他们的工作才有意义"，"文艺工作者的思想感情和工农兵大众的思想感情打成一片"；"一切危害人民群众的黑暗势力必须暴露之，一切人民群众的革命斗争必须歌颂之，这就是革命文艺家的基本任务"；等等。[1]这些都成为郭小川终生坚守的基本文艺思想与立场。郭小川的儿子郭小林在回忆文章里，说父亲"由一个大山里走来的少年漂泊者成长为一个革命战士"，"天然地认为他和这个革命和事业是血肉相连的"；[2]忠实于党，忠实于人民，就成为他的两大人生信念与艺术信条。这样的信念、信条，首先是建立在他的实际的人生经验和感情记忆的基础之上的：作为党和部队的实际工作者，郭小川时刻不忘的是他和部队指挥员、战士和根据地老百姓出生入死的经历，在他的心目中，这都是党和人民的实体存在，因此他对党和人民的忠贞不贰，是有坚实的生活与情感作为支撑的，其不易动摇，原因即在于此。对此应该有一个同情的理解。

　　这两大信念与信条，又是建立在他的一种主观意念与想象基础之上的：如前所说，郭小川的心目中，始终有一个尽善尽美的具有终极性与绝对性的革命理想，而现在经过整风，他从幻想中

1　毛泽东：《在延安文艺座谈会上的讲话》，《毛泽东选集》第三卷，第848页，865—866页，864页，851页，871页。

2　郭小林：《泪捶绝壁——父亲在河南林县的日子》，《一个人和一个时代：郭小川纪念文集》，第245页。

的天边，回到现实的地上，把党和人民视为实现革命理想的现实的物质力量的同时，也在一定程度上，把党和人民，包括党和人民的领袖毛泽东，视为真理的代表和化身。谁也不会怀疑其中主观的真诚性。

延安整风和毛泽东的《讲话》还有一个重点，就是提出对知识分子的重新定义和彻底改造的任务。而这正是整风运动所要强调的："有许多知识分子，他们自以为很有知识，大摆其知识架子，而不知道这种架子是不好的，是有害的，是阻碍他们前进的。他们应该知道一个真理，就是许多所谓知识分子，其实是比较地最无知识的，工农分子的知识有时倒比他们多一点"，因为他们仅有片面的书本知识，"这种知识是人家证明了，而在他们则还没有证明的。最重要的，是善于将这些知识应用到生活和实际中去"。[1]在《讲话》里，就说得更为直白："拿未曾改造的知识分子和工人农民比较，就觉得知识分子不干净了，最干净的还是工人农民，尽管他们手是黑的，脚上有牛屎，还是比资产阶级和小资产阶级知识分子都干净。"[2]据说当时延安的许多知识分子听了毛泽东此言，都"感到吃惊而震撼"。[3]但郭小川接受起来大概就比较容易，甚至会产生共鸣，这不仅因为他自身只是师范生，至多算个"小知识分子"，更因为他是党的工作者，早就和工农兵有实际接触，产生了感情。因此在他看来，这样的召唤："知识分子出身的文艺工作者，要使自己的作品为群众所欢迎，就得把自己的思想感情来一个变化，来一番改造。没有这个变化，没有这个改造，什么

---

[1] 毛泽东：《整顿党的作风》，《毛泽东选集》第三卷，第815页，816页。

[2] 毛泽东：《在延安文艺座谈会上的讲话》，《毛泽东选集》第三卷，第851页。

[3] 参阅魏东明：《从学院到实际》，《解放日报》1942年6月2日第4版，转引自袁盛勇：《历史的召唤：延安文学的复杂化形成》，第155页。

事情都是做不好的，都是格格不入的"，[1] 都是具有某种真理性的，他是心悦诚服的。这样的知识分子观对郭小川的影响是十分深刻的，他后来到了知识分子成堆的中国作协，始终格格不入，除了他确实看到许多知识分子的弱点之外，更和他因对知识分子总体评价上的偏见而产生的戒备心理直接相关。但郭小川同时也面临一个矛盾：尽管他竭力将自己与"资产阶级、小资产阶级知识分子"区分开来，但他自己身上根底上的知识分子气质、情趣、积习，以及由此产生的与知识分子之间理不清、剪不断的精神联系，却是无法掩盖的，客观上的改造者的地位，理性上的疏远与情感上不自觉的亲近，使他时时陷入困境。

以写作为终身追求的郭小川，他也自有困惑：一方面，他坚定不移地为党、为革命、为人民歌唱，自觉地为无产阶级政治服务，并且完全认同党所提出的"首先是革命者，然后是作家"的定位；另一方面，他又特别强调和自觉追求文学艺术的创造性。这构成了郭小川文艺思想的不可分割的两个侧面。而且他是越来越自觉于此的。在郭小川的私人笔记里，留有一篇《关于文学的思考》，写于 1956 年，与我们即将展开讨论的1957 年、1959 年的郭小川的表现，有着更直接的关系，构成了一个重要的文艺思想背景，这里不妨略作介绍。在谈到"关于领导"时，郭小川这样写道："文学事业是整个无产阶级事业的一部分，党的领导的任务在于促进艺术的繁荣，保证艺术家的创造性的发展。帮助艺术家找到正确的方向，向艺术家进行马克思列宁主义的思想教育，创设各种必要的条件。方向而不是限制他们的创造性，关于艺术方面的各种问题则由他们自己

1　毛泽东：《在延安文艺座谈会上的讲话》，《毛泽东选集》第三卷，第 851 页。

去探讨，去考验，党不应给予干涉。教育，目的在于使艺术家掌握正确的武器去深入研究现实，帮助他摆脱资产阶级的偏见。这一切还是为了创造性的发展，而不是束缚它。"[1]我们从中不难发现，郭小川的这些想法其实是和前引张闻天主张的党领导文艺的方式是相当接近的。郭小川当然不会有意识地呼应张闻天，但其所依据的显然有他在整风前的延安经验。而且在郭小川看来，这也不违背毛泽东《讲话》的精神，因为毛泽东引以为据的列宁的《党的组织和党的文学》，就在主张"文学事业应当成为无产阶级总的事业的一部分"，"应受党的监督"的同时，又强调文学事业"绝对必须保证有个人创造性和个人爱好的广阔天地，有思想和幻想、形式和内容的广阔天地"。[2]但郭小川却忽略了一个细节：毛泽东对列宁的论述是有侧重的，强调并大加发挥的是革命文艺必须为劳动人民服务，成为革命事业的"齿轮和螺丝钉"，而没提"个人创造性"。过分强调文学的个人性，是会妨碍文学为政治服务这一目标的实现。郭小川无疑是毛泽东文艺思想和路线的忠实信奉者和执行者，但他不能理解这一点，也就必然在执行过程中陷入矛盾。

二、郭小川在 1957 年

我们终于进入正题。

郭小川在他 1957 年日记的头一篇里，这样写道："1957 年恐

1　郭小川:《关于文学的思考》(1956 年)，收《郭小川全集》第 11 卷，第262 页。

2　列宁:《党的组织和党的文学》，收《列宁选集》第 1 卷，人民出版社，1965 年出版，第 723 页，725 页，724 页。

怕是整个思想战线斗争最尖锐的一年，这就有许多事情可做，有很多战斗等待我们。我将日夜不停的工作。用的武器还是诗和杂文，……总之是为了斗争"。他还特意谈到自己的工作（他从1955年10月调任中国作家协会党组成员、秘书长，1956年任中国作协党组副书记）："工作本身是繁重而令人忧虑的。……文艺界的复杂情况，负责人总是处在尖端上的，决心守住原则，注意团结，别的都在所不计也。"[1]

这一段年初预测，可议论之处颇多。这里先说两点。一是郭小川凭着他高度的政治敏感（这是他曾经担任王震这样的高级指挥员的秘书，以及多年从事党的新闻工作所训练出来的），对1957年全国思想战线斗争形势与动向作了准确判断：这将是"斗争最尖锐的一年"，"有很多战斗等待我们"。同时代的知识分子中大概很少有人有他这样的清醒估计与自觉意识。而事实上1957年的政治思想文化界也确实是多事之年：上半年的整风运动弄得人们眼花缭乱，下半年的反右运动又使得许多人不知所措。而郭小川虽有困惑，也如他自己所预料，"总是处在（斗争风浪）尖端上"，却总体上积极应对，坚持革命战士的左派立场，并且是文艺界整风与反右运动的领导之一，参与了许多重要决策，并承担了大量组织工作。他的这一特殊地位和作用，就给我们对整风、反右运动的考察提供了一个新的视角：人们通常关注的是运动的受害者一方的命运，却很少有机会探视运动中的左派与领导者的思想、心理反应。而这正是我们最感兴趣的：这一年，郭小川这样的正统、主流知识分子在想什么，做什么呢？

1　郭小川日记:《一九五七年》，收《郭小川全集》第9卷，第3页。

（一）整风鸣放：陷入"怎么也跟不上"的尴尬

郭小川1957年1月28日的日记里，即记载了"陆部长（按，指中宣部部长陆定一）传达最近省市委书记会议的一些内容"。主要是毛泽东讲话的精神，讲面对"人民闹事"这一"新问题"（毛泽东说："过去革命，人民内部矛盾不大，现在阶级快消灭，人民内部鼓起眼睛来"），党应该怎么办？对此毛泽东讲了两条。

其一，是要吸取拉克西领导的匈牙利的教训，"不要以为天下太平"，"思想（要）有准备"："反革命分子是存在的，有些地主资本家，还有富裕中农，资本家不讲话，地主不讲话，地主的儿子出来闹，干部出来闹"。"罢课，请愿，罢工，里边也有坏人"，"我们每年准备有若干起，有比没有好"。其二，"我们不怕闹"，"不犯路线错误，不会出大乱子，即使出大乱子，也不会亡国，国家会更巩固"。因此，对付乱子的办法也有两手。一是"不采取抓人"，闹了事，"第一态度欢迎，没闹够，就不收场，如不闹够就收场将来还会闹，对坏人采取孤立的办法，对这些人不要开除，放个教员在那里，不要抓起来"，"不要轻易开枪抓人，武装斗争除了反革命暴动以外，不要弄。段祺瑞，三一八，开枪，就垮台"。二是"要管思想工作"，"工人成分改变了，有些地主进去了"，"党发展太大不好，团大也不好，太大了，一点作用也没有，匈牙利九十万党员，大了，没有模范作用。"[1]——对照收入《毛泽东选集》第五卷的毛泽东《在省市自治区党委书记会议上的讲话》（1957年1月18日、1月27日），以上传达基本上是准确的，其实就是毛泽东对1956年10月发生的匈牙利事件的反

---

[1] 郭小川1959年1月28日日记，《郭小川全集》第9卷，第22—23页。

应。毛泽东在 1956 年 11 月 15 日讲话里，就已经指出："东欧一些国家的基本问题就是阶级斗争没有搞好，那么多反革命没有搞掉，没有在阶级斗争中训练无产阶级，分清敌我，分清是非，分清唯心论和唯物论。现在呢，自食其果，烧到自己头上来了。"[1] 在稍后（1957 年 3 月 1 日）的讲话里，毛泽东又把匈牙利事件的产生原因作了一个概括："官僚主义，脱离群众，工业方针错误，工人减薪，资本家简单地被打倒，知识分子未被改造，反革命分子没有镇压"。[2] 前后三次讲话表明，毛泽东从匈牙利事件中吸取了两条教训，一是党的官僚主义会脱离群众，导致党的危机；二是知识分子未被改造，反革命没有镇压，也会导致危机。因此，面对中国工人、学生、农民"闹事"（1956 年下半年大约有一万多工人罢工，一万多学生罢课，还有许多农民要求退社）也是三条：其一是很多闹事都是由官僚主义引起，正好借群众力量反对党内的官僚；其二，有的闹事背后有反革命，让它闹够，彻底暴露；其三，要加强思想工作，改造知识分子。这样，郭小川对毛泽东的讲话作出正面的，积极的反应，就是很自然的。郭小川在听传达这一天的日记里，就这样写道："关于'百花齐放'和'人民闹事'部分，最启发人，毛主席关于矛盾论的一些意见，简直让人叹为绝唱。这是真正的马克思主义。"[3]

有意思的是，在 2 月 6 日的日记里他又记了一条："（臧）克家和（袁）水拍传达了一下他们跟主席的谈话，主席还说到：将来马列主义也会过时的。"这回郭小川的反应是："这一点不知是

1　毛泽东在中共八届二中全会上的讲话记录，1956 年 11 月 15 日，转引自逄先知等主编：《毛泽东传》上册，中央文献出版社，2003 年出版，第 606—607 页。

2　《毛泽东在最高国务会议第十一次（扩大）会议上的结束语提纲》（手稿，1957 年 3 月 1 日），转引自逄先知等主编：《毛泽东传》上册，第 607 页。

3　郭小川：1957 年 1 月 28 日日记，《郭小川全集》第 9 卷，第 23 页。

什么意思"。[1] 其实毛泽东在省市自治区党委书记会议上的讲话里，就已经说过类似的话："按照辩证法，就像人总有一天要死一样，社会主义制度作为一种历史现象，总有一天要灭亡，要被共产主义制度所否定。如果说社会主义制度是不会灭亡的，社会主义的生产关系和上层建筑是不会灭亡的，那还是什么马克思主义呢？那不是跟宗教教义一样，跟宣传上帝不灭亡的神学一样？"[2] 在毛泽东看来，无论马列主义，社会主义，都是一种历史现象，最终也会消亡。这是郭小川们所难以理解的。这大概就是郭小川以及和他同类知识分子的一个尴尬吧。

在 1957 年，郭小川也是这样努力跟随形势的。1957 年初的日记里谈到要进行"两条战线上的斗争"："为了人民，为了社会主义，这个艺术上的目的性，的确在一部分人中越来越模糊起来了。当然，另一方面，有人否定'百家争鸣'的必要性，这也是极端不正确的"。[3] "有一些花开不开放也没有什么了不起；但（百花齐放）这方针还是正确的。有一些毒花开出来，本属不可避免。一种从右边的责难也不值得重视。现在又是左右开攻了。"[4] 一篇题为《官僚主义与小资产阶级的偏激》的文章就表露得更加清楚：一方面表示，"我不只一次地看过、受过官僚主义的害处。因此，在我的情感上对于官僚主义简直是憎恶的"，"目前，我更深感这种反官僚主义的斗争还不够开展，广泛地开展这种斗争，乃是当务之急"；另一面又指出，"还有一种论调也是我所憎恶的。那就是：把领导和官僚主义混为一谈，似乎领导人就是官僚，领导就

1　郭小川：1957 年 2 月 6 日日记，《郭小川全集》第 9 卷，第 30 页。

2　毛泽东：《在省市自治区党委书记会议上的讲话》，《毛泽东选集》第五卷，第356 页。

3　郭小川 1957 年 1 月 26 日日记，《郭小川全集》第 9 卷，第 21 页。

4　郭小川 1957 年 1 月 23 日日记，《郭小川全集》第 9 卷，第 19 页。

是官僚主义"。结论是："同官僚主义作斗争的基本方法是要党的领导与发动群众相结合"，"要遵守党组织的提示，去进行坚决勇敢的斗争"。[1] 这都可以看出，郭小川是在努力贯彻他所理解的政策精神：既反对官僚主义，又警惕各种错误倾向，即所谓"小资产阶级的偏激"。

但如果仔细分析郭小川在 1957 年初的日记和发表的文章，又可以看出，郭小川虽然在理智上提出要开展"两条战线上的斗争"，"要左右开攻"，但真正牵动他的感情，引起他高度警戒的，却是各种"错误倾向"，他更在意的是要反右。日记里就不断提出："对目前知识分子的一些偏激的看法，我认为坚决要批评，但一定要说理"；[2] "几个月来，文艺界又在某种程度上酿成了小资产阶级的风潮"；[3] "关于怀疑主义，现在似乎有很多人在文理上正在变化，过去很相信的事和人现在不相信了"，"关于虚无主义，许多人用虚无主义对待文学作品，太容易一笔抹杀了"；[4] "对那些小资产阶级情绪不批评是不行的。批评这种片面性，引导他们走上理智和清醒的路，有什么不好呢？"[5] "（某某）知识分子气极重，个人主义的棱角很多，缺少共产主义者的忠诚，这人是绝不会成大器的"。[6] 对于当时文艺界发表的一些文章，他也在日记里表示了反感。如对钟惦棐的《电影的锣鼓》，虽觉得"文章并无显著的论点上的失误"，但却不满于其"毫不考虑到实际工作，

1　马铁丁（郭小川）:《官僚主义与小资产阶级的偏激》，原载《中国青年》1957 年第 2 期。收《郭小川全集》第 6 卷，第 479 页，488 页，480 页，486 页。

2　郭小川 1957 年 1 月 5 日日记，《郭小川全集》第 9 卷，第 7 页。

3　郭小川 1957 年 1 月 8 日日日记，《郭小川全集》第 9 卷，第 9 页。

4　郭小川 1957 年 1 月 12 日日记，《郭小川全集》第 9 卷，第 11 页。

5　郭小川 1957 年 1 月 19 日日记，《郭小川全集》第 9 卷，第 16—17 页。

6　郭小川 1957 年 1 月 27 日日记，《郭小川全集》第 9 卷，第 22 页。

对许多问题的批评是不正确的，过分的"，尤其不满的是"他的这些行动已经有些无纪律了"。[1] 在郭小川看来，作为电影局的领导成员，钟惦棐未经组织审查，用个人笔名就电影发展重大问题发表意见，是违反组织原则的。对《星星》诗刊发表的流沙河的《吻》《草木篇》，郭小川更作出强烈反应："成都流沙河、石天河一批人的情形实在令人担忧，他们的思想实在已经具有反动的倾向了。"[2]

在这一时期公开发表的文章里，郭小川就更加鲜明地表达了自己的不满，担忧，并进行了反击：这大概就是我们前引的郭小川 1957 年日记《开篇》里所说的，用杂文的形式进行"战斗"吧。在一篇题为《何谓"干预生活"？》的文章里，郭小川明确表示反对将"干预生活"变成"揭露生活中的阴暗面"的同义语，强调"我们的生活中，并不是'阴暗面'是主导的、基本的东西，而'光明面'才是主导的、基本的东西。既然如此，那么，我还是觉得，'赞扬生活中的光明面'，才是'干预生活'的主要含义，才是文学艺术（不是单个的每一篇，而是文学艺术的整体）的首要任务"。[3] 这显然是在捍卫我们在前文里已经提及的毛泽东《讲话》的"歌颂光明"是"革命文艺家的基本任务"的原则。在《最近发生的一些事情》一文里，郭小川更是尖锐地批评一些学校和机关的党的领导，"在人们表现了某种偏激的情绪或行动时，不能站在前面果敢地加以领导，而且惊慌如临大敌，退缩到没有原则的地步"。作为一种引导，郭小川专门讨论了当时的热门话题：

1　郭小川 1957 年 1 月 8 日、1 月 9 日日记，《郭小川全集》第 9 卷，第 9 页。

2　郭小川 1957 年 2 月 9 日日记，《郭小川全集》第 9 卷，第 32 页。

3　马铁丁（郭小川）：《何谓"干预生活"？》，载 1957 年 1 月 27 日《人民日报》，收《郭小川全集》第 6 卷，第 468 页，469 页。

关于"民主与自由",旗帜鲜明地亮出了自己的观点:"我们的民主自由","第一,无论如何不能跟'专政'对立起来","第二,无论如何不能跟'领导'、'纪律'和'集中'对立起来","第三,无论如何不能跟全体人民的利益对立起来"。在郭小川看来,"不管什么场合下都追求绝对的民主和自由",这是一种"小资产阶级"的倾向,是绝不能迁就的。郭小川还特地指出,"最近(按,指匈牙利事件发生前后),外国的某些小资产阶级知识分子居然把资产阶级唱滥了的老调——资产阶级的'民主'和'自由'——重新地表演出来,而且竟把它当作一种'时髦'的思潮"。[1]郭小川显然担心他认为的国际修正主义思潮对中国的影响。可以看出,郭小川是完全自觉地以左派的立场,战士的身份和姿态,来捍卫他理解的原则。在他的这些文章里,最后都归结为要相信"我们的坚强的党",当然不是偶然的。[2]

在我们前引的《官僚主义与小资产阶级的偏激》一文的最后,郭小川郑重其事,也颇动感情地写了这样一段话:"近年来,我们读到一些描写青年人和官僚主义者进行斗争的小说。作家看中了这样的主题,当然是无可非议的。可是,当我们看到某些作品竭力提倡那种小资产阶级偏激情绪的时候,我就捏了一把汗。我想,我们的作家是引导我们——青年人——去作有效的战斗呢?还是引导我们去做一件有危险性的游戏?最后是引导我们年青一代去做社会主义事业称职的接班人,还是让我们学习一种不切实际的浮夸散漫的作风,以致把前一辈辛勤缔造的家业在我们手里荡尽丢光?我们把这一个尖锐的问题提出来,恐怕已经不算

---

1 郭小川:《最近发生的一些事情》(1957年1月),收《郭小川全集》第6卷,第474页,476—477页。

2 郭小川:《最近发生的一些事情》,《郭小川全集》第6卷,第477页。

太早了。"[1]熟悉这段历史的人们很容易就看出，郭小川这里所指，主要是发表于1956年《人民文学》9月号的王蒙的小说《组织部新来的年轻人》，郭小川显然把问题看得很严重：这是引导青年一代"去做一种有危险性的游戏"（在这一段文字之前，郭小川特意提到延安王实味打着"反对官僚主义"的旗号，"企图发动一场反党的风潮"，自己曾一度受骗上当，"有过痛心的教训"[2]），这是一个"做社会主义事业称职的接班人"，还是将先辈创造的家业"荡尽丢光"的原则问题，一贯以捍卫革命成果为天职的郭小川和他的作协战友（郭小川在日记里曾经透露，他和林默涵、刘白羽等作协主要领导，"在许多重要问题上，看法是一致的"[3]）自然要挺身而出。

于是，就有了一个大动作：在郭小川的提议和主持下，[4]1月29日召开作协党组扩大会议专门讨论王蒙的小说。在此之前，解放军文化部马寒冰即已写文章，批评王蒙的小说违背了"典型环境和典型性格"的现实主义创作原则，像小说描写的这样的区委会是完全不可能有的，至少在北京不可能有这样的区委会。评论家李希凡也批评这篇小说"把党的一切组织、人员、工作，都写成了'一片黑暗'"。现在，作协党组显然是要为批判加一把火。下面是郭小川笔记里保留下来的会议记录的摘要："很多同志认为歪曲党的面貌，如写一个是可以的，多则歪曲。还有人认为，北京

1　马铁丁（郭小川）：《官僚主义与小资产阶级的偏激》，载《中国青年》1957年第2期。收《郭小川全集》第6卷，第486页。

2　马铁丁（郭小川）：《官僚主义与小资产阶级的偏激》，《郭小川全集》第6卷，第485页。

3　郭小川1957年1月5日日记，《郭小川全集》第9卷，第7页。

4　据郭小川：《我的思想检查——在作协十二级以上党员干部扩大会议上》，《在作协总支党员大会上的检查》，收《郭小川全集》第12卷，第23页，17页。

不能这样子";"多数意见,认为（小说主要人物林震,赵蕙文）两人太灰色、太软弱,作者对林震偏爱","他下去也会变成刘世吾（小说塑造的官僚主义者形象）,有类似的调调,有忧郁病、孤独感的人";"把整个组织部都拿来示威,就不当","题名就是与组织部对立的"（艾芜）;"不是现实主义的",是"自然主义的","片面","丑化","不是同志式的"（周立波）;"讽刺、批评可以,重要的是作者用什么角度去看","非常重要的是政治热情,党性第一","反公式化,但生活规律不能反对的,如成绩是基本的","看全面,把基本的东西表现出来,才是真实的"（张天翼）;"用小资产阶级的思想改造党"（袁水拍）;"苍白而美丽,就是虚无的"（康濯）;"以小资立场改造党"（艾青）;"最不健康的情绪是脱离群众的结合","这既是文学创作的问题,又是一个社会问题"（林默涵）。作者王蒙也出席了会议,他在两个基本问题上作了辩解,声明自己"不想把区委会写成一团糟","不是把林震作为榜样"。[1] 与会者自然不能接受,他们已经一致认定,小说的要害正是"用小资产阶级的思想改造党",这是毛泽东的《讲话》里,早已发出的警告:绝不允许"按照小资产阶级知识分子的面貌来改造党,改造世界",依了他们,"就有亡党亡国的危险"。[2] 发言者有不少都是延安老战士,他们如此慷慨激昂,显然认为这是在发扬《讲话》的精神继续战斗,而且面对的不仅仅是文艺问题,而是社会问题,政治问题。郭小川是会议的主持者,因此没有发言,但他在当天日记里,仍然作了一个概括:"总的认为这小说是有毒

1　郭小川笔记的记录:《作协党组扩大会议讨论王蒙小说〈组织部新来的年轻人〉》（1957年1月29日）,收《郭小川全集》第11卷,第324—328页。

2　毛泽东:《在延安文艺座谈会上的讲话》,《毛泽东选集》第三卷,第875—876页。

素的"。[1] 这自然也是他自己的意见和态度。

党组会议上的众口一词，激烈反击，其实是反映了 1957 年上半年的整风鸣放期间，党内许多党员、干部，特别是来自延安和军队的老干部的内心的不满与焦虑的。郭小川后来在谈到他这一时期的政治态度时，曾说到自己"在匈牙利事件后，确实看到我国知识分子日渐走向右倾，因而有走向灭亡的危险"，为此感到不安。[2] 因此，当军队的四位老干部陈其通（时为解放军总政治部文化部副部长）等于 1 月 7 日在《人民日报》发表《我们对目前文艺工作的几点意见》，批评"在过去的一年中，为工农兵服务的文艺方向和社会主义现实主义的创作方法，越来越很少有人提倡了"，"真正反映当前重大政治斗争的主题，有的作家不敢写了"，"文学艺术的战斗性减弱了，时代的面貌模糊了，时代的声音低沉了，社会主义建设的光辉在文学艺术这面镜子里光彩暗淡了"，[3] 这些判断都引起了郭小川的共鸣。他在 1 月 8 日的日记里写道："几个月来，文艺界又在某种程度上酿成了小资产阶级的风潮"，"昨天《人民日报》发表的陈其通等人的文章，就是对这种现象的不满的表现"。[4] 后来郭小川在一篇检讨里，也明确承认，自己"对其中的某些提法虽有微词，却基本上支持他们的主张"。[5]

但他们没有想到，他们的"战斗"，在毛泽东看来，都是在反对他的鸣放方针。毛泽东对此有过一个估计："陈其通的思想，恐

1　郭小川 1957 年 1 月 29 日日记，《郭小川全集》第 9 卷，第 24 页。

2　郭小川：《在两条路线斗争中——关于我解放后十七年来的基本情况》，收《郭小川全集》第 12 卷，第 96 页。

3　陈其通、陈亚丁、马寒冰、鲁勒：《我们对目前文艺工作的几点意见》，载 1957 年 1 月 7 日《人民日报》。

4　郭小川 1957 年 1 月 8 日日记，《郭小川全集》第 9 卷，第 9 页。

5　郭小川：《我的思想检查——在作协十二级以上党员干部扩大会上》，收《郭小川全集》第 12 卷，第 23 页。

怕代表了党内大多数，百分之九十"，而他提出的"放"的思想与方针，"毫无物质基础，与大多数同志的想法抵触"。[1] 毛泽东所说的"党内大多数"自然也包括了郭小川和他的作协的同志。于是，就有了一次郭小川说的"意外的会见"。他在2月16日日记里，这样写道：突然接到通知，叫到中南海颐年堂，"刚脱下衣服，主席就出来了"。"已经太久没有这样近地见他了。他握了手，问了姓名，说了很多诙谐的话"，"以后人越来越多了"，原来这是一次中央报刊、作家协会、科学院、青年团负责人会议，"大家坐下来，他就谈起来"，主要是对王蒙的小说《组织部新来的年轻人》和对它的批评，主要是李希凡和马寒冰的批评。"主席特别不满意这两篇批评。它们是教条主义的。他指出：不要仓促应战，不要打无准备、无把握之战。在批评时要搜集材料，多下一番功夫。而在批评时，应当是又保护，又批评，一棍子打死的态度是错误。"[2] 对照《毛泽东传》所公布的毛泽东2月16日讲话记录，郭小川的记录大体上是准确的，但也有遗漏，如毛泽东说："有些同志批评王蒙，说他写得不真实，中央附近不该有官僚主义。我认为这个观点不对。我要反过来问，为什么中央附近就不会产生官僚主义呢？中央内部也产生坏人嘛！"毛泽东讲话还提到了陈其通等四人的文章。[3] 随后，在2月27日最高国务会议和3月全国宣传工作会议上，陈其通的文章也一再挨批。4月4日周扬在《答〈文汇报〉记者问》里，就表达得更为清楚：陈其通四人的文章，"实际起了一种障碍'放'和'鸣'的作用"，文章认

1　《毛泽东在四省一市党委书记思想工作座谈会上的插话记录》（1957年4月4日—6日），转引自逄先知等主编：《毛泽东传》上册，第659页。

2　郭小川1957年2月16日日记，《郭小川全集》第9卷，第38页。

3　《毛泽东在中央报刊、作家协会、科学院、青年团负责人会议上讲话记录》，见《毛泽东传》上册，第618页。

为，"'百花齐放，百家争鸣'的方针提出来还不过半年多的时间，就产生了如此之多的消极现象"，其"逻辑的结论，就是只有将这个方针收起来。放呢，还是收？在这个迫切的问题面前，我们的作者根据错误的判断作出了错误的回答"。[1]

毛泽东借对陈其通四人的文章，以及对王蒙小说的批评，指明党内有人试图阻碍鸣放，发出如此严峻的警告，这大概是完全出乎郭小川的意外的，而且给了他极大的压力，因为他正是作协批判王蒙小说的组织者，他自己也是赞同陈其通的文章的。郭小川这样的老延安战士，忠贞不贰地要捍卫党的原则，捍卫毛泽东的《讲话》精神；现在，突然从批评里，发现自己干扰了领导的战略部署，其间的尴尬，是可以想见的。后来郭小川在回顾这段历史时，还沉重地写道："我当时思想混乱了，认为自己搞错了，心想我们真是跟不上了吗？"[2]"跟不上"，对郭小川这样的以"紧跟党干革命"为人生理想、职责的老党员，是一个十分严重的问题，是不能不认真对待的。

不过，郭小川还是努力跟上了。那一代人已经形成了一个习惯：当自己的想法和组织的观念发生冲突时，几乎本能地就先否定了自己，发生问题的，只会是自己；更重要的是，不管思想通不通，都要服从。作为老党员，郭小川在受到批评以后，迅速调整自己的思想，完全按照部署行动，是没有多大思想障碍的。毛泽东在随后的最高国务会议上正式提出"正确处理人民内部矛盾"问题，在全国宣传工作会议上进一步强调"不能收，只能放"，

1　周扬：《答〈文汇报〉记者问》，转引自朱正：《1957年的夏季：从百家争鸣到两家争鸣》，河南人民出版社，1998年出版，第41—42页。

2　郭小川：《在作协总支党员大会上的检查》，收《郭小川全集》第12卷，第17页。

"百花齐放、百家争鸣这个方针不但是使科学和艺术发展的好方法，而且推而广之，也是我们进行一切工作的好方法"，[1] 郭小川在听毛泽东讲话当天日记里写道："问题更明确了"。[2] 此时对郭小川来说，要贯彻放的方针，认识已经明确，只是执行问题了。以后，郭小川又不断从周扬等人那里，听到毛泽东的想法，动向，如"据周扬谈，上海党内老同志情绪普遍不好，'左'得厉害，主席曾在浙江开了三天会，苦口婆心讲了很久"（4月9日）[3]；"荃麟告诉我，说毛主席看了《宣教动态》登的《人民文学》怎样修改了《组织部新来的年轻人》，大为震怒，说这是'缺德'、'损阴功'，同时认为《人民日报》也是不好的，《文汇报》、《光明日报》办活了，《人民日报》在反胡风时是'书生办报'，现在是'死人办报'，现在的'百家争鸣'究竟是谁在领导"（4月14日）[4]；"荃麟传达了主席的谈话"："大家都在争鸣，报刊怎能一声不响"，"资产阶级思想并没有什么可怕，'皮之不存，毛将焉附'"，"又批评了王阑西（按，时为电影局负责人）的说法'力争鲜花，避免毒草'。他说毒草不是避免的问题。我们是要比赛、斗争，问题在编辑部有没有辨别能力"（4月15日）[5]。郭小川在了解了这些情况以后，就更加坚定、自觉地支持、贯彻"放"的方针。5月3日的日记里，就记录了郭小川和刘白羽之间的一次谈话，他们一致"主张放，无论是党内，还是党外，都要'放'"。[6] 在此前后，他

1　毛泽东：《在中国共产党全国宣传工作会议上的讲话》，《毛泽东选集》第五卷，第414页，415页。

2　郭小川1957年3月12日日记，《郭小川全集》第9卷，第52页。

3　郭小川1957年4月9日日记，《郭小川全集》第9卷，第73页。

4　郭小川1957年4月14日日记，《郭小川全集》第9卷，第76页。

5　郭小川1957年4月15日日记，《郭小川全集》第9卷，第77页。

6　郭小川1957年5月3日日记，《郭小川全集》第9卷，第90页。

们已经在作协内部积极组织鸣放。在鸣放高潮时，作协内部有些人受北大鸣放影响，也张贴大字报，引起了一些人的反感，郭小川却积极支持，并且认为"北大基本是健康的"。[1]——在以后批判郭小川时，这就成了他的重要罪状。

后来郭小川在回顾这段历史时，又说到了自己内心的矛盾：一方面，因为"知道毛主席是主张'放'的"，因此和作协领导一起"一再提倡鸣放"；"另一方面，因为有许多人在鸣放中把矛头对准党和社会主义制度，对准旧作协党组和我个人，我的情绪上受到压抑，时有反感"，以至于提出"我们也办个杂文刊物，主要批判资产阶级思想"。[2]——郭小川当然不会想到，他的这一聚合志同道合者办刊物的主张，后来竟成了他的主要罪状。郭小川在鸣放期间的压抑感，在他这一时期的日记里，也有反映。如"我对这种知识分子实在是厌恶的，他们忽左忽右，推波助澜，自己永远'正确'，对别人则只知道责备，倒好像永远受了人家的'压制'，而自己种种不当行为，则永远被解释成为'委屈'"；[3]"下午二时半开给部长提意见的会，空气压人。艾青简直是一种被迫害的狂人，说了些关于我的莫名其妙的事。我很激动"；[4]"几天来，整风很激烈，每天都听到不少令人激动的意见，心情真有些不安。但能经得起这次锻炼，也是个长进"。[5]这里说到了"锻炼"，大概是能说明郭小川这样的左派当时的心理的。郭小川后来曾回忆说他"有时也很忧虑着慌，但只要听到党的镇定而坚强的声音，我

1　郭小川 1957 年 6 月 1 日日记，《郭小川全集》第 9 卷，第 107 页。

2　郭小川：《在两条路线斗争中——关于我解放后十七年来的基本情况》，收《郭小川全集》第 12 卷，第 96 页。

3　郭小川 1957 年 3 月 9 日日记，《郭小川全集》第 9 卷，第 50 页。

4　郭小川 1957 年 5 月 29 日日记，《郭小川全集》第 9 卷，第 105 页。

5　郭小川 1957 年 5 月 31 日日记，《郭小川全集》第 9 卷，第 106 页。

又确信，'冬天既已到来，春天就不远了'。我们显然用不着大惊小怪，但究竟掌握什么火候，心中却没有底。就在这种情势下，我开始是等待时机，暂且'歇手'"，一月以后，再也没有写战斗杂文了。[1]

（二）鸣放时期的长诗写作：陷入"欲创新而获罪"的困境

鸣放时期郭小川的杂文写作确实处于半停顿的状态，但他在长诗创作中却有了新的突破。早在新年伊始写的《开篇》里，郭小川即已宣布："现在可以预计的是两首故事诗和两首抒情长诗，共一千行以上"。[2] 郭小川早在 1955 年、1956 年就以《投入火热的斗争》和《向困难进军》两首"致青年公民"诗引起了诗坛的注目，在青年读者中更引起强烈反响，但也受到一些善意的批评，如"有些概念"（袁水拍），"感情浮泛"（张光年），"有些语言锤炼不够"，进而提出"如何继续写下去"的问题（艾青）。[3] 郭小川本人对这些意见是心悦诚服地接受的，他说自己是"情不自禁地以一个宣传鼓动员的姿态，写下一行行政治性的句子，简直就像抗日战争时期在乡村的土墙书写动员标语一样"，并"没有思索多少创作中的艺术表现问题"。因此，仔细检讨起来，就发现了这都是"浮光掠影的东西"，并为此感到"不安"："这些粗制滥造的产品，会不会损害我们社会主义文学的荣誉呢？"[4] 正是这样的对社会主义文学发展的责任感，促使郭小川自觉地寻求诗歌创作上的新

1　郭小川：《〈针锋集〉后记》，《郭小川全集》第 5 卷，第 387 页。
2　郭小川 1957 年日记《开篇》，《郭小川全集》第 9 卷，第 3 页。
3　见《一些作家对郭小川作品的评论》，收《郭小川全集》第 11 卷，第 322 页。
4　郭小川：《〈月下集〉权当序言》，《郭小川全集》第 5 卷，第 394 页。

的突破，他将这样的创作上的努力，看作是他 1957 年"战斗"的有机组成部分，也是"为了斗争"。

促使郭小川进行诗歌创作创新的，还有两个具体动因，也许是我们更应该注意的。

郭小川曾经多次谈到来到作协感到的压力："我在作家面前有自卑感，感到某些作家'看不起我'，以为'哪里来了这个毛头小伙子，居然来领导我们'，甚至有人说：'作家协会的工作，让非作家来领导，简直是笑话'"。郭小川感到"这是一种刺激，觉得作家协会的事，非作家在这里很难工作"，并暗中较劲："只要有机会写作，我的才能也不见得比你差"。郭小川后来检讨说："这种创作上的积极性，无可争辩地是掺杂着个人的成名成家的目的"。[1] 其实客观的说，这也是党的要求：党派郭小川这样的来自延安部队里的老干部到作协，显然是要在资产阶级、小资产阶级知识分子成堆的地方"掺沙子"，要培养自己的无产阶级的作家，而且是第一流的作家。郭小川自己也是自觉于此的，并以此为自豪。他的日记里，经常流露出对"小资产阶级作家"的厌恶之情，是隐含着一种要代表无产阶级占领文艺阵地的激情的。因此，将他的创作动力归于追逐个人名利，郭小川是深感委屈的，但在压力下，又不得不违心承认。在郭小川的自我感觉里，个人的发展与组织的需要始终是统一的。当然，到最后，郭小川把创作作为生命的需要，又超越了这一切，达到了另一个境界。

很多人都感觉到，郭小川是一位天生的作家，另一个重要标志，是他对写作的个人创造性的痴迷和执着追求。我们在前文讨

1　郭小川：《我的思想检查——在作协十二级以上党员干部扩大会议上》，《郭小川全集》第 12 卷，第 25—26 页。

论郭小川的延安经验时，已经谈到了他追求文学创作的党性与个人性的统一。而到了1957年作长诗写作试验时，他对个人独特性的追求，就达到了更为自觉的程度，形成了他对社会主义文学的独特理解，因而也就具有了一种理论的自觉性。这可能是受到了毛泽东提出的"百花齐放、百家争鸣"思想与方针的启示和影响。毛泽东在《关于正确处理人民内部矛盾的问题》里强调"艺术上不同的形式和风格可以自由发展，科学上不同的学派可以自由争论。利用行政力量，强制推行一种风格，一种学派，禁止另一种风格，另一种学派，我们认为会有害于艺术和科学的发展"。[1]而在郭小川看来，艺术的自由发展的前提，是真要形成"不同形式和风格"，关键是有自己的形式与风格的独特性。前文引述的他对两首"致青年公民"诗的不满，就是因为"浮光掠影"，缺乏独创性。他因此醒悟到："我向往的文学，是斗争的文学。我自己，将永不会把这一点遗忘"，但"仅仅有了这个出发点，还是远远的不足，文学毕竟是文学，这里需要很多很多新颖而独特的东西"。在郭小川看来，这样的"独特性"是有三个层面的。首先是思想的独特："不是现成的流行的政治语言的翻版，而应当是作者的创见。当然，这种创见，也只能是在党的、马克思主义的精神的光照之下的，是从人民中来的，但是，它同时也是作者自己的，是新颖而独特的，是经过作者的提炼和加工的，是通过一种巧妙而奇异的构思自然而然表现出来的"。其二是"独特的风格和艺术"："没有一般，即没有我们共同的共产主义世界观，当然没有我们的社会主义文学；但没有特殊，即没有作者独特的风格和独特的艺术文学，也不会有什么社会主义文学，至少是没有好的社会主义文学"，不仅要有风格的独特性，"在形式上，甚至在体裁上都可以有和应该有独创性"。其三，也许最重要的，"好的作家，也应当是独特的"，"有他自己观察生活的方式，有他自己的独到的见解"，"他不会轻易丢掉一点什么，也不会盲目地接受什么"。[1]——可以看出，郭小川对个人独特性的强调，是以坚持"党的、马克思主义的精神的光照"为前提的，但在思想和文学艺术问题上，他显然向个人创造性和独立思考大幅度倾斜，强调绝不盲从的个人思想与艺术的独立性。这就发生了问题。

但郭小川对此毫无知觉，只沉浸在1957年上半年相对宽松的环境、气氛中。他后来在检讨里谈到，"那时期，我又不断听到周扬他们说，要当大作家，一定要言人之所不敢言，写人之所不敢写"。[2] 由此形成了郭小川的一个自觉追求："作家要想奔向峰顶，就得敢于冒险，独创风格，突破常规，写人家不敢写的主题和题材，说人家不敢说的话"。[3] 这就成了他在1957年创作《深深的山谷》《一个和八个》《白雪的赞歌》三首叙事长诗的指导思想：郭小川显然想通过这三首诗在主题、题材与形式、结构上的试验，形成自己的独特创作风格与个性，在向诗歌创作的"峰顶"攀登上迈出决定性的一步。这都是显示了郭小川内在的敢于冒险，不甘平庸的英雄主义气质和创造活力的。

1　郭小川：《〈月下集〉权当序言》，《郭小川全集》第5卷，第395页，396页，398页，396页。

2　郭小川：《在反右派斗争前后（我的初步检查之七）》，收《检讨书——诗人郭小川在政治运动中的另类文字》，中国工人出版社，2001年出版，第144页。

3　郭小川：《文学工作能不能跃进？》，《郭小川全集》第5卷，第466—467页。此文虽发表于1958年，但是能够代表郭小川在写作《一个和八个》等长诗时的追求的。

　　这三首叙事长诗有一个共同特点，都是以延安、部队生活为题材，这标志着郭小川的创作不再是以战士的姿态，为社会主义事业大声呐喊，而回到了他的延安经验、革命战争经验，但又是以一个新的独立眼光重新观照，并且深入到自己的内心的体验，把主体的感悟渗透到客观的叙述里。这是一个全新的尝试。

　　最早透露新的试验性写作的消息的，是郭小川 1956 年底的日记："天快明时，再也睡不着了，原来是构思一首诗，打算用一个女人的口吻，写一个知识分子在艰苦斗争中的动摇和幻灭。"[1] 1957 年初的日记不断记录了他的构思与写作过程："我企图在这首诗里勾画出一个知识分子的可耻又可怜的脸谱，但构思还嫌一般，我为它已经贡献了好几个失眠之夜了，争取在一月份把它完成"（1月 3 日）[2]；"在我眼前浮现出好几个知识分子的影子，我理解他们，又讨厌他们"（1 月 12 日）[3]；"这首诗，只是为了对知识分子的鞭打，我当然是爱护知识分子，但他们身上的动摇不定的对革命的游离，却实在是一种讨厌的东西"（2 月 1 日）[4]；"把《深深的山谷》拿给徐迟、吕剑看，他们说，这个东西还是能震动人心的"（2月 4 日）[5]；"这次的诗，真正动了感情，写出了我对某种知识分子的憎恶。也许以后会有人骂我，但我还是善意的，为知识分子放出了一支警号"（3 月 24 日）[6]。

　　可以看出，几个月的构思、写作，始终围绕着一个中心："知识分子与革命的关系"。这首先是 1957 年的现实问题：在前

1　郭小川 1956 年 12 月 29 日日记，《郭小川全集》第 8 卷，第 540 页。

2　郭小川 1957 年 1 月 3 日日记，《郭小川全集》第 9 卷，第 6 页。

3　郭小川 1957 年 1 月 12 日日记，《郭小川全集》第 9 卷，第 12 页。

4　郭小川 1957 年 2 月 1 日日记，《郭小川全集》第 9 卷，第 27 页。

5　郭小川 1957 年 2 月 4 日日记，《郭小川全集》第 9 卷，第 29 页。

6　郭小川 1957 年 3 月 24 日日记，《郭小川全集》第 9 卷，第 60 页。

引的日记里，郭小川不断谈到他对鸣放期间某些知识分子的表现的厌恶，因此，他在长诗里写男主人公在战争关键时刻的动摇，是有现实指向的。但这更有着作者自己自觉、不自觉的主体投入。于是，我们就注意到，写作《深深的山谷》之前，郭小川刚刚完成的《致大海》，这是他"写知识分子心灵的开始"[1]。《致大海》写的正是"我和大海（革命）的关系"。郭小川十分动情地写到，自己如何带着"知识分子可怜的梦幻"，"无端的忧郁"，"孤高自傲的癖性"，投奔大海（革命）；是"党的思想和军队的纪律，以其特有的真理的光辉，无孔不入地把我的身心照耀"，"我渐渐地与周围的世界趋于协调"，我心甘情愿献出自己的生命，"不，好像世界已经没有了我，我就是海，我的和海的每一个呼吸，都是这样息息相通"。[2]在某种意义上，《深深的山谷》写的正是《致大海》的反题：写一个同样具有"深沉的忧郁""文雅而大方""清高""孤傲"的气质的知识分子，他参加了革命，置身于大时代之中，却始终不肯融入，自认是"属于另外一个时代的人，在这个世界里无非是行商和过客"。因为他绝不愿意放弃"利己主义的根性"，拒绝"跟战斗的集体协调"，"用服从和自我牺牲去换取光荣"；他更"（害）怕那无尽的革命和斗争"，那是"一段没有目的地的旅途"，终于以极端的方式结束了自己的生命，也逃离了革命。[3]

将这两首诗对照起来看，就不难理解，郭小川试图用自己的

1　郭小川：《在中国作家协会检查、受批判、再检查》（1969年夏），《郭小川全集》第12卷，第173页。

2　郭小川：《致大海》，《1956年7月—12月》，《郭小川全集》第1卷，第225页，226页，228页，229页。

3　郭小川：《深深的山谷》，收《郭小川全集》第3卷，第6页，18页，19页，20页，21页。

新的眼光去观照与表现知识分子参加革命的历史，就陷入了深刻的矛盾之中。一方面，他仍然以大彻大悟的，已经与革命融为一体的无产阶级战士的立场、眼光，来批判小资产阶级、资产阶级知识分子对革命的动摇、游离，以致背叛。在他看来，这也是对现实生活里依然处于"动摇不定"的"游离状态"的知识分子发出的一个"警号"。另一方面，他又无法回避，自己在精神气质与思想深处与知识分子之间剪不断、理还乱的精神联系，他说自己"真的动了感情"，对这些知识分子既"厌恶"又"理解"，还要"保护"他们，等等，其实都是隐隐透露了他自己也未必意识到的深层次的思想和情绪。在郭小川的主观意识上显然认为自己已经解决了这个矛盾，因此才一再理直气壮地声称，长诗的主题是批判知识分子的动摇，诗文本里也确实有这样的批判性描述；但我们读者在阅读文本时，却总能读出字里行间的"惋惜"和"怅惘"之情，后来诗人在检查里也承认这一点。[1]这恰恰说明郭小川的思想深处，并没有真正解决"个人与革命，个人与集体"的关系问题。我们以后对郭小川命运的讨论，也会一再证明这一点。这里，《深深的山谷》中诗人主观追求与读者阅读的客观感受之间的差别，是意味深长的。

还要指出的是，郭小川选择一个脱离、背弃革命的知识分子，即所谓"反面人物"作长诗的男主人公，并以既批判又理解的复杂态度进行描述，这显然是出于他的"写别人不敢写"的题材的自觉；但却违背了"革命文学必须爱憎分明，对黑暗势力、错误倾向只能暴露、批判，不能有任何同情"的原则，很容易被视为

1　郭小川：《我的思想检查——在作协十二级以上党员干部扩大会上》，《第二次补充检查》，收《郭小川全集》第 12 卷，第 22 页，40 页。

是小资产阶级知识分子"经过文学艺术的方式，顽强地表现他们自己"的例证。这也埋下了祸根。

在 1957 年上半年开始构思、写作，到年底完稿的《一个和八个》，是一次更为大胆的试验，最后却给郭小川带来灭顶之灾。

写作最初的动因，是起于 3 月 8 日全国宣传工作会议上，老舍提出的一个问题："我们时代的悲剧有什么规律？是不是可以把一个好人写死？"由此引发了郭小川的深思。他在当天的日记里写道："问题是：作者如写一个值得同情的人物，是否可以叫他失败而死？农村的主观主义、命令主义者可否把它的害死人事件写出来？这当然是很值得研究的问题了。"[1] 郭小川说能不能写"我们时代的悲剧"是一个"很值得研究的问题"，是因为长期以来悲剧写作一直是延安文学与以后新中国的社会主义文学的一个禁区。文学史研究者指出：当毛泽东在《讲话》里发出"对于人民，这个人类世界历史的创造者，为什么不应该歌颂呢？无产阶级，共产党，新民主主义，社会主义，为什么不应该歌颂呢？"[2] 的诘问与召唤，"延安文艺终于走进了颂歌的时代，喜剧的时代，延安文艺观念也由此在悲剧意识的消解中导致了喜剧意识的提升"。[3] 据说在延安还有过关于悲剧与喜剧的讨论。何其芳就预言了悲剧的消亡，因为按照"悲剧的定义"，只有在有"得不到合理的解决的问题"时，才会产生悲剧；但"在一个辩证唯物论者的思想里"，根本不承认"世界上还有着得不到合理的解决的问题"，[4] 马克思主义早已找到了彻底消除"人的问题和苦痛"的"最后的钥匙"，[5] 也就

1 郭小川 1957 年 3 月 8 日日记，《郭小川全集》第 9 卷，第 49 页。
2 毛泽东：《在延安文艺座谈会上的讲话》，《毛泽东选集》第三卷，第 873 页。
3 袁盛勇：《历史的召唤：延安文学的复杂化形成》，第 111 页。
4 何其芳：《高尔基纪念》，《何其芳文集》第 2 卷，第 235 页。
5 何其芳：《论快乐》，《何其芳文集》第 2 卷，第 231 页。

从根本上消解了悲剧存在的理由。后来艾青的一个观点几乎成为共识:"悲剧和喜剧是有阶级性的",[1]对敌人或反动统治时代可以诉诸悲剧,而对于人民、革命队伍、新社会只能用喜剧来表现。在这样的禁忌之下,长期以来,"社会主义悲剧"问题无论在理论上,还是创作实践上,都是一片空白。现在老舍率先提出了问题,就是一个重大的突破,郭小川更要进行创作试验,这是自觉地"闯禁区",正像他自己在日记里所说:"不作'闯将'又怎能成为诗的作者!"[2]

具体创作的起因,是 4 月 20 日的一次谈话。当天日记里,郭小川写道:"同(老战友)海默谈到创作问题,我也觉得应该写些大东西了。"[3]第二天的日记里,又写到海默的谈话引发的"思索":"海默深深感到,在前进的主流中,阴暗的东西很多。我也觉得,党中央已经深深地感到了这一切,所以才要整风。但是他所看到的黑暗面都如此之多,而我似乎只看到了光明的东西。"[4]郭小川显然感到自己面临了一个全新的课题:如何认识"前进的主流"中的"阴暗的东西",以及如何在文学艺术中反映这样的革命与现实生活里的阴暗面?这是习惯于"只看到光明的东西",以歌颂光明为己任的郭小川从未想到过的;但他又敏锐地感到,这是一个可以写出"大东西"的题材,而且也是和党的整风精神相一致的,他于是跃跃欲试了。

几天以后,郭小川在日记里,这样写道:"一想到一首叙事诗的结构,就怎么也不能睡了。这首诗,是海默那天谈话所启发

1　艾青:《秧歌剧的形式》,原载 1944 年 6 月 28 日《解放日报》,转引自袁盛勇:《历史的召唤:延安文学的复杂化形成》,第 121 页。

2　郭小川 1957 年 4 月 12 日日记,《郭小川全集》第 9 卷,第 75 页。

3　郭小川 1957 年 4 月 20 日日记,《郭小川全集》第 9 卷,第 81 页。

4　郭小川 1957 年 4 月 21 日日记,《郭小川全集》第 9 卷,第 81 页。

的，我打算写一个坚定的革命家的悲剧。只剩下最后的结尾尚待思考以外，大部分是结构成了。一时半起来，记下这一点收获，但它的代价是半夜不眠"，[1] 其情绪的兴奋与激昂已溢于言表。郭小川后来回忆说，海默讲述的，是他在延安就听说过的故事："王明路线"或"张国焘路线"肃反时，押了一批犯人，都是被冤枉的好同志。一次，敌人围攻时，这批"犯人"就起而抵抗，大部分壮烈牺牲，只剩下几个人逃生。这同样的故事，后来还听过好几次。郭小川说，他在延安参加审干时，就有意写一篇文章，用以说明那些被斗错了的同志的冤屈，但一直没有动笔。[2] 现在，在1957年的整风运动中，郭小川终于有了机会来处理这一素材，自然有重新审视自己的延安经验、革命经验的意味和意义。在此之前，在毛泽东的"一切人民群众的革命斗争必须歌颂之，这就是革命文艺家的基本任务"[3] 的要求下，在郭小川这样的自觉的革命文艺战士的笔下，革命永远透体光明，没有任何缺憾、黑暗和痛苦。但这样的将革命浪漫化的描写，恰恰是对"革命的实际"的遮蔽：如鲁迅所说，"革命是痛苦，其中也必然混有污秽和血，决不是如诗人所想象的那般有趣，那般完美"。[4] 在这个意义上，可以说，现在郭小川开始正视延安生活和革命的阴暗面，恰恰是恢复了他的更加真实的历史记忆。而且鲁迅说得好，"不明白革命的实际情形"，或有意无意地遮蔽，恰恰最"容易变成'右翼'"。[5]

1　郭小川1957年4月24日日记，《郭小川全集》第9卷，第84页。

2　郭小川：《关于右倾错误和个人主义——我的思想检查》，《检讨书——诗人郭小川在政治运动中的另类文字》，第23页。

3　毛泽东：《在延安文艺座谈会上的讲话》，《毛泽东选集》第三卷，第871页。

4　鲁迅：《对于左翼作家联盟的意见》，《鲁迅全集》第4卷，人民文学出版社，2005年出版，第238页。

5　同上。

因此，对郭小川来说，直面革命中的痛苦，正是为了更加坚定革命的信念和他的左派立场，由此形成了即将写出的长诗《一个和八个》的主题的两个侧面，即研究者所说的"冤屈和忠诚"；他要写的是一个"关于一个人的忠诚受到怀疑，在极度危险和冤屈中，用血和生命去证明自己的清白无辜"的故事，一个"坚定的革命家的悲剧"。[1]

这里显然融入了郭小川最为痛苦的历史的与现实的生命体验。这首先是前文已经提到的延安"抢救失足者"运动给郭小川留下的恐怖记忆：他和杜惠这一对新婚夫妇都受到怀疑，杜惠更被关押审查两年零五个月。《郭小川全集》第8卷保留了1945年1月16日写给还在关押中的杜惠的一篇寄不出的短文《一个想望》："日子越久，我越想的是你的善良，你的质朴和诚实，一句话，你不像是特务——人类中最阴毒的，动物之最污浊的——假若，你真是，那对于我，就犹如丢掉一个黑色茧子一样丢掉你。可是，你不会是的，你受了别人的牵连的可能居多，正确些，你可能是受了冤枉。然而，不能把这看作是冤枉，那是不对的，因为确（有）无数敌人……"[2]在这戛然而止的叙述里，正隐含着郭小川的延安经验与记忆里，最阴暗的一页。如他的女儿郭晓惠所体会的，这不仅有"革命和爱情的夹缝中的苦苦挣扎"，更有"革命伦理与人性冲突带来的痛苦"："对于一个革命者来说，更可怕是，一旦出现了对党的做法的怀疑，就意味着一种'失贞'，所以他又连忙纠正自己说'那是不对的，因为确有无数的敌人……'"明明个人

1　倪震：《北京电影学院故事——第五代电影前史》，作家出版社，2002年出版，第157页。
2　郭小川：《一个想望》（1945年1月16日），收《郭小川全集》第8卷，第7—8页。

受到冤屈，却还要勉为其难地顾全革命"大局"，这样的苦衷，是一种更深层次的痛苦。[1]

郭小川在"文革"中有一个检查，其中谈到，"我在过去和'文化大革命'中常想到，一个人被党和群众怀疑，被群众看成敌人，是非常痛苦的"；"我的《一个和八个》就建立在这样的思想基础之上。我的原意就是要写一个遭受到在我看来世界上痛苦最深的人，也就是受党审查的人，要写他在这种情况下表现坚强，也就是抵触审查和对党不满的人。这是我的灵魂的大暴露"。[2] 这确实是最能触动郭小川这样的革命的忠诚战士的"灵魂"的"最深"的痛苦，即"党"和"人民群众"（如前文所分析，"党"和"人民"正是这些革命者精神和心理结构里，最为神圣的核心部分）对自己的怀疑和不信任。这就带来了两个致命的问题。一是承不承认自己蒙受了冤屈？不承认，就要违心地向党和人民认罪；承认，就意味着要正视党和人民都犯了错误，这就彻底打破了党和人民的至善至美性的理想，而自己原先对革命的信仰正是建立在这样的前文所说的想象基础之上的。这就同时引发了第二个致命问题：在认识到革命的错误以后，还要不要坚持对革命的信念和信心？因此，我们就可以理解，郭小川要把长诗主人公王金塑造成一个忍辱负重，无论受到多大委屈，也"没有丧失共产党员的忠诚"的"圣徒形象"，以自己无怨无悔的牺牲，完成"个人与党的事业的融合"，[3] 这既是一种表白，更是一种自我说服，一个矛盾命题的自我解除。面对革命造成的冤屈，郭小川这样的革命的儿子，不可能由此引发对革命、对体制的反思，就只能通过"党

1　郭晓惠：《以1959年体制知识分子郭小川的遭遇为个案的分析》，打印稿。

2　郭小川：《大会第三次检查》，《郭小川全集》第12卷，第211页，212页。

3　郭晓惠：《以1959年体制知识分子郭小川的遭遇为个案的分析》，打印稿。

性的修养"来解决问题：这是郭小川所能走到的极限。

这正是贯穿郭小川一生的生命难题和精神创伤：尽管在早期投身革命时，郭小川和党、人民（群众）的关系总体是和谐的，他对革命与党的信念也是建立在这样的和谐关系上的；但他也已经在延安"抢救失足者"运动中，一定程度上感受到了不被信任和被抛弃的恐惧。在他置身于作协以后，就深陷于和具体组织领导关系不和谐的困扰之中（我们在下文会有详尽分析）。从1959年开始，直到"文化大革命"，他突然成了革命群众运动的对象，"被看成敌人"。以上两个致命问题就如影随形地追逐着他，直到生命的结束。回过头来看，1957年《一个和八个》的写作，就更像是对自我命运的一则"预言"。

郭小川对《一个和八个》的写作动因的另一个说明，也很值得注意："我为什么写了那么一些杀人犯？为什么让他们都被'感化'过来？这也反映了我当时的复杂的思想感情。这期间，我对于周围的许多人都是很讨厌的。我觉得，这些人勾心斗角，追名逐利，有时又凶狠得很，残酷得很，简直没有什么好人……生活在这里，甚至像生活在土匪窝里一般。我想，在这样一种环境里生活，一定得有一种'坚贞的出于污泥而不染'的性格，一定要忍辱负重，委曲求全。"[1]

郭小川的这一说明，提醒我们注意到，被误解因而需要忍辱负重的生命难题，恐怕是一切有信念、有理想、洁身自好的人，在与周围的人相处中，随时都会遇到的。这样，长诗的主题，就具有了某种超越性：不只是讨论个人与革命、与组织的关系，更

---

[1] 郭小川：《在反右派斗争前后（我的初步检查之七）》，《检讨书：诗人郭小川在政治运动中的另类文字》，第143—144页。

涉及人的理想、价值的实现所要付出的代价，所需要的精神品格；在非正常情况下，人的生命选择，等等。这就是在几十年后，《一个和八个》被改编为电影、话剧，故事的革命背景逐渐淡化，不同的改编者总能从中挖掘出与当代相通的，更为普遍的内涵的原因所在。[1] 这种作品的普遍性、超越性价值，郭小川或许未必有明确意识，但他认定这一题材可以出"大东西"，说明还是隐隐约约地感觉到了什么。

郭小川的说明，还让我们注意到长诗的构思：不仅是写王金这"一个"，更有那"八个"，即一个奸细，三个惯匪，四个逃兵，以及"一个和八个"的关系。这是隐含着另一个潜在主题的："人性的苏醒与拯救"。因此，长诗给我们读者以心灵震撼的，不仅是王金"圣徒"形象里所闪烁的神性的光辉，更是那深夜里失落的灵魂的归来："在这个持续的寂静的深夜中，/各个人相继进入自己的梦境，/一股生命的欢欣的小河，/在各自的梦里发出潺潺的响声，/仿佛有一只神秘的温柔的手，/抚慰着他们那残破的心胸"。[2] 这样，《一个和八个》就不只是党性的赞歌，更是人性的赞歌，生命的赞歌。本文一开始就提到，郭小川在写于 1941 年的《生命的颂歌》里，曾表示要"歌颂生命到永久永久"；现在，就更加自觉了。但从另一面说，这样的局部突破，也是郭小川的文学的写作（这是郭小川创作的基本追求与性质），可能达到的极限了。

（三）反右运动：陷入派系斗争的泥潭之中

5 月 26 日，郭小川在日记里宣布，"长诗（《一个和八个》）

1　参看郭晓惠：《〈一个和八个〉：郭小川的半生心结——从长诗到电影到话剧》，收《一个人和一个时代：郭小川纪念文集》。

2　郭小川：《一个和八个》，《郭小川全集》第 3 卷，第 118 页。

写完了"，"这是一首真正用心写的诗"。[1]

十二天以后，也即 1957 年 6 月 8 日《人民日报》发表《这是为什么》的社论，指出："在'帮助共产党整风'的名义之下，少数的右派分子正在向共产党和工人阶级的领导权挑战，甚至公然叫嚣要共产党'下台'，他们企图乘此时机把共产党和工人阶级打翻，把社会主义的伟大事业打翻……这一切岂不是做得太过分了吗？物极必反，他们难道不懂得这个真理吗？"由此发出开展"反右派斗争"的号召，强调"国内大规模的阶级斗争虽然已经过去了，但是阶级斗争并没有熄灭，在思想战线上尤其是如此"。[2]

郭小川在当天日记里写道："愿望实现了。"[3] 作为坚定的左派，他早就等待着这样的反击了。

但冷静下来，他又感到了不安。因为尽管他对鸣放期间许多人的言论感到不满，但只认为是"小资产阶级的偏激"之词，属于人民内部矛盾，并没有看成"阶级敌人别有用心的进攻"。当他终于明白时，再一次痛感自己又"跟不上"了："其实，主席的意思是放手让毒草出来，放出来再加以扑灭。我误解了主席的指示，我的思想情绪于是更向右的方向发展。"[4] 后来在 1960 年作"思想总结"时，他用"时'左'时右"来概括自己 1957 年的思想："在对待王蒙的小说《组》上，我开始比较'左'，对这篇小说很反感，然后受到主席批评（主席指出不应对王蒙围剿，小说有正确的一面）。我误解主席的精神而转向右倾。"[5] 其实，郭小川这样的知识分子，即使是革命诗人、革命战士，他们知道的只是书本

1　郭小川 1957 年 5 月 26 日日记，《郭小川全集》第 9 卷，第 102 页。

2　《这是为什么》，载 1957 年 6 月 8 日《人民日报》。

3　郭小川 1957 年 6 月 8 日日记，《郭小川全集》第 9 卷，第 111 页。

4　郭小川：《在作协总支党员大会上的检查》，《郭小川全集》第 12 卷，第 17 页。

5　郭小川：《思想总结》（1960 年 2 月 28 日），《郭小川全集》第 9 卷，第 44 页。

上的革命与政治，而对实际革命与政治是完全茫然的，他们永远也"跟不上"，忽左忽右是必然的。悲剧在于，郭小川始终认为自己懂政治，热衷政治，以服务于政治为天职；但直到碰了无数的钉子，包括一次次地因跟不上而检讨，到"文革"后期，才承认"我不懂得政治"，"我政治上很幼稚"。[1]但为时已晚，而且还要继续紧跟。——但这都是后话了。

在1957年的现实政治里，郭小川仍然是要紧跟的，并随时据此来调整自己的思想与行为。郭小川是真诚的：他并不回避自己曾经有过的迷惘。于是，就有了写于1957年7月的"急就"章《射出我的第一枪》。他真诚地忏悔："当那伪善的暴徒／挑起了战端／我没有立即跳进战壕／射出子弹"，"母亲啊，我的人民！可以宽恕我吗？"他真诚地自责："过分的老实，在复杂的情势下面／陷入迷惘"，"过分的忠厚／识不破那般狐狸的／狡猾的伎俩"。他真诚地宣誓："从现在起／我将随时随地／穿着我的战士的行装，背上我的诗的子弹带／守卫在／思想战线的边防"。[2]但主观上的真诚，并不能改变一个客观的事实，这也是郭小川多年后才意识到的："我在反右期间，是一个整人的人。"[3]真诚地整人，这本身就是一个悲剧，也是一个嘲讽。

同样具有嘲讽意味的，是当郭小川怀着"捍卫党，捍卫人民事业"的政治激情，投入反右斗争时，他却成了文艺界某些领导人进行派系斗争的工具。

文艺界的反右运动，是围绕所谓"丁玲、陈企霞反党集团"

1　牛汉：《我与郭小川在改造与被改造的日子里》，《一个人和一个时代：郭小川纪念文集》，第46页。

2　郭小川：《射出我的第一枪》，《郭小川全集》第1卷，第254页，260页。

3　周原：《我所知道的郭小川》，《一个人和一个时代：郭小川纪念文集》，第93页。

事件进行的：以此为突破口，又由此扩展到整个文艺界。

郭小川尽管也来自延安，但他当时还是学生，并不了解其中的内幕。他以后又一直在部队与地方工作，与文艺界是隔膜的。只是在1955年批判丁、陈时，他作为中宣部的一名干部，凭着自己的政治敏感与热情，作了一个慷慨激昂的发言，引起了时为中宣部部长的陆定一的注意，认为他"是有战斗力的"，而将其调往作协，担任秘书长，后又提升为党组副书记，也就从此身不由己地陷入了周扬与丁玲之间的派系斗争之中。[1]

1955年批判丁、陈反党小集团时，党内就有不同意见，开始了"甄别工作"；到1956年、1957年，丁玲、陈企霞不断提出申诉，要求翻案，在核对材料时，许多揭发人都收回了自己当年在运动压力下的不实之词，在这种情况下，就有了"重新审理，改写结论"之举。郭小川回忆，在1956年12月24日中宣部讨论丁、陈问题的会上，周扬表态说，丁玲、陈企霞的问题叫不叫反党小集团，可以考虑，该是什么就是什么，实事求是；但丁、陈是不正派的，过去对他们绝不包含什么不正当的意图。据郭小川的观察，周扬等的态度基本上是："1. 心很虚，已经认为1955年对丁、陈的斗争，有不够实事求是和过火的地方；2. 口气很软，已经觉得可以不用反党集团；3. 还想争点面子，说明自己没有阴谋，说明丁、陈不是好人。"[2] 正是出于这样的既不得不改正，又要维护自己的"正确性"的心理，当事人刘白羽、邵荃麟等都不愿意执笔改写结论，就把任务推给了郭小川。郭小川当然明白"这

1　郭小川：《我是怎样来到作家协会的？（我的初步检查之一）》，收《检讨书：诗人郭小川在政治运动中的另类文字》，第96页。

2　郭小川：《关于丁、陈问题》，《检讨书：诗人郭小川在政治运动中的另类文字》，第75—76页。

是苦差事"：他必须面对将丁、陈定为反党集团证据不足的事实
（1959 年受批判时他检讨说，这是受了"资产阶级法律观点"的
束缚[1]），又不能不考虑周扬们的意见，维护他们的"威信"。他
从内心不喜欢丁玲、陈企霞的咄咄逼人，但又觉得"他们的意见
中也有合理之处，他们都是有才能的，但是对于过去的不满，却
使他们很容易流于片面"。[2] 他对持反对意见的中宣部部分干部
（李之琏等）既无法否认他们提出的理由，又反感于他们逼得太
紧："四面八方都把我逼住，真叫人烦恼。我真不想干下去了。"[3]
尽管此时，他还没有、也不敢把这一切看作是一个派系、宗派斗
争，但也直觉地意识到"这个问题如此地容易引起紧张"，[4] 他从
感情上厌烦这一切，在日记里不断地诉苦：一大早就为改写结论
的事"弄得心情非常之坏。似乎感到了这文艺界的混乱是没有希
望改变的"，"一种厌烦和不安的情绪占有着我，情绪有时像气流
一样，是这样地压人"，[5] "这简直是无休止的劳役，不知道伊于胡
底"。[6] 一向以快手著称的郭小川竟然几个月都拿不出一个修改结
论的意见。最后勉强凑出一个折中主义的方案，仍然坚持丁、陈
犯了"宗派主义""自由主义"的错误，"性质是严重的"，又承
认"还没有发展到反党小集团的程度，因此，不应以反党小集团
论"，并因此向丁、陈"赔礼道歉"。据郭小川说，周扬们对他起
草的结论稿"基本上还是肯定的"，但觉得口气太软，更表示绝

1　郭小川：《我的思想检查——在作协十二级以上党员干部扩大会上》，《郭小
川全集》第 12 卷，第 21 页。

2　郭小川 1957 年 3 月 6 日日记。《郭小川全集》第 9 卷，第 48 页。

3　郭小川 1957 年 2 月 11 日日记，《郭小川全集》第 9 卷，第 34 页。

4　郭小川 1957 年 2 月 25 日日记，《郭小川全集》第 9 卷，第 41 页。

5　郭小川 1957 年 1 月 11 日日记，《郭小川全集》第 9 卷，第 10—11 页。

6　郭小川 1957 年 4 月 9 日日记，《郭小川全集》第 9 卷，第 72 页。

不能赔礼道歉。[1] 陈企霞则"不假思索加以反驳，而且尖锐地攻击了起草人"。[2] 最后，经过反复讨论、斟酌，给丁、陈"错误"定为"对党闹独立性的宗派结合"，但不是"反党集团"，也自然没有"赔礼道歉"一说了。随后反右一开始，这个结论也废除了。但郭小川1957年上半年却在文艺界各派别的挤压下吃够了苦头。

有意思的是，郭小川在反右开始后，很快认定丁、陈就是文艺界的右派，冲到了斗争第一线。这可能和反右以后，毛泽东频频点丁玲的名有关。比如，在一次最高国务会议的讲话里，毛泽东就三次提到丁玲，说："有的人进了共产党，他还反共，丁玲、冯雪峰不就是共产党员反共吗？"[3]

而这回，他更是深深陷入了派系斗争的泥潭里了。

对"以丁玲、陈企霞为首的右派集团"的斗争，大体经过了六个阶段，分述如下：

（1）根据有关研究，《人民日报》在1957年5月1日发出《关于整风运动的指示》，发动鸣放。毛泽东在5月15日写的《事情正在起变化》，标志着战略思想和部署上的重大变化。毛泽东指出，"最近这个时期，在民主党派中和高等学校中，右派表现得最坚决最猖狂"，而党内有一部分人具有修正主义思想，"几个月以来，人们都在批评教条主义，却放过了修正主义"，"现在应当开始注意批判修正主义"。毛泽东同时指出，"现在右派的进攻还没有达到顶点"，"我们还要让他们猖狂一个时期，让他们走到顶点。他们越猖狂，对于我们越有利益。人们说：怕钓鱼，或者说：诱

1　郭小川：《关于丁、陈问题》，《检讨书：诗人郭小川在政治运动中的另类文字》，第77页。

2　郭小川1957年4月16日日记，《郭小川全集》第9卷，第78页。

3　毛泽东：《坚定地相信群众的大多数》（1957年10月13日在最高国务会议第十三次会议上的讲话），《毛泽东选集》第5卷，第487页。

敌深入，聚而歼之。现在大批的鱼自己浮到水面上来了，并不要钓"，这里已经明确提出了"钓鱼"也即"引蛇出洞"的策略。[1]

准备反击右派的精神当时只传达到极小范围内，为文艺界周扬等领导人所知，大概是在5月18日。据老革命作家黄秋耘回忆，当天晚上，他在作协党组核心成员邵荃麟家聊天，周扬突然打来电话，邵荃麟听了顿时"脸色苍白"，只说了一句："转了！"关照一声"千万不要对别人说"，就急急忙忙赶去周扬那里了。[2]

本来，在4月就形成了关于丁、陈问题"不以反党小集团论处"的结论，到5月22日就突然决定，"先不改，交给大家讨论"。[3]到6月3日又决定要召开"两次党内讨论丁、陈问题的会议"。[4]显然是要诱发丁、陈及其同情者继续"表演"，引蛇出洞。在6月6日丁、陈问题党组扩大会议一开始，周扬就说："1955年对丁玲的批判只有斗争，没有团结，对待像丁玲这样的老同志，这样做是很不应该的……"邵荃麟和刘白羽也作了类似的表态。[5]据郭小川回忆，周扬等这样突然为丁、陈事件公开检讨，"在作协党组范围内没有讨论（过）"。[6]果然，如郭小川当日日记所记载，周扬们一检讨，马上就引来了"一片对周、刘的进攻声。陈又乱骂人是做假报告。他说：'你们是高级干部，你们作了假报告！'"在郭小川的感觉里，"会议十分紧张，空气逼人，简直弄得我头都

1　参见逄先知等主编：《毛泽东传》上册，第670—693页。

2　转引自徐庆全：《丁陈"反党小集团"冤案的两个谜底》，《企霞百年》，第495页。

3　郭小川1957年5月22日日记，《郭小川全集》第9卷，第100页。

4　郭小川1957年6月3日日记，《郭小川全集》第9卷，第108页。

5　李之琏：《我参与丁、陈"反党小集团"案处理经过》，《企霞百年》，第469页，内部交流本。

6　郭小川：《关于丁、陈问题》，《检讨书：诗人郭小川在政治运动中的另类文字》，第81页。

发涨"，他因此对丁、陈"有一种厌恶之感。无论怎样，我是不同情他们的"。[1]

接着 6 月 7 日、6 月 13 日，丁、陈等都继续"表演"："陈企霞、唐达成、唐因、韦君宜、黄秋耘、李又然、张松如发言，指责去（前）年的会议是根本错误的"；[2] "丁玲发了言，态度尚平和，但内容十分尖锐，竭力争取康濯'起义'，追究责任，想找出一个阴谋来"。至此，"到了摊牌的时候了"。[3] 以后，在这几次会议发言的对丁、陈事件提出质疑和批评的人，大都成了右派。

（2）将丁、陈问题"加温，加码，再定性"，是在 6 月 8 日吹响反右斗争的号角以后。郭小川当日日记里，这样写道："十时半，到（刘）白羽处，陆部长找白羽谈了话，陆说要有韧性的战斗，人家越叫你下去（按，指整风运动中许多人对刘白羽提出尖锐批评），越不下去！他认为周扬没有宗派主义，人们太不注意这是一场新的战斗，文艺方向的斗争。他认为丁、陈斗争要继续，不要怕乱。"[4]

此后，陆定一又进一步表示："丁、陈是歪风的代表，主张展开一个斗争，坚决把文艺界整顿一下"（6 月 14 日）[5] ；"看人要看关键，现在党内外有股右的思潮，显得十分猖獗，我们的目的就是要把它放出来，然后加以克服。他认为，丁玲、陈企霞对党是不忠诚的，而陈企霞如果最后还坚持他的错误，就应当坚决把他开除"（6 月 16 日）。[6] 有意思的是作协党组的反应："白羽同我谈了好一阵荃麟的缺点，他似乎认为荃麟有些折中，态度不鲜明，说

1　郭小川 1957 年 6 月 6 日日记，《郭小川全集》第 9 卷，第 110—111 页。
2　郭小川 1957 年 6 月 7 日日记，《郭小川全集》第 9 卷，第 111 页。
3　郭小川 1957 年 6 月 13 日日记，《郭小川全集》第 9 卷，第 115 页。
4　郭小川 1957 年 6 月 8 日日记，《郭小川全集》第 9 卷，第 112 页。
5　郭小川 1957 年 6 月 14 日日记，《郭小川全集》第 9 卷，第 116 页。
6　郭小川 1957 年 6 月 16 日日记，《郭小川全集》第 9 卷，第 117—118 页。

到这时我也有同感"，在党的上级领导如此明确表态以后，一切犹豫，折中，态度不鲜明，都是不允许的，弄不好就会祸及自身。郭小川的反应则十分鲜明而干脆："对丁、陈问题的处理有个眉目了，我一定迎接这场暴风雨。我把丁、陈看成是党内的右派。我一定准备意见去迎击他们。"[1]他大概已经处于老战士"枪声一响，就准备冲上去"的临战状态了。

（3）但从6月内部定性，到7月正式批斗，还有一个月的准备时间。在这期间，不断传达反右运动的指示，要各单位排排队，做出计划来；"要说理，驳倒右派，斗争要狠"。[2]

作协立即按照指示，由郭小川于7月5日草拟了"反右派斗争计划"，其中就有划分左、中、右的内容，郭小川当天日记里特地谈到了"中间分子的名单"的问题。[3]作为运动的组织者，郭小川还十分关心"机关内划清界限，扫清右倾言论"，表示"不把右倾错误打垮，决不收兵"。[4]

从1957年6月到7月，作协相继批判了萧乾、黄沙、戈扬、吕剑、钟惦棐等人。郭小川都是重要的组织者，在发言中却强调"没有什么比实事求是更重要的了"[5]。

（4）7月21日："下午三时到周扬处，谈了丁、陈问题，……谈了柳溪问题，决定明天白羽去天津，搞材料，第二步再把陈企霞的问题公诸社会。"[6]这里特意提到的柳溪，是在天津工作的女作家，她以"耿简"的笔名发表在《人民文学》1956年第

1　郭小川1957年6月14日日记，《郭小川全集》第9卷，第116页。
2　郭小川1957年7月13日日记，《郭小川全集》第9卷，第136页。
3　郭小川1957年7月5日日记，《郭小川全集》第9卷，第131页。
4　郭小川1957年6月21日日记，《郭小川全集》第9卷，第120页。
5　郭小川1957年7月19日日记，《郭小川全集》第9卷，第141页。
6　郭小川1957年7月21日日记，《郭小川全集》第9卷，第142页。

5 期的短篇小说《爬在旗杆上的人》当时是和王蒙的《组织部新来的年轻人》齐名的;运动中,天津有人揭发她与陈企霞有"特殊关系",这就引起了注意,并由作协党组核心领导成员刘白羽亲自出马,这都是非常之举。据郭小川日记,7 月 22 日、25 日刘白羽二下天津,第一次"柳溪坚决不讲",第二次又说"已经说出他们之间的关系",这已是 26 日批判会的前夕了。[1] 如此煞费苦心弄来的"材料",不过是陈企霞的隐私:他和柳溪的婚外恋。

批判会的组织工作仍在严密而有条不紊地进行,郭小川更是忙得不可开交:先是"动员人们贴陈企霞的大字报","动员发言",[2] 拟定与会名单,反复审核;还要安排"斗争中的保卫工作",[3] 内部交底,打招呼("把准备新参加会议的人和原来参加会议的左中派联合开会,由周扬同志介绍文艺界反右斗争情况"[4]);更要"帮助"发言者拟定提纲,审查和确定发言内容("为了让曹禺第一个发言,特地由我去曹禺处,与他共同搞一个发言提纲[5];"与白羽、默涵一起与文井、白尘、光年、菡子、阮章竞谈他们的发言"[6];"接海默、孙谦","帮助他们搞了一个提纲"[7]);又要专门组织党外教授发言("马上给四大教授杨晦、冯至、王瑶、吴组缃打电话,请他们下午发言,结果他们还是不能发言",但第二天冯至仍和卞之琳作了一个联合发言[8]);在整个会议期间,都要与新闻

1　郭小川 1957 年 7 月 24 日、25 日日记,《郭小川全集》第 9 卷,第 144 页。

2　郭小川 1957 年 7 月 22 日日记,《郭小川全集》第 9 卷,第 144 页。

3　郭小川 1957 年 7 月 26 日日记,《郭小川全集》第 9 卷,第 145 页。

4　郭小川 1957 年 7 月 29 日日记,《郭小川全集》第 9 卷,第 147 页。

5　郭小川 1957 年 8 月 1 日日记,《郭小川全集》第 9 卷,第 150 页。

6　郭小川 1957 年 8 月 7 日日记,《郭小川全集》第 9 卷,第 154 页。

7　郭小川 1957 年 8 月 9 日日记,《郭小川全集》第 9 卷,第 155 页。

8　郭小川 1957 年 8 月 8 日、9 日日记,《郭小川全集》第 9 卷,第 154 页,155 页。

单位密切沟通，参与和审查有关报道（"决定明天见报的问题，先写出报道，由我来改"，"又同叶遥〔按，《人民日报》记者〕等谈了一下写报道的问题"[1]）。

但这样一切都经过安排的批判，就很难精彩。郭小川自己在日记里，就不断埋怨："发言内容空洞"，"说服性很差，我们几个人都很不满意"等等。[2]7月29日，郭小川自己"看了柳溪交待的材料"，立刻激起道德义愤："实在吓人听闻。陈企霞的卑鄙丑恶实在到了极端"；接着向与会的骨干作家"念了一遍柳溪的材料。大家都非常气愤"。[3]7月30日郭小川日记写道："紧张斗争的一天"，"大会开始，就是方纪（天津作协领导）发言，许多触目惊心的事实，引起人们的愤怒"，群众终于发动起来了，"然后叫陈企霞交代，某些无可抵赖的事实，他承认了（如他与柳溪的通信等），而所有重要情节，他还是要赖，会上态度蛮横，坚决不肯吐露"。[4]但第二天，陈企霞就表示"他已到生死关头，再不抵赖了"。当天郭小川日记里兴奋地写道："谈了一下明天的会议，柳溪就要出台了"。[5]第二天，8月1日，终于到了高潮："下午，曹禺第一个发言，很精彩"。然后是柳溪长达两小时的发言，血泪控诉。[6]

陈企霞的精神终于崩溃。8月1日晚，他与妻子通宵谈话，坦白了一切。妻子随即向党组织（刘白羽）汇报，陈企霞本人也

1　郭小川1957年8月1日日记，《郭小川全集》第9卷，第150页。
2　郭小川1957年8月4日、7日日记，《郭小川全集》第9卷，第152页，154页。
3　郭小川1957年7月29日日记，《郭小川全集》第9卷，第147页，148页。
4　郭小川1957年7月30日日记，《郭小川全集》第9卷，第148页。
5　郭小川1957年7月31日日记，《郭小川全集》第9卷，第149页。
6　郭小川1957年8月1日日记，《郭小川全集》第9卷，第150页。

于 8 月 2 日来到郭小川处，"情绪紧张，首先就交出了钥匙两把，而且说：这是罪证！然后又滔滔不绝地交代了他与丁玲、冯雪峰的关系"，当晚，丁玲的丈夫陈明也打来电话，边哭边谈，"说如不交代，就无法生活下去"。现在总算初战告捷，高层领导当即拍板："后天就登报。"[1]

8 月 3 日，陈企霞出现在批判会上，全面认罪，承认"我有大阴谋，我有大野心"。郭小川当天日记里，说他"态度是转过来了"。据说丁玲还想抵赖，就被群众赶下台来。[2]结果又是群情激奋，党内党外作家纷纷上台声讨，郭小川也忍不住冲到第一线，"我太激怒于丁陈的可耻狡辩了"。[3]丁、陈从此再也无力招架。

今天重读陈企霞 8 月 3 日的检讨却发现，除了坦白私人生活的问题（和柳溪的关系不正常，还与人民文学出版社的一位女编辑"姘居十年"）外，并没有任何实质内容，无非是"自延安和丁玲共事迄今十六年，可以说，她每次谈话没有不反对周扬的"。其中，最严重、也是当年引起轰动的问题，是他们在一次谈话里，曾说到如果周扬坚持不给摘掉"反党小集团"的帽子，翻不了案，就要宣布退出作协，"告别文艺界"。[4]这充其量也是一种不和周扬合作的宗派情绪。但或许这正是揭示了问题的实质的：被定性为"阶级斗争，文艺方向的斗争"的"与丁、陈反党小集团的斗争"，其实就是历史恩怨造成的派别之争。

研究者更感兴趣的是，一向自视极高、桀骜不驯的陈企霞最后屈服的心理动因，并且有这样的分析：陈企霞在 8 月 3 日检讨

1　郭小川 1957 年 8 月 2 日日记，《郭小川全集》第 9 卷，第 150 页，151 页。
2　郭小川 1957 年 8 月 3 日日记，《郭小川全集》第 9 卷，第 151 页。
3　郭小川 1957 年 8 月 4 日日记，《郭小川全集》第 9 卷，第 152 页。
4　《陈企霞的检讨——在 1957 年 8 月 3 日第 10 次会议上》，收陈恭怀《悲怆人生——陈企霞传》，作家出版社，2008 年出版，第 424 页，423—424 页。

中，从一开始就说"这几天，我可以说已经死过一次，这两天我是发抖的"，他最初准备自尽，同时留下"一封非常恶毒的遗书"，决心以死抗争；但柳溪的公开揭发，让他发现自己已不再可能取得群众的同情；就转而反省自己，承认"对妻子不忠"，由此打开缺口，进而承认"对党不忠"；而这样的承认，对一个视"忠贞"为生命的文人来说，是毁灭性的，精神就此崩溃。研究者还指出，在有着道德癖的国度，"私丑的泄露"最容易"引起群体的狂欢"，在陈企霞坦白自己的"私丑"之后，舆论就普遍相信："确实存在一个反党集团"，"那些被这些'私丑'牵连到的人，丁玲、冯雪峰、艾青、陈明、徐光耀、柳溪——当然，还有陈企霞本人——纷纷成为'右派分子'"。[1]

（5）在丁、陈问题突破以后，8月10日郭小川日记又记载了新的战斗部署：党组会议上传达了最新指示为落实"抓大鲨鱼"的精神，会议最后决定"紧接着就展开对雪峰的斗争"。[2] 陈企霞的检讨里，就已经有了揭发冯雪峰的内容。

第二天，组织找冯雪峰谈话："周扬谈了很多过去的问题。雪峰从苏区来，马上怀疑周扬，相信胡风；雪峰在重庆住到姚蓬子家里，许多事是敌我不分的。雪峰表示他害怕给他加上一个小集团成员的帽子"。[3] 后来，郭小川回忆说，周扬还指责冯雪峰欺骗了鲁迅，打击了左联，搞得他们很困难，"说到这时，周扬哭了"，"这就引起我的同情。我觉得，周扬受了那么大的委屈，多年不说，真不容易"。[4]

1　李洁非：《屈服——陈企霞事件始末》，收《企霞百年》，第536—540页。
2　郭小川1957年8月10日日记，《郭小川全集》第9卷，第155页。
3　郭小川1957年8月11日日记，《郭小川全集》第9卷，第156页。
4　郭小川：《我的最严重的罪行（我的初步检查之六）》，《检讨书：诗人郭小川在政治运动中的另类文字》，第124页。

周扬这回也把他的意图说得更直白：在打倒丁玲，解决了在延安的积怨以后，现在要借批判冯雪峰，解决三十年代左联时期的积怨。在一次包括郭小川在内的核心小组会议上，周扬指示："主要关键是在 1936 年上海那一段，要有个有力量的发言。"[1] 作协党组也立即开会部署，"把各单位的与会人都组织起来，及时告诉他们意图，供给他们材料"。[2]8 月 14 日，夏衍作了一个"爆炸性"的发言。郭小川在当日日记里写道，夏衍"讲了雪峰对左联的排斥，他的野心家的面孔暴露无疑了，引起了一场激动，……会场形成高潮"。[3]

但夏衍毕竟是历史的当事人，夏衍与周扬的密切关系更是众所周知。为了更有说服力，就需要有其他人作出更"客观"的分析。于是，就选中了郭小川：他在思想与感情上早已站在周扬一边。郭小川在 8 月 17 日被委以重任以后，十分紧张，连续两天都梦见"丁陈的事""丁、陈、冯的事"，"睡得很不好"，[4] 但他还是按照夏衍的提示，访问了左联的老同志，又按照林默涵的意见，查阅了胡风的"供词"，"归纳了大家的意见"，最后在 8 月 20 日作了一个重点发言。一方面，说三十年代的周扬们"忠心耿耿为党工作"，"尊重鲁迅先生"；另一面又为其"伸冤抱屈"，说"周扬、夏衍、田汉、阳翰笙'四条汉子'受了诬陷"，以周扬为首的上海党组织受到"十分残忍的打击"，特别强调冯雪峰"背着上海党组织行事"，他和鲁迅、胡风提出的"民族革命战争的大众文学"的口号，"分裂了文艺界，分裂了党"。鲁迅的《答徐懋庸信》

1　郭小川:《我的最严重的罪行（我的初步检查之六）》,《检讨书：诗人郭小川在政治运动中的另类文字》, 第 129 页。

2　郭小川 1957 年 13 日日记,《郭小川全集》第 9 卷, 第 158 页。

3　郭小川 1957 年 8 月 14 日日记,《郭小川全集》第 9 卷, 第 158 页。

4　郭小川 1957 年 8 月 18 日、19 日日记,《郭小川全集》第 9 卷, 第 161 页。

是"冯、胡的共谋"，是"在鲁迅病重甚至连话都说不出来的情况下通过发出的"，鲁迅"终究是个人，又受到敌人的重重封锁，客观环境使他无法充分地了解当时政治形势的变化"等等。[1] 可以看出，郭小川是讲出了周扬们此刻最想说，而又不便直接说出的话。而在郭小川自己看来，他是在传达党的声音，是在为保卫党的正确路线而战。但他在发言的兴奋过去以后，又觉得"身上很疲倦，几乎两个夜晚，准备了一个发言，一小时就讲完了，真有点空虚之感似的"。[2]

但郭小川发言以后，只有林默涵认为"还好"，周扬始终不表态，周恩来的秘书却打来电话，转达婉转的批评，认为不应引用胡风的供词。[3] 后来才知道，周扬在审查这次批判会的报道时，有意删去了关于左联时代的那些话，也特意从发言人名单里，删去了郭小川的名字，据说还说了一句话："这个问题，要中央讲话，中央没讲话，我们不要讲。"[4]

对丁玲、冯雪峰这样的知名度很高的作家、理论家的批判可能带来的社会影响，特别是对党内知识分子的震慑力，周扬深知其间的轻重，但他又是小心翼翼的，他所做的一切都在高层允许范围之内，在得到正式认可之前，是不会公之于众的。

完全不懂政治的郭小川当然不会想到这些，只是被笼罩其上的意识形态的光环所吸引，老老实实、认认真真地按照指示，去

1　郭小川：《我的最严重的罪行（我的初步检查之六）》，《检讨书：诗人郭小川在政治运动中的另类文字》，第 123 页。

2　郭小川 1957 年 8 月 21 日日记，《郭小川全集》第 9 卷，第 162 页。

3　郭小川：《我的最严重的罪行（我的初步检查之六）》，《检讨书：诗人郭小川在政治运动中的另类文字》，第 123—124 页。

4　郭小川：《关于篡改历史、围攻鲁迅、为"三十年代"文艺翻案的阴谋的交待材料》，《检讨书：诗人郭小川在政治运动中的另类文字》，第 205 页。

进行神圣的阶级斗争、路线斗争。其实，就在当时，文艺界也有清醒者。据说诗人袁水拍就悄悄对人说："不要卷入他们的事，他们之间像是滚雪球，会越滚越大"。[1] 这些话郭小川当然听不到，听到了也不会信。此时的他，已经陷入了"周扬即党"的逻辑中；他在修改批判会上发言稿时曾加上了这一段："党委托周扬同志来领导文艺工作，因此反党首先必须反对人——具体的就是周扬同志等"，"通过周扬同志等体现出来的党的政治路线和组织路线，是一条红线"。[2] 他当然不会想到，他以后要为此付出代价。

（6）郭小川在 8 月 25 日的日记里写道："这个大斗争接近尾声了"。[3]

但还有一件最后的大事，即作理论总结，并作出历史结论。

9 月 16 日、17 日作协党组召开了有一千三百多人参加的总结大会，周扬作了五个小时的长篇报告，郭小川 9 月 16 日日记里写道：周扬报告"内容很好，一是教训，二是我们的分歧"，这自然是在作总结。[4] 会后，周扬又将报告以《不同的世界观，不同的道路》为题印发。

敏感的郭小川，自然要跟上。在 10 月 11 日批判刘绍棠的会上，作了以《沉重的教训》为题的发言，根据周扬报告的精神，着意提出"革命文学阵营内部"存在着"两条路线，两种力量"的斗争，"一种当然是马克思主义的党的文艺路线，一种是反党反马克思主义的文艺路线"，并且作了这样的历史描述："这条反党反马克思主义的路线，实际上从上海左联时代就已经

1　韦君宜 1992 年 8 月 19 日口述，转引自陈徒手：《人有病，天知否：1949 年后中国文坛纪实》，生活·读书·新知三联书店，2013 年出版，第 230 页。

2　转引自陈徒手：《人有病，天知否：1949 年后中国文坛纪实》，第 226 页。

3　郭小川 1957 年 8 月 25 日日记，《郭小川全集》第 9 卷，第 165 页。

4　郭小川 1957 年 9 月 16 日日记，《郭小川全集》第 9 卷，第 180 页。

存在，这就是以冯雪峰为中心，与胡风勾结在一起的一派势力。在抗日战争以后，在国统区，冯雪峰和在冯雪峰支持下的胡风反革命集团一直在坚持这条路线，发展着他们的势力，扩大他们的影响；在解放区，则是由丁玲等人坚持这条路线，并扩大着他们的势力；到了全国解放以后，他们会合了，而且互相支援、互相配合地进行过反党活动。这个胡风反革命集团和丁陈反党集团的反党反马克思主义路线，一直与党的马克思主义路线相对立着、相斗争着"。[1]

周扬的报告得到了毛泽东的肯定，1958 年 2 月，在毛泽东作了大量修改后，以《文艺战线一场大辩论》为题公开发表于 2 月 28 日《人民日报》和 3 月 11 日出版的《文艺报》第 5 期。

郭小川在为他参与领导的文艺界的反右运动大获全胜而感到欣慰的时候，却没有想到他的爱妻杜惠几乎成了右派。前文提到，郭小川与杜惠都是延安培养出来的革命者，但杜惠似乎比郭小川更单纯和天真，在延安"抢救失足者"运动中她无端受冤，郭小川因此产生过"政治危险"的想法，但杜惠却加深了对组织的无条件的信任，认为无话不可向党说，包括对党（不用说党的具体领导人）的意见，都应该向党袒露。在 1957 年 9 月 29 日，郭小川在日记里，就写到了他对杜惠的担忧："惠君谈起她的一些烦恼，由于对中宣部有意见，她对反右派斗争是有抵触情绪的，人的思想多么微妙，我也向她指出这种危险性，对一个组织是不能反对的，对一个同志也是如此。"[2] 但郭小川的警告已经太晚，当时

1　郭小川：《沉重的教训——一九五七年十月十一日在批判刘绍棠大会上的发言》，《郭小川全集》第 6 卷，第 499 页。

2　郭小川 1957 年 9 月 29 日日记，《郭小川全集》第 9 卷，第 189 页。

杜惠正在东郊参加社会主义教育运动。在杜惠所管的学校里，就这样打了一个右派教师，杜惠认为这样做，不够光明磊落，公开提出反对，遭到了东郊党委的批判，大"有划为右派的趋势"，郭小川得知以后，"非常不安"，根据领导反右运动的经验，他当然知道杜惠这样"幼稚无知而又自矜的性格，她的那种麻木不仁和毫无警惕的廉价的同情心，她对领导上的反抗性格"，完全可能划为右派；但这又是深知杜惠对党的忠诚的郭小川，所绝对不能接受的，何况这将彻底摧毁整个家庭。[1] 这事后来经过作协出面做工作，总算以一场批判了结，但仍给郭小川留下了一个阴影。

这时，郭小川也正在忙着做反右运动后期的处理工作，也有自己的烦恼。其实他早就有了担心。在 8 月 29 日的日记里，这样写道："今天几个人都有一个反映，斗争似乎要扩大下去。表现了一种厌烦的心情，也表现了对它的担心，怎样才叫彻底呢？""右派（确实）不少，但如个个批判，那真是要垮了。每人可采取不同方式解决才行"。[2] 随着运动的进展，他又提出"现在既要防右，又要防左"的问题，[3] 这都显示了某种隐忧。以后他又对"把斗争庸俗化"不满，[4] 为自己批判发言"过分尖锐"而"不安"。[5] 现在，在最后定性、处理阶段，他就更加小心谨慎，在划不划右派、处分掌握的分寸等等方面不断在领导层内部和其他人发生争议，也不断受到批评，[6] 他后来检讨说："我总希望斗争对象越少越好，只

1　郭小川 1957 年 12 月 9 日日记，《郭小川全集》第 9 卷，第 239 页。
2　郭小川 1957 年 8 月 29 日日记，《郭小川全集》第 9 卷，第 168 页。
3　郭小川 1957 年 9 月 2 日日记，《郭小川全集》第 9 卷，第 171 页。
4　郭小川 1957 年 10 月 9 日日记，《郭小川全集》第 9 卷，第 197 页。
5　郭小川 1957 年 10 月 24 日日记，《郭小川全集》第 9 卷，第 207 页。
6　郭小川 1957 年 12 月 30 日日记，《郭小川全集》第 9 卷，第 251 页。

要别人不揭发，我就不提出来作为斗争对象。"[1] 在处理时总是力争给被批判者有一个较好的出路，为此积极地为丁玲、艾青能到部队农垦场劳动而多方联系。这都显示了郭小川的另一面：当他处于斗争第一线，写战斗诗歌，作批判发言时，他是急进、激昂、非常左的；但回到日常生活，处理具体问题时，他又是稳健、温和，多有人情味而显得右的。有一位郭小川的小朋友曾这样谈到她对郭小川的观察与理解："虽然他的诗是战斗的，他的性格是留守的性格，并不是进攻的，挑衅的性格，他一般都是与人为善，他总是希望身边多一点情感，爱心，美好一点，和平一点，太平一点。"这是有道理的。这位小朋友还有一点遗憾："郭叔叔如果单纯是个诗人就好了，不参加那些政治斗争"。[2] 这当然是不可能的，郭小川也不会接受；但问题确实存在：郭小川本性中的温情并不能适应政治斗争的需要。

于是，这位反右运动的左派，领导成员，到运动终要大功告成时，却陷入若有所失的无名的苦恼、烦闷之中，在日记里不断谈道："近来，在斗争中，不时也有一种不安的感觉"；[3] 批斗会上发言以后"反而有些空虚的感觉"；[4] "精神上有一种怅惘的感觉"，"这些天来，真是失去了平衡似的，生活是多么复杂，而工作的任务又是何等艰巨啊！"[5] 他终于感到厌倦："反右派斗争的诗，已经写了不少，现在实在不想写了"[6]。郭小川似乎觉得，反右派这样的

1　郭小川：《向毛主席请罪，向革命群众请罪——我的书面检查》，《郭小川全集》第12卷，第232页。
2　徐寒梅：《我心目中的郭叔叔》，《一个人和一个时代：郭小川纪念文集》，第177—178页，179页。
3　郭小川1957年9月4日日记，《郭小川全集》第9卷，第173页。
4　郭小川1957年10月11日日记，《郭小川全集》第9卷，第199页。
5　郭小川1957年9月9日日记，《郭小川全集》第9卷，第176页。
6　郭小川1957年9月11日日记，《郭小川全集》第9卷，第177页。

政治斗争并不是他真正追求的。

他心之所属在哪里呢？9月10日斗争还在进行的时候，郭小川与他的朋友陈笑雨和同为作协领导人的林默涵，突然"谈到男女关系这个问题"，郭小川大发感慨："这是多么丰富的生活啊！人，在这个问题上都是如此敏锐，妻子对丈夫的一举一动都是理解的。而女孩子都是喜欢叔叔，男孩子都喜欢阿姨，异性之间的这种奇妙的关系，是作家写不尽的"。于是郭小川"精神上兴奋"起来，"又是为了写一首动人的歌"：他决定写"共产党员如何处理爱情生活"的"故事"。他在日记里写道："人总是这样，一要写东西，心情就激荡起来"。[1]——原来，生活，人，诗，才是郭小川真正需要的！尽管组织要求郭小川，郭小川也是这样自我定位："首先是革命战士，然后才是诗人"；但他内心深处，还是把"诗人"放在第一位的，这是他与革命政治真正矛盾之处。

在郭小川的日记里，又频频出现了这样的记载："又在酝酿一个诗章，思想像河水泛滥一样"；"我很想写一首《晶亮的白雪》（按，后定名为《白雪的赞歌》），歌颂一对夫妇在政治上的和谐和爱情上的坚贞"；[2]"我在想我的《白雪》"，"抒情的笔调，故事诗，决心大胆地作一次试验"；[3]"为了这个女人（按，指长诗女主人公，故事的叙述者）的命运，我真的感动了。这个女人其实就是我自己。这可说是真实的经历。心情是我的，经历是惠君的"；[4]等等。可以看出，郭小川完全回到了1957年上半年写作《深深的山谷》《一个和八个》，后来因投入反右运动而中断了的创造状态，充满

1　郭小川1957年9月11日日记，《郭小川全集》第9卷，第177页。
2　郭小川1957年9月11日日记，《郭小川全集》第9卷，第178页。
3　郭小川1957年10月6日日记，《郭小川全集》第9卷，第195页。
4　郭小川1957年10月24日日记，《郭小川全集》第9卷，第207页。

激情和活力。在 12 月 11 日最后定稿时，郭小川在日记里写道："这也许真的是一个杰作，让大家去评判吧！严格地遵守生活的真实，这是我的信条。"[1]

郭小川的女儿郭晓惠在多年后对《白雪的赞歌》作了这样的评价，这"可以算是郭小川唯一的一首爱情诗。有意思的是，这位生活中爱情如火的诗人，终生只留下这一首爱情诗。这首诗一直是他私心里最爱的作品，倾诉了他最多的内心情感"：对于革命与爱情的忠贞；而这样的情感"不仅像雪那样洁白，而且要像雪那样丰富又多彩"，"战士和战士之间的爱情，只有通过考验才会充满生机"。长诗写到了女主人公于植和医生的暧昧感情，但医生遏制了感情的悸动，主动离开她上了前线，祝福她"安心地等待，爱着孩子，信守着你的最珍贵的信念"，她也终于等来了曾经生死不明的亲人，短暂的欢聚以后，丈夫又重返前线，对她说："我对你的爱永世不变，但是我们爱情的范围是多么广大，因为我们是光荣的共产党员。"[2] 这样，郭小川仍然用他的新的创作，维护了他一贯追求的"革命与爱情的统一，战士和诗人的统一"，他仿佛又回归到与心上人漫步延河边的年代，"革命，恋爱，文学"重又融合为一体了。但他没有想到的是，他的试图显示革命者感情的丰富性、复杂性的尝试，却预伏着危险。其实当时诗人臧克家在赞扬诗的艺术成就的同时，就提醒过诗人：不要在这样的题材上花费精力，而要多写一些战斗力强的诗。[3] 郭小川听不进去，就要为之付出代价。

1　郭小川 1957 年 12 月 11 日日记，《郭小川全集》第 9 卷，第 241 页。
2　参看郭晓惠：《以 1959 年体制知识分子郭小川的遭遇为个案的分析》，打印稿。
3　转引自郭晓惠：《以 1959 年体制知识分子郭小川的遭遇为个案的分析》，打印稿。

郭小川在 1957 年的日记《一年小结》里这样写道："这是紧张而严峻的一年。我自己，是每一个斗争的参加者。"[1]

三、郭小川在 1959 年

（一）上半年在兴奋与不安中度过

1959 年郭小川的日记没有像 1957 年那样写有《开篇》，但在 1 月 4 日夜所写的《瑞雪兆丰年》里却写下了他在新的一年开始时的感受与预期："这生活，这世界，实在好，什么烦扰，什么病痛，全抛掉"，"而心甘情愿，在战斗里锻炼，在风雪中逍遥"。[2]——但他真的知道是什么样的"风雪"，怎样的"锻炼"在等待着他吗？他真的能"抛掉""烦扰"吗？

在 1 月 18 日日记里，郭小川写到自己"身体不好，咳嗽很厉害，来势汹汹"；然后又写了一句："今年'流年不利'，一开始就生病"。[3]——他预感到了什么吗？

但至少在 1959 年 1 月—5 月，他的情绪是好的："不断想着诗和生活"，[4]"诗如泉涌"，"兴奋得久不成眠"。[5]短短的几个月，就写了抒情诗《瑞雪兆丰年》（1 月）、《春暖花开》（1 月）、《朗诵会上的一段奇闻》（4 月），《望星空》（4 月）和叙事长诗《月下》（1—2 月）、《雾中》（5 月）。

其中，最重要的，自然是《望星空》。郭小川在 4 月 8 日日记里，写到了最初的写作冲动："这几日诗思较盛，又想写《望星

1　郭小川 1957 年日记《一年小结》，《郭小川全集》第 9 卷，第 252 页。

2　郭小川：《瑞雪兆丰年》，《郭小川全集》第 1 卷，第 381—382 页，386 页。

3　郭小川 1959 年 1 月 18 日日记，《郭小川全集》第 10 卷，第 13 页。

4　郭小川 1959 年 1 月 1 日日记，《郭小川全集》第 10 卷，第 4 页。

5　郭小川 1959 年 1 月 4 日日记，《郭小川全集》第 10 卷，第 5 页。

空》。这是一首抒情诗，抒发一种哲学思想。"[1]后来，郭小川对这首诗的构思有过一个说明："我在构思和写作时设想使这篇东西有矛盾，有波澜：前半部写'我'（第一人称，并不是真的我自己）望见星空以后感到人生的短暂和渺小；中间以'我错了'这一句为转机，在后半部批判了前半部的错误思想，证明人的伟大，革命人民的伟大，创造了天安门辉煌景物的伟大。但是前半部太强烈了，后半部的批判就显得软弱无力"[2]。批判无力其实反映了诗人内心的矛盾与迷惘，一方面，是生命的实际感悟和感慨："在伟大的宇宙的空间，人生不过是流星般的闪光。在无限的时间的河流里，人生仅仅是微小又微小的波浪。啊，星空，我不免感到惆怅"。另一面，是"与天奋斗，其乐无穷"的革命意识形态，"人定胜天"的时代强音："人生虽是短暂的，但只有人类的双手，能够为宇宙穿上盛装；世界呀，由于人的生存，而有了无穷的希望"。[3]郭小川最终以后者否定前者的"错误"结束全诗，说明他不可能走得太远，但坦诚写出自己内心的矛盾与怅惘，这所迈出的一小步，就为主流意识形态所不容，却也因此获得了一种特殊的价值。首先是研究者所说的，"折射了当时相当深刻的社会内容。在大的失误与挫折面前，人（革命者）对自己的生命、意义和命运的新思索，达到了当代文学史前所未有的高度"。[4]郭小川自己对写作的时代背景与个人精神状态有过一个说明："《望星空》为什么在这个时候写出来？一、跟当时国内的暂时困难和政治气氛分不开。在副食品出现紧张的时候，我是忧心忡忡的。如果在

1　郭小川1959年4月8日日记，《郭小川全集》第10卷，第59页。

2　郭小川：《检查我在文艺创作中的错误》，《郭小川全集》第12卷，第360页。

3　郭小川：《望星空》，《郭小川全集》第1卷，第446—447页，第451页。

4　这是批评家黄子平的评语，转引自郭晓惠：《以1959年体制知识分子郭小川的遭遇为个案的分析》，打印稿。

全国沸腾的 1958 年，我是不会写出这篇东西的。二、在为要求下去受了批评，我的情绪上很受压抑……三、这时身体有些不好，情绪已有波动"，在这种情况下，很容易感到个人的渺小，产生无力、无奈感。[1] 当时有人批判他"唱出了一片悲观、低沉，泄气的调子"，"这和我们大跃进的时代精神和人民群众改造自然、改造世界的雄心壮志、和地球开战、征服宇宙的战斗的乐观主义，是多么相悖啊！"[2] 其实是抓住要害的：在 1958 年"大跃进"年代，"向地球开战"（一向紧跟时代的郭沫若就以此为题写过一首诗）的时代气氛里，郭小川的《望星空》确实是一个不和谐音符。或许只有今天我们来反省"大跃进"的历史教训时，才蓦然发现郭小川当年在全民狂热中对个人怅惘之情的真诚表达的难得与可贵。

或许我们更应该重视的，是郭小川其人其诗中更为内在的生命感。如研究者所说，"他是一个生命感很强的人。每隔一段时间，他心底里就会泛出一种强烈的、对生命意义的深怀疑虑的荒芜感。而作为党的工作者，他又要以强大的意志将这种荒芜感压抑下去，以便更好地投入工作。这种敏感的个体生命意识，与那个极端强调集体意志的时代无疑构成了巨大的矛盾。他在创作中渴望探索生命、探索心灵，而这样的探索又总是受到现实的棒喝与打击，这是他生命史的全部尴尬之源。这种个体的人面临曲折复杂的历史而产生的尴尬现象，正是郭小川对于后人真正认清历史与人的关系问题上的价值所在"。[3] 我们现在能看到的这方面的材料，主要有三个。一是前文已经提到的 1941 年在延安写的《生

---

1 郭小川：《第二次补充检查》，《郭小川全集》第 12 卷，第 40 页。
2 萧三：《谈〈望星空〉》，《人民文学》1960 年第 2 期。
3 龙子仲：《郭小川的价值》，收《一个人和一个时代：郭小川纪念文集》，第 323 页。

命的颂歌》，郭小川深情地谈到自己从母亲"奥秘的灵魂的境界"里所感受并获得的生命意识；尽管以后参加革命"杀过人"，但始终"珍视生命，珍视自己，尤珍视人群"，"从此，我就更尊敬一切造物者，尊敬创造，尊敬新生。从此，我憎恨杀人"。最后，郭小川更满怀激情地写道："在向着光荣的阶梯的战斗之途上，我愿意活到永久。而且，歌颂生命到永久永久"，"即使歌颂生命者被诅咒，或者被杀死"。[1] 这可以说是他一生的誓词与预言。直到晚年在"文化大革命"中作检查，谈到自己人道主义思想的根源时还特意提到这篇早期散文。[2] 第二个材料是郭小川 1949 年 8 月 23 日日记里的一个记录："我一个人呆在家里很寂寞，到小馆喝了二两酒。近来我关于生命问题想得太多，多半是因为工作较为清闲的缘故，这实在是浪费的，必须解脱。悲观主义的色彩这些年一句话淡下去了，再不能叫他上升了。我们还是年青的，必须做些事情"。[3] 此时的郭小川在中共中央中南局任宣传处处长，在新中国成立前夕的胜利者的忙碌中有这样的生命的悲观虚无感，至少在他这样的延安革命老战士当中，是罕见的。而他自觉地压抑这样的个体生命意识，以便全身心投入革命事业，多"做些事情"的矛盾与选择，其实是贯穿郭小川以后的一生的，只是因为意识到"必须解脱"，也就更加隐而不言，连私人日记里也很少流露。但也"偶尔露峥嵘"，我们在郭小川 1957 年 2 月 24 日日记里发现的这样一段记录，就是第三个材料。这一天的晚上，本是要讨论现实政治问题（"商量丁玲结论结尾部的提法"），却突然谈起"人的生死和宇宙的问题"，引发出郭小川的一番感慨："一想到宇宙，

1　郭小川：《生命的颂歌》，《郭小川全集》第 5 卷，第 3 页，4 页，6—7 页。

2　郭小川：《检查我在文艺创作中的错误》，《郭小川全集》第 2 卷，第 357 页。

3　郭小川 1949 年 8 月 23 日日记，《郭小川全集》第 8 卷，第 17—18 页。

就感到人太渺小了，但人是不会自己毁灭自己的，生活的力量对人能够吸引住，都会津津有味地活下去，创造着一切"。[1] 我们这才发现，郭小川于 1959 年 4 月终于写出的《望星空》，其基本理念中矛盾的两个侧面，早在 1957 年初就已经在孕育了，甚至可以说，这是深藏在郭小川生命意识的深处的，只是在 1959 年特定的时代因素的刺激下，才有了一次爆发。

这是最后一次爆发，是郭小川这样的多少有些特殊的革命战士的生命与创作所能够到达的最远处。很快，新的运动转向忠诚的儿子，把他作为新一轮的政治运动的对象，推向审判台，虽然后来还有种种曲折，种种机会，郭小川也抓住这些机会，作了种种努力与挣扎，但郭小川要恢复写作《望星空》以及之前的《白雪的赞歌》《一个和八个》《深深的山谷》那样的写作状态，那样的对人的生命、人的心灵的探索试验，是再也不可能了。

事情是从日常生活里的人事冲突开始的，以后竟出人意料地发展为政治事件。

事情的起因是 1959 年初春，因工作上有不同看法，郭小川和作协党组实际负责人，也就是他的顶头上司刘白羽连续发生冲突，郭小川甚至脱口而出大骂。事后当然很后悔，在 4 月 8 日写了一封信给刘白羽，提出"在文艺界，我觉得，是多么需要是非分明啊！"据说这句话更是得罪了刘白羽。郭小川毫不察觉，在 4 月 9 日中午收刘白羽回信后，当即回信："我始终把你看做是我们最好的同志之一，我尊重你，不止是当做领导者，而且当做最好的诤友和严师；对周扬同志、默涵同志也是这样看的。对前天的一些善意的批评，在总的方面是接受的，尽管还有一些无关重要的

1　郭小川 1957 年 2 月 24 日日记，《郭小川全集》第 9 卷，第 41 页。

不完全相同的看法。至于你平常有时发急，或者态度上稍微有些生硬之处，我也毫无反感。（还应当说，我的发急和生硬之处也决不比你少。）我一定会从一切正确的甚至有时不完全恰当的批评中吸取有益的东西。"郭小川说这番话时，态度是真诚、恳切的；但在刘白羽听来，却似乎有许多言外之意。特别是郭小川话锋一转，谈到对领导集体内部关系的意见，提出"在集体领导更好地建立起来"以后，"不必在细小的问题去一一做具体的指点"，对下级"处处去管他，反而使他处处依赖，也不见得好"；"在作家协会的领导集团内，应当建立一种严肃的自我批评和认真负责的工作作风。批评应当是尖锐的，同时也不忙于下结论"，"另一方面，也应当有一种能够共同商量的空气，彼此都虚心地听取意见"，等等，刘白羽更觉得这都是在婉转地批评自己，有"打上门来"的味道。郭小川在信的结尾说："我一定从你的坚强的性格、原则的精神中吸收力量。我知道，我有一个严重的弱点，我也许并不害怕事情本身的困难和外部的扰乱，却有时经不起来自领导方面不恰当的责备，这是极端危险的。"[1]郭小川也许觉得这是严于己而宽于人，刘白羽却会看作是对自己的变相攻击。积怨就此产生。

其实，郭小川对作协领导作风不满与不习惯，是由来已久的。他在1957年6月日记里，就谈到"为了文艺界党内的团结，我是很忧郁的"。[2]他甚至有不祥的预感："看起来，对文艺工作的领导是越来越显得单薄了"，"这是我不愉快之处之一，对工作问题的分歧是越来越显著了，也许以后要出现一场风雨。但是我是不能在这个问题上昧着良心的，党的利益高于一切，即使是受处分也

1　引自陈徒手：《人有病，天知否：1949年后中国文坛纪实》，第240—242页。
2　郭小川1957年6月13日日记，《郭小川全集》第9卷，第115页。

是在所不惜的"。[1] 而对刘白羽的不满，也在 1957 年的日记里，时有流露："白羽有些话，殊令人不快。但，这也是无法的，他就是这种性格"；[2] "（和白羽）我们的谈话经常是各谈各的，老弄不到一块"，"他的嫉妒和自我保护的姿态，在这次运动中是表露得异常鲜明"。[3] 但郭小川似乎对此并不特别看重，认为只不过是工作中的矛盾与不愉快，他后来说，"我这个人历来是怕党内斗争的，人家攻击我，我都可以忍让，我历史上从来没有跟谁闹过不团结，也从来没有在我的提议下发动什么原则的斗争"。[4] 这一次在给刘白羽的信中的突然发泄，郭小川后来解释说，这是他多年形成（而且也许是在部队生活里形成）的习惯："有什么话就要对领导上发泄出来，听听好话或安慰的话"就算完了。[5] 因此，他 4 月 8 日、9 日给刘白羽写信的事，在当天日记里都没有写。他没有想到的是，刘白羽却有心把他的信保留了下来，以后就成为批判他的杀手锏。

郭小川自己感觉到，可能出问题的，是 6 月 5 日他在党组会议上的一个发言。在当天日记里，他这样写道："（提出）对文艺批评工作的意见，弄得有点不愉快。我觉得，现在的文艺批评，是很少表现出领导作用的。"[6] 据后来郭小川的说明，他在会上的原话是更伤人的："我提了一个尖锐的意见。我说，'我想提出一个问题：现在到底是党领导文艺，还是几个非党的编辑在领导文

1　郭小川 1957 年 2 月 27 日日记，《郭小川全集》第 9 卷，第 43 页。

2　郭小川 1957 年 3 月 21 日日记，《郭小川全集》第 9 卷，第 58 页。

3　郭小川 1957 年 6 月 10 日日记，《郭小川全集》第 9 卷，第 113 页。

4　郭小川：《我的思想检查——在作协十二级以上党员干部扩大会议上》，《郭小川全集》第 12 卷，第 31 页。

5　郭小川：《我的思想检查——在作协十二级以上党员干部扩大会议上》，《郭小川全集》第 12 卷，第 28 页。

6　郭小川 1959 年 6 月 5 日日记，《郭小川全集》第 10 卷，第 90 页。

艺？——因为编辑们是读作品、接近作家、经常接触生活的，而我们这些人却不是这样'"。其实，郭小川是在借此表达对作协领导（自己也包括在内）不读作品、不接近作家、不接触生活的不满，但他一竿子扫过去，就得罪了党组大多数人，"立刻就引起林默涵、张光年的不满，并且成为他们批判我的导火线"。[1]

但真正成为导火线的，还是 6 月 9 日深夜郭小川写给刘白羽的一封信。据说那一段时间，因身体有病，医院检查又没有结果，治疗一时也无效果，郭小川提出在夏天工作淡季下去休整，刘白羽没有同意，郭小川情绪低落，一时冲动之下，写了这封惹来大祸的信。信的中心意思，是再次强烈要求离开作协，到"下边"工作。他这样写道："我到作协工作已将四年，最近越来越感觉难以工作下去"，因为多年来"对生活中发生的新问题、新事物，毫无直接的接触。一天到晚被事务纠缠着，弄得身体垮下去，不能读书，不能下去，也不能认真写作。老实说，这个时期，我忧虑得很，常常为此心跳，夜不成眠"。[2]

其实，不安心于作协机关工作，这是郭小川的老问题，刘白羽应该是心中有数的。对郭小川而言，这不仅是因为他不习惯于机关的官僚化生活，更关乎他的基本信念，也是毛泽东的《讲话》所强调的，革命的文艺工作者"必须长期地无条件地全心全意到工农兵群众中去，到火热的斗争中去，到唯一的最广大最丰富的源泉中去"。[3]郭小川一再谈到"一种莫名其妙的事情在烦扰着我，我真想离开这里到下面去工作"，[4]"如此一年一年过去，头

1　郭小川：《在两条路线斗争中——关于我解放后十七年来的基本情况》，《郭小川全集》第 12 卷，第 108 页。
2　转引自陈徒手：《人有病，天知否：1949 年后文坛纪实》，第 243 页。
3　毛泽东：《在延安文艺座谈会上的讲话》，《毛泽东选集》第三卷，第 861 页。
4　郭小川 1957 年 8 月 28 日日记，《郭小川全集》第 9 卷，第 166 页。

发就快白了"。[1]他曾写过一首题为《山中》的诗,大声疾呼:"我
要下去了!""这儿不是战士长久居住的地方","我的思想的翼翅
不能在这儿飞翔","在这儿呆久了,我的心将不免忧伤"。[2]有意
思的是,同样来自延安和部队的刘白羽,也同样有"下去"的愿
望,有一时期甚至比郭小川还要强烈。在1957年郭小川的日记
里,就不断有这样的记载:"我们总是要到工农兵中去才行啊,白
羽说他将来是一个悲剧,逃不出工作的,虽然想写,却是写不了
多少的";[3]"到白羽处,吃了饺子,他很感慨地谈到他决心离开作
协的工作,决心下去的打算。我是同情他的,但我何时才能离开
呢!"[4]"白羽来到我的办公室,谈他坚决想下去的问题,他有很大
的决心下去工作。其实,我何尝不想呢!"[5]

郭小川6月9日的信真正让刘白羽勃然大怒的,是他的两句
话:"再这样下去,有沦为'政治上的庸人'的危险","我总相
信,如果在下边,在省里,我是可以多做些事情的。我并不把无
休止地在作协工作看作刑罚,但我知道这样下去是不会持久的,
身体和精神简直似乎要崩溃了。"[6]郭小川的愤激之言,在刘白羽看
来,却都是对他个人领导尊严的冒犯("政治上的庸人")和对他
领导下的作协的污蔑(成了让人精神"崩溃"的"刑罚"之地),
这是刘白羽绝对不能容忍的。

刘白羽当即写信给郭小川,表示"既然问题发展到了这种程

1 郭小川1957年2月25日日记,《郭小川全集》第9卷,第41页。
2 郭小川:《山中》,《郭小川全集》第1卷,第221页。
3 郭小川1957年5月10日日记,《郭小川全集》第9卷,第92—93页。
4 郭小川1957年6月5日日记,《郭小川全集》,第9卷,第109页。
5 郭小川1957年10月12日日记,《郭小川全集》第9卷,第199页。
6 转引自陈徒手:《人有病,天知否:1949年后中国文坛纪实》,第243页,244页。

度，就提供党组织解决"。[1] 作为作协党组成员的郭小川对这一套早已熟稔，但万万没有想到，现在他自己陷落其中。以至于刘白羽当年怎样将郭小川的问题提交"党组织解决"，我们至今也无法知晓，只能从当年党组成员严文井的回忆里略知一二："郭给刘白羽写信想调走。刘很生气，在会上勃然大怒，就拿《一个和八个》、《望星空》等许多问题做把柄，说他不安心工作、个人主义。刘平时比较霸道，盛气凌人，没有什么（人情）味道。狠狠地用郭小川，最后又狠狠地整他。作协里有几个周扬的左右杀手，内心隐蔽不向人说。郭小川比刘白羽天真。他也到周扬面前告刘白羽的状，这是周扬后来说的。刘当然记住了这个。党组上批郭，肯定是一边倒。"[2]

严文井的回忆提到刘白羽拿《一个和八个》做文章，而《一个和八个》并没有公开发表，是郭小川自己于1958年送请周扬审阅的。这就意味着，刘白羽批判郭小川不但经过周扬批准，周扬还提供了最重要的批判靶子，并批有"人妖颠倒，是非混淆"八个大字。后来在党组上报的关于郭小川的材料里，还特意提到"1956年秋，周扬同志委托林默涵同志对他创作上的自我表现和急于成名倾向提出批评，他为此不满，说什么'在文艺界，我觉得，是多么需要是非分明啊！'"[3]——这条"罪行"恐怕不实，周扬是欣赏郭小川的创作的，多次提出表扬，而郭小川"不满"的话是从他4月8日写给刘白羽的信中移植过来的。在郭小川与刘白羽的个人冲突中，周扬显然站在刘白羽这一边，因为刘白羽正

1　转引自陈徒手：《人有病，天知否：1949年后中国文坛纪实》，第244页。

2　严文井1999年7月21日口述，转引自陈徒手：《人有病，天知否：1949年后中国文坛纪实》，第247页。

3　《作协党组关于郭小川的材料》（1959年12月），收《检讨书：诗人郭小川在政治运动中的另类文字》，第38页。

是他在作协的"左右杀手"。

郭小川接到通知：6月20日党组要和他谈话。这在难捱的等待里，他的精神出现了异常。在6月15日写给邵荃麟的信里，他这样写道："使我惊异的是：反常的兴奋、激动。看了梅兰芳的'穆桂英挂帅'（这是一个令人愉快的剧目），竟激动得终夜不能睡眠；看了'蔡文姬'，几乎浑身抖动，挥泪不止。有一点小事都想不开"，"我过去总算是个豁达的人，并不是那么狭窄的，不知道最近为什么这样怪？一天到晚，在一种又兴奋，又疲倦，又急躁的状态中过日子。我当然是极力控制的，但仍不能奏效。天天扎针、吃药，也无济于事。这种情况更使我苦恼异常。我真有点害怕，是不是精神分裂症初期的症状？"郭小川显然是像过去在革命队伍里那样，向领导汇报思想，以求帮助；但他没有（或者不愿意）意识到，此时自己身份的变化，已经是一个被审查、批判的对象，他的这些倾诉都被看作是抵触情绪的表现，而他在信中还说了"用不着斤斤计较""无须大动感情"这类的牢骚，就更被视为继续向党挑战。这都成为后来的批判材料，刘白羽在批判会上严厉判决："（这些信）说明他阴暗的个人主义是长期的，掩盖在各种表面现象之下，而且是很顽固的。他总把个人放在至高无上的地位的。"[1]郭小川也因此第一次感受到了斗争的无情。

在6月20日的"帮助"会上，大家谈的主要是两点：一是郭小川的不安心工作，二是《一个和八个》的问题。郭小川开始一再解释和辩驳（他认为在党内会议上自由辩驳是自己的权利，但在批判者看来，却是一种顽抗），后来就缓和下来。在当天的日记里，他也只简短地记了几句，最后平静地写道："晚上，什么事也

1　转引自陈徒手：《人有病，天知否：1949年后中国文坛纪实》，第246—247页。

没作，十时多就睡了。"[1]而党组后来的上报材料里，则写道：对党组的批判，"郭小川同志十分激动，直到最后才平静下来。这以后郭小川同志有所克制，但未能从思想上彻底解决问题"。最后的结论是："党组认为根本问题是他个人利益与党的利益的矛盾，形成他长期和党的关系不正常的状态，在个人欲望不能得到满足时就和党闹对立。"[2]6月20日的批判只是一个开始。

郭小川的反应，则值得注意。他在6月日记开头，说"度过一次思想的风波"，[3]又不断为自己寻求解脱："最近以来，心境的确不好，感到许多委屈，人不受苦，吾又何以回避！崇高的精神境界却可使这一切解脱开去。只希望在火热的斗争中度过这个中年，于其他，又复何所计也！"[4]"心情极不好，实在是有委屈情绪，但我自能够克服这一切。谁不受到一些误解呢？何况自己却也有些缺点。"[5]

郭小川仍然把6月8日、9日写给刘白羽的信引发的风波，6月20日的党组"帮助"，看作是一场"误解"，表明他对以后发生的事情毫无思想准备。他将为自己的简单与幼稚，付出沉重的代价。

反右运动强化了一元化领导体制。其在意识形态上的表现，就是一方面明确要求所有的人，都要完全服从，一方面又大力批判"个人主义"，其目的就是要求每个人都要放弃一切个人利益、欲望、权利、要求，无条件地服从组织。郭小川对这样的意识形

1　郭小川1959年6月20日日记，《郭小川全集》第10卷，第97页。

2　《作协党组关于郭小川的材料》（1959年12月），收《检讨书：诗人郭小川在政治运动中的另类文字》，第39页。

3　郭小川1959年6月日记开头语，《郭小川全集》第10卷，第88页。

4　郭小川1959年6月27日日记，《郭小川全集》第10卷，第101页。

5　郭小川1959年6月30日日记，《郭小川全集》第10卷，第103页。

态的新要求竟然茫然不觉，仍然坚持他一贯的"党的发展与个人发展的统一"的观念与立场，以致直到 1958 年作协一次会议上，听有人说要作党的驯服工具，竟然当众反驳："说要做党的'驯服工具'，可不恰当，革命者要充分发扬主动性和创造性为党工作，怎么能说是'驯服工具'呢！"[1] 以后，刘白羽等就是抓住这一点，猛批郭小川的"个人主义"的"反党"性质，这绝不是偶然的。

反右运动同时强调，"所谓党的领导，不是空洞的，而是具体的；承认党的领导也不是抽象的，而是具体的"，必须落实为"以具体的党组织为核心"，[2] 因此，"反对党的组织负责人，也就是反对党组织；反对共产党，就是反对人民"[3]。这一点，倒是郭小川认可的，如前文所说，他在批判丁、陈会上就是以"反党首先必须反对人——具体的就是周扬同志等"的逻辑为其定下"反党"罪名的；现在，刘白羽等也就是以同样的逻辑为他定罪，这大概是郭小川始料未及的。反右运动以后，建立和强化了"单位体制"，每个人都隶属于一个单位，而单位每一个成员，对自己单位的领导，都必须绝对服从。后来刘白羽指责他不经本单位领导，私自与湖北等单位联系工作调动，是"非组织活动"，勃然大怒，并非完全是个人品德修养的问题，而是单位体制赋予了他这样的单位领导的权威。

（二）下半年"反右倾"运动：最终落入困局

是年 8 月，党的八届八中全会上，毛泽东决定在全党发动

1　郭小川：《在两条路线斗争中——关于我解放后十七年来的基本情况》，收《郭小川全集》第 12 卷，第 104 页。

2　吴传启：《社会主义道路和党的领导》，《中国青年》1957 年第 13 期。

3　疾风：《反对党的某一个组织就不是反党吗？》，《中国青年》1957 年第 18 期。

"反右倾机会主义"运动，这是继 1957 年反右派运动之后，又一个重大的群众政治运动。

　　郭小川对日益逼近的危险却毫无觉察。他是 8 月 12 日第一次看到"反右倾、鼓干劲"的文件；8 月 15 日听了周恩来关于八届八中全会的传达报告和关于彭德怀历史问题的报告；8 月 31 日、9 月 3 日连续听了毛泽东与刘少奇的录音讲话；读到并抄录了毛泽东《登庐山》等诗词，"兴奋得不能睡眠"。[1] 郭小川像往常对待党发动的政治运动一样，在了解了领导意图以后，立刻起而响应，准备像战士那样，投入战斗。他几乎在第一时间，于 8 月 31 日写出了《与杜勒斯的鬼魂谈话》，批判"一小撮右倾机会主义分子"和美帝国主义"里应外合"，同时表示"中国人民啊，需要你们这样的反面教员"。[2] 后来郭小川也谈到，写这首诗，是为了表示"衷心地拥护毛主席的讲话"。[3] 以后他又连续写了《大跃进之歌》（歌词）、《十年的歌》、《天安门广场》，高唱他一以贯之的对祖国、人民、党、领袖，特别是对"大跃进"、人民公社的赞歌，虽有些空泛，却依然真诚。

　　第一次透露出作协开展运动消息的，是他 10 月 16 日的日记：邵荃麟谈，"中宣部刚开文教小组会议，中央各部的反右倾斗争很彻底，我们则差"。[4] 第二天日记里就谈道："十时开会，谈排队问题。看来，作协也是不简单的，有几个人已经是重点批判对

　　1　郭小川 1959 年 8 月 12 日、8 月 15 日、8 月 31 日、9 月 3 日、9 月 1 日日记，《郭小川全集》第 10 卷，第 124 页，126 页，132 页，130 页。

　　2　郭小川：《与杜勒斯的鬼魂谈话》，《郭小川全集》第 1 卷，第 416 页，417 页，418 页。

　　3　郭小川：《在两条路线斗争中——关于我解放后十七年来的基本情况》，《郭小川全集》第 12 卷，第 109 页。

　　4　郭小川 1959 年 10 月 16 日日记，《郭小川全集》第 10 卷，第 140 页。

象"。[1]10 月 21 日，"党组几位同志与赵树理谈话，对他的经验主义，有些批评"。赵树理是作协"反右倾"运动的第一个对象，也是重点，原因是他写信和文章给陈伯达，对人民公社在农业生产中的作用和地位提出了自己的不同看法。郭小川的日记里，却依然表示了对他的同情与尊重："他当然是个好同志，好作家。"[2]10 月 22 日党组会上决定"十天之内一定要把高潮引起来"。

"反右倾"运动和反右运动一样，在最初的阶段，郭小川作为党组成员，都是参与的；但到了"发动、组织群众"阶段，他就逐渐被排除在外了。特别蹊跷的是，在"放手发动群众大鸣大放"的同时，又"在内部深入摸底，重新决定重点批判对象和帮助对象"。[3]郭小川的命运，大概就是在这次重新确定重点时决定的，郭小川完全不知情，就一步一步地落入困局。

10 月 23 日、24 日，按照郭小川也参与的预先的安排，作协党组成员邵荃麟、严文井和郭小川带头检查。郭小川在群众大会上"做了动员"。[4]但从以后的发展看，这一次领导检查，其实是有指向的：郭小川开始"入瓮"了。

10 月 26 日，"早起，即到大楼"，"看了满楼的大字报"——这背后，经过了怎样周密的组织、动员工作，此时的郭小川已经一无所知了。

接着，就是给三位党组书记提意见，"光年比较尖锐，使我有些沉重"。[5]——党组成员，时为《文艺报》主编的张光年的发言，实际上是话外有话的："（小川）在一个相当短的时间

1 郭小川 1959 年 10 月 17 日日记，《郭小川全集》第 10 卷，第 141 页。
2 郭小川 1959 年 10 月 21 日日记，《郭小川全集》第 10 卷，第 143 页。
3 见陈徒手：《人有病，天知否：1949 年后中国文坛纪实》，第 248—249 页。
4 郭小川 1959 年 10 月 23 日、24 日日记，《郭小川全集》第 10 卷，第 144 页。
5 郭小川 1959 年 10 月 26 日日记，《郭小川全集》第 10 卷，第 145 页。

内，在阶级斗争复杂时，思想发展得很危险。自己应努力把自己当成重点。对自己右倾情绪的分析是很不够的，我听了是不满足的。"他特别提到"《一个和八个》反映了世界观的阴暗面。这首诗写得不是时候，是 5 月初乌云翻滚的时候，恰好是作协党组最困难的时候"，"对这一点，白羽最不满意"，"要利用这个机会彻底搞一下子"。[1] 又是"重点"，又是"彻底搞一下子"，看来，张光年是知道郭小川即将作为批判重点的内情的。郭小川听了觉得"沉重"，当晚"彻底失眠，想着自己的各种毛病，心头激动"，[2] 大概是真在认真考虑自己的毛病。10 月 27 日，"四五时就起来，给荃麟、文井写了一封信，但忽又觉得没有必要发出，信也不知放到哪里去了"。[3]——大概又是什么问题想不通，这位革命老战士习惯于有问题就向领导汇报，却不知更大的风浪正在逼近。

当天下午，"大家继续给我们三人提意见。最后荃麟讲了一些"，晚上，"记日记，读文件。看材料"。[4] 似乎平静地写完这几句以后，郭小川写了几十年的日记（现在保存下来，收入《郭小川全集》里的日记，是从 1944 年开始的）就戛然而止了，到 1960 年 10 月以后才断断续续恢复。1959 年 10 月 27 日这一天的"提意见"会上究竟发生了什么，以致习惯在日记里倾诉一切的郭小川再无心思，或者再不敢在日记里写出自己所见所思了，郭小川自己没有说明，我们至今也无从知道内情。可以想见的是，他大概已经知道什么在等待着自己了。

1　1959 年 10 月 26 日会议记录，转引自陈徒手:《人有病，天知否：1949 年后中国文坛纪实》，第 253 页。

2　郭小川 1959 年 10 月 26 日日记，《郭小川全集》第 10 卷，第 145 页。

3　郭小川 1959 年 10 月 27 日日记，《郭小川全集》第 10 卷，第 145 页。

4　郭小川 1959 年 10 月 27 日日记，《郭小川全集》第 10 卷，第 146 页。

我们再得到有关郭小川的命运的消息，是作协党组上报中宣部的《关于批判郭小川同志错误的汇报》（这类作协上报材料过去都是作为作协秘书长的郭小川负责的）里透露的："作协党组从 11 月 25 日开始至 12 月 2 日，在十二级以上党员干部整风扩大会议上，对党组副书记、作协秘书长郭小川同志作为重点帮助对象进行了批判。会议已经开了七次。参加会的有三十多人，除了十二级以上党员干部外，还吸收了各支部书记和个别单位的有关党员干部"。《汇报》材料将郭小川的错误，也就是批判他的理由，归为四大类："对党的关系长时期不正常；有严重的个人主义、名位思想；在反右斗争中有过右倾妥协的错误，在日常工作中有放弃政治领导的右倾表现；创作上严重的错误突出地表现在《一个和八个》与《望星空》两首诗里"。[1] 不难看出，所列举的罪状其实与"反右倾机会主义"运动是不相干的。在大的政治方向上，郭小川从来都是紧跟中央的，他的维护党的"三面红旗"（总路线、"大跃进"、人民公社）的立场是十分鲜明的。这是可以用他大量的诗歌、文章为证的。因此，批判郭小川的真正理由，就是"对党的关系长时期不正常"，其实"不正常"的，只是郭小川和作协党组个别领导，主要是刘白羽的关系。

这是在当年参与者的记忆里，处于被审判地位的郭小川："昔日被人尊敬的党组副书记的形象没有了，只有一个低着头，唯唯诺诺地、认真地记着人们发言的挨斗者模样的人坐在会场中央"。[2]

1　作协党组《关于批判郭小川同志错误的汇报》（1959 年 12 月 17 日），转引自陈徒手：《人有病，天知否：1949 年后中国文坛纪实》，第 254 页。
2　陈徒手：《人有病，天知否：1949 年后中国文坛纪实》，第 258 页。

更让郭小川难堪和恐惧的，是对他的批斗从党内又扩大到党外。1959 年 12 月 21 日，中宣部副部长张子意在全国文化工作会议上，突然严厉批判郭小川的《望星空》："这是一种唯我主义、资产阶级极端的唯心主义，在资产阶级世界观上发展到悲观主义、厌世主义"。[1] 这样的公开点名批判，使郭小川"狼狈万分"，"无地自容"。[2]

让郭小川更感到不安的，是 1959 年的"反右倾"运动中，批判者和领导人提出的新观念，即越来越激进的新意识形态，和他固有的革命理想与思想发生了冲突。

比如，像这样的批判就是郭小川所不能接受的："我们应该无条件地服从党的利益，不允许跟党半条心。小川同志在会上却不赞成'党员要做党的驯服工具'的提法，认为从字面上觉得这个太死板了，限制了个人的创造性，限制了个人的独立思考，会不会抹杀了党员的主动性、积极性、自觉性。小川同志近几年虽然还是在做党的工具，但已经很不驯服了，只要有机会就向党伸手，要求满足个人主义的欲望"。[3] 还有刘白羽的批判："一个党员作家做党的驯服工具，党叫做什么就做什么，不让你做什么，不要伸手。党的命运就是我们的命运"；[4] "小川存在着矛盾掩盖下的个人主义，而个人欲望占主导地位"，"资产阶级闹独立，有两种表现，一种是'入股'，一种是要取得股份，小川是要取股份，

1　据郭小川笔记本，转引自陈徒手：《人有病，天知否：1949 年后中国文坛纪实》，第 264 页。

2　陈徒手：《人有病，天知否：1949 年后中国文坛纪实》，第 265 页。

3　陈墨、刘剑青在批判会上的发言，转引自陈徒手：《人有病，天知否：1949 年后中国文坛纪实》，第 258 页。

4　刘白羽在批判会上的讲话，转引自陈徒手：《人有病，天知否：1949 年后中国文坛纪实》，第 257 页。

要考虑'出路'问题，要向党伸手，结果找个人出路，找到资产阶级那里去了"。[1]——批判郭小川的"个人主义"，主要依据是他不安心机关工作，想当作家，而且是"大作家"，按刘白羽这里的分析，这是要"取股份，向党伸手"。这正是郭小川最想不通的：在他看来，党就是要培养无产阶级的大作家，自己既有这个条件（在这方面，郭小川是极其自信的），努力追求当大作家，符合党的利益，也是作为革命文艺工作者的责任，"为党，为人民写作"是自己的信条，所谓要"取股份，向党伸手"，这本身就是对自己革命理想、文学理想的亵渎。后来他回忆说，在批判得最厉害的时候，他总是要想："一个有才能的作家受到摧残，这是党的损失啊！"[2]

根本的问题，还在于党和个人的关系。在郭小川看来，服从党的领导，与坚持个人独立思考，个人的主动性、创造性是并不矛盾的。革命的最终目的，就是要使每一个个体都得到自由的发展；其实《共产党宣言》早就宣布：共产党人追求的是建立自由"联合体"，"每个人的自由发展是一切人的自由发展的条件"，[3]郭小川未必熟悉这段话，但个体生命的独立、自由创造无疑是他的革命和革命文学理想的有机组成。

郭小川的笔记里，有一份1959年12月12日《周扬谈文艺工作和反修》的报告记录，其中一个重点，是大谈"批判人道主义"的问题，断言"现在提倡人道主义，不是反封建、宗教，实

1　1959年11月27日刘某某（白羽）的发言，收《检讨书：诗人郭小川在政治运动中的另类文字》，第29页，30页。

2　1971年的检查，转引自陈徒手：《人有病，天知否：1949年后中国文坛纪实》，第265页。

3　马克思、恩格斯：《共产党宣言》，收《马克思恩格斯选集》第1卷，人民出版社，1972年出版，第273页。

际是反社会主义。人道主义成为反动的口号"。据说南斯拉夫修正主义就是宣扬人道主义，说"社会主义不能使人的个人幸福服从最高目的"，"建设共产主义，为了活生生的人"，这是"把社会主义与以个人为中心的人道主义混合起来，其结果就是把个人主义和社会主义混同起来"。周扬还提出："同情人民的人，不一定都是人民的朋友"，"真正的人道主义不是宣传爱，而是首先宣传恨，讲爱是骗子，骗了多少年了，爱讲到一千年了，还有阶级斗争"。[1]这大概就是1959年"反右倾机会主义"、反修正主义以后的新思想，却是郭小川很难接受的。我们已经多次谈到，对生命的爱，同样是郭小川革命理想、文学追求的有机组成，是不可或缺的。一个没有爱，只有恨的社会与文学，在郭小川是很难想象的。

郭小川还是要坚持自己的独立思考。在1961年8月至9月，政治形势略微宽松，作协党组扩大会议讨论调整文艺方针时，他终于获得了一个发表自己意见的机会。他依然坦率直言，锋芒毕露："这几年就是政治与艺术的关系没搞好"；"文艺首先是党的事业的一部分，除此之外，什么也不要管，应当是最自由的。只要作家为社会主义服务，你就不必管他"；"文学作品应是社会式的"，"一般的文学作品，党的会议可不必谈……不必组织这样的活动，除非有严重的政治问题"；"文学界的一个大批判运动，规模非常大"，批判会"是不是一定要开，能否顶住，是值得考虑的"，"最好不要一边倒，免得出了错误以后又要纠正"。[2]——这里所谈及的，无论是文艺和政治的关系，还

1 《周扬谈文艺工作和反修》（1959年12月12日），收《郭小川全集》第11卷，第404页。
2 郭小川在作协党组扩大会议上的发言，1961年8月11日讨论会记录，转引自陈徒手：《人有病，天知否：1949年后中国文坛纪实》，第270—272页。

是党如何领导文艺的问题，文学界大批判运动问题，都具有尖锐性。郭小川坚持的，是他的一贯思想和立场："文艺首先是党的事业"，党必须领导文艺，这是郭小川的底线，是不容动摇、让步的；在此前提下，又必须给文艺的独立创造以最大的自由，要最大限度地减少不必要的干预，政治方向把握了，"除此之外，什么也不要管"。郭小川这样讲的时候，或许他又想起了整风前的延安经验。

可以看出，经过 1957 年的反右运动，1959 年的"反右倾机会主义"运动，以及以后的批判修正主义，中国思想文化文艺界日趋激进化，其重要标志就是批判个人主义，否认个人的欲望、利益、权利和创造性；批判人道主义，否认对人的爱与生命关怀。这都与郭小川这样的老革命文艺战士，在年轻时候所建立的革命理想、文艺观念（这些理想与观念，如前文所讨论，既有延安经验，也有五四影响）发生冲突，或局部冲突。比如，郭小川可以做到个人利益服从党的集体利益，但绝不能放弃个人独创性；可以接受阶级观念和阶级斗争，但不能逾越对人的生命的关爱的底线。这样的拒绝最基本的个性与人性的激进化，即以后人们说的"极左"，使郭小川这样的老党员陷入困境：按照同样被视为不可逾越的纪律原则，他们必须和组织保持政治、思想上的高度一致，对上级的一切新思想、新部署，都必须绝对服从。他们尽管心存怀疑，在公开言行中，却必须跟着批判个人主义，批判人道主义，在一定程度上陷入了思想与人格的分裂，这对郭小川这样的敏感而习惯于坦诚对组织对人的老革命，是格外痛苦的。而在这"不得不如此"的尴尬背后，其实是隐含着延安"抢救失足者"运动带来的危机感的：害怕被组织抛弃。

我们的讨论，还是回到 1959 年批判郭小川的现场。由于郭小川在这一时期停止了日记写作，也就失去了窥见其内心反应的机会；我们唯一的依据是他的公开检讨。不难看出，检讨中既有真诚承认错误，如一再提及反右运动中"跟不上"毛主席，忽左忽右；[1] 更有压力下违心地认罪，如承认1959年给刘白羽写信，是一种"政治行为"，"个人和党的关系不正常"，给自己戴上"直至目前，在很大程度上还是一个资产阶级革命家和无产阶级同路人"的帽子；[2] 等等。虽则如此，但其内心依然不服，后来他有明确的说明："我对很多问题想不通，主要是：（1）当时是反右倾斗争，而我根本没有右倾机会主义言行……；（2）批判我的导火线是6月间我提了尖锐的意见，我认为这是对我的报复和镇压；（3）我觉得，周扬、张光年、刘白羽、林默涵、邵荃麟手法不正派。《一个和八个》诗稿在周扬手里压了一年零四个月，当我做他们的'驯服工具'时，他们一声不吭，当我反抗他们时就忽然拿出来示众。"[3] 这都说明郭小川在有了被批判的经历以后，对斗争的实际有了认识；但他都归结于整人者个人的行为与品德，而回避了背后的制度问题。这是郭小川很难逾越的：他不可能进一步追问体制自身的问题。

因此，我们更应该注意的是，郭小川只是在一个问题上，彻底认罪，服罪，这就是对《一个和八个》的批判。据说在1959年6月党组第一次对他的"帮助会"上，指出《一个和八个》问题的严重性，说"如果发表出去，就可能划为右派"时，

1　郭小川：《在作协总支党员大会上的检查》，《郭小川全集》第12卷，第17页。

2　郭小川：《我的思想检查——在作协十二级以上党员干部扩大会上》，《郭小川全集》第12卷，第28页，19页。

3　郭小川：《在两条路线斗争中——关于我解放后十七年来的基本情况》，《郭小川全集》第12卷，第111页。

郭小川闻之大惊，"简直是晴天霹雳"；以后 1959 年 11 月 "反右倾"运动，以及"文化大革命"中，《一个和八个》都是批判重点，郭小川却始终"心服口服，不持异议"。[1]"文化大革命"中，他有过这样的自白："这个问题，我背了十年包袱，在我的心中是一个伤疤。1959 年受过多次批判，1966 年又受过斗争，而我自己想到就有一种恐怖的感情"。[2]"十多年来，当我受到批判，知道这是一个大毒草的时候，我简直不敢正视，不敢看，不敢想，不忍卒读。我曾经认为这是一个无法搞清的问题，因为党和群众不会谅解我这个罪行。"[3]为什么《一个和八个》会成为郭小川的"伤疤"，给他带来如此沉重的精神重负？因为它逾越了郭小川无论如何也要坚守的底线。尽管郭小川写《一个和八个》，绝无批判者所说的"攻击肃反运动"的意图，但不可回避的事实是，他确确实实写了组织的错误；按照党性原则，作为党员可以在党的内部会议上提出批评和不同意见，却绝对不能公开暴露，这就变成了"暴露党的黑暗面"。《讲话》早就说清楚："歌颂无产阶级光明者其作品未必不伟大，刻画无产阶级所谓'黑暗'者其作品必定渺小"。[4]郭小川违反的正是这个。同样不可回避的是，《一个和八个》还暴露了郭小川和组织的关系中的矛盾面，这就是郭小川在"文革"检讨里说的，"我怕党内

1　陈徒手：《人有病，天知否：1949 年后中国文坛纪实》，第 238 页，239 页。

2　1969 年的检查，郭小川家存棕色硬皮笔记本，12 页。转引自郭晓惠：《以 1959 年体制知识分子郭小川的遭遇为个案的分析》，打印稿。

3　郭小川：《关于接受修正主义思潮和资产阶级世界观的问题——我的第三次检查》，《检讨书：诗人郭小川在政治运动中的另类文字》，第 217 页。

4　毛泽东：《在延安文艺座谈会上的讲话》，《毛泽东选集》（一卷本），第 829—830 页。

斗争，同情被斗争、批判和受审查的人"。[1] 郭小川这样公开同情受审查的人，就会有损组织的形象。他很诚恳地对人说："我写《一个和八个》是没有经验，不知还有些题材是根本不能动的。"如研究者所说，"他自己划了一个界限：《白雪的赞歌》不能写了，《深深的山谷》不能写了，《一个和八个》再也不写了，写了就要出问题"。[2]

这样，1959年对郭小川的批判，在全国文化工作会议以后，就不了了之了。他自己做了这一番反思以后，也告一段落了。

四、不是结束的结束

郭小川面临着新的调整。但这是郭小川生命史上的另一页，已不属于本文讨论的范围。我们只能做一点概括的说明：他对党，对革命的基本信念没有、也不可能动摇，他依然坚守毛泽东的《讲话》所规定的做党和人民的"歌手"的革命文艺战士的天职，继续歌颂社会主义革命与建设的光明面，而不再涉及生活中的阴暗面，以及人（包括自己）的内心世界。从他以后的创作看，他的颂歌主要有两个方面：歌颂社会主义建设成就，工、农、兵的新风采（《煤都夜景》《三门峡》《厦门风姿》《甘蔗林——青纱帐》《林区三唱》等诗篇）；歌颂毛主席革命路线的胜利（报告文学《无产阶级战士的高风——"南京好八连"纪事》《小将们在挑战——记中国乒乓球队》等）。他也没有放弃艺术创造试验，主要体现于"诗歌民族化"的尝试。应该说，郭小川的

1　郭小川：《关于接受修正主义思潮和资产阶级世界观的问题——我的第三次检查》，《检讨书：诗人郭小川在政治运动中的另类文字》，第216页。

2　陈徒手：《人有病，天知否：1949年后中国文坛纪实》，第239页。

这些新的努力，也取得了相当的成绩，在社会与文艺界都产生了影响。但也同时暴露了郭小川的弱点：他对自己的歌颂对象工农兵的实际生活其实是隔膜的，在1956年日记里，就多次透露，他对下乡的朋友谈到的"农民生活的艰苦，简直弄不清楚"，[1]杜惠参加公社社教运动回来，"讲了不少乡下事，农民埋怨与工人待遇不平等"，他都觉得是闻所未闻。[2]现在他以作家和记者的身份，到工矿、农村、兵营作浮光掠影的采访，写出来的赞歌就不免空泛，而且有粉饰生活之嫌。在诗歌形式试验方面，也受到知识结构的限制（从日记看，郭小川忙于工作与写作，很少读书，读书也限于当代作品，海涅、聂鲁达等少数外国诗人的诗作，以及古典小说），而难有更大的，至少是他自己期待的突破。至于对毛主席革命路线的歌颂，到"文革"后期因自身的怀疑，已很难继续下去，以致在毛泽东去世以后，勉力写的《痛悼我们的领袖和导师》，开了一个头就戛然而止，成了具有某种象征意义的"残篇"。

但郭小川仍然在被剥夺了写作权利的情况下，勉力写《长江边上"五七路"》《万里长江横渡》《团泊洼的秋天》等颂歌。而在生命的最后阶段，他又在直接参与党内高层的反"四人帮"的斗争里，终于重新找到了革命战士的岗位，用这样的诗句："总有一天，我会化烟，烟气腾空；但愿它像硝烟，火药味很浓，很浓"结束了自己战斗的一生。[3]

这样，郭小川这位革命之子，在延安的革命生涯里，形成了自己坚定的革命信念和浪漫想象；在革命胜利后建立起来的共和

---

1 郭小川1956年1月26日日记，《郭小川全集》第9卷，第21页。
2 郭小川1956年9月11日日记，《郭小川全集》第9卷，第177页。
3 郭小川：《秋歌（之六）》，《郭小川全集》第2卷，第405—406页。

国体制里，既有困惑，又有坚守，并且用他的诗歌真诚地表现了这一切，从而为共和国知识分子精神史留下了一个独特的典型。他"既困惑又坚守"的两个侧面，都能给后人以启示。

郭小川远离我们已经三十八年了。正是 1976—2014 年间，中国经过改革开放，发生巨大、复杂而深刻的变化，以至于我们今天再面对郭小川时，不禁会产生一个遐想与问题："假如郭小川还活着……"会怎么样？在本文一开始就提到的 2009 年我在郭小川诞辰九十周年纪念座谈会上，就以此为题作了一个发言。我讲了这样一番话——

> 我的问题是：这么一个献身于革命、进步事业，具有坚定的革命理想，永远站在人民这一边的"人"，这么一个永远对生活抱有信心，永远真诚与热情，而又根本不懂政治的"人"，生活在当下的中国，人们将怎样看待他？他又将怎样看待我们这个价值混乱、道德滑坡、两极分化越来越严重的社会？

> 他还会坚守他的"革命"与"人民"这两大信念吗？——如果要坚守，他将如何坚守？

> 他还会对生活充满信心，还是充满蓬勃朝气，炽烈的热情吗？——如果依然有信心，有朝气和热情，那么，他的信心建立在哪里？他的朝气、热情来自何处？

> 如果他坚持革命理想，依然真诚，天真，他能够得到周围的人，年轻的一代，社会的理解和支持吗？

> 这一切，都是"假如活着"的郭小川必然遇到，并必须正视与处理的问题。

> 我要说，这更是在座的我们每一个人，他的家人，他的

朋友，他的读者、研究者，都必须面对的问题。[1]

又是五年过去了。我在研读《郭小川全集》以后写下这篇《1957—1959：郭小川的命运起伏》，心中想的还是这个问题，就以此结束全文。

2014 年 7 月 30 日—9 月 2 日

1　钱理群:《"假如郭小川还活着……" ——在〈一个人和一个时代〉出版暨郭小川诞辰九十周年纪念座谈会上的发言》,《智慧与韧性的坚守：我的退思录》,新华出版社，2011 年出版，第 100—101 页。

1958—1976：
一个知识分子的死与生

这篇文章从起意到动笔，大概经历了十多年的时间。2003 年非典（SARS）横行的时候，我决心开始"1957 年学"的研究，并于当年 10 月在上海华东师大的一次演讲里，公布了我的"研究的初步设想"，其中有一个题目就是准备以杜高等三位右派档案为个案，讨论所谓"右派改造"（知识分子改造）的内在理念、机制与实质。这里所说的"三位右派"除了剧作家杜高、自然科学家束星北之外，就有诗人邵燕祥。当时杜、束二位的档案都已整理出版，邵燕祥也出版了《沉船》与《人生败笔》，我对这些原始史料背后的人的精神的原初状态，极有兴趣，试图由此进入当年右派的内心世界，分析他们的思维、观念、情感、心理与语言，并探讨知识分子"改造"的秘密。但我又自知这样的研究难度很大，因此迟迟不能动笔。到 2007 年，为了将《拒绝遗忘："1957 年学"研究笔记》一书，及时赶出来，我只得在该书《后记》里宣布，将这一部分写作计划暂时搁置，"留待以后弥补"。但我又因此对自己的研究在"内容与结构上的不完整"深感不安，对几位研究对象，以及他们代表的右派朋友，更有一种负疚之感。这就成了我的一个精神负担。大概在 2010 年，我曾经试图偿还文债，对邵燕祥的几本书认真作了笔记，但总觉得找不到切入口，只得又搁置下来。直到 2014 年，我终于下决心重启三个右派档案研究，并将其纳入我的 1949 年后的"中国知识分子精神史"研究的框架结构之内，先后写出了《杜高档案研究》与《束星北档案研究》二文。现在（2015 年 5 月）着手的，就是邵燕祥的私人卷宗研究。

就在我的研究起起落落的时候，邵燕祥自己也没有停止对那一段生命历史的总结与反思：他在 1981 年整理、1996 年出版《沉船》，1996 年整理、1997 年出版《人生败笔——一个灭顶者的挣扎实录》以后，又于 2004 年 5 月出版了《找灵魂——邵燕祥私人卷宗：1945—1976》，2004 年 8 月出版《〈找灵魂〉补遗》，2014 年出版《一个戴灰帽子的人》，也可以说三十年如一日（1981—2014）地在铭记那三十年（1945—1976）的个人生命史，并自觉地将其视为"知识分子改造史的个案"，[1] 自认为是一块"当代的化石，记录着特定历史时期人的生存状态和心理状态，怎样想、怎样说、怎样做的思维方式、语言方式和行为方式"，[2] 目的是"为了拒绝遗忘，抢救记忆，给那一段不堪回首又必须审视的岁月留下一些细节、脚注，也是在场者的证词"。[3] 而正如论者所说，这样"反思历史，审视历史"的背后，更有"审视自我、反思自我和解剖自我"的自觉，"不如此便会缺失反思精神和历史深度"；而"在'文革'结束后'归来'的一代作家当中，邵燕祥恐怕是最早对当代历史、对刚刚过去的个人史，自觉地采取认真严肃彻

1　邵燕祥：《引言：历史现场与个人记忆》，收《找灵魂——邵燕祥私人卷宗：1945—1976》，广西师范大学出版社，2004 年出版，第 2 页。

2　邵燕祥：《为什么编这本书？——〈人生败笔〉序》，收《人生败笔——一个灭顶者的挣扎实录》，河南人民出版社，1997 年出版，第 2—3 页。

3　邵燕祥：《引言：历史现场与个人记忆》，收《找灵魂——邵燕祥私人卷宗：1945—1976》，第 1 页。

底的反思态度者之一"。正是这样的"对于过去遭受的政治磨难和
人生苦难的一以贯之的正视态度与反思精神"，"清醒严峻的理性"
思考，构成了邵燕祥的个人档案和记忆的特殊价值与魅力。[1]

我这次重读，首先感受到的就是这样的思想与精神的魅力。
邵燕祥自己对历史与自我的解剖和理性思考，构成了我研究论述
的基础。我同时又产生了同代人的亲切感与强烈共鸣：我诞生于
1939 年，比 1933 年出生的邵燕祥小了六岁，但也勉强属于"30
后"这一代人。因此，邵燕祥书中提到的那个年代（主要是新
中国成立以后）他喜欢的作家，读的书，唱的歌，看的电影、戏
剧……都能唤起我的许多记忆；他所遭遇的思想困境与改造尴尬，
我更是深有体会。我还发现自己一直都是邵燕祥的忠实读者，他
写于 1951 年、1954 年获奖的作品儿童诗《毛主席开的甜水井》，
是当时正在读高中的我最喜欢朗读的，他表达的是以生活在新时
代为豪，饮水不忘掘井人，因此对伟大领袖充满崇敬之意的我们
这些共和国年轻一代的心意。有意思的是，1953 年斯大林逝世后
邵燕祥正式提出入党申请；刚刚满十四岁的我，也郑重其事地提
出了入团申请：我们都是决心献身于党领导的社会主义建设事业，
无限憧憬共产主义美好理想的。因此，邵燕祥随后写出的社会主
义建设的颂歌，如《中国的道路呼唤汽车》《我们架设了这条高压
送电线》，都是唱出了我们的心声的：那个时代大家都有一个"到
远方去"，"到祖国最需要的地方去"的情结。但后来我所喜欢的
这位诗人，落入右派的罗网，我知道后似乎并无强烈反应，大概
是我自己正自顾不暇：因为对反右运动的"负面影响"提出担忧，

---

[1] 王培元：《序言》，收邵燕祥：《一个戴灰帽子的人》，江苏凤凰文艺出版社，
2014 年出版，第 02—04 页。

我受到了"限期改正"的团内处分，大学毕业后就以"中右"的身份，发配到了贵州。但在那里，我却意外地读到了邵燕祥1962年发表在《上海文学》上的散文《小闹闹》，我是由衷地为他的复出感到高兴的；可很快（1963年初）我又在《文学评论》上读到了唐弢的批判文章，也由此预感到大风暴之将至：这样的政治敏感，也是属于我们这一代人的。以后"反修话剧"《叶尔绍夫兄弟》在北京和各大城市演出的消息，也传到我所在的小城，自然无缘观看；后来读邵燕祥的回忆文章，才得知他是始作俑者，自有一种欣喜之感。或许就是这样的影影绰绰的缘分，使我这回试图研究邵燕祥的人生之路、心灵之路时，也情不自禁地把自己放了进去，成了主体投入式的研究。我的主体投入的另一面，就是难以摆脱的现实感。我在读邵燕祥的历史档案时，总是感到当年支配我们，造成精神困惑、迷误的许多逻辑正在重新被强调；我们已经有过的反省的历史歧路，似乎又在重现，并吸引着和当年的我们同样天真、善良的人们，这都引发了我内心的焦虑与不安。这样，不仅我眼里的邵燕祥的个人档案，连我对之进行研究的文字，都充满历史与现实的纠缠：也不知这是特点，还是缺憾，就这么写出来吧。

以上算是一个"开场白"，下面就进入正文。

一、"我死在一九五八"

还要声明一句：本文的题目《一个知识分子的死与生》就是从我的研究对象那里借用来的。邵燕祥在《一个戴灰帽子的人》的《自序》里提到他本是准备以"死者与生者"为书名的，意在提醒读者与研究者注意：他所回忆、叙述的个人历史时段，即

1958—1962 年前后，"全国笼罩在大饥荒的阴影下"，死亡人口"以农民和底层居民为主"。由此引发的是一个反省："可悲并可诅咒的，是我和相当大批的城里人，竟享受着城乡二元化的荫庇，同时又受报喜不报忧的舆论蒙蔽，长期对这样悲惨的实况几乎一无所知，因而仿佛毫无心肝地苟活着。作为这样幸存的生者，什么时候想起来，都感到无地自容。在被遮蔽的死者呻吟或无声地告别这个世界的背景上，当读者读到书中描述的各样人包括作者的言行、心理和生活琐事时，不要忘记所有这一切是在一个什么样的时代，什么样的地域发生的，从而对其中的曲直、真伪、善恶、美丑作出自己的判断"。[1] 在我看来，这也是对我们的研究的一个提醒：我们在讨论那个时代知识分子的生存处境、心境与命运时，不可忘记同时代普通民众，特别是"农民和底层居民"的处境、心境与命运，那是真正构成了"时代之底色"的。

当然，我们讨论的重心，还在知识分子的"死与生"。因此，就要从邵燕祥刻骨铭心的"我死在一九五八"说起。

的的确确，当 1958 年 2 月的那一天，在宣布行政降职处分以后，党支部大会一致举手通过"开除党籍"的判决之时，就已经宣布了邵燕祥政治上的死刑。就在那一瞬间，邵燕祥"从自诩革命者的左派成为以党组织名义认定的右派"。[2] 这就意味着，他的政治生命从此被剥夺，这是"比丧失肉体生命更痛苦"的"终身惩罚"，对邵燕祥这样的追随革命的青年来说，"一个没有了政治生命的行尸走肉是可鄙的，可耻的，不可想象的"。[3]

1　邵燕祥：《自序》，《一个戴灰帽子的人》，第 05—06 页。
2　邵燕祥：《找灵魂——邵燕祥私人卷宗：1945—1976》，第 224 页。
3　邵燕祥：《我死在一九五八》，《沉船》，上海远东出版社，1996 年出版，第 2 页。

于是，邵燕祥就陷入了极度的困惑之中——

"昨天我不还是'我们'之中的一员吗？今天我却是'我们'施以不杀之恩的囚徒，是吗？也许我从来不属于'我们'，而像我所称为同志的人们竭力论证的，我只不过是混入'我们'队伍的异己者？如果是这样，这样的异己者不是成千上万吗？如果是这样，我为什么又如此执拗地自认为党的儿女呢？是没有自知之明的谬托知己？是自命不凡的误会？是不知羞耻的攀附啊！……""我在入党以前就拳拳服膺着'事无不可对党言'的格言，我甚至认为在党的面前只有进行自我批评的义务，而没有为自己辩护的权利。我相信党经过严肃郑重的审查，能够清除自己队伍里的敌对分子，而没有想到这个敌对分子就是我……"[1]

今天的年轻读者恐怕已经很难理解邵燕祥这样的困惑与纠结；但我们那一代人，却感同身受。因为在那个革命的年代，每一场政治运动中，一旦成为革命对象，就要面对这样的"考验"。记得在"文革"一开始，我就被我所在的学校党组织宣布为"反动学术权威"（仅因为我是北大毕业生）和"反党反社会主义分子"（仅因为对党支部提过意见），隔离审查、批斗之外，还要求彻底检查认罪。我自己也陷入极度困惑之中：我要为突然强加的罪名找到一个合理的，自己能够接受的解释。我当然不可能对这场革命本身有任何怀疑，就只能和当年的邵燕祥一样，在自己灵魂深处去爆发革命。[2]

而且我们还真的站在无产阶级立场上，对自己做思想说服工

1　邵燕祥：《我死在一九五八》，《沉船》，第6—7页。
2　参看钱理群：《后记》，《心灵的探寻》，上海文艺出版社，1988年出版，第352页。

作，检讨书写起来还似乎"顺理成章，没有疙瘩"[1]。也就是说，我们半是被迫、半是自觉地接受了对自己的判决。记得在八十年代，我们有机会接触到斯大林对党内反对派的判决的材料，最后布哈林等都在法庭上表示真诚的忏悔，承认自己有罪，而接受死刑。许多人都对此感到不解，而我们这些过来人却是懂得的。

我们懂得其中的逻辑力量。如邵燕祥所说，"这样的逻辑曾经统治了漫长的岁月，就连思辨精密的逻辑学教授，机锋透辟的辩护律师在它面前也终于哑口无言，轧的粉碎"。它对我们这些组织培养的知识分子"是有说服力的"。邵燕祥说："说服力就在它发表在反右派斗争后的刊物上，当然是左派的、党的刊物，当然代表党的观点，而我是要听党的话的。我也一定要以这样的逻辑以至这样的口吻来批判自己那个反党反社会主义的灵魂，让它服罪。"[2]

这究竟是怎样的逻辑？

那么，我们就来读一读邵燕祥从 1958 年 1 月 7 日到 2 月 25 日写的读书札记。邵燕祥说："这里如实地记录着我执著的坚信，也记录着困惑与迷惘，我的虔诚夹杂着我的过失"。[3] 于是，我们发现，最具说服力的，是几个大的思路与逻辑。

其一，要从"大处着眼"："应该学习这样看问题，从六万万人出发看问题，从人民的利益，国家的利益出发看问题"。在这样宏大的，因而也是抽象的概念笼罩下，"个人是无足轻重的"。同时隐含着的是一个道德原则，这也是这一代人熟知的奥斯特洛夫斯基的名言："一个人仅为自己的家庭，那是卑鄙；一个人仅为自

1　邵燕祥：《我死在一九五八》，《沉船》，第 27 页。

2　邵燕祥：《我死在一九五八》，《沉船》，第 45—46 页，42 页。

3　邵燕祥：《我死在一九五八》，《沉船》，第 31 页。

己，则是无耻"。这样的逻辑转换，就一下子把你弄迷惑了，落入了更大的逻辑陷阱："哪怕我在二十四岁时死去，这只是一个个别的人的命运，决不会影响全国一亿二千万青年仍有他们的远大前程，全国五百万知识分子仍然能驰骋他们的才思。我和我的同案犯不仅在六亿人口中是少数，而且是个别的。也许正是因为把像我这样的人排出革命队伍，我们的事业会更加兴旺发达。"

得出了这样的逻辑结论以后，在批斗中所受到的伤害，一切委屈，都无足轻重了。而且还有了一套"理论"。如"必要论"："反右中的'打击'和'挫折'是必要的——从国家、社会来说，不经过这一次革命，资产阶级思想在许多界泛滥起来，建不成社会主义；从各个人来说，如不经过这一斗争，所抱的思想、立场、观点不会放弃，不会认错。现在经过群众斗争，才有改造的可能"。还有"代价论"："斗争面宽了一点，伤了点感情"，"工作中的缺点和错误，也可以说是一种代价。既要肃反，就不能不付出一些代价。如果不肃反，让反革命猖狂活动，我们将要付出多么重大的代价呢？"还有"辩证地看"："受到这一挫折有好的一面，打击的是你们的资产阶级思想、立场、观点、方法。不破不立"。最后就变成"心悦诚服"地认定："我的政治生命被判死刑也许是值得庆贺的，是我目前所唯一能作的有益于党和人民的事业的贡献。"最后还是归结到那个大前提：为"人民""大多数人""国家"的利益无条件地牺牲"个人"的政治生命、权利，承受各种伤害，不仅理所当然，而且是光荣的，值得庆贺的。[1]

1　以上讨论见邵燕祥：《我死在一九五八》，《沉船》，第32页，36—37页，38页，32页，37页。

其二，"远大目标"。当年的主流观点认为："如果他们认识了并且足够地尊重了不以人们意志为转移的客观规律，一心一意地走社会主义的道路，并且自觉地改变自己不适合于社会主义的那些思想、传统和习惯，他们就会成为社会主义社会真正自由的、愉快的公民"。就像邵燕祥所说，这里"指出的，成为社会主义真正自由的、愉快的公民的前景"，对包括邵燕祥，还有我在内的那一代人，是具有极强的吸引力的。同时宣布，建设这样的社会主义"新社会"，是一个"不以人们意志为转移的客观规律"。"客观规律"对我们这一代更有一种吸引力与威慑力：遵循这样的"客观规律"，也就是服膺于"真理"；有违这样的"客观规律"，就是"逆历史潮流而动"的"反动"。承认并确认了这样的大原则，大前提，人就必须无条件地"贡献于新社会"，"不但要看人过去做了些什么，还要看他将来能做些什么"，为了"将来"的理想，人可以而且应该放弃现在的一切个人利益；特别是要"抛弃自己那些不适合于社会主义的思想、传统和习惯，抛弃自己的错误"。而只要承认、确认这两点，最后的结论也就顺理成章了："只要能成为一个自由的、愉快的公民，让我承认犯了滔天大罪又有什么不行呢？罪人不是也可以改造吗？"这里的逻辑是：为了"将来"的自由，就得牺牲"今天"的自由；为了"将来"的愉快，就得承受"今天"的不愉快。[1]

其三，应时时考虑"敌人"的存在。这也是我们这一代人从小就接受的教育：社会主义中国处在国内外敌人包围中，不仅国内的地、富、反、坏（后来又加上一个"右"）时时蠢蠢欲动，而且国际上的帝、修、反也是"亡我之心不死"。问题是这样的敌情

---

[1] 邵燕祥：《我死在一九五八》，《沉船》，第34页，35页。

观念对我们的思维、情感、行为所产生的影响，即所谓"凡是敌人反对的，我们就要拥护；凡是敌人拥护的，我们就要反对"。于是就自然引申出这样的反省和自警："我如果对党的批评和处分采取错误的态度，也是为一切社会主义的敌人所欢迎的。凡是帝国主义、国内外反动派所欢迎的事情，便不要做。"[1] 这就是说，即使自己已经被组织宣判为"敌人"，还是要与心目中的"敌人"划清界限，而且为了不让被"敌人"利用，就要心甘情愿地接受强加给自己的罪名和惩罚，并借此证明自己绝非"敌人"：其间处境的尴尬和逻辑的混乱，恐怕也是今人所难以理解与想象的。

其四，要站在组织的立场上思考与对待自己的问题。前面谈到的"国家""大多数""人民""远大理想"以及"客观规律"，都是名词概念，它最终落实到哪里？这也是邵燕祥反复追问自己的："人民在哪里？"[2] 大多数人在哪里？国家在哪里？未来在哪里？这使邵燕祥们陷入了真正的困境："我曾经也许是不自量地狂妄地自命为人民的歌者，我要反映人民的利益和愿望。而今天，比我更有权宣布自己为人民的愿望和利益的代表者，宣布我是反人民的，不是以个别党员而是以党组织的名义"。[3]

这就是要求彻底转变立场，即完全站在组织的立场上来思考、对待一切。首先是"正确理解"组织对自己的惩罚。对刚刚被打成右派的邵燕祥来说，就要解决三大思想问题。一是理解组织对自己这类右派的"孤立政策"，于是就有了这样的自我说服："'孤立右派'的意义十分重大。这样做，限制了、消除了右派的影响，从而巩固了党对中间派的领导"，"对右派本身，造成不好受的局

1　邵燕祥：《我死在一九五八》，《沉船》，第33页。

2　邵燕祥：《人怎样变成垃圾》，《沉船》，第190页。

3　同上。

面，势必彻底改造不可，否则往后日子难过"。其二，如何获得组织的信任？这首先是因为"自己不重视党的这种信任，亲手破坏了这种信任，怎么能取信于党？党不能无条件地相信任何人"。但希望还是有的："经过一个长时期，改造确实有效，仍然可以得到人民的批准，党的批准"。其三，"正确对待党的批评或处分，这是加强每个党员的组织纪律修养的一个重要问题"，"党给予批评或处分，在党来说，是表明为郑重的党，严肃党纪，保持思想上、政治上、组织上的纯洁；对受批评、处分的人来说，理所应得，是一种惩前毖后的必要的举措。只有虚心接受、诚恳改正的义务，没有耿耿于怀、拒绝改造的权利"。[1]

尤可注意的是，此时的邵燕祥尽管已经被党开除，却依然坚持自己的党的"组织纪律修养"。邵燕祥详细地记录了一位主管反右派斗争的副局长的讲话："要靠自己的自我思想斗争，来达到改造的目的"，"思想中有毒，要刮骨疗毒。要有股狠劲"。[2] 邵燕祥也果真这样做了；1981年他在回顾当年的思想改造时，对他的儿女说："你们不理解一个幼稚而真诚的革命者渴求改造、渴求修养得完善而表现出的狂热的自我批评"。[3] 这真是狂热地追求革命的一代人，在被革命抛弃以后，依然按照革命的要求，狂热地否定、改造自己。而改造的中心是"以适应集体的、阶级的、组织的纪律要求和意识形态要求，力求完成从个性到党性的转变"。[4] 这就需要谈到刘少奇的《论共产党员的修养》对这一代人的影响。邵燕祥说，这是"对我帮助最大，使我感觉最亲切的"一本书，它

1　邵燕祥：《我死在一九五八》，《沉船》，第27页，28页，31页。
2　邵燕祥：《我死在一九五八》，《沉船》，第37页，39页。
3　邵燕祥：《我死在一九五八》，《沉船》，第28页。
4　邵燕祥：《引言：历史现场与个人记忆》，《找灵魂——邵燕祥私人卷宗：1945—1976》，第3页。

让我懂得"君子之过，如日月之蚀"，"应该光明磊落地承认自己的缺点和错误"，"不要怨天尤人，而要反求诸己"，"在修养的过程中，可能遇到的各种痛苦里面，也将会有被同志们误解的可能。在遇到这种非常情况的时候，一个共产党员应该毫无委屈之心"。现在邵燕祥"面临着党对我的特殊形式的考验"，该"怎样做到刘少奇同志所要求的，'……而毫无怨恨之心'？"[1]

这里也不妨谈谈我自己的经验。如前文所说，在"文革"一开始，我就被判决为"资产阶级反动学术权威""反党反社会主义分子"；而我经过自我反省，接受这一政治死刑的依据，也是"革命逻辑"。我在八十年代总结历史经验时，有如下分析与概括：先是对知识分子确实存在的弱点的夸大——具有反省传统的中国知识分子很容易就接受了这种夸大，纷纷自觉地谴责自己。然后打出了"兴无（产阶级思想）灭资（产阶级思想），反对帝国主义和修正主义"的旗号——对西方与苏联在五六十年代对中国的封锁极端反感，被激起了民族主义、爱国主义热情的中国知识分子，也很容易地从"保卫中国意识形态的纯洁性、独立性"的角度接受了这一口号。第三步，就在"兴无灭资，反对帝国主义、修正主义"的旗号下，把以科学与民主为中心的现代意识统统划到"资产阶级、修正主义思想"的范围，而予以根本否定与彻底践踏。这样的逻辑推演的最后，就发展到"书读得越多越蠢"，知识本身变成了罪恶。结论是："这是一个可怕的逻辑的迷宫：不但前提具有历史的合理性，而且每一步推理，都有可以被接受的理由，似乎合乎逻辑。喜欢作抽象推理、逻辑游戏的知识分子，就这样一步一步地，不知不觉地，自己出卖了自己，终于相信自己有罪，

---

[1] 邵燕祥：《我死在一九五八》，《沉船》，第23页。

相信自己不经彻头彻尾、彻里彻外的根本改造，就失去了存在的价值：这是一种渗入这一代知识分子灵魂深处的精神迷误"。[1]

问题的严重性，更在于当我们试图追问这样的精神迷误是怎样发生的时候，就触及我们最初对理想的追求所暗含的危机。这就是本文所要讨论的第二个问题——

二、精神迷误的伏线是怎样埋下的

让我们回到问题的开端。1947年，邵燕祥加入了中共地下党的外围组织"民主青年联盟"，由此走上了革命之路。邵燕祥当时是怎样理解革命的？我们在他这年所写的一篇文章里，第一次读到了"我们"与"你们"的对立："我们在伟大的号召下走上了战场，你们碰杯而又握手，碰碎我们底生命，握紧我们底自由"。[2]这里说的"我们"应该是一年之前写的一篇文章里所说的"被压迫者，被剥削者，被屈辱者，被宰割者"，[3]是和"他们"（权势者）天然对立的。在此之前，邵燕祥生活与视野里只有"我"，一个"渺小而又渺小的弱者"，总是觉得自己"成了生活的囚犯"，发出"我真贫乏，我真寂寞，只有蓝天笼着我精神的烦燥"的哀叹，只得"骑了幻想的瘦马踽踽而行"。[4]现在，这位年仅十五岁的堂吉诃德在"我们"这里找到了归宿："我们是褴褛的一群，我们是饥

1　钱理群：《后记》，《心灵的探寻》，第354—355页。

2　邵燕祥：《失去譬喻的人们》（1947），收《找灵魂——邵燕祥私人卷宗：1945—1976》，第44页。

3　邵燕祥：《介绍〈我是希特勒的女侍〉，兼谈报告文学》（1946），《找灵魂——邵燕祥私人卷宗：1945—1976》，第39页。

4　邵燕祥：《病》（1947），《找灵魂——邵燕祥私人卷宗：1945—1976》，第46页，47页，48页。

饿的一群"，"我们是黑压压的一片，我们是潮水，要淹死你们"，"痛苦是我们的，愤怒是我们的，还有被加予死刑时所应有的仇恨！""这一切都使我们更坚定地进军，我们要粮食和土地，我们要活命！"[1]这就是邵燕祥想象中的革命者：是被压迫者（"褴褛"而"饥饿"），有强烈的革命诉求（"要粮食和土地"，"要活命"），是战斗的群体（"我们"），是大多数（"黑压压的一群"）。这就是邵燕祥理解的革命：既有对公平、正义的诉求，更有后来邵燕祥自我反省中所说的"旧俄民粹主义、无政府主义的影响"，那样一种盲目拼死的自发的反抗，狂热的复仇主义的暴力欲望（"淹死你们"），以及集"痛苦""愤怒""仇恨""坚定"于一身的英雄主义、浪漫主义的精神与气质。邵燕祥特意指出，"这种情绪化和绝对化的、非理性的思维方式，似乎也为我后来接受极'左'的东西埋下了伏线"。[2]

而1948年的邵燕祥，作为革命的新兵，首先要解决的是"我"与"我们"的关系。于是，就有了题为《蜕》的这首诗：这是生命的蜕变，"或者把旧的自己毁灭，或者死去，我憎恶，我忏悔，我希冀……"终于，"我"融入了"我们"之中，"我重新得到了宝贵的生命"。而"我们"向"我"发出的第一个号令，就是"或者和我们同行，或者死！"[3]这也可以说是革命给邵燕祥的启蒙教育：革命就是绝对的二元对立，不是"我们"就是"他们"，不是"同志"就是"敌人"；非白即黑，非是即非，非革命即反革

1　邵燕祥:《蝗虫》(1948)，《找灵魂——邵燕祥私人卷宗：1945—1976》，第94页。

2　邵燕祥:《1948年（概述）》，《找灵魂——邵燕祥私人卷宗：1945—1976》，第79页。

3　邵燕祥:《蜕》(1948)，《找灵魂——邵燕祥个人卷宗：1945—1976》，第93页。

命。革命就是"一个吃掉一个"，不是"我活"就是"你死"。革命就是站队："或者和我们同行，或者死！"

当然，十五六岁的革命堂吉诃德难以预计后来的变化。他当时感受到的，只是融入"我们（革命）"成为"多数"后获得的巨大力量、喜悦和信心："一个人倒下去，千万人起来；千万人起来，敌人就战栗地倒了下去……""这已经不是预言，这是不可违背的真理，生者和死者都已看见：我们是多数！千万个爱人，千万只剑，而敌人只是一个啊"。[1]"我底歌也是千万人底歌，我底心也是千万人底心"。[2] 这位血气方刚的中学生甚至径直以"我们是多数"的豪情，自动"代表"中国人民发言了：1949 年，当一些对新中国怀有成见的美国记者对北平工人与学生欢迎解放军进城游行多有嘲讽时，邵燕祥立即在一张私营报纸上发表《警告美帝新闻记者》一文，理直气壮地表示，"北平人民—中国人民是不可征服，北平人民—中国人民是不可屈辱的"。[3] 直到几十年后，回顾这段历史时，邵燕祥才意识到这样的不知天高地厚的"代表"感，是为他后来的遭遇埋下祸根的。[4] 这一点，我们在下文还会有详尽讨论。但应该客观地说，在革命刚刚胜利，新中国初建时期，知识分子孤独的个体突然融入革命和国家群体里，所产生的充实感，自豪感，以至主人翁感，是一种普遍的情绪，而且显然具有历史的合理性。

1　邵燕祥：《普希金和他的剑》（1949），《找灵魂——邵燕祥个人卷宗：1945—1976》，第 120 页。

2　邵燕祥：《我底歌，我底心》（1951），《找灵魂——邵燕祥个人卷宗：1945—1976》，第 144 页。

3　邵燕祥：《警告美帝新闻记者》（1949），《找灵魂——邵燕祥个人卷宗：1945—1976》，第 115 页。

4　邵燕祥：《1949 年（概述）》，《找灵魂——邵燕祥个人卷宗：1945—1976》，第 112 页。

但沉涵于浪漫主义革命想象中的诗人，还要再往前跨一步。1949 年 7 月，邵燕祥写了《歌唱，红色歌手们》一文，这本是为纪念聂耳逝世而作，但他却借此向"年轻的战士，红色歌手"（当然包括自己）提出了一个新的要求，新的标准："当你们不再属于你们，你们就不再是你们"；"你们把生命注入声音"，"你们的声音是千万人的声音"；"你们知道自己是没有声音的，只因为歌唱人民才感到光荣"，"人民是大海沸腾，你们不过是贝壳，你们的声音是海的回声"；"人民要你们歌唱什么，你们就歌唱什么"，"最好的歌，歌唱人民的祖国；最好的歌，歌唱祖国的人民"，"你们要唱遍新的中国，最好最好的毛泽东之歌，劳动的少男少女之歌！"[1] 这是"我"和"我们"关系上的一个突进："我"要彻底地融入"我们"。这就是革命要求的"彻头彻尾，彻里彻外"的"化"。[2] 于是，就没有了"个人"的声音，只有"千万人的声音"；个体是"没有声音"的，至多只是群体的"回声"。于是，只能"人民要你们歌唱什么，你们就歌唱什么"。

邵燕祥在新中国成立后发生这样的思想突进，大概也非偶然。他后来回忆说，那时候"充斥我头脑里的都是社会政治、对敌斗争，涉及集体、组织、国家民族，以至整个社会主义阵营，涉及反对帝国主义和保卫世界和平。兹事体大，几乎没有萌生其他诗思诗情的余裕；即使偶有兴会，又可能由于自律，认为这不是革命者所应有而排除了"。[3] 整个脑子都是祖国、人民、社会主义，就容不下任何"个人"的东西了。他还专门撰文批评一些"小资

1　邵燕祥：《歌唱，红色的歌手们》（1949），《找灵魂——邵燕祥个人卷宗：1945—1976》，第 121 页，122 页。

2　毛泽东：《反对党八股》，《毛泽东选集》第三卷，第 841 页。

3　邵燕祥：《1950—1951 年（概述）》，《找灵魂——邵燕祥个人卷宗：1945—1976》，第 130 页。

产阶级诗人"，"他们没有体验过什么大的群众斗争的紧张和欢喜，个人情感常常成为了一种太大的负担"，因此召唤诗人们"自己走进群众的队伍，然后被批准成为队伍的一员"。[1] 这样的消解个人的"我们"观，后来就发展为一种自觉的文艺观和信念：诗人（知识分子）应该是"社会、时代、人类的器官和代表"，"诗人应当是人民最关心的希望、思想、感情的表现者，应当是党的思想的表现者"，"认识、理解、复述对党和人民最重要、最需要、最主要的东西"应该是诗人的根本任务，生活目标与价值所在。[2] 邵燕祥和他同类知识分子这样自觉为社会、时代、人民、国家的"代表"，其实是一厢情愿，自作多情。当这些天真的知识分子把自己的一切无条件地交给"我们"，将自己的生命存在的意义与价值，自己的文学事业，都与"我们"联接在一起，完全放弃了个人独立性。一旦被"我们"抛弃，被视为"垃圾"，除了自愿"死亡"就别无他路了。

回到历史的起点上，就可以发现，十五六岁的邵燕祥，在发现"我们"（被压迫的人民，大多数）的力量、价值时，就发现了组织，可以说，这是同一个过程。他回忆说，"从一位国文老师那里借到毛泽东《论联合政府》一书。书里提出在战后建立一个和平、统一、自由、民主、富强的新中国，深深地吸引了我"。[3] 因此，在新中国成立前夕，邵燕祥对"从原野那头走来的队伍"，"献上遥远的敬礼"，欢呼"高举着摇荡的火把……我们的队伍像

1　邵燕祥：《诗和小资产阶级感情——读诗散记》（1950），《找灵魂：邵燕祥个人卷宗：1945—1976》，第131页，第134页。

2　邵燕祥：《在中国人民大学诗社、北京大学文艺社诗歌组讲话提纲》（1955年、1956年），《沉船》第64页，65页，66页。

3　邵燕祥：《1946年（概述）》，《找灵魂——邵燕祥个人卷宗：1945—1976》，第16页。

一支红色的川流，燃烧着闪笑着奔泻而来"时，[1] 在他心目中，党和党领导下的革命军队，是"我们的队伍"，是国家、民族、人民利益的维护者，也是自己这样的知识分子的解放者，他对之高唱赞歌，并希望融入其中，是由衷的。用邵燕祥自己的话说，当他歌颂这一切时，"并没有功利意图，而是发自内心，发乎自然"。[2] 今天来看，也是具有历史合理性的。

1949 年以后，对邵燕祥这样的知识分子、诗人来说，组织不再只是一个精神上的资源，而是现实的具体的领导，用邵燕祥自己的话来说："我不仅在精神上，而且在组织上同中国共产党——中华民族的最忠诚的儿女们联系在一起"，党不只是"我的至亲""我的师长""我的领路人"，更是我必须服从的领导、指挥者与监督者。[3] 应该说，邵燕祥并不是立刻就适应这样的变化的。他回忆说，本来自己的诗文，"都是我想写的，我怎么想就怎么写，是我心灵的感发，是我对生活的认知"，现在却要"奉命写作"，有些作品就写不出、写了也发不出来了，"因为内容不符合一定的规范，具体细微之处更经不起烦琐的'宣传口径'的挑剔"。由此产生了如何"努力适应'新的要求'，才逐渐重获发表权的隐衷"。[4] 邵燕祥这样描述自己"作为新参加机关工作的年轻人"，在1949 年后的几年中的心态："面临着从未经过的社会大变动，和从解放区带来的一套军事化、半军事化的生活方式，既新奇，又

1　邵燕祥：《遥远的敬礼》，《岁月与酒》(1947)，《火的瀑布》(1948)，《找灵魂——邵燕祥个人卷宗：1945—1976》，第 78 页，91 页。

2　邵燕祥：《1949 年（概述）》，《找灵魂——邵燕祥个人卷宗：1945—1976》，第112 页。

3　邵燕祥：《人怎样变成垃圾》，《沉船》，第 143 页，144 页。

4　邵燕祥：《1948 年（概述）》，《找灵魂——邵燕祥个人卷宗：1945—1976》，第 78 页。

兴奋，深恐自己跟不上。日常业务工作并不紧张，紧张的是学习及批评与自我批评"。而生活检讨会的中心，就是要批判"个人主义和自由主义"。[1]

批判的目的，是要让邵燕祥这样的追求革命的青年，重新认识"革命"。如前文所说，邵燕祥最初对革命的体认，是夹杂着无政府主义和民粹主义的想象的；而现在要批判个人主义和自由主义，就是要结束这样的思想混乱，建立新的革命观：革命是一个由革命政党领导的，有统一的目标，统一的组织，统一的纪律，统一步伐的高度自觉的政治行为。它不允许"过高地估计个人的作用"，把个人置于党之上；绝不允许任何自发的行为，必须绝对服从党的组织安排，遵守党的纪律。一个真正的革命者，必须以革命的利益为"第一生命"，以个人利益服从革命利益，并且要自觉地与违反党的利益的思想、行为和国内外的阶级敌人作坚决斗争，为维护党而不惜牺牲，自愿地为党的事业献身。[2]这样的绝对要求，是早已服膺于组织的邵燕祥们所能够、愿意接受的；因此，就有了邵燕祥在《（在）斯大林逝世后给党支部的信》里对自己的"小资产阶级的温情和自由主义"，"组织观念薄弱"的痛心检讨，以及"我准备着牺牲自己的一切，我准备着在钢铁纪律的队伍里做一名新兵"的誓言。[3]还有在入党后写的第一首诗里的衷心表白："党，我要永远听你的话"，"在未来的全部年月里，做

1　邵燕祥：《1950—1951 年（概述）》，《找灵魂——邵燕祥个人卷宗：1945—1976》，第 128—129 页，130 页。

2　邵燕祥：《（在）斯大林逝世后给党支部的信》（1953），《找灵魂：邵燕祥个人卷宗：1945—1976》，第 152 页，153 页，154 页。

3　邵燕祥：《（在）斯大林逝世后给党支部的信》（1953），《找灵魂：邵燕祥个人卷宗：1945—1976》，第 152 页，154 页，156 页。

你所要做的一切事情"。[1] 但他要再进一步向党表示忠心时，却又露出了让党不放心的"尾巴"："党，你是岩石，耸立在险恶的海里，我和弟兄们的骨肉，是你的根基"，"党，你是太阳，我是星，我发热，我发光，是由于你的力量"。[2] 一位老党员立即指出，这是"没有摆正个人和组织的关系"：你有什么资格自命为党的"根基"？在党的阳光照耀之外，你还要发什么热，什么光？而且这位老党员还是在"暗中偷开我的抽屉"时发现了这首诗，抓住了罪证的，邵燕祥为此"痛感受了伤害，一片光明的感觉中掠过最初的阴影"。[3]

邵燕祥在写给党支部的信里说，"从来没有一个个人、一个集体能像共产党一样，使全人类得到解放、幸福。我们最远的后代，将要想到人类的历史是从斯大林、毛泽东时代开辟了新页的，而我们曾经和他们共同呼吸，在他们的旗帜下，在毛主席的亲身教育下，做过一点工作。我们的后代将会认为我们的工作是光荣的，伟大的。为了这个，为了当代和后代的幸福，我愿意像斯大林同志说的那样，准备着经受作为共产党员所必须经受的种种患难和风波"。[4] 不管今人对此作出如何评价，我们都必须承认，邵燕祥们在表达这样的信念时是绝对真诚，发自内心的，而绝非刻意的表态与表演。邵燕祥曾自称二十世纪"四十年代后期的'左'倾

---

1 邵燕祥：《心中的话》（1953），《找灵魂：邵燕祥个人卷宗：1954—1976》，第156页。

2 邵燕祥：《心中的话》（1953），《找灵魂：邵燕祥个人卷宗：1945—1976》，第157页。

3 邵燕祥：《1952—1953年（概述）》，《找灵魂：邵燕祥个人卷宗：1945—1976》，第149页。

4 邵燕祥：《（在）斯大林逝世后给党支部的信》（1953），《找灵魂：邵燕祥个人卷宗：1945—1976》，第155—156页。

少年"，[1] 其最大特点，就是有一种"完美主义的理想憧憬"，要求
"纯粹、彻底"。[2] 他们对社会主义、共产主义的理解与向往，显
然带有浓厚的理想主义的色彩。在 1953 年以后中国开始大规模
工业建设，邵燕祥多次到东北老工业基地和新建工程采访，身临
其境，于是就"以审美的眼光表现劳动，表现劳动者青春的生命
力、主动性和敬业精神"，写下了后来结集为《到远方去》的成组
的诗，[3] 不仅使他成为那个时代的代表诗人，更使他产生了"在地
上建立天堂"的信念和幻觉。他不仅发出"条条大路通向社会主
义，我们浩浩荡荡走向天安门广场"，[4] "建设一个社会主义工业化
的强国，不靠上一代，不靠下一代，就靠我们这一代"[5] 的时代最
强音，而且时时把思绪伸向更辽阔的空间与时间。他写《地球对
着火星说》："你可望见我望你的眼睛？说是近，却还是这样遥远，
未来的岁月又是这样无穷。"[6] 他"思索着亿万年的岁月流转，亿万
人的长远的幸福"，企望着"让太阳更强烈地照耀，让天更青，让
草更绿，让爱情更炽热"。[7] 他把这一切都和党联系在一起，他说
党给了自己"一颗永远不宁静的心。我不是一个休止符，我们是

1　邵燕祥:《一个戴灰帽子的人》，江苏凤凰文艺出版社，2014 年出版，第
200 页。

2　邵燕祥:《一个戴灰帽子的人》，第 314—315 页。

3　邵燕祥:《1954 年（概述）》，《找灵魂——邵燕祥个人卷宗：1954—1976》，第
160 页。

4　邵燕祥:《新的歌》（1956），《找灵魂——邵燕祥个人卷宗：1945—
1967》，第 177 页。

5　邵燕祥:《1957 年，好！》（1957），《找灵魂——邵燕祥个人卷宗：1945—
1976》，第 192 页。

6　邵燕祥:《地球对着火星说》（1956），《找灵魂——邵燕祥个人卷宗：
1945—1967》，第 183 页。

7　邵燕祥:《心中的话》（1956），《找灵魂——邵燕祥个人卷宗：1945—1976》，
第 185 页。

伟大生活的主人",[1] "一声号召，千万声回响——党的力量，群众的力量！"[2] "只要我们高举着党的唯一的大旗"，一切目的都可以达到。[3] "党是我自己选择的，选择了党，也就是选定了我一生的理想、道路、事业，这是不可更改的"。[4] 因此，对于这一代理想主义的知识分子，他们和党的精神联系，是深入生命的。就邵燕祥而言，即使到了二十世纪八十年代的思想解放运动中，他仍然坚信，在那些失误的背后，还有着不能轻易舍弃的东西，即"高于个人荣辱与毁誉的执著追求"。因此，他依然坚持："尽管漫长的岁月磨钝了我们的痛苦，我们还关切着党的存亡、人民的痛痒……我们依然是党和人民的不知悔改的儿子：保持着革命的初衷，信守着入党的誓言。"[5]

我们感兴趣的还有邵燕祥们选择革命道路时，他们非但没有任何个人功利的目的，而且是作好了付出种种代价的准备的。邵燕祥回忆说，"我们那一代人，大概不少人是默诵着（屠格涅夫的）《门槛》中斩钉截铁的回答，跨进革命这一'门槛'的"。我也是如此，因此读到邵燕祥书中的引述，引发了无限的感慨。现在，无妨再引录如下——

"啊，你想跨进这门槛来做什么？你知道里面有什么东西在等着你？"

1　邵燕祥:《心中的话》(1956),《找灵魂——邵燕祥个人卷宗：1945—1976》，第184页。

2　邵燕祥:《新的歌》(1956),《找灵魂——邵燕祥个人卷宗：1945—1976》，第177页。

3　邵燕祥:《耳朵，你的头脑在哪里？》(1955),《找灵魂——邵燕祥个人卷宗：1945—1976》，第176页。

4　邵燕祥:《人怎样变成垃圾》,《沉船》，第121页。

5　邵燕祥:《我死在一九五八》,《沉船》，第50—51页。

"我知道"。女郎这样回答。

"寒冷、饥饿、憎恨、嘲笑、蔑视、侮辱、监狱、疾病，甚至死亡？"

"我知道"。

"跟人们疏远，完全的孤独？"

"我知道，我准备好了。我愿意忍受一切的痛苦，一切的打击"。

"不仅是你的敌人，就是你的亲戚、你的朋友也都要给你这些痛苦，这些打击？"

"是……就是他们给我这些，我也要忍受。"

"好，你也准备着牺牲吗？"

"是"。

"这是无名的牺牲，你会灭亡，甚至没有人……没有人知道，也没有人尊崇地纪念你。"

"我不要人感激，我不要人怜悯，我也不要名声"。

"你甘心去犯罪？"

女郎埋下了她的头。

"我也甘心去犯罪。"

里面的声音停了一会儿。过后又说出这样的话：

"你知道将来在困苦中你会否认你现在这个信仰，你会以为你是白白地浪费了你的青春？"

"这一层我也知道。我只求你放我进去"。

"进来吧"。

邵燕祥说，"我们接受了这个壮烈的启示"。邵燕祥接着指出，尽管屠格涅夫对革命者面临的考验，作了如此严酷的想象与描述，但仍然没有料到，还会有来自"自己人""'以革命的名义'的迫害"。[1]

今天回顾这段历史，首先应该检讨的，是这样的为理想"忍受一切苦难"的"壮烈"情怀的负面作用。邵燕祥在回忆中，谈到自己被革命队伍逐出，成为革命的敌人时，就是这样"说服"自己，并获得一些心灵的宁静的："投身共产党参加革命，这是我所作的一经决定永不改易的选择。即使这是长满荆棘的道路，我也要坚持走下去。让我的心在酸水里，在碱水里，在石灰水里煎熬三遍吧，那时候它将无比的纯洁和透明"。[2]这里所说的在水里煎熬是从苏联作家阿·托尔斯泰的《苦难的历程》里转述过来的（其原文是"在清水里泡三次，在血水里浴三次，在碱水里煮三次"），这也是我们那一代人耳熟能详的，和屠格涅夫的《门槛》一样，都是我们的精神指引。我在研究1957年的右派精神历程时，就注意到了这样的影响，并有如下分析："这样的心理今天的年轻人恐怕已经很难理解，但这正是那一代革命者或向往革命的青年共同的特征：将劳动和劳动人民理想化、圣洁化，知识者天然有罪的民粹主义的信念；将苦难神圣化，在苦难中纯净灵魂，成为'新人'的'圣徒'情结。这里显然存在着俄罗斯文学与文化对这一代人的深刻影响。这样的信念与情结的道德自律的纯洁性，是无可怀疑的。但鲁迅早就警告过，'陀思妥夫斯基式的忍从'是有可能导致'对于横逆之来的真正的忍从'的。[3]现在，在这些右派身上所发生的，正是对自我道德完善的追求，却

1　邵燕祥：《引言：历史现场与个人记忆》，《找灵魂——邵燕祥个人卷宗：1945—1976》，第4—5页。
2　邵燕祥：《我死在一九五八》，《沉船》，第32页。
3　《陀思妥夫斯基的事》，《且介亭杂文二集》，《鲁迅全集》第六卷，第426页。

导致……忍从的悲剧。"邵燕祥也曾经谈到自己的"道德理想主义"，和前面已有讨论的"完美主义"一起构成了这一代人的精神特征。[1]这或许是这革命的一代精神魅力所在，特别是在当下道德沉沦，一切得过且过，虚无主义盛行的背景下，就显得特别可贵。但却是万万不可随意美化的，因为这正是当年我们这一代发生精神迷误的内在原因。

这里确实存在着深刻的历史教训。邵燕祥，和包括我自己在内的同类知识分子，在1957年反右运动中，半是被动，半是自愿地接受了对我们的判决（邵燕祥被判为右派，我被判为中右），这样的结局其实早在我们追求革命的开初，就已经埋下了伏线。正如邵燕祥在其总结里所说，在我们身上发生的是"一次又一次本想进入这一个房间，却进入了另一个房间，甚至弄不清自己究竟想进入哪一个房间，已经进入的究竟是哪一个房间"的尴尬。[2]我们因追求民主、自由，摆脱奴役与压迫，而迈进革命的门槛；但革命却把我们逐出门外。真正的悲剧还发生在我们事实上成为他者以后，还竭力寻找理由说服自己。而我们最应该吸取的历史教训，则是当我们把革命浪漫主义化，英雄主义化，完美主义化，道德主义化；当我们把革命的彼岸目标此岸化，追求"纯粹"与"彻底"，要在地上建立天堂；当我们把革命的动力，革命的领导者神化、宗教化；当我们把革命的伦理绝对化，唯一化，把个性、独立、自由、人的尊严都视为革命的对立物；当我们把革命看作是二元对立的，非此即彼，非革命即反革命，消灭

1　邵燕祥：《1954年（概述）》，《找灵魂——邵燕祥个人卷宗：1945—1976》，第161页。

2　邵燕祥：《引言：历史现场与个人记忆》，《找灵魂——邵燕祥个人卷宗：1945—1976》，第7—8页。

异己的暴力运动，那么，我们就是在走向另一个极端。这就是邵燕祥在反思里所说，"对于天堂的理想，也可以把人们驱赶到地狱里"。[1]

这一代人能够接受这样的革命思维，当然不是偶然的。这与他们成长的社会、时代背景，他们所受到的教育、文化影响，都有深刻的联系。邵燕祥在他的总结里，就谈到了"'红色三十年代'以来普遍'左'倾的大气候"，他自己"在（四十年代）学生运动有限的实践中获取的狭隘经验"，"斯大林体制文化的示范力量"（按，包括苏联文学的影响），"19世纪俄罗斯无政府主义、民粹派等的精神影响"，以及传统积淀下来的臣民潜意识。[2] 这些现实、思想、文化因素在我们前文的分析里，其实都是依稀可见的。但这是一个大题目，需要作专门的讨论。我们研究不够，只能说到这里。而且，我们已经拉扯得太远，还是要回到1958年以后的历史现场——

三、"脱胎换骨的改造"：
这回是真的"死"了

1958年2月，邵燕祥被迫在"定案材料"上签字，接受"资产阶级右派分子"的罪名。3月以后，即被发配到十三陵水库、河北沧县等地劳动改造；10月下旬调往黄骅县农场监督劳动。这自然是一个重大转折：从革命"受惠者成为孤立打击对象"，"不

1　邵燕祥：《引言：历史现场与个人记忆》，《找灵魂——邵燕祥个人卷宗：1945—1976》，第8页。
2　邵燕祥：《引言：历史现场与个人记忆》，《找灵魂——邵燕祥个人卷宗：1945—1976》，第4页。

得不时时牢记新的政治身份念叨接受改造"。[1] 由此发生的，是生存状态、思维、心理、语言和行为方式的根本变化。用邵燕祥自己的话来说，就是"从飞扬的'浪漫主义'下降到匍匐的'现实主义'。从'不识人间有折腰'堕落到发誓遵命听话……"[2] 所谓"匍匐的现实主义"就是以图生存为第一要务。这又有两个层面：既是眼下的活着，更是为长远的活着，即"能不能回到'正常生活'中去，以及什么时候才能够回去的问题"，首先"要摘掉右派帽子"，回到"人民"队伍，以后才有可能"作为一个知识分子从事一份脑力劳动的职业"，甚至恢复"在报刊发表作品的权利"，这正是邵燕祥内心所期待的。这里的关键，就是要进行"脱胎换骨的改造"，落实到实际行动，就是靠拢组织，不断写思想汇报，思想总结，思想检讨，其实就是"认罪材料"。邵燕祥说，这是一种极具那时代特色的文体。因为它有特殊功能，是这些没有法律保护的"罪人""唯一的生存手段，或生存策略"，写得能不能让组织满意，是决定自身命运的。而这类文体的表达，又常常"杂糅着认错与辩解，真心与违心，自责与自虐，包下来与豁出去……诸多不同甚至相互矛盾的精神状态和心理活动"。[3]

我们就来看看这份《（思想）总结（1958年10月—1959年9月）》。

一开始，就表达自己"长期的彻底的改造"，"加速改造，争取早日回到人民队伍的决心和信心"，并表示忠心，保证"有利于

1 邵燕祥：《1958年（概述）》，《找灵魂——邵燕祥个人卷宗：1945—1976》，第224页。

2 邵燕祥：《引言：历史现场与个人记忆》，《找灵魂——邵燕祥个人卷宗：1945—1976》，第7页。

3 邵燕祥：《1958年（概述）》，《找灵魂——邵燕祥个人卷宗：1945—1976》，第224页，225页。

党和社会主义的话就说，有利于党和社会主义的事就做；不利于党的话和事，坚决不说不做，并且遇有这样的情况还要揭发和作斗争"。这大概就是先声夺人吧，一下子就给看汇报的领导留下深刻的印象。

然后，从几个方面显示自己的忠诚。邵燕祥谈了四点，概括起来，主要有三个方面的内容。

首先是对组织的态度。这是全部要害所在。邵燕祥被打成右派，主要罪名就是"反党"。在批斗会上左派们批判邵燕祥对于党"抽象地肯定，具体地否定；原则上拥护，实质上反对；表面上赞成，暗地里捣鬼"；"党提出'成绩是主要的'，你偏要找缺点"，"是不是觉得我们党不值得歌颂了？"质问他"信不信任党中央？"特别指责他"对基层组织不信任"，"缺乏领导同志就是代表组织的观念，把他们只是当作一个一个的个人"，而"没有和领导站在一起，也就是没有和党站在一起"，等等。[1] 面对这些来自"同志"的轰击，邵燕祥一方面感到惶恐，他不能想象自己与党的关系会变成"以我为一方，以党组织为一方的对立面的斗争"，[2] 另一方面他不能也无力否认对自己的批判的某些"合理性"，就只有改变自己，以完全适应组织的要求，被组织所接受。或许还有邵燕祥后来在反省时谈到的"不服气心理"："我要表现得比公认的'左派'能够更有力地歌颂社会主义，也就是表现出更高的党性"。[3]

于是，在这份思想总结里，邵燕祥首先汇报的就是自己"对几个重大政治事件的反应"。对于这一时期发生的两大政治问题：

1　邵燕祥：《人怎样变成垃圾》，《沉船》，第 182 页，157 页，158 页，168 页，167 页，148 页。

2　邵燕祥：《人怎样变成垃圾》，《沉船》，第 142 页。

3　邵燕祥：《1958 年（概述）》，《找灵魂——邵燕祥个人卷宗：1945—1976》，第 224 页。

"平定西藏叛乱"和"人民公社"，他都旗帜鲜明地拥护以毛泽东为首的党中央的决策。邵燕祥当然知道，在这两大问题上，特别是对人民公社的评价，党内是有不同意见的；但他更清楚，自己作为右派，对党内斗争是不能有任何介入的。因此他避而不直接谈及，只是正面大讲"要区别现象与本质，主流与支流，九个指头和一个指头的道理"，特别强调要弄清"谁是真正的大多数，谁只是少数"，要"从大局出发，全面着眼，替别人（按，大概是指处于决策位置的党的各级领导）着想"。在这些煞费苦心的表态里，完全可以看出，邵燕祥是在自觉地站队：站在"正确路线"这一边。他明白，在党内斗争中的态度，是党对他的最大考验。他早就说过："我应当经受党内斗争的锻炼"[1]。

但他更要强调的，是"对组织、领导、基层干部的态度"。他特地汇报，自己"比较经常地汇报自己的思想和有关的情况"，并且"逐渐体会到把自己全部置于组织监督之下，就等于把自己完全交给组织，是一种极大的幸福以后，汇报就成为内心的需要了"。注意这里的用语："比较经常"，就掌握了分寸，避免夸大其词之嫌；"全部置于""完全交给"，这是能使领导放心的；而"极大幸福""内心需要"云云，领导听起来就十分顺耳、舒服了。

而重中之重，是表明"我把对班长的态度当作自己立场锻炼的一项重要内容"，而且点明，"一方面班长是具体代表组织的直接领导，一方面是劳动人民出身的基层干部"。然后又适时地检讨自己所犯的"把组织抽象化了，把具体的领导人同组织分开来看，通过攻击具体领导人来攻击组织"，以及"毫无根据地诬蔑劳动人

1　邵燕祥：《人怎样变成垃圾》,《沉船》, 第 161 页。

民出身的基层干部简单粗暴"的"错误"。最后再特意谈到自己来农场后，时时"注意观察和体会班长的优点，虚心向他们学习；在劳动和生活中老老实实听班长的话，并维护领导威信，尽可能用实际行动支持和帮助班长贯彻领导（意图）"等等。[1] 这一段话说得丝丝入扣，句句都说到最具体直接的领导班长的心里了。

这样，邵燕祥就通过总结、汇报，一方面表示在政治上与中央保持高度一致；一方面，又在现实生活里，绝对服从组织，特别是基层干部的具体领导。但这还不够，组织还要求"对反动言行和不良倾向作斗争"。这就是说，不但要老老实实接受批判、斗争，还要参与对其他右派的批判、斗争，这叫作"立功赎罪"。据邵燕祥回忆，在 1958 年秋，在农场的广播局右派群里开展了一次对"反改造小集团"的批判，队里确定了几个典型，"多是各班里平时对划右不服而形诸颜色，并因之在生产、生活中有些不满表现，特别是对工人班长表现得不够顺从的人"。[2] 邵燕祥因此又面临着一场考验。开始，他还建议小组领导用私下谈话的方式解决，但这显然是上级领导布置下来的所谓"改造与反改造"的政治斗争，邵燕祥也只有用党的思想来说服自己："集中、纪律、统一意志是无产阶级专政所不可缺少的"，这就是"阶级斗争的尖锐性、复杂性、长期性"的表现。邵燕祥终于"坚定地站在党的立场上来了"，"旗帜鲜明，理直气壮"地参与了对"反改造集团"的批判和斗争。[3] 二十四年后，邵燕祥收到了当年被批判对象 L 君的来

1　以上引文见邵燕祥：《总结（1958 年 10 月—1959 年 9 月）》，《找灵魂——邵燕祥个人卷宗：1945—1976》，第 253 页。

2　邵燕祥：《1959 年（概述）》，《找灵魂——邵燕祥个人卷宗：1945—1976》，第 234 页。

3　邵燕祥：《总结（1958 年 10 月—1959 年 9 月）》，《找灵魂——邵燕祥个人卷宗：1945—1967》，第 251 页，252 页。

信，说就是邵燕祥在批判会上的第一个揭发，使得他"右肋挨了重重的几下"，并且从此不得翻身，1962 年被谪放到最贫困的地区，过着劳动改造的生活，还蹲过监狱。信中他指责邵燕祥在关键时刻没有"守住真理"而"多走了一步"，而因此"换来了从（右派）行列里第一个站了出来，坐上大车走了"。[1]

邵燕祥把 L 先生的来信公开发表了，收在他的《找灵魂》一书里。我读了以后，立刻想起类似的一幕：我的大学同班同学江某，当年被打成右派，他在晚年写的回忆录里，公开了 1957 年我在批判他的会议上的发言，可见当年我的批判对他的伤害之大，几十年一直不能忘怀。但我自己却完全忘了。这引发了我的深深悔恨，并作了一个反省。在我看来，这是我们这一代人最大的不幸与悲剧。

第三个重点，是"劳动态度和思想作风"。这也是一个要害，即"通过劳动改造思想"。邵燕祥汇报说："来场后劳动态度基本上是端正的，老实的，在几次突击式的较重的活儿中，……能够负责，肯干。劳动观点基本树立了。标志是：克服了轻视劳动和劳动人民的思想；树立了劳动光荣和好逸恶劳可耻的思想"。邵燕祥又检讨说："从'热爱劳动是劳动人民的天性'这一高度来要求，我还远远没有脱胎换骨，实现彻底的劳动化。"[2] 这是点睛之处：所谓"脱胎换骨"就是"彻底的劳动化"，即实现身份的根本转化，由知识分子变成"普通劳动者"，实实在在的体力劳动者。这其实是和前文提到的一心想重获一个脑力劳动的职业的邵燕祥

---

1 《L 先生 1983 年的来信》，《找灵魂——邵燕祥个人卷宗：1945—1976》，第 257 页，261 页，260 页。

2 邵燕祥：《总结（1958 年 10 月—1959 年 9 月）》，《找灵魂——邵燕祥个人卷宗：1945—1976》，第 254—255 页。

的梦想相违背的，他在汇报里也只能含糊其词。这倒是揭示了他的思想总结的真真假假，既慷慨陈词，又言不由衷的特点：一切不过是自欺欺人。

但无论如何，邵燕祥还是于1959年10月被宣布摘掉"帽子"，从"右派"成为"摘帽右派"。或者用他的一本书的书名的说法，他从戴"黑帽子"，变成"一个戴灰帽子的人"。尽管如他自己所说，他在摘帽以后，能回到原单位从事文字工作，还一度恢复了公开发表诗文的权利，可谓"不幸中之幸者"，他"在当时的'摘帽右派'以至在成千上万的'右派分子'中其实是'非典型'的"，[1]但是，他却心知肚明：自己已经死了，或者说，成了一个"苟活者"。他说，自己曾"一再被人告知：必得我非我，才能我是我"，其实，不劳别人指点，已经沿着一条捷径："我忘我，我失我，我非我"，一路走下来了。[2]邵燕祥说，他从1959年回到北京以后，一切"力求紧跟，以示曾为'右派'者改造的决心已经付诸行动；凡是1957、1958两年里批判我时提到过的，那些触犯时讳的思想和文字，都不复见于我的笔下"。[3]这里也隐含着一种感恩与报恩的心理："觉得我对党有感情，党对我也另眼看待"。于是，就更有了一个"不断革命"的欲求："回到人民队伍中来后，再回到党的队伍中来"。这样，"树立党的绝对领导的观念，接受改造和教育，思想上、业务上都置于党的监督之下。党叫干什么就干什么，叫怎么干就怎么干"，就很自然成为一种自我要求

1　邵燕祥：《自序》，《一个戴灰帽子的人》，第08页，07页。

2　邵燕祥：《引言：历史现场与个人记忆》，《找灵魂——邵燕祥个人卷宗：1945—1976》，第8页。

3　邵燕祥：《为什么编这本书？——〈人生败笔〉序》，《人生败笔——一个灭顶者的挣扎实录》，第002页。

与约束。[1]当然，邵燕祥也随时感到头上那顶"灰帽子"的压力，因此用"我的写作一直摇摆在'紧跟'和'跟不上'之间，我的为人则一直徘徊在'求用'和'不为所用'之间"来描述自己的真实处境与心境的尴尬。[2]尽管1959至1966年的中国，正处在困难时期，以及随之大搞阶级斗争酝酿着更大的动荡，但邵燕祥所感到的，还是平安与稳定。如他自己所说，在戴着右派帽子的时候，"欲做人民而不得，欲做同志而不得"，现在"回到了人民的行列"，"自然就滋生了苟安心理"。[3]事后反省，放在"全国笼罩在大饥荒的阴影下"，看这样的苟安，就真的是"毫无心肝地苟活着"了。[4]

但还处在历史中的邵燕祥，当然不会有这样的感受。在历史进入六十年代，随着国内外所谓"反修防修斗争"的展开，邵燕祥发现自己越来越"在毛泽东身上寄托了由衷的、发自天真的尊崇和信赖，甚至可以说不仅是崇拜，且达到了迷信的地步。倒是有些以捍卫毛泽东为名对我进行批判和斗争的朋友，好像早就不再有这种心态了"。[5]邵燕祥曾说，他的个人卷宗的时限为1945至1976年，自己是"带着一只笔走过了整个毛泽东时代"。这也是我们这一代人的特点；我就说过我的知识结构、理念、人生道路，都是在毛泽东直接影响下形成和确立的。邵燕祥从1949年二三月写的一篇关于东单广场的文章，开始自发地使用"毛泽东的太阳

1　邵燕祥：《关于个人和组织的关系的补充检查》（1966年4月），《人生败笔——一个灭顶者的挣扎实录》，第073页，074页，080页。

2　邵燕祥：《引言：历史现场与个人记忆》，《找灵魂——邵燕祥个人卷宗：1945—1976》，第7页。

3　邵燕祥：《一个戴灰帽子的人》，第067页，066页。

4　邵燕祥：《自序》，《一个带灰帽子的人》，第05页，06页。

5　邵燕祥：《为什么编这本书？——〈人生败笔〉序》，《人生败笔——一个灭顶者的挣扎实录》，第006页。

照耀下"这样的词语，[1] 到七月写《歌唱，红色歌手们》，就提出要将"最好最好的毛泽东之歌""唱遍新的中国"。[2] 最初"多少是理性的尊重和感情上的信赖"，以后就发展为"无条件的信仰"，即使被打成右派以后，这样的对毛泽东的信仰也没有动摇，反而更加自觉地"按照毛泽东的指引"，"集中全部生命力来努力脱胎换骨的改造"。邵燕祥曾把这叫作"找灵魂"的过程，因为他相信：政治观点是人的灵魂，自己背离了"政治正确"，就是"丢魂落魄的人"，于是就"亦步亦趋，步步紧跟"，该是找到灵魂了，却"一声春雷"，"文革"结束了……[3]

四、因为心还没有死：《小闹闹》的风波

从表面上看，邵燕祥在摘掉"右派"帽子以后，心已经死了。但如他自己所说，"这颗心总是不安分的，不满足于在家里与亲人相守，还是跃跃欲试"。邵燕祥自觉"以文字表达为生命的需要"，"文人能不动笔么？"但他也因此陷入困境："只要你有黑字落在白纸上，说不上钩，已经上钩了。"事情就是这样："一定的性格遇到一定的政治，这就是宿命。"[4]

于是，就有了《小闹闹》的写作，和由此引发的风波。

事情发生在1961年、1962年。邵燕祥回忆说，在1960年饥

1　邵燕祥：《1949年（概述）》，《找灵魂——邵燕祥个人卷宗：1945—1976》，第112页。

2　邵燕祥：《歌唱，红色歌手们》，《找灵魂——邵燕祥个人卷宗：1945—1976》，第122页。

3　邵燕祥：《解题》，《找灵魂——邵燕祥个人卷宗：1945—1976》，第1页，2页。

4　邵燕祥：《一个戴灰帽子的人》，第111页，118页，117页，125页。

荒达到顶点以后，刘少奇、周恩来、陈云等执行了"调整、巩固、充实、提高"的"八字方针"，以恢复经济，在文化上也有所放宽，如在文艺上提倡多题材、多风格等。特别是在1962年春，陈毅发挥周恩来的观点，在广州会议上提出要为知识分子"脱帽加冕"，不再视为"资产阶级知识分子"，而以"劳动人民知识分子"对待之。尽管"早春似有解冻的消息"，但一开始已经"麻木"的邵燕祥"已不动心"，他后来说自己"早就是一副听天由命的扶不起来的心态"，"一心想的只要能够写东西，写出来能够变成铅字，就很知足"。这时候接到了《人民文学》编辑部的约稿信，在友人的提示下，这才真正跃跃欲试了。[1] 他先在《文学评论》上发表《毛主席〈沁园春·长沙〉结句试解》，后又在《人民文学》上发表了几首小诗，算是一个试探，自然都是符合主流意识形态要求的。但邵燕祥总是想写一些属于自己的东西，于是就有了《小闹闹》。

我们在前文曾经说过，五十年代的邵燕祥，充斥头脑的都是社会政治、国家民族世界的大事，但此时的邵燕祥已经被排除在国家公共事务之外，他最渴望的就是"像一个普通人"那样，回到家庭日常生活中，"在这个家里享受着满足之感"："墙角蛐蛐灶马鸣，窥窗日暖篆烟轻。劳人安得此闲情？"同时更享受着"天伦之乐"。[2] 或许是因祸得福吧，邵燕祥因此获得了对生命的价值、人生的意义的全新感悟。特别是"初为人父"以后，他第一次懂得了"要对这一个新生的，除了哭以外还不会自我表达的小生命负责"，"（过去）为那个抽象的人民服务，只是尽心而已，说全心

1　邵燕祥：《1960—1965年（概述）》，《找灵魂——邵燕祥个人卷宗：1945—1967》，第265页；《一个戴灰帽子的人》，第110页，115页，113页。

2　邵燕祥：《一个戴灰帽子的人》，第005页，112页，111页，110页。

全意是打了折扣的。对眼前这个动不动就放声啼哭的弱者，却是全身心地扑上去，为他付出什么代价都没的说"。正是这和自己的个体生命纠缠为一体的小生命触动了他"心里最柔软的那一块"，他第一次唤起与享受了"亲子之情"，这人性之基本与根本，因此相信，"没有亲情的不是人"。他更懂得了"亲子之情，这就是：爱和责任"。同时又陷入了"深悔要了孩子"的痛苦之中。"世世代代都还是二等公民，供人驱使，供人鞭挞，供人羞辱，我们对不起无辜的小生命啊"，由此激发出的，是更顽强、坚韧的生命力量："为了亲人，为了孩子，必得忍人所不能忍，坚持活下去，坚持生存的权利。任何的软弱都会腐蚀人的意志，摧毁你的精神，那些迫害者、施暴者还要戳着你的后脊梁，轻蔑地骂：懦夫！"[1]

现在，邵燕祥将这一切全新的生命感悟与体验，直接写入《小闹闹》这篇新生命之歌里，将更深刻的痛苦与坚韧的生命力隐藏在叙述文字之后。"小闹闹，你给家庭带来多少朝气！奶奶、爷爷、妈妈、爸爸，加在一块儿一百八十多岁，如今都跟着你的一举手一跺脚、一呲牙一掉泪，重新体验着一个小生命怎样走入这个世界，又大胆又怯生生地去感受周围的一切"："小闹闹有自己的视觉、听觉和其他感觉"……"小闹闹喜爱活动的东西"……"小闹闹喜爱光亮的东西"……"小闹闹喜爱彩色的东西"……"小闹闹喜爱有音响的东西"……"小闹闹爱听有节奏的声音"……这是怎样的"重新体验"啊：面对异化的自我，异化的人性，人生，人世，重新回到人的原始生命状态，体会人性的原初的美，最早的感觉，这其实就是一个人的生命的净化。现在借

1　邵燕祥：《一个戴灰帽子的人》，第 046 页，047 页，048 页，049 页，048 页，066 页。

助于这小生命而重新获得，这是怎样的幸福！而且这小生命还有他的未来："我们是小孩，但也是一个未来的公民，不是供人观看的"，"小闹闹，你可知道你生在什么样的国家，生在什么样的时代？""快些长大吧。陆放翁说：'爱而不知教之，犹弗爱也'。到现在为止，爸爸还一点也没'教'过你呢。你得长大啊。"[1] 这是生命的另一头：那未来的生命会引发多少想象与希望！同时唤起的是对未来的责任。整篇《小闹闹》充溢的，就是"爱"与"责任"，以及人的生命的价值与意义，欢乐与尊严。

这样的表现人的生命与爱，而且是家庭的、个体的，原初和未来的生命与爱的作品，在当时确实是一个异样的存在，其意义不只在扩大了写作题材而已。但在当时，被关注的还是题材。邵燕祥后来回忆说："《小闹闹》以婴幼儿的成长和亲情为题材，对题材禁区是一个不自觉的突破，写法也比较自由"，发表后也因此得到好评。[2] 邵燕祥所在的广播剧团的领导还表示欣赏，说写得"行云流水"。[3] 能写出这样的作品，也说明人在人性在，这是什么样的"改造"也泯灭不了的。邵燕祥还保留着对生命之美的感悟力与鉴赏力，但从阶级斗争的观点来看，就是右派分子"人还在，心不死"了。

真的是风云突变，就在《小闹闹》发表一个月以后，在1962年七八月召开的党的八届十中全会上，毛泽东发出了"千万不要忘记阶级斗争"的号召，随即在政治、思想、文化、文学各领域展开了全面的大批判。邵燕祥再遭劫难就在所难免。1963年《文

1　邵燕祥：《小闹闹》（原载《上海文学》1962年6月号），收《人生败笔——一个灭顶者的挣扎实录》，第300页，301页，300页，304页。

2　邵燕祥：《1960—1975年（概述）》，《找灵魂——邵燕祥个人卷宗：1945—1976》，第266页。

3　邵燕祥：《一个戴灰帽子的人》，第164—165页。

学评论》第 1 期发表了文学评论家和文学史家唐弢的《关于题材》一文，点名批判了《小闹闹》。文章重点在批判"近两年"（1961 年、1962 年）文艺界"片面地把扩大题材的重点放在'家务事，儿女情'方面"，与"深入群众，深入火热的斗争"，描写革命和建设的题材的要求背道而驰，"把艺术庸俗化"的"一种倾向"，《小闹闹》是一个"靶子"，文章将其定性为"烦琐的'家务事'和卑微的'儿女情'相结合的典型"，"它没有沾染些许具有时代特征的气息。它不是一件艺术品"。[1] 因此，邵燕祥读了以后的第一个反应是："完了。我写了一篇比自然主义文学更自然主义的非艺术作品"。[2] 或许更值得注意的，是唐弢文章表达的价值观念。在他看来，邵燕祥所描述的新生个体生命的美，全是"生活的渣滓，由作者沾沾自喜地表达出来"；邵文着力表达的亲人的爱与责任，都是"卑微的感情"，"渺小的情怀"；作品所提供的充满生命气息的细节，也全是"琐屑的叙述"。[3] 这正是我们在前文讨论过的以"我们"全面消解"我"的时代主流思潮的反映。邵燕祥这一次突围试验，终于以失败告终。不过，唐弢还是掌握了分寸的，"在'山雨欲来'之际，仍然控制在学术争鸣的范围内，与后来多少'无限上纲'、乱扣政治帽子的做法不同"。[4] 因此，也只是在"业内引起些惊悸"，当时并没有"漫无边际的效应"。[5]

1　唐弢：《关于题材》，原载《文学评论》1963 年第 1 期，收《人生败笔——一个灭顶者的挣扎实录》，第 311 页，310 页，308 页，314 页。

2　邵燕祥：《一个戴灰帽子的人》，第 163 页。

3　唐弢：《关于题材》，《人生败笔——一个灭顶者的挣扎实录》，第 312 页，313 页。

4　邵燕祥：对收入唐弢文章《关于题材》的《按》，《人生败笔——一个灭顶者的挣扎实录》，第 317 页。

5　邵燕祥：《一个戴灰帽子的人》，第 168 页。

但几年后开始的"文革"时期，《小闹闹》就成了邵燕祥反动思想的铁证，引发了无止境的检讨与不断的批斗。这里有一份1966年4月即"文革"一开始邵燕祥的《思想检查报告》，这是"按照党委和支部的提示，就以《小闹闹》这篇散文作为麻雀来进行解剖，检查文艺思想，检查人生观和世界观"的。[1]

首先是设置一个"大前提"："这篇文章的内容，宣扬了什么思想，是哪个阶级的思想感情，世界观、人生观、生活方式？""在当时国内外阶级斗争形势下，它起了什么样的社会作用？政治上对谁有利？它适合了谁的需要？"[2]——这样，一下子就把整个的思维纳入阶级斗争的思想、话语体系里，在其笼罩下，就合乎逻辑地推论出种种吓人的罪名：结论早已内含在前提里了。

然后，把无比强大的原则与无比渺小、一言一行无不谬误的"我"，置于对立的两端，进行对比："党要求培养'放眼全球，胸怀天下'的情操，我这里却是'放眼身边，胸怀琐事'"；"党教育我们要一心为革命，一切为革命，为人民服务就是最大的幸福，幸福在于为革命的斗争中。我这里却在形象地宣传庸俗的幸福观，温暖的小家庭"；"党教导我们要同一切传统的思想决裂，而我在这里却在以丑为美；不仅……更突出的是美化了资产阶级庸俗卑微的感情，小市民的低级趣味"；"党教育我们要用作品'团结人民，教育人民'，而我这里对医院的某些描写，却以玩笑的口吻、街谈巷议的方式散布了一些不信任的气氛"；等等[3]：连续五个的强烈反差，就塑造了一个"处处时时与党对抗"的自我形象。

1　邵燕祥：《思想检查报告》（1966），《人生败笔——一个灭顶者的挣扎实录》，第058页。

2　同上。

3　邵燕祥：《思想检查报告》（1966），《人生败笔——一个灭顶者的挣扎实录》，第060页。

再次把作品放到国内外阶级斗争的大背景下考察："所有这一切，和困难时期牛鬼蛇神一度大批出笼的形势，岂不是息息相通的吗？这个作品通过家务的琐事，低下的精神世界，灰色的人物形象，宣扬庸人市侩哲学，客观上起到麻痹读者革命意志，用个人主义人生观、世界观腐蚀青年的作用；把读者的眼光和精神从革命引向不革命""这个作品问世的时候，正是国际上帝、修、反反华甚嚣尘上的时候，国内资本主义势力向社会主义疯狂进攻的时候，在文化领域里也掀起一股逆流。我这个作品恰恰加入了这股逆流，用个人主义（它是和平主义、修正主义的思想基础）来同社会主义夺取思想阵地，为复辟资本主义开辟道路"。[1]——注意：经过这里的联系时代背景与逻辑转换，《小闹闹》这样的写"婴幼儿成长和亲情"的普通故事，就成了"同社会主义夺取思想阵地，为复辟资本主义开辟道路"的政治行为了。这样的"无限上纲"，今天看来，实在是不可思议；其中的关键是"客观上"三个字。这是所有的革命年代的"检讨书"的特有的表达方式。类似的说法，还有"实际上"如何如何。邵燕祥对此有过一个绝妙的分析："批斗者进行有罪推定，证据不足则借助于'实际上'（按，还有'客观上'）；被批斗者不得不'顺竿爬'以求解脱时，便也只承认到'实际上是反对毛主席的'为止。有了这个'实际上'作为过渡和缓冲，虽会带来关于动机与效果的无穷争论，但毕竟对被批斗者是网开一面，批斗者也得以'下台阶'"。[2]这就是说，写检讨书也罢，开批斗会也罢，无论被要求写检讨、被批斗

1　邵燕祥：《思想检查报告》(1966)，《人生败笔——一个灭顶者的挣扎实录》，第060—061页。
2　邵燕祥：《为什么编这本书？——〈人生败笔〉序》，《人生败笔——一个灭顶者的挣扎实录》，第005页。

者，还是提出要求的批斗者，注重的都不是检讨了什么，而是肯不肯检讨，检讨的态度如何。这也是邵燕祥的经验："申讨者拿帽子找头；检讨者拿头找帽子。申讨与检讨，都是帽子越大越好"，[1]至于帽子戴得合不合适，是谁（检讨者与接受检讨者）都不关心的。在这个意义上，检讨与批斗都是在做戏，只是扮演了不同的角色而已。

但这也不完全是做戏，即使是做戏，也要认真做下去。因此，在走完了前面的三步之后，还要有结论："这个作品是国内那一时期具有修正主义倾向的作品的标本之一。它只能有利于资产阶级，有利于帝、修、反所期望的'和平演变'；而不利于社会主义，不利于无产阶级专政，不利于革命，不利于'团结人民，教育人民，打击敌人，消灭敌人'。这样，它作为一株毒草的性质，就十分明显了"。[2]这就和一开始提出的问题对上了，也就是最后落实了罪名与罪证。检讨最后变成认罪、谢罪、服罪：这才是目的。

而且还要追问原因："关键就是没有听毛主席的话，没有切切实实脱胎换骨地改造自己，没有把坚定正确的政治方向放在首位"。[3]最后是总结教训："在今后不犯或少犯方向性的错误，就得在思想文化战线上阶级斗争、两条道路斗争中划清大是大非的界限，站到党的立场上来，归根到底得从改造人生观世界观入手，得从大破个人主义思想入手。这是我通过剖析这篇严重错误的作

1　邵燕祥：《为什么编这本书？——〈人生败笔〉序》，《人生败笔——一个灭顶者的挣扎实录》，第 004 页。

2　邵燕祥：《思想检查报告》（1966），《人生败笔——一个灭顶者的挣扎实录》，第 061 页。

3　邵燕祥：《思想检查报告》（1966），《人生败笔——一个灭顶者的挣扎实录》，第 062 页。

品所得到的认识"。[1]

其实，邵燕祥这样的被批斗者，在写检讨书时如此无限上纲，也是自有打算的。这就是后来邵燕祥自己说的，"我自己'上纲'上到了无可再高的高度，使得斗志昂扬的批判者一时为之语塞"。[2]但左派们是不会被邵燕祥这样的"小聪明"难倒的。于是，我们又读到了这样的批斗会上的《简要记录》，一开始就越过邵燕祥小心地给自己划定的底线："客观上"如何如何，而是认定"主观就是向资产阶级司令部挂号"。这也是"文革"批斗的"习惯"：无论什么人的什么罪，都要"上挂"刘少奇、邓小平"资产阶级司令部"。[3]证据是："《小闹闹》一文，得到魏金枝称赞，王若望吹捧，林（默涵）说'可算无害作品'"。批判者当然清楚，魏、王都是普通作家，林也只是中宣部副部长，与刘、邓是扯不上关系的：不过是"欲加之罪，何患无辞"罢了。接下来的猛轰就更离谱了："《小》文要把人民群众引向何处？在尿布中忘记政权，忘记阶级斗争"，"《小闹闹》要闹什么？闹社会主义，闹无产阶级专政。还只是'小'闹闹？还想大闹？"[4]

今天重读这些吐沫横飞的"大批判"文字，不仅觉得荒唐，更感到愤怒与悲哀：人们竟然在"小闹闹"这无辜的生命上，大作政治文章，这无疑是向作为人之父的邵燕祥的心上猛击。

1　邵燕祥:《思想检查报告》(1966)，《人生败笔——一个灭顶者的挣扎实录》，第 064 页。

2　邵燕祥:《1969—1970 年（概述）》，《人生败笔——一个灭顶者的挣扎实录》，第 192 页。

3　邵燕祥:《为什么编这本书？——〈人生败笔——一个灭顶者的挣扎实录〉》，第 008 页。

4　《又一次批斗会的简要记录》(1970 年 1 月 3 日)，《人生败笔——一个灭顶者的挣扎实录》，第 221 页，222 页。

五、坚守中的迷误

邵燕祥在谈到他这样的右派对"文化大革命"的反应和态度时，说了三句话：一"不是完全没有精神准备的。因整个社会政治气氛特别是文艺界的小气候，因我的身份规定的个人处境，都使我早就预感到山雨欲来"；二是因为一开始就受到冲击，"应该说我对这场大革命很不理解"，"然而我力求理解并紧跟"。[1]他曾在写给家人的一封信中这样写到自己的处境与心境：尽管处于"顶头的总管，以及总管的主人"的严控之下，但决不放弃"对共产主义理想的信心"。[2]其三，邵燕祥强调，他在"思想感情和行动"上都"以自己的方式支持'文革'"。这或许是我们更应该注意的。邵燕祥说："一些年来，人们习惯于把左右'文革'全过程、左右'文革'进程的合力的思想方面，统称为极'左'思潮，应该说大体是不错的；然而人们对于不同的社会群体中极'左'思潮的多种形式及其各有异同的内涵，恐怕还是研究得不够充分"。[3]这也是我们这里要讨论的。

邵燕祥的支持"文革"的思想与行动，主要表现在他于1967年7月写的四幕话剧《二十七号岗》上。邵燕祥说他写得"很投入"，"下笔十分酣畅，一天写一幕，四天就完成了"，"因此可以从中了解我1967年时真实的思想和感情轨迹"。邵燕祥介绍说，

1　邵燕祥：《1966年（概述）》，《人生败笔——一个灭顶者的挣扎实录》，第054页，055页。

2　邵燕祥：《1968年的一封家信》，《找灵魂——邵燕祥个人卷宗：1945—1976》，第294页。

3　邵燕祥：《一九六七：一个剧本和一种思潮》（2004），《〈找灵魂〉补遗》，第055页，051—052页。

剧本"如同五年前改编的《叶尔绍夫兄弟》一样，写的是苏联生活"，"对苏联的现行体制作了否定性的描写：大学党委书记已经蜕化为与群众为敌的死官僚，'克格勃'针对普通的工人、学生，劳动人民不能忍受物质匮乏尤其是失去自由的生活，他们和他们的子女不得不起而抗争——反对苏联当权者的修正主义，他们缅怀的是列宁，向往的是毛泽东，或者说，我所描写的是苏联人民的又一次革命，是在毛泽东无产阶级专政下革命的理论和中国'文革'模式的影响下发生的"。邵燕祥特别强调，在这个剧本里，"复活了早年的激情，融入了当下的错觉，寄托着颠覆性的想象，也影射了某些国内的现实。总的说来，是极'左'思潮的产物"。[1]后来邵燕祥在将收有《二十七号岗》剧本的《〈找灵魂〉补遗》一书赠予我时，特意附笔嘱咐："请注意一读一九六七年夏的剧本，其中与反右前'反官僚主义'而'干预生活'思路的联系，似可窥见。也是一种社会思潮，以及个人心迹的化石吧。"

这里提示我们注意的，是邵燕祥精神世界和理想、理念的另一个重要侧面，他的人生与精神历程的另一条线索。我们就不妨从反右前说起。前文谈到，邵燕祥在反右前已经形成的文艺观、政治观里，强调诗人（知识分子）是"社会、时代、人类的代表"时，他是有两个侧面的理解的：一方面诗人应该热爱、拥护党，作"党的思想的表现者"，另一方面，诗人又应该是"积极的，觉悟的，明朗的，有教养的，富有公民精神的"，他"应当是人民最关心的希望、思想、情感的表现者"，"不能回避对生活斗争的反映"，"不能把生活粉饰成玫瑰色"，"说到对党和人民有害的事情，

---

1 邵燕祥：《1966—1969年（概述）》，《找灵魂——邵燕祥个人卷宗：1945—1976》，第293页。

不愤怒，不激动；我不能！""革命诗人必须积极干预生活！"在此时的邵燕祥看来，这两个方面，维护党的利益与维护人民的利益，干预生活是完全统一的："我的简单的是非观念，就是来自党章，来自党课、党刊、党报的教育，来自我所接触过的老党员的影响；对于那些背道而驰的作风，我看不惯，我采取了被人讥为'知识分子的清高'的态度，甚至是'小资产阶级偏激性'的嫉恶如仇。我只知道这些与党的传统不相容，不知道除了抨击和容忍两端之外，还有什么更好更有效的斗争方式。"[1]

这样，这位坚持理想、信念，又嫉恶如仇，富有斗争精神的诗人，就陷入了深刻的矛盾与困惑中：他满腔热情地投入革命，在革命胜利以后，在摧毁了旧社会而建立起来的新社会里，却发现"革命队伍内，人和人的关系也存在着旧社会那样的庸俗与腐朽"。尤其感到困惑的是，"一种叫作官僚主义或是什么的东西，像灰尘一样弥漫在空气中，你要抓它又抓不住"。[2]他这样描述那些官僚主义者："他一切都很合规矩，好像从没有做错过什么事情，也从没有说错过什么话，他从没有大张旗鼓地反对什么，也从没有斩钉截铁地支持什么，没有特别的喜怒，对别人的欢乐和痛苦全不关心，没有明白的赏罚，冷淡是最干净的抹煞"，"他们自己原封不动，他们也要一切都原封不动，一切过时的、一切生锈的、一切发霉的、一切腐烂的，最好全部不动"。[3]在邵燕祥看来，党的某些干部"灵魂的损锈"正是党和国家机体的"隐疾"和"内

1　邵燕祥：《罪与罚》，《沉船》，第65页，67页，93页，79页。
2　邵燕祥：《1957年（概述）》，《找灵魂——邵燕祥个人卷宗：1945—1976》，第196页。
3　邵燕祥：《与郭小川谈官僚主义》（1956），《找灵魂——邵燕祥个人卷宗：1945—1976》，第190页，191页。

伤"，[1]但又是"一座看不见的堡垒，我们向哪里射击？"[2]由此引发的，是极度的焦虑："我困惑，我要求答案——这是怎么一回事情，为了什么缘故，怎么办？""我寻根问底地思索着一串问题。"[3]

而这样的焦虑，困惑，思索，追问，是历史性的，不只是邵燕祥一个人的，而属于整整几代人，他们怀抱着追求社会进步、公平和正义的社会主义理想，参加或追随革命；但他们都面临着同一个问题：在付出血的代价建立起来的社会主义国家，都几乎毫无例外地出现了官僚主义。这样的理想与现实的反差，使那些有理想的，向往社会主义的知识分子在思考与追问："这是怎么一回事情，为了什么缘故，怎么办？"而且这样的思考与追问，是几乎贯穿这几代人的终生的——邵燕祥如此，我也如此。如果放到更大的范围来考察，就可以发现，这是知识分子面对革命的普遍焦虑：从马克思的朋友海涅提出的"行动后果"的问题，[4]到鲁迅提出的"政治家与文艺家的关系"问题，以及后来顾准借鲁迅的命题提出的"娜拉走后怎样"的问题，都是如此。

如何看待社会主义国家产生官僚主义现象的问题，是1957年鸣放时期人们最为关注的问题。当时的邵燕祥坚信"我们的制度是反对官僚主义的，而不是保护官僚主义的"，[5]是"把解决一切社会矛盾（当然包括反对官僚主义）的希望放在共产党的身上"。[6]

1　邵燕祥：《去病和苦口》（1956），《沉船》，第117页，第114—115页。

2　邵燕祥：《与郭小川谈官僚主义》（1956），《找灵魂——邵燕祥个人卷宗：1945—1976》，第190页。

3　邵燕祥：《抒情诗的一章》（1956），《找灵魂——邵燕祥个人卷宗：1945—1976》，第189页，190页。

4　参看钱理群：《关于思想与行动的关系问题》，收《我的精神自传》。

5　邵燕祥：《罪与罚》，《沉船》，第97页。

6　邵燕祥：《1957年（概述）》，《找灵魂——邵燕祥个人卷宗：1945—1967》，第196页。

他是相信官僚主义者可以在党的领导下，"用风雨来冲洗"的，[1] 而"向官僚主义斗争"正是"共产党人的天职"。[2] 他就是怀着这样的信念，在 1957 年连续写出《与郭小川谈官僚主义》《拍马须知》《为官容易读书难》《去病与苦口》《磨光的五戈比》《贾桂香》等诗文，参加了反官僚主义的战斗，以为是尽了"党的战士"的责任。他没有想到，这样的"清洁党的机体"的一腔热情，却被批判。他遭受批判主要就是两条，一是"敌视革命老干部"，二是"标榜干预生活"。批判者指责邵燕祥将革命队伍、党的队伍分裂为相互对立、矛盾的双方："在领导岗位上的老干部、老党员，党的基本队伍、骨干力量"，大都是"消极的、阻碍社会前进的、保守落后的、官僚主义的、压制新生力量的"；而"促进社会发展的、先进的、代表时代精神的、反官僚主义的、反保守的新生力量"，则"多半是青年、新干部、新党员，实际上是一部分资产阶级小资产阶级的个人主义英雄"。这样，邵燕祥就被认为是"没有经过认真改造的资产阶级青年知识分子的代言人"，试图用资产阶级、小资产阶级思想和面貌来改造党。[3] 而另一篇《邵燕祥创作的歧途》的檄文则指责说，"作者笔下的老干部竟是这样的一种特权阶级"，"作者就是这样把官僚主义夸大和歪曲成为我们国家生活中的一种统治势力，一种官僚制度"。[4]

当邵燕祥们试图用民主监督的方式来解决官僚主义问题，却

1　邵燕祥：《与郭小川谈官僚主义》（1956），《找灵魂——邵燕祥个人卷宗：1945—1967》，第 191 页。

2　邵燕祥：《罪与罚》，《沉船》，第 92 页。

3　何光：《邵燕祥——一个狡诈凶险的右派分子》，原载广播事业局内部刊物《广播动态》第 132 号，1957 年 12 月 30 日出版，收《找灵魂——邵燕祥个人卷宗：1945—1976》，第 208 页，210 页。

4　《诗刊》署名文章：《邵燕祥创作的歧途》，原载《诗刊》1957 年第 3 期，收《找灵魂——邵燕祥个人卷宗：1945—1967》，第 219 页，218 页。

遭到了批判。1960 年饥荒时期，邵燕祥就目睹"（老百姓）主食、副食都不够吃了，小官僚却在一旁大吃大喝"的现实，而且就发生在他的身边。邵燕祥说："我的老毛病又犯了。我不能容忍任何的官僚，以及官僚们营造的环境中种种不公和不义"。他竟"一时忘了我就是由于'以反官僚主义为名，反党反社会主义'而打入另册的"，直接向广播局党组书记和局长梅益写信反映所了解的有关情况，虽然得到了梅益的支持，但也解决不了问题，到"文革"时期这都成了邵燕祥和梅益的罪状。邵燕祥后来说，他和梅益都冒了一回"傻气"，却也说明了人间正气犹存。[1]1964 年底邵燕祥被派往豫北小县浚县西宋庄参加"四清"运动。正是在这里，他直接接触了他在诗的想象里不断提及的"人民"，具体的，而非抽象的，真实的，而非虚构的农民：名叫"王顺利"的"队里唯一的孤儿"。他说"看到了几千年来一以贯之的'三农问题'，倒真是懂得了农村和农民，就懂得了中国问题的大半"。他由此思考了国家以及自己和农民的真实关系。邵燕祥说，这"使我，也许还有我们，欠下了终身难还的感情债、道义债、人格债！"[2]

在对中国实际国情有了这样的了解与理解以后，邵燕祥再来看他一直关注的官僚主义问题，就有了新的思考。正好"四清"运动结束，回到北京以后，他从广播局的资料室里读到了南斯拉夫的德热拉斯的《新阶段》（1963 年由世界知识出版社出版），第一次知道了"斯大林统治下的苏联社会出现了一个大搞特权的'新阶级'"。以后发表的中央反修文章"九评"里更明确提出了"资产阶级特权阶层"的概念，指出：这样的特权阶层是"由

1　邵燕祥：《一个戴灰帽子的人》，第 032—035 页。
2　邵燕祥：《一个戴灰帽子的人》，第 280 页，284 页，286 页，295 页。

党政机关和企业、农庄的领导干部中的蜕化变质分子和资产阶级知识分子构成"，"苏联人民和他们的矛盾"是"不可调和的对抗性的矛盾"。[1] 邵燕祥由此大受启发，甚至有豁然开朗的感觉。但同时也就产生了一个问题："苏联出现了特权阶层，那么，中国呢？""文革"初起时，邵燕祥又从流传出来的毛泽东的未公开发表的文章、讲话里，得知毛泽东提到了"死官僚"和"特权"问题，特别是提出了"官僚主义者阶级"的概念。而在"文革"初期的邵燕祥的感觉里，这是对他在1957年提出的关于官僚主义的思考："这是怎么一回事情，为了什么缘故，怎么办？"以及他在实际生活（如前述"四清"运动）里感到的问题的呼应与提升。他回顾说："1956年我和一些友人反对'官僚主义'的时候，还没提到这个高度，我连官僚主义者所涉特权都没提到，当时心目中的'官僚主义'也还只是局限于他们的工作作风、生活作风"。[2] 现在提到了"新阶层，新阶级"的高度，就为一直困扰自己的"为什么，怎么办"的问题，提供了全新的思路。

"官僚主义者阶级"的提出，使邵燕祥产生了一个后来才意识到的"误读"："文化大革命"就是为了彻底解决中国社会主义体制内产生的"官僚主义者阶级"的问题，清除社会主义的隐疾与内患，真正维护和实现社会主义应有的社会公平、正义的理想。这正是邵燕祥所梦寐以求，不惜为之献出一切的。这对一直苦苦追寻"怎么办"而不得其法的邵燕祥们，无疑是一个巨大的启示与鼓舞。这就是邵燕祥在运动初期对"文革"持支持态度，寄以某种希望的原因；而且这也不是邵燕祥个人的选择，而是代

---

1 《人民日报》编辑部、《红旗》杂志编辑部：《关于赫鲁晓夫的假共产主义及其在世界历史上的教训》（1964年7月14日），人民出版社，1964年出版。

2 邵燕祥：《一个戴灰帽子的人》，第312页，313页，314页。

表了相当一部分人（包括当年的一些右派，以及像我这样的处于底层的多少受到压制的知识分子，普通公职人员，普通工人，农民和市民）的选择，形成了"文革"中的"造反"思潮。如邵燕祥所说，"这种思潮，无疑是对毛泽东'无产阶级专政下继续革命'的响应，又是它的思想基础，从而也形成从上而下发动'无产阶级"文化大革命"'得以一呼'众（千百万人）'诺的群众基础"，而这样的造反思潮同"每个个体参与者的具体处境和具体思想、情绪、动机、心理结合时，呈现了有同有异、大同小异的民间特色"。[1]

邵燕祥写于 1967 年的《二十七号岗》就是这样的"造反"思潮的产物。写的就是邵燕祥期待和想象中的苏联"造反"："列宁捍卫着无产阶级专政，守护列宁的则是二十七号岗"，"保卫共产主义万岁千秋的事业，……让我们永远作——二十七号岗！"造反的原因，是苏联社会出现了严重的两极分化：少数红色贵族和他们的后代"老爷，太太，少爷、小姐们"，"他们吃着澳大利亚的火鸡、意大利的龙须菜，喝着法国的马蒂尼酒、苏格兰的威士忌，酒足饭饱，穿着巴黎和罗马的时装，去跳美国的'喳喳喳'舞！但是你到工人的食堂去看看，没有土豆和通心粉，没有肉，没有蔬菜！这就是赫鲁晓夫吹嘘的'土豆烧牛肉'的'共产主义'！""在我们苏联，它已经形成一个特权阶层、统治集团，成了一座大山，压在苏联人民头上"。因此，造反的对象就是那些"死官僚"，"十月革命以后孳生的新的资产阶级分子"，他们是"帝国主义的新走狗，地主资本家的新子孙"。造反的动力，依靠

---

1 邵燕祥：《一九六七：一个剧本和一种思潮》（2004），《〈找灵魂〉补遗》，第 051 页。

对象是普通的大学生和工人（剧本中的历史系学生丽达、电工萨沙等），支持他们的有十月革命前入党的老布尔什维克（剧本中的老祖母）。造反的目的是要"从赫鲁晓夫—勃列日涅夫、柯西金这些叛徒、工贼、野心家、阴谋家手里夺权"。造反的理论基础就是"当代最伟大的马克思列宁主义者毛泽东同志的思想，特别是关于党的建设、关于武装斗争和关于无产阶级'文化大革命'的理论、政策和策略"。而造反的最后归结，就是毛泽东的领导："毛泽东就是我们的列宁！今天，只有毛泽东同志在真正保卫着苏联，保卫着列宁主义故乡的人民的前途"，"现在……只有靠毛泽东了！"[1]

对此，我们可以作两个方面的评价。一方面它确实反映了邵燕祥一以贯之的反官僚、反特权的情结和"干预生活"的战斗激情。这背后显然寄托了他对民主、自由、公平、正义理想的追求，表现了他对"社会主义体制下的官僚主义问题"（"怎么回事，什么缘故，怎么办？"）的持续探索。这都是出于他自己的信念、经验，是不能"简单地归之于对毛泽东的个人崇拜就足以解释清楚的"[2]：这是他自己的一种"坚守"。但我们同样不能忽视的是"坚守"中的"迷误"；而"迷误"又显然与对毛泽东的个人崇拜有关。

六、跪着的"造反"

"文革"一开始，邵燕祥所在的单位中央广播电视剧团文化革命委员会就抛出《邵燕祥反党反社会主义反毛泽东思想罪行材料》，给他重新戴上右派帽子，作出开除公职监督劳动的处分决

1　邵燕祥：《二十七号岗》（1967），收《〈找灵魂〉补遗》，第115页，102页，113页，125页，070页，113页，139页，136页。

2　邵燕祥：《一九六七：一个剧本和一种思潮》，《〈找灵魂〉补遗》，第055页。

定，并送往"政训队"隔离劳动四个月。1966年底放出来就发现"文革"形势大变："点名'刘邓'已足惊诧，旋又刷出'打倒陶铸'，三一群五一伙，'打倒刘邓陶'，'批判资（产阶级）反（动）路线'，这些陌生的口号忽然此起彼伏"。1967年2月，剧团群众组织宣布运动初期对邵燕祥的处分决定无效。这样，邵燕祥就可以以"革命群众"的身份投入"文化大革命"了。[1] 邵燕祥为之兴奋不已，以为自己终于"恢复了长期遭受剥夺的政治权利"，"获得了毛泽东时代中国人民享受大民主的权利"，"获得了在革命群众运动中自己解放自己、自己教育自己的权利"，"获得了在免受威胁和迫害的条件下就有关自己的问题实事求是地发言的权利"。由此产生了毛泽东再次解放了自己的感恩之情："为了所有这一切，我一千遍一万遍地感谢最敬爱的毛主席！"[2] 在公开贴出的给单位"走资本主义道路的当权派奚某"的大字报里，邵燕祥这样写道："几年来，你在剧团实行资产阶级专政，逐步形成了近似'偶语者弃世'的恐怖气氛"，"你对于即使只在具体工作日常生活中多少表露出一些与你不同意见的同志，也直视为眼中钉肉中刺，对于敢批评你的同志，更不惜颠倒黑白，甚至捕风捉影，多方罗织罪名，必欲剪除而后快"，"你把越来越多的群众推到背水为阵的困境。那末，唯有义无反顾，按照毛主席'造反有理'的教导，杀上前去，才是活路，而后头便是奴隶的死所"。这样的指责、控诉，当然带上了那个极"左"时代的痕迹，有夸大其词、无限上纲之弊，但也确实反映了一些党政干部与群众关系的紧张，矛盾

1　邵燕祥：《1967年（概述）》，《人生败笔——一个灭顶者的挣扎实录》，第127页。

2　邵燕祥：《我对中央广播电视剧团前"文革"（小组）所编〈邵燕祥反党反社会主义反毛泽东思想罪行材料〉的意见》（1967年4月），《人生败笔——一个灭顶者的挣扎实录》，第014页。

的激化，这与邵燕祥在 1957 年所批判的官僚主义的积弊，是一脉相承的。因此，邵燕祥要积极投身于批判走资本主义道路当权派（也即"官僚主义者阶级"）和他们推行的镇压群众的"资产阶级反动路线"的斗争：这也是他在新的革命形势下的"干预生活"。于是，邵燕祥昂然宣布："在毛主席指出的大方向下，我革命是革定了！造反是造定了！"[1]

问题是，这是怎样的"造反"？

我们不妨看看邵燕祥运用"就有关自己的问题实事求是地发言的权利"，进行自辩的材料《我对中央广播电视剧团前"文革"（小组）所编〈邵燕祥反党反社会主义反毛泽东思想罪行材料〉的意见》。首先，他的自辩是以认罪为前提的："（我的）有问题、有错误的作品，不好的作品以至坏作品，都是反革命修正主义文艺路线影响下的产物"，"我愿意接受革命同志们的严格批判，接受毛泽东思想的批判"；"（我）作为一个'驯服工具'，充当了一个不光彩的角色。我向毛主席请罪，决不推诿罪责"。需要辩解的，是要列举材料，说明自己还是写了大量的"从各个不同角度歌颂毛主席，歌颂毛泽东思想，歌颂革命，歌颂社会主义"的作品。特别强调的，是"'文化大革命'一开始，就触及了我的灵魂"，并早已表示了"要站在党的立场上，站在绝大多数人一边，以毛泽东思想为武器，革自己的命，同时与黑帮黑线作坚决彻底的决裂"的决心。最后的归结是：要"革心洗面，重新做人，在后半生我要跟定毛主席走革命的路"。[2]

1　邵燕祥：《告奚振伟》（1967 年 2 月），《人生败笔——一个灭顶者的挣扎实录》，第 130 页，131 页，130 页。

2　邵燕祥：《我对中央广播电视剧团前"文革"（小组）所编〈邵燕祥反党反社会主义反毛泽东思想罪行材料〉的意见》（1967 年 4 月），《人生败笔——一个灭顶者的挣扎实录》，第 036 页，037 页，039 页，032 页，048 页，053 页。

我们也终于明白，所谓自辩与造反，就是要表白：我并不是批判者说的那样，一贯地反党反毛泽东思想，我只是受了修正主义文艺路线的"影响"，写过不好的作品，但我是赤心向党，愿意跟着毛主席干革命的，并且愿意改正错误的啊！在写给广播局军管小组的信里，邵燕祥不无虔诚地表示自己的信念："敬爱的伟大领袖毛主席，对于我这个从 14 岁参加外围组织，16 岁正式参加革命工作，十几二十年来多少做过些有益的事的小兵，是不会抛弃出革命队伍的。这是毫无疑义的。"[1] 这应该是心里话。因此，邵燕祥造反的目的是明确的，就是要回到人民内部，回到"革命队伍"；为了做到这一点，要表现得比任何人（包括左派）都更加"革命"。

于是，我们又读到了邵燕祥在"文革"中的检讨、思想汇报和检举书。

这是"翻箱倒柜，穷搜苦索，逐年回忆"，"彻底的、巨细无遗的交代"，据说这"不仅是作为'放下武器''缴械投降'争取宽大处理所必需，而且是真正清算自己、批判自己，为革命大批判提供材料"。[2] 比如在一次汇报里，就搜索到三条罪证：1951 年写的《再唱北京城》"实际上歌颂"了萧克将军；1950 年写的《送绿茶》歌唱"千好万好不如朱毛好"，这是"把毛主席和朱德并提"；同年写的《从边疆到北京》点名提到"刘伯承将军"同彝族酋长结拜的事。这些都"实际上贬低了伟大领袖毛主席"云云。[3]

1　邵燕祥：《给广播局军管小组梁、毛、戎等同志的信》（1968 年 2 月），《人生败笔——一个灭顶者的挣扎实录》，第 163 页。

2　邵燕祥：《思想汇报》（1969 年 2 月 3 日—8 日），《人生败笔——一个灭顶者的挣扎实录》，第 200—201 页。

3　邵燕祥：《思想汇报》（1969 年 1 月 13 日—18 日），《人生败笔——一个灭顶者的挣扎实录》，第 197 页。

这是"时时事事'罪'字当头，'改'字当头，用毛泽东思想批判自己，点点滴滴改造自己"，"的确觉得可以联系检查、批判自己的，随处皆是"。例如，看见毛主席"反复讲注意政策"，就主动反省自己："在自己1958年以前掌握一部分发稿权的时候，我把住政策关了吗？"又"宣传了哪些资产阶级司令部的政策来干扰、抵制和反对毛主席的政策？"看到"无产阶级革命派那样一丝不苟地执行政策，对每个人的政治生命那样认真负责"，就想到自己做事总掉以轻心，不认真，而且"把这仅仅看作一个作风、习惯问题，其实这是立场问题，是世界观问题；作风也是世界观的反映。不认真，就是对毛主席不忠"等等。[1]

这样的翻箱倒柜、时时事事的检讨，还"停留在感性的阶段，素材阶段，还缺乏足够的理论力量来概括和升华"，因此，需要"弄清它的历史根源，阶级根源，思想根源，提到原则高度理论高度加以总结"。[2]

这还不够，还要有"共达数万字的确凿有据的揭发材料（根据笔记、文件等书面材料）"。[3]而这样的"揭发"，就像后来邵燕祥在反省时说的那样，"一方面是迎合，一方面就是为了自保而置同志于不顾的陷害了"。[4]比如这条揭发材料："1965年春天，四清后期，一天我在西宋庄四队办公室洗衣服，陈庚（按，单位的领导，正在接受批判）笑我洗得不得法，我说我是'简易洗衣法'，

1　邵燕祥：《思想汇报》（1969年2月23日），《人生败笔——一个灭顶者的挣扎实录》，第206页，207页。

2　邵燕祥：《思想汇报》（1969年3月10日—15日），《人生败笔——一个灭顶者的挣扎实录》，第213页。

3　邵燕祥：《给广播局军管小组梁、毛、戎等同志的信》（1968年2月），《人生败笔——一个灭顶者的挣扎实录》，第154页。

4　邵燕祥：《1967年（概述）》，《人生败笔——一个灭顶者的挣扎实录》，第128页。

只在领子上袖子上涂些肥皂，一搓一洗就行了。随之陈信口说：'领子、袖子爱脏，领袖就是容易脏"。看起来，这是一个事实陈述，却是捕风捉影，在"文革"的政治语境下，就成了"含沙射影攻击毛主席的黑话"。[1] 被揭发者是怎么也说不清楚的。

这确实是"一个灭顶者的挣扎实录"。为救出自己，回到革命队伍，不惜在检讨、思想汇报和检举材料里，如此彻底的否定自己，辱没自己，出卖自己。

这真是一个人，一代知识分子悲剧：真诚地陷入了"愚蠢的单恋"，[2] 双手把自由交出去了。

我们的讨论，也应该到此结束了。最后，还是回到邵燕祥诗作这里来："从地狱出来，便不再有恐惧 / 如摒绝了天堂，也便永远不回去。——要这一般 / 倔强劲"。这首诗写于邵燕祥人生起点的 1948 年，他当时只有十五岁；但却预言了他的一生。他真像鲁迅的《影的告别》里所说的那样，"有我所不乐意的在天堂里，我不愿意去；有我所不乐意地在地狱里，我不愿意去"，我愿意"独自远行"。于是，他以"这一般倔强劲"，又开始了"找灵魂"的漫漫之路。他说——

"找灵魂的路，好艰难啊。我愿与一切找灵魂的'过客'们，一起相扶掖彳亍前行"。[3]

2015 年 5 月 1 日—5 月 25 日

1　邵燕祥：《关于为陈庚所写旁证材料的一个声明》（1967 年 8 月），《人生败笔——一个灭顶者的挣扎实录》，第 143 页。

2　邵燕祥：《跋》，《找灵魂——邵燕祥个人卷宗：1945—1976》，第 313 页。

3　邵燕祥：《解题》，《找灵魂——邵燕祥个人卷宗：1945—1976》，第 2 页。

后　记

　　本书是我的"知识分子精神史"三部曲中最核心的部分，也是我倾尽心血之作。

　　由于受到资料的限制，这不是一本严格的"史"，依然是个案研究的汇集，但我又希望其具有某种"史"的意义。于是，在对个案的选择上，很费了一番功夫。我给自己定了两条原则，其一是注意个案的典型性。因此，不仅有被认为是"自由主义、民主个人主义者"的作家沈从文，而且有郭小川这样的"老延安"，还有各具特色的知识分子："乡村建设派"的梁漱溟，与农民有密切联系的作家赵树理，学者王瑶，诗人邵燕祥，等等。其二，尽可能地选择1949年以后历次以知识分子为主要对象或涉及知识分子的政治运动的代表人物，这样，在个案研究的背后，就有了一个历史发展的线索。

　　在个案研究选择上，我还注意到了几个方面。一是与三部曲第一部《1948：天地玄黄》的衔接，如《天地玄黄》里写到的沈从文、废名、赵树理在《岁月沧桑》里都有了续篇。二是对知识分子改造文体的特别关注，如"检讨书""交代材料""思想汇报""检举书"，以及"大批判"文体等，这都是最具时代特色的，或许能引起今天读者的兴趣。最后，我在写作中，始终坚持一条：所有的讨论都要建立在坚实的史料基础上。我特别重视对新史料的利用与研究。这也是有针对性的：我发现这些年在史料的发掘上取得了许多成绩，但却很少有人进行研究。这可能是人们（包括研究者）太忙，坐不下来，也没有耐心一个字一个字看原始材料，琢磨其意思吧。我是有时间，也不追求什么学术效应的，那么，就让我来做别人不愿做、也不屑做的笨学问吧。于是，就对新整理、发表的全集，档案，日记……作了仔细阅读与认真思考，确实发现了许多新天地，因此也收获了许多快乐，可以说是自得其乐吧。

但也有遗憾。比如我一开始就把郭沫若列入研究对象，因为我觉得1949年后郭沫若的"处境、心境与命运"（这是我在研究1949年后的赵树理的三个切入点）应该是特别有意思的。我也听说有的研究者发现了郭沫若1949年后大量未入集的佚文，但一直没有公开发表。没有新史料，无法作出新的概括，我的研究也只能作罢。还有吴宓，厚厚的《吴宓日记》，提供的信息量是极大的，这些年也陆续有人研究，但都限于某些时刻，还没有见到作全面考察的。这个课题对我很有吸引力，也曾列入计划。但最终还是搁置了，因为自知没有足够的精力与学力，对吴宓这样的学养兼具新、旧文人气质的知识分子，我怕自己把握不住。只有留待以后某一时刻来了结这一心愿了。

在研究过程中，更无法摆脱内心的沉重。随着研究的深入，我逐渐发现，并形成了两个基本概念："改造"与"坚守"。这是1949年后知识分子命运的两个关键词，也构成了本书历史叙述的两个中心词。对知识分子进行思想改造，在某种程度上改变了知识分子乃至普通民众的某些观念、思维、情感、心理、行为方式，形成了新的集体无意识，新的国民性，而且影响至今。这也是我写作本书的最直接的动因。我要追问与探讨：这一切是怎么发生的？知识分子改造的秘密在哪里？本书的一些篇章，都从体制、文化、人性、思维、情感、心理诸方面进行了初步的探讨，尽管远不够深入，但已经使我感触良多。我在为之焦虑不安的同时，也就更加珍惜自己所作的反思与反省，希望它能够成为后人彻底清理这一历史重负时的起点。

但也依然有"坚守"。不过我又要首先承认，在我接触到的历史材料中，面对强大的时代压力和思想迷惑，能够始终坚守自己的信念，继续思考者并不多，这样的"中流砥柱式"的知识分子也就显得特别可贵。本书重点讨论的是梁漱溟、赵树理等人的思考。在我看来，他们的思考成果，在今天依然有启发意义。我一直期待着"对中国历史与现实具有解释力和批判力的理论"的建立，这些逆境中坚守的知识分子的思想，都是为这样的理论建设奠定基础的，理应受到更多的重视，对他们的理论资源的开掘，是本书最为用心着力之处。但我也时刻提醒自己：不要人为制造先知先觉的"文化英雄"，而必须从史料出发，如实写出他们与主流意识形态和体制的复杂关系，以及他们自身的困惑与矛盾，这样才能真正显示出历史的丰富性和具体性，也更加真实可信。

当然，我更为看重的，是他们坚守的知识分子精神。我根据王元化先生的论述，把它概括为三点：始终如一地探索真理；独立思考；对既定观念与体制提出质疑。这可以说是我通过"知识分子精神史"的研究，为自己树起的精神标杆，以此要求和鼓励自己，并与读者共勉。这样，我们就通过研究和阅读，达到了一个新的境界，获得了精神的成长。在我看来，这才是学术研究和阅读的真正意义所在。

2015 年 4 月 20 日